Melissa Foster

Liebe süß und sündig

Die Bradens & Montgomerys

DIE AUTORIN

Melissa Foster ist eine preisgekrönte *New-York-Times-* und *USA-Today*-Bestsellerautorin. Ihre Bücher werden vom *USA-Today-Bücherblog*, vom *Hagerstown Magazin*, von *The Patriot* und vielen anderen Printmedien empfohlen. Melissa hat mehrere Wandgemälde für das *Hospital for Sick Children*, eine Kinderklinik in Washington, D. C., gemalt.

Besuchen Sie Melissa auf ihrer Website oder chatten Sie mit ihr in den sozialen Netzwerken. Sie diskutiert gern mit Lesezirkeln und Bücherclubs über ihre Romane und freut sich über Einladungen. Melissas Bücher sind bei den meisten Online-Buchhändlern als Taschenbuch und E-Book erhältlich.

www.MelissaFoster.com

Melissa Foster

Liebe süß und sündig

Die Bradens & Montgomerys

LOVE IN BLOOM – HERZEN IM AUFBRUCH

Aus dem Amerikanischen von Usch Pilz

Vorwort

Dash Pennington ist womöglich mein bisher hinreißendster Held, und niemand verdient ihn mehr als die liebe, vorsichtige Amber. Ich hatte viel Spaß dabei, über einen Mann zu schreiben, der weiß, was er will, und der klug genug ist zu kapieren, dass er dafür seine Hausaufgaben machen muss, und über eine Frau, die schon viel zu lange in den sicheren Grenzen ihrer Komfortzone gelebt hat. Dass nur ein ganz besonderer Mann ihr Vertrauen gewinnen kann, war mir sehr klar, und Dash wird Sie hoffentlich sprachlos machen. Die beiden sind witzig, supersexy und einfach ganz wunderbar perfekt zusammen. Ich hoffe, Sie werden sie ebenso lieben wie ich.

Falls dies Ihr erstes Buch aus der Reihe »Love in Bloom – Herzen im Aufbruch« ist: Alle meine Liebesgeschichten können als Teil der jeweiligen Serie oder auch unabhängig voneinander gelesen werden. Also tauchen Sie einfach ein. Viel Spaß beim Lesen!

Um sich über Neuerscheinungen, Aktionen und exklusive Neuigkeiten auf dem Laufenden zu halten, können Sie meinen Newsletter abonnieren und meinem Fanclub auf Facebook beitreten, wo ich täglich mit meinen Lesern chatte.
www.MelissaFoster.com/Newsletter_German
www.Facebook.com/groups/MelissaFosterFans

Die Reihe »Love in Bloom – Herzen im Aufbruch«

Die Bradens & Montgomerys ist nur eine der vielen Serien aus der weitverzweigten Sammlung von Liebesromanen »Love in Bloom – Herzen im Aufbruch«. Jedes Buch kann für sich oder als Teil der jeweiligen Serie gelesen werden. Sie werden den Figuren aus jeder Geschichte immer wieder begegnen, sodass Sie keine Verlobung, Hochzeit oder Geburt verpassen. Eine vollständige Liste aller Serientitel sowie eine Vorschau auf kommende Veröffentlichungen finden Sie am Ende dieses Buches und unter:
www.MelissaFoster.com/Herzen-im-Aufbruch

Besuchen Sie auch Melissas Seite mit »Reader Goodies«! Dort gibt es – zum Teil auf Deutsch, zumeist aber in englischer Sprache – Serienübersichten, Checklisten, Stammbäume und vieles mehr zum Download:
www.MelissaFoster.com/RG

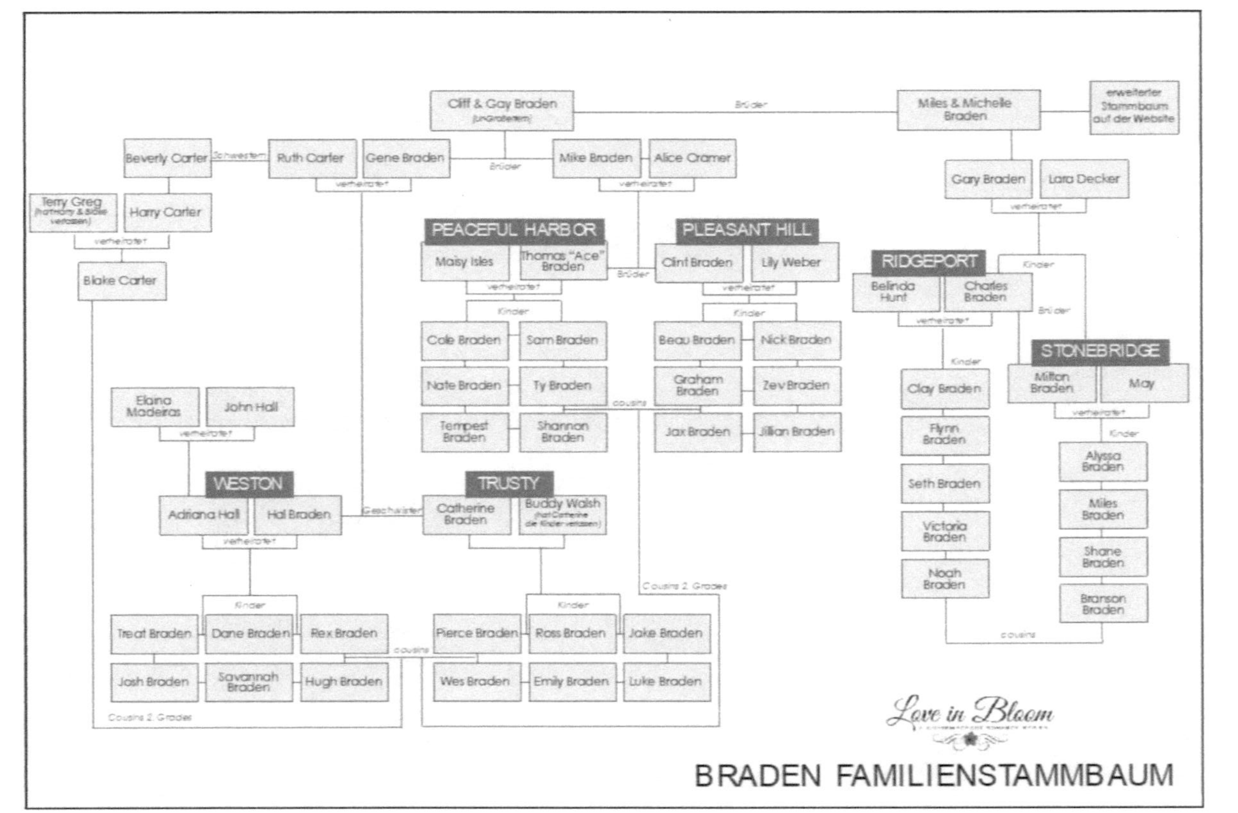

BRADEN FAMILIENSTAMMBAUM
Love in Bloom
Cliff & Gay Braden (urGroßeltern)
Brüder
Miles & Michelle Braden
erweiterter Stammbaum auf der Website
Beverly Carter
Schwestern
Ruth Carter
Gene Braden
Brüder
Mike Braden
Alice Cramer
Gary Braden
Lara Decker
verheiratet
Terry Greg (harmony & Siblie verlassen)
Harry Carter
verheiratet
Blake Carter
PEACEFUL HARBOR
Maisy Isles
Thomas "Ace" Braden
Brüder
PLEASANT HILL
Clint Braden
Lily Weber
RIDGEPORT
Belinda Hunt
Charles Braden
Kinder
verheiratet
verheiratet
verheiratet
Brüder
Kinder
Kinder
Kinder
STONEBRIDGE
Cole Braden
Sam Braden
Nate Braden
Ty Braden
Tempest Braden
Shannon Braden
Beau Braden
Nick Braden
Graham Braden
Zev Braden
Jax Braden
Jillian Braden
cousins
Clay Braden
Flynn Braden
Seth Braden
Victoria Braden
Noah Braden
Milton Braden
May
verheiratet
Kinder
Alyssa Braden
Miles Braden
Shane Braden
Branson Braden
cousins
Elaina Madeiras
John Hall
verheiratet
WESTON
Adriana Hall
Hal Braden
Geschwister
TRUSTY
Catherine Braden
Buddy Walsh (hat Catherine die Kinder verlassen)
verheiratet
Cousins 2. Grades
Kinder
Kinder
Treat Braden
Dane Braden
Rex Braden
Pierce Braden
Ross Braden
Jake Braden
cousins
Josh Braden
Savannah Braden
Hugh Braden
Wes Braden
Emily Braden
Luke Braden
Cousins 2. Grades

Kleine Lichter funkelten an den Dachbalken der alten Scheune, von der Bühne tönte ausgelassene Countrymusik. Kinder sausten mit Händen voller erbeuteter Kekse umher, während sich Dash Pennington, der vor Kurzem seine glanzvolle Footballkarriere beendet hatte, zusammen mit seinem ehemaligen College-Teamkameraden Sinclair »Sin« Vernon durch die fröhlich feiernde Menschenschar schob. Frauen in Jeans und Cowgirlstiefeln warfen ihm interessierte Blicke zu. *Genießt den Anblick, Ladys, seht euch satt. Denn mehr werdet ihr nicht kriegen.*

Dash war froh über die unverhoffte Lücke in seinem Terminkalender. Einer seiner Auftritte als Motivationsredner war abgesagt worden, und er nutzte die Gelegenheit, endlich mal wieder seinen alten Freund Sin zu besuchen. Er hatte den erstmöglichen Flieger genommen und war vor gerade mal einer Stunde hier im beschaulichen kleinen Oak Falls angekommen. Genau das hatte er dringend gebraucht, eine Pause von seinem verrückten Leben, von den hautengen Kleidern und den Klauen der geldgeilen Plastikfrauen in den Kreisen, in denen er sich während der letzten zehn Jahre bewegt hatte. Er hatte geglaubt, nach seinem Rückzug aus der irren Footballwelt würde alles ein bisschen ruhiger werden. Doch er war nur von einem Medienzirkus in den nächsten geraten, hatte tausend Termine mit Sponsoren und als Motivationsredner und würde bald mit seinem Bestseller *Capturing the Fire Within – Tu, wofür du brennst* auf Tour gehen. In dem Buch zeigte er jungen Menschen Möglichkeiten auf, ihren Weg zu finden und ihre Träume zu leben. Und das ironischerweise, obwohl er selbst noch immer auf der Suche war.

»Diese Jamsession ist der absolute Hammer!«, rief er auf dem Weg an der Bühne vorbei, auf der einige junge Frauen zur Musik einer Band sangen, die fast nach einem Familientreffen aussah. Ein vielleicht zehn- oder elfjähriger Junge stand mit seiner Violine neben einem Gitarristen um die sechzig. Am Schlagzeug saß ein Highschool-Mädchen und eine Handvoll anderer Leute spielte die verschiedensten Instrumente. »Wie oft machen die das denn?«

»Alle paar Wochen.« Sin fuhr sich mit der Hand durch sein rabenschwarzes Haar. Mit seinen knapp über eins neunzig und den etwas über hundert Kilo hatte er in etwa dieselbe Statur wie Dash. »Die Jerichos laden die ganze Gegend zum Musikmachen und Tanzen in ihre Scheune ein. Viele bringen was zu essen mit und man unterhält sich mit den Nachbarn. Ziemlich locker alles und sehr cool.«

»Erinnert mich ein bisschen an zu Hause.« Dash war in der Collegestadt Port Hudson im Staat New York aufgewachsen, nicht in einer ländlichen Gegend. Aber auch dort kannte man sich und hielt zusammen. Jamsessions gab es zwar keine, dafür aber Stadtfeste und andere Events.

»Das gute alte Port Hudson.« Sin grinste. »Ich muss unbedingt mal wieder vorbeikommen und nachschauen, wie es Dawn und Andi geht. Sonst vergessen die zwei noch, wie ein richtiger Kerl aussieht.«

Dash kniff warnend die Augen zusammen. Dawn und Andi waren seine jüngeren Schwestern, doch er wusste, dass Sin ihn bloß aufzog. Darin blieben sie sich gegenseitig nichts schuldig, waren aber jederzeit bereit, einander zu vertreten, wenn ein beschützender Bruder gefragt war. »Apropos Schwestern. Hat Kiki dir erzählt, dass sie ihrem neuesten Fang endlich einen Tritt gegeben hat?«

»Ja. Letzte Woche. Dem Himmel sei Dank, dass sie auf dich hört.« Kiki war Sins jüngere Schwester. »Du hast was gut bei mir. Komm, wir schauen mal, ob wir Amber finden.«

»Amber. Oh ja. Die einzige Frau auf dem Planeten, die null Interesse an mir zeigt.« Amber Montgomery gehörte StoryTime, die Buchhandlung, in der er in ein paar Wochen mit den Signierstunden beginnen würde. Anders als alle anderen angefragten Buchhändler war Amber nicht sofort Feuer und Flamme gewesen. Seltsam eigentlich, denn schließlich würde sein Besuch ihrem Geschäft ziemlich viel Aufmerksamkeit bescheren. Normalerweise riss man sich um ihn, doch als Amber sich endlich zu einer Zusage durchgerungen hatte, waren bereits sämtliche Termine vergeben gewesen. Ihre Zurückhaltung hatte Dash neugierig gemacht, und weil Sin hier wohnte, hatte er Ambers Buchhandlung einfach vor alle anderen ganz oben auf die Tourliste gesetzt.

Sin warf ihm ein schiefes Lächeln zu. »Sie spielt in einer anderen Liga, Mann. Aber es sieht aus, als hättest du auch so jede Menge Fans. Normalerweise wird hier in Oak Falls nicht so ungeniert gegafft.«

Dash fiel tatsächlich auf, dass nicht nur die Frauen ihn abcheckten, obwohl sie vermutlich keine Ahnung hatten, wer er war. Nein, auch viele Männer verfolgten ihn mit ihren Blicken, als würden sie ihn erkennen. Ein paar Cowboys musterten ihn ziemlich kritisch. *Keine Sorge, ich bin nicht gekommen, um euch eure Frauen auszuspannen.* Gewisse Lektionen hatte er bereits gelernt, als er noch jung und dumm gewesen war. Unverbindliche Abenteuer waren seit Ewigkeiten nicht mehr sein Ding, und wegen ein oder zwei heißen Nächten würde er sich verdammt noch mal nicht mit irgendeinem Typen anlegen.

»Im Ernst? Ich dachte, das wäre immer so, wenn du irgendwo aufkreuzt.« Das war kein Scherz. Sin war eine beeindruckende Erscheinung. Auf dem Spielfeld und anderswo. Sie hatten sich an der Virginia State University kennengelernt, wo sie beide mit einem Footballstipendium studiert hatten. Nach ihrem Abschluss hatte Dash eine steile Karriere als Profispieler hingelegt, Sin war Trainer geworden und hatte bald die Sportabteilung der Uni geleitet. Seit ein paar Jahren kümmerte er sich nun im No Limitz, dem Jugendzentrum von Oak Falls, um den Sport. Dash hatte seinen Freund immer dafür bewundert, dass er seinem Herzen gefolgt war anstatt dem Ruf des Geldes.

Sin warf ihm einen Laber-kein-Blech-Blick zu.

»Ich hätte mir einen Cowboyhut aufsetzen sollen, um weniger aufzufallen. Wie wär's, wenn wir gegenüber den Leuten hier nichts von Football sagen? Heute Abend wäre ich einfach gerne nur dein Kumpel, oder höchstens irgendein Typ, der ein Buch geschrieben hat.«

»So was habe ich mir fast gedacht. Kein Problem.«

Während Dash Sin weiter durch die Menge folgte, fiel ihm eine brünette Schönheit auf. Mit den Fingerspitzen auf dem Kopf eines Golden Retrievers, der eine Assistenzhundeweste trug, stand sie bei einer kleinen Gruppe. Einen Moment lang machte der Hund ihn neugierig, doch dann hatte er nur noch Augen für die Frau, die gerade mit dem dunkelhaarigen Typ neben ihr sprach. Ihr Lächeln, so natürlich und bezaubernd wie ein warmer Sommerregen, verlieh ihr die Ausstrahlung eines süßen Mädchens von nebenan. Aus der Nähe bemerkte er den schimmernden Rotton in ihrem braunen Haar, das ihr ein klein wenig zerzaust in Stufen bis auf den Rücken fiel. Dieses Haar schrie geradezu danach, angefasst zu werden, und ein derart echtes, unverstelltes Lächeln hatte er lange nicht gesehen. An dem schlichten apricotfarbenen Pulli und den dunklen Skinny Jeans, die sie in sicher heiß geliebte, abgewetzte braune Cowgirlstiefel mit pinkfarbenen Verzierungen gesteckt hatte, war so gar nichts Aufreizendes. Auch deshalb zog sie ihn in ihren Bann. Er wollte wissen, wer sie war und wie ihre Stimme klang. War sie so süß, wie sie aussah? Wirklich? Dass eine Frau ihn so brennend interessiert hatte, war verdammt lange her.

Als die Schönheit den Kopf schüttelte, fiel ihr das Haar über ein Auge. Er fand das sehr verführerisch, aber leider steckte sie sich die widerspenstige Strähne gleich wieder hinters Ohr. Dabei glitt ihr Blick über die Umstehenden hinweg, traf auf seinen, und, *heilige Hölle*, die Luft zwischen ihnen knisterte vor Energie. Er konnte nicht wegschauen, wollte es auch nicht. Der Wunsch, sie kennenzulernen, wurde genauso intensiv wie das Brennen unter seiner Haut. Und Sin ging voran, direkt auf sie zu.

Bei der Gruppe angekommen sagte Sin fröhlich: »Das Beste an diesen Jamsessions ist, dass sich dabei die heißesten Ladys von Oak Falls an einem Ort versammeln.« Die Schöne mit dem rotbraunen Haar zuckte zusammen. Sie riss den Blick von Dash los und wurde tatsächlich rot.

Der Dunkelhaarige neben ihr, der ihm irgendwie bekannt vorkam, ließ die Schultern kreisen und räusperte sich.

Sin lachte. »Und die heißesten Kerle natürlich auch. Sorry,

Axsel.«

»Schon gut. Einem Mann mit deinem Körper kann man kaum böse sein.« Axsel musterte Dash interessiert. »Und *Hallo*, schöner Begleiter von Sin.«

Dash streckte ihm die Hand hin. »Hi. Ich bin Dash. Woher kenne ich dich?« In der nächsten Sekunde ging ihm auf, dass Axsel Montgomery vor ihm stand, der Lead-Gitarrist der gefeierten Rockband Inferno. »Moment mal. Du bist ein Rockstar, richtig?« Langsam verbanden sich die Punkte in seinem Kopf zu einem Bild, und er fragte sich, ob Axsel womöglich mit Amber verwandt war.

»Im Bett genau wie im Leben«, flirtete Axsel und drückte dabei Dashs Hand. »Und du hast einen tollen Namen. Dash wie *dashing*, nehme ich an? Umwerfend genug siehst du jedenfalls aus.«

Dash lachte. Sein Blick fand bereits wieder zu dem der Frau mit dem rotbraunen Haar. Prompt überzog eine sanfte Röte ihren Hals und ihre Wangen. Sie war so erfrischend unschuldig und dabei sehr sexy. In seiner Welt eine seltene Kombination.

»Lass die Hose an, Axsel«, kommentierte Sin trocken. »Dash steht nicht auf Kerle. Ich habe ihn mitgebracht, um ihn Amber vorzustellen, nicht um ihn mit ihrem Bruder zu verkuppeln. Dash hat ein Buch geschrieben und kommt in ein paar Wochen zum Signieren in Ambers Geschäft.« Er deutete auf die Brünette, die Dash immer noch anschaute. »Dash, das ist Amber Montgomery. Amber, Dash Pennington.«

Heute ist mein Glückstag. »Freut mich sehr, dich persönlich kennenzulernen, Amber.« Dash streckte ihr die Hand hin. »Shea hat mir viel Gutes über dich erzählt.« Shea Steele war seine PR-Managerin. Sie hatte ihm gesagt, Ambers Buchhandlung sei die beliebteste in der ganzen Gegend und Amber selbst wirklich nett – wenn auch sehr zurückhaltend und damit definitiv nicht sein Typ. Da hatte Shea sich gründlich getäuscht.

Die blonde Frau neben Amber, die etwa ein Dutzend Halsketten und eine Bluse mit weit fließenden Ärmeln trug, stieß Amber mit dem Ellbogen an und riss sie damit aus ihrer Trance. Sie blinzelte ein paar Mal, dann schüttelte sie Dash die Hand. »Hi. Schön, dich kennenzulernen.«

Ihre Hand war weich und warm, ihre Stimme wie Honig. Und der Blick ihrer bezaubernden grünbraunen Augen verlor sich genauso in seinem wie seiner sich in ihrem. »Es heißt, du hättest eine besonders schöne Buchhandlung. Ich freue mich schon auf unsere Zusammenarbeit.«

Sie schüttelte noch immer seine Hand. »Ich … ja. Wegen deiner Bücher … im Geschäft.«

Sie war absolut umwerfend.

Eine hochgewachsene Frau, deren wildes dunkles Haar unter einem Cowgirlhut hervor über ihre Schultern fiel, unterdrückte ein Lachen. Die Blonde stupste Amber erneut in die Seite.

»In meiner Buchhandlung, sorry«, sagte Amber hastig und ließ seine Hand los. Ihre Fingerspitzen landeten wieder auf dem Kopf des Retrievers. »Aber dass ich Bücher verkaufe, weißt du ja schon. Oh mein Gott. Ich …« Ihr Blick huschte umher. »War schön, dich zu treffen. Ich muss … was erledigen. Da drüben.« Sie zeigte in die Menge. »Sorry. Dann bis bald bei der Signierstunde. Komm, Reno.«

»So viel zum Thema Flirttraining«, raunte eine zierliche blonde Frau aus der Gruppe kopfschüttelnd.

Flirttraining? Das machte ihn neugierig.

»Nimm es meiner Schwester nicht übel«, sagte die Blonde mit dem Hippieschmuck. »Sie hatte einen langen Tag.«

Dash schaute Amber hinterher. »Kein Problem. Der erste kurze Eindruck war umwerfend.« Er konnte den zweiten kaum erwarten.

Amber schob sich hektisch durch die lärmende Gästeschar, bis sie sicher war, dass Dash sie nicht mehr sehen konnte. Dann erst blieb sie stehen und atmete tief durch. Ihr Assistenzhund winselte leise, und sie strich ihm über den Kopf. »Alles in Ordnung.« Davon wollte sie sich genauso überzeugen wie Reno, der ihre Anspannung ganz sicher spürte. Vorsichtig warf sie einen Blick über die Schulter, um sich zu vergewissern, dass sie wirklich weit genug weg war. Dann stellte sie sich auf die Zehenspitzen und beugte sich ein wenig zur Seite, um doch noch einen weiteren Blick auf den schockierend gut aussehenden, muskulösen Kerl zu erhaschen, der sich mit ihrer Mutter und ihren Geschwistern unterhielt. *Na wunderbar.* Vermutlich lachten sie gerade darüber, wie verlegen sie geworden war.

Ich muss was erledigen? Herrje.

Wenn sie nervös war, plapperte sie immer irgendwelchen Mist. Selbst ihr Bruder Axsel hatte lockerer mit Dash geflirtet als sie. Und ihre Unbeholfenheit war kein Geheimnis. Als ihre jüngste Schwester Brindle und ihre besten Freundinnen, Lindsay Roberts und Trixie Jericho, gehört hatten, dass Dash bei ihr eine Signierstunde abhalten wollte, hatten sie sie nicht nur zu einer Zusage überredet, sondern sofort erklärt, sie bräuchte ein Flirttraining. *Endlich taucht mal ein Mann in deinem Leben auf, der dich interessiert. Du brauchst ihn, Amber. Wenn du das zu deinem Vorteil nutzt, hat er keine Chance,* hatte

Brindle gesagt. Lindsay hatte sie gleich abends abgeholt und versucht, ihr das Flirten beizubringen. Vergangene Woche hatte sie Amber sogar in eine als Singletreff berüchtigte Bar geschleppt. Eine Dreiviertelstunde hatte die Fahrt dorthin gedauert und sie hatte keinen Menschen gekannt. Wie ein Fisch auf dem Trockenen hatte sie sich gefühlt. Kein Wunder, dass sie vor Verlegenheit fast umgekommen war, während Lindsay am Ende des Abends mit zwei Telefonnummern und einem Date fürs Wochenende ins Auto gestiegen war. Das Flirtprojekt versetzte Amber in Angst und Schrecken.

Sie war eine sehr professionelle Buchhändlerin und Geschäftsfrau. Ein Flirt mit Dash Pennington kam also sowieso nicht infrage. Ganz gleich, was ihre Schwestern oder ihre Freundinnen sagten.

Sie schob sich tiefer zwischen die Feiernden und fragte sich, was dieser Mann so lange vor dem vereinbarten Termin hier wollte. Auf die Jamsession hatte sie sich seit Wochen gefreut und den Abend sehr genossen. Bis *er* aufgetaucht war. Jetzt war sie ein Nervenbündel. Nicht jeder konnte dem Kleinstadtleben etwas abgewinnen, aber für sie war es das einzig Denkbare. Sie war gerne unter Leuten, die sie schon ewig kannten, die ihr in den harten Zeiten der epileptischen Anfälle beigestanden und die Eröffnung ihrer Buchhandlung mit ihr gefeiert hatten. Nichts machte sie glücklicher als die Geborgenheit in einer Gemeinschaft, wo jeder ihren Namen und ihre gesundheitlichen Herausforderungen kannte.

Außer vielleicht, mich zu verlieben.

Nicht, dass sie damit irgendwelche Erfahrungen hatte. Sie tätschelte Renos Kopf. In diesem Augenblick wurden die Lichter gedimmt und die Gespräche verstummten. *Wenigstens habe ich dich.*

Um besser sehen zu können, schob sich Amber näher zur Bühne. Das Scheinwerferlicht fiel jetzt auf Nick Braden, Trixies Freund, der in Peaceful Harbor an der Küste lebte. In einem schwarzen Hemd, Jeans und dem unvermeidlichen Cowboyhut stand er mitten auf der Bühne. Trixies vier Brüder hatten sich ebenfalls dort versammelt. Links von Nick standen Trace und JJ mit ihren Gitarren, rechts saß Shane am Schlagzeug und Jeb am Piano.

Obwohl Amber wusste, was gleich passieren würde, traten ihr Tränen in die Augen.

Mit dem Mikro in der Hand stieg Nick von der Bühne und schaute dabei Trixie an, als wäre sie die Welt für ihn. Amber seufzte. Heimlich wünschte sie sich schon lange, so sehr geliebt zu werden, und fragte sich, wann sie wohl an der Reihe war. Sie war das mittlere von sieben Kindern, und in den letzten eineinhalb Jahren hatten drei ihrer fünf Schwestern geheiratet. Brindle hatte sogar schon ein herziges kleines Mädchen. Keine ihrer Schwestern hatte wirklich nach der großen Liebe gesucht, geschweige denn von einer Hochzeit ganz in Weiß, einem Haus voller Babys und einem Leben inmitten der Familie und lieb gewonnener Traditionen geträumt. Jedenfalls nicht so wie sie. Für ihre Schwestern freute sie sich sehr, aber ein kleines bisschen neidisch war sie auch.

Mit angehaltenem Atem schaute sie zu, wie Nick vor Trixie auf ein Knie ging, ihr vor allen Leuten eine Liebeserklärung machte und dann einen Heiratsantrag. In der Scheune wurde gejubelt und gejohlt. Zwei Tränen rollten über Ambers Wangen, und sie drückte eine Hand auf ihr Herz, während Trixie und Nick sich küssten.

»Was für ein magischer Moment«, murmelte eine männliche Stimme schräg hinter ihr.

»Oh ja«, antwortete sie verträumt und wischte sich die Augen ab. »Einfach perfekt. So was wünsche ich mir auch von ganzem Herzen.« Sie wandte sich um und ihr Mund wurde trocken. Glutvolle dunkle Augen schauten direkt in ihre, dazu ein Grinsen, bei dem ihr die Knie weich wurden.

Dash hob die Brauen. »Du bist also eine Romantikerin.«

Noch einmal würde sie sich nicht so dämlich benehmen wie vorhin. Sie war kein dummes kleines Mädchen, und er war … einfach zu gut aussehend. Aber trotzdem nur ein Mann. Sie berührte Renos Kopf. Das brachte sie wieder ein bisschen ins Gleichgewicht. Entschlossen straffte sie die Schultern, hob das Kinn und hoffte, dass Dash ihr nicht anhörte, wie nervös sie war. »Ja, allerdings, und stolz darauf. Besten Dank.«

»Es gibt sicher jede Menge Männer, die gerne ein bisschen Romantik in das Leben einer so schönen Frau bringen.«

Sie konnte sich ein Lachen nicht verkneifen. »Ich wüsste keinen.«

»Das glaube ich dir nicht.« Er hob eine Braue. »Es sei denn, du rennst vor jedem Mann davon.«

»Tue ich nicht.« Anders als einige ihrer Schwestern hatte Amber nie das Abenteuer gesucht. Im Gegenteil, um ihre Epilepsie unter Kontrolle zu halten, mied sie alles, was zu viel Aufregung und Stress bedeutete. Wie zum Beispiel diesen Ex-Footballspieler, der ihren Körper mit seinem Charme ganz mühelos in ein Inferno verwandelte.

Seine Augen blitzten amüsiert. »Du läufst also nur vor Männern weg, die du schon mal gegoogelt hast?«

Sie würde ihre schwatzhaften Schwestern erwürgen. »Schließlich musste ich abklären, wen ich da in meine Buchhandlung lasse.« Sie hatte alles herausgefunden, was sie wissen musste. Er lebte in New York und hatte im letzten Jahr die

Footballschuhe an den Nagel gehängt. Inzwischen war er als Vortragsredner unterwegs und hatte ein Buch geschrieben. Haufenweise Fotos zeigten ihn beim Feiern mit allen möglichen Promis und diversen langbeinigen Schönheiten. Mister Groß, Dunkel und zum Anbeißen passte besser zu Sable, die Herausforderungen liebte, aber so gar nicht zu ihr. Ihr waren nämlich Bücher und entspannte kleine Feiern im Freundeskreis schon immer lieber gewesen als wilde Kerle und die Dramen, die sie nur allzu oft auslösten.

Sie kniff die Augen zusammen. »Weshalb bist du überhaupt hier? Müsstest du diese Woche nicht Vorträge halten?« Sie kannte seinen Terminplan und fragte sich, wie er neben den Auftritten als Redner und den Treffen mit Sponsoren noch Zeit für irgendetwas anderes fand. Demnächst würde er innerhalb eines Monats in achtundzwanzig verschiedenen Buchhandlungen Signierstunden abhalten. Nach dem Auftakt bei ihr reiste er durchs ganze Land, schrieb Autogramme in Bücher, gab dazu fast täglich Interviews und hatte Fernsehauftritte. Vermutlich floss anstelle von Blut pures Testosteron durch seine Adern. Wie sonst sollte er dieses Programm durchhalten?

»Du hast offenbar gründlich recherchiert.« Seine Mundwinkel kräuselten sich nach oben. Dieser jungenhafte Gesichtsausdruck stand ihm wirklich gut.

»Klar habe ich das. Dachtest du, ich lüge?«

»Nein. Ich hatte eine interessante Unterhaltung mit deinen Schwestern, ihren Ehemännern und deiner Mutter. Sie sind alle wirklich nett, und von ihnen habe ich erfahren, dass du eine grundehrliche Haut bist. So etwas schätze ich sehr. Also verrate mir, ehrliche Amber, weshalb warst du die einzige Buchhändlerin, die einer Signierstunde nicht sofort begeistert zugestimmt hat? Findest du mein Buch etwa grottenschlecht? Hast du es gelesen?«

»Habe ich. Und es hat mir gut gefallen. Von Football und den besten Positionen habe ich allerdings keine Ahnung. Deshalb habe ich diese Teile bloß überflogen.«

Er trat noch etwas näher an sie heran. In seinen Augen stritten sich Belustigung und Hitze. »Was Positionen angeht, sind eigene Erfahrungen sowieso unschlagbar.« Er beugte sich zu ihr und einen Moment lang hüllte sein würzig männlicher Duft sie ein. »Wenn du magst, helfe ich dir gerne rauszufinden, welche dir die liebsten sind.«

Die Luft wich aus ihrer Lunge. Sie wusste nicht, was sie darauf antworten sollte. Sein Blick durchdrang sie und Reno drückte sich leise fiepend an ihr Bein. Sie tätschelte ihn und hätte sich gerne beruhigt. Dashs Blick fiel auf den Hund, und sie wappnete sich für die Fragen, die in solchen Momenten unweigerlich kamen.

Doch als sich ihre Blicke wieder trafen, lag in seinen Augen neben der Glut auch eine gewisse Besorgnis. »Alles in Ordnung?«

Sie nickte und wünschte, sie wäre so schlagfertig wie ihre jüngeren Schwestern Morgyn und Brindle oder so unerschrocken wie ihre älteren, Grace und Pepper. Sogar so scharfzüngig wie Peppers Zwillingsschwester Sable wäre sie jetzt gerne gewesen. Alles war besser, als eine absolute Flirtniete zu sein, die auch noch ständig knallrot anlief wie ein Teenager.

»Er ist es wirklich«, ertönte eine aufgeregte weibliche Stimme.

Dash schaute kurz zur Seite. Beim Anblick der Gruppe, die auf ihn zusteuerte, spannten sich die Muskeln in seinem Kiefer. Amber kannte die Frauen vom Sehen aus Meadowside, dem Nachbarort von Oak Falls, wo sich auch ihre Buchhandlung befand. Dash trat einen Schritt zur Seite und war sofort von Frauen umringt. Im selben Moment gratulierte Sable von der Bühne aus Trixie und Nick zur Verlobung. Sable war die Sängerin und Leadgitarristin der Band Surge und stimmte jetzt einen von Trixies Lieblingssongs an.

»Gibst du mir ein Autogramm in mein Adressbuch?« Eine Blondine hielt Dash ein Büchlein unter die Nase und zog einen Stift aus der Handtasche.

Ohne den Blick von Amber zu lassen, nahm er beides entgegen. »Klar. Gerne. Wie heißt du?«

»Ich gehe dann mal …« Amber zeigte hinter sich und machte rückwärts ein paar Schritte von ihm weg.

»Amber.« Dashs Ton war bestimmend. Ohne hinzusehen, nahm er ein Stück Papier von einer anderen Frau. »Heb einen Tanz für mich auf.«

Er war nicht bloß viel zu zupackend, selbstbewusst und verlockend für sie, nein, die Frauen warfen sich ihm in Scharen an den Hals. Und er schien sich dabei recht wohlzufühlen. »Ich glaube, deine Tanzkarte ist schon voll. Wir sehen uns bei der Signierstunde.« Mit Reno an der Seite marschierte sie auf dem schnellsten Weg zum Scheunentor. Dort stach ihr die kühle Oktoberluft in die Wangen, doch die Hitze in ihren Adern vertrieb sie nicht.

Zwei

Ambers Telefon vibrierte. Schon wieder eine Nachricht von ihrer Mutter! Es war Samstagmorgen und sie bog gerade in die Straße ihrer Eltern ein. Ihre Mutter hatte heute schon ein paarmal per Textnachricht nachgefragt, wo sie sei und wann sie denn käme. Amber war eine Frühaufsteherin und fuhr oft und gerne zum Frühstück zu ihren Eltern. Doch als das Telefon jetzt wieder summte, packte sie das Steuer ein bisschen fester. *Jetzt macht keinen Stress, Leute. Großer Gott.*

Das Haus, in dem sie ihre Kindheit und Jugend verbracht hatte, kam in Sicht. Sables Pick-up und Brindles Wagen standen in der Einfahrt. Amber stieß geräuschvoll die Luft aus. *Das erklärt, warum Mom heute so drängelt.* Sie hatte die Anrufe ihrer Schwestern gestern Abend ins Leere laufen lassen, weil sie keine Lust auf Fragen wegen Dash Pennington hatte. Sie konnte nur hoffen, dass er bereits in einem Flieger saß und in sein Großstadtleben zurückkehrte. Die Begegnung mit ihm war ihr unter die Haut gegangen. Er hatte sie mit seinem unwiderstehlichen Charme und seinen verführerischen Augen völlig durcheinandergebracht. Die halbe Nacht lang hatte sie ihre kurze Unterhaltung immer wieder durchgespielt. Viel öfter, als sie sich eingestehen wollte. Und als sie endlich eingeschlafen war, hatte dieser Mann sie in einen erotischen Traum gelockt. Wegen ihm war sie heute Morgen später dran als sonst. Sie hatte einen Spaziergang gemacht, um ihn aus dem Kopf zu bekommen. Allerdings ohne Erfolg. Noch immer beschleunigte sich ihr Pulsschlag, wenn sie nur an ihn dachte. So wie jetzt gerade.

Reno hob auf dem Rücksitz den Kopf. Ganz sicher spürte er ihre veränderte Energie.

Diese Sorte Aufregung konnte sie so gar nicht gebrauchen.

Sie parkte am Straßenrand und überlegte, wem der schwarze Wagen hinter Sables Pick-up gehörte. Ihre Mutter bildete Assistenzhunde aus. Vielleicht war eine der Familien zu Besuch, für die Merle und Patsy, die neuen Welpen, bestimmt waren.

Gemeinsam mit Reno ging sie die lange Einfahrt hinauf und spähte erst einmal um die Hausecke. Beim Anblick der Gartenlaube überkamen sie glückliche Erinnerungen, wie sie dort früher zusammen mit Pepper, der Schwester, die ihr von der Art her am ähnlichsten war, oft Nachmittage lang geschmökert hatte. Sie berührte den Notrufknopf an ihrer Signalhalskette. Pepper hatte sie noch während ihrer Studienzeit ersonnen und sich patentieren lassen. Wie immer, wenn Amber durch den Kopf ging, was ihre Schwester für sie getan hatte, wie viel Mühe und harte Arbeit in dieser Kette steckten, stieg ihr ein dicker Kloß in den Hals. Für den Moment schob sie diese Gefühle beiseite. Stattdessen dachte sie daran, wie Axsel manchmal mit seiner Gitarre zu ihnen herausgekommen war. Grace, die Älteste, hatte auf dem Rasen fürs Cheerleading trainiert oder sich wer weiß wo herumgetrieben, während die beiden blauäugigen Blondschöpfe der Familie, Morgyn und Brindle, in endlose Gespräche über Jungs und Klamotten vertieft gewesen waren. Nur Sable hatte meist gefehlt, weil sie lieber in der Scheune an irgendetwas herumgeschraubt hatte. An dem alten Pick-up zum Beispiel, den ihr Vater ihr zum sechzehnten Geburtstag geschenkt hatte. Oder sie war bei der Bandprobe gewesen. Inzwischen betrieb sie als Automechanikerin eine eigene Werkstatt und feierte mit ihrer Band Surge Erfolge.

Amber sah ihren Vater aus dem Pferdestall kommen, wo auch ein Teil des Hundetrainings stattfand. Merle und Patsy tollten fröhlich neben ihm her.

Reno wedelte mit dem Schwanz.

»Reno, Freizeit. Geh spielen.« Auch Assistenzhunde brauchten regelmäßig eine Pause.

Er setzte in großen Sprüngen quer durch den Garten und bald tobten alle drei Fellnasen gemeinsam durchs Gras. Amber winkte dem hellhaarigen, geduldigen und überaus verlässlichen Mann zu, der nicht nur sehr gelassen zwischen ganzen Wolken von Östrogen lebte, sondern auch stets zu wissen schien, was jedes seiner Kinder gerade brauchte. Sie dachte gerne an die heimlichen nächtlichen Spaziergänge mit ihrem Vater zurück, wenn ihre Schwestern sich mal wieder in den frühen Morgenstunden aus dem Haus geschlichen hatten, um den Jericho-Brüdern dabei zuzusehen, wie sie vor Tagesanbruch halbwilde Pferde zuritten. Zu solchen geheimen Ausflügen war sie nur selten mitgekommen. Und wenn, dann bloß, weil Brindle ihr keine Ruhe gelassen hatte. Ihre rebellische Schwester hatte immer darauf gedrängt, dass sie ja nichts verpasste. Amber sollte auch so viel Spaß haben wie sie. Doch während sich ihre Schwestern bei diesen Mitternachtsrodeos beim Anblick von Cowboys mit nackten Oberkörpern besabbert hatten, hatten sich Amber und ihr Vater bei Mondscheinspaziergängen über ihre Träume von einer eigenen Buchhandlung und ihre

Erlebnisse mit ihren Freundinnen unterhalten. Im Herbst hatten sie dabei oft Eicheln gesammelt, die sie wie Schätze in Gläsern aufbewahrte. Zusammen mit kleinen Zetteln, auf die sie die weisen Ratschläge ihres Vaters notiert hatte, die er ihr während dieser Rundgänge gab. Ab und an überraschte er sie auch heute noch, holte sie mitten in der Nacht zum Spazierengehen und Reden ab.

»Wie geht's meiner Prinzessin?« Ihr Vater küsste sie auf die Wange. Sein vertrauter Geruch hüllte sie ein und sofort fühlte sie sich geborgen.

»Gut. Wem gehört denn das Auto da draußen?«

»Deine Mutter und deine Schwestern haben einen Gast zum Frühstück eingeladen.«

»Wie schön. Sind Brindle und Sable deswegen auch schon hier? Normalerweise kommen sie doch immer erst später. Hat Sable Axsel mitgebracht?« Axsel war gerade mal wieder in der Stadt und wohnte bei ihr.

»Nein. Wahrscheinlich ist er gestern Abend zu lange um die Häuser gezogen.«

»Sieht ihm ähnlich. Wer ist denn der Frühstücksgast?«

»Lass uns nachsehen.« Ihr Dad stieß einen Pfiff aus und die Hunde kamen angerannt. Er kraulte Reno hinter den Ohren, während Amber die beiden Welpen knuddelte.

Dann richtete sie sich auf. »Reno. Hier.« Sofort war ihr treuer Gefährte an ihrer Seite und sie traten in die große Wohnküche. Beim Anblick von Dash blieb sie schreckensstarr stehen. In einem weißen T-Shirt und Laufshorts saß er am Tisch und ließ Brindles sieben Monate alte Tochter auf seinem Knie auf und ab hüpfen. Die kleine Emily, oder auch Emma, quietschte vor Wonne.

Dash hob die Brauen und lächelte Amber an.

In ihrem Bauch stob prompt ein ganzer Schwarm Schmetterlinge auf. Ihr Kopf gab sich alle Mühe zu verstehen, was dieser unverschämt gut aussehende Prachtkerl mit ihrer Nichte auf dem Schoß in der Küche ihrer Eltern zu suchen hatte. Vor ihm stand ein Teller mit ein paar Krümeln. Wie lange saß er denn schon da? Rechts von ihm rührte Brindle in ihrer Tasse, am Kopfende des Tisches ihre Mutter. Beide strahlten sie mit einem schelmischen Blitzen in den Augen an. Sable hatte die in Jeans verpackte Hüfte an die Kücheninsel gelehnt und die Arme verschränkt. Sie musterte Dash kritisch. Von all ihren Geschwistern hatte sie den ausgeprägtesten Beschützerinstinkt und konnte ziemlich misstrauisch sein.

»Ich kann nichts dafür«, raunte ihr Vater Amber zu und setzte sich an den Tisch.

Amber konnte sich verdammt gut vorstellen, wer Dash zum Frühstück hergelockt hatte. Ihre Mutter und ihre jüngste Schwester hatten sich in den Kopf gesetzt, sie zu verkuppeln. Merle rannte umher und beschnupperte alle. Offenbar wirkte Dashs Charme nicht nur bei Frauen. Patsy stellte die Vorderpfoten auf seinen Oberschenkel, was Emma gleich noch lustiger fand. Als Dash den Welpen auf den Kopf küsste, durchrieselte Amber ein warmes Gefühl.

»Dann kann der Spaß ja jetzt beginnen.« Sable warf sich das lange dunkle Haar über die Schulter und beugte sich grinsend vor, um Merle zu streicheln.

»Hey, mein Schatz. Schön, dass du endlich da bist.« Ihre Mutter sprang auf. Sie trug, wie so oft, lässige Jeans und einen Pulli und umarmte Amber kurz. »Ich wollte, dass du dich beeilst. Dash ist ein wirklich lieber Kerl«, wisperte sie ihr dabei ins Ohr. Dann wandte sie sich ab und machte frischen Kaffee. »Dash hast du ja schon kennengelernt«, sagte sie laut. »Als er uns erzählt hat, wie viel Zeit er wegen seiner Auftritte auf Reisen verbringt, dachte ich, er hätte vielleicht Lust auf ein herzhaftes, hausgemachtes Frühstück.«

Amber schluckte ihre Irritation hinunter, nahm Dash gegenüber Platz und betrachtete die ofenfrischen Blaubeer-Scones, die Pfannkuchen, die Platte mit Rührei, den knusprigen Toast und den gerösteten Speck auf dem Tisch. »Nette Idee«, sagte sie. Reno legte sich neben ihren Stuhl.

»Deine Mutter ist eine wunderbare Köchin, und es war schön, deine Familie kennenzulernen und ein bisschen mit der kleinen Dame hier zu spielen.« Dash kitzelte Emma am Bauch und wurde mit glücklichem Gekicher belohnt.

Aller Erbostheit zum Trotz schmolz Amber ein klein wenig dahin. Weshalb sahen heiße Kerle immer noch ein bisschen heißer aus, wenn sie ein Baby auf den Knien hatten?

»Gestern Abend habe ich nach dir gesucht.« Dash schaute ihr tief in die Augen. »Auf meiner Tanzkarte stand x-Mal dein Name. Aber du hast mich versetzt.«

Sie lachte ungläubig auf und räusperte sich dann schnell, um das Lachen zu überdecken. Vermutlich hatte er mit jeder einzelnen Frau in der Scheune getanzt. »Sorry. Ich hatte zu Hause noch einiges zu tun.«

»Ach ja? Was denn, Liebes?«, fragte ihre Mutter.

Amber legte einen Scone auf ihren Teller und suchte nach einer Antwort. »Es gab einen Buchclub-Chat, den ich nicht verpassen wollte.«

»Das ist schon okay. Oder, Emmie?« Dash schickte dem Baby ein paar Luftküsse, was ihn unfairerweise noch attraktiver machte. »Ich bleibe ja bis zu meiner Signierstunde in Oak Falls.« Er hob den Kopf und erwischte Amber dabei, wie sie ihm und Emma zuschaute. Wärme trat in seinen Blick. »Vielleicht hast du ja ein anderes Mal Zeit für einen Tanz.«

Was sollte das alles? Warum bemühte er sich so sehr um sie? Sie hatte der Signierstunde doch bereits zugestimmt.

»Ist es nicht toll, wie gerne er Babys mag, Schwesterlein?« Brindle klang wie eine Gebrauchtwagenverkäuferin, obwohl sie doch eigentlich Lehrerin war.

»Da fragt man sich gleich, ob er selbst welche hat«, sagte Sable spitz.

Ihre Mutter warf Sable einen düsteren Blick zu, brachte die Kaffeekanne zum Tisch und füllte die Tassen.

»Nein, hat er nicht.« Dash lächelte Amber an. »Aber eines Tages hätte er gerne ein ganzes Haus voll.«

»Klingt, als hätten du und Amber mehr gemeinsam, als wir dachten.« Brindle gab Amber unter dem Tisch einen Tritt.

Autsch! Amber würde ihr den Hals umdrehen.

Sable schob sich an den Tisch und ihr Vater warf ihr einen Blick zu, der sagte: *Reiß dich zusammen.* Aber solche Blicke ignorierte Sable schon, solange sich Amber erinnern konnte. »Wirklich, Dash? Du willst ein paar Wochen hierbleiben? Weshalb ausgerechnet in Oak Falls? Müssen wir damit rechnen, dass demnächst eine abservierte Ex hier aufschlägt? Vielleicht sogar eine sitzengelassene Verlobte? Willst du dich hier in der ländlichen Ruhe vor einem Skandal verstecken?«

»Sable. Er ist unser Gast!«, schimpfte ihre Mutter.

»Ja. Ein Gast, über den wir kaum etwas wissen. Jeder hat schmutzige kleine Geheimnisse und ein großer Sportstar sicher noch ein paar mehr.« Sable trommelte mit den Fingern auf ihren Unterarm und musterte ihn mit zusammengekniffenen Augen. »Ich versuche bloß rauszufinden, was hier gespielt wird.«

Dash zuckte nicht mit der Wimper. »Ich besuche Sin. Wir sind alte College-Freunde.«

»Ach. Dann ist Sin ja vielleicht dein schmutziges kleines Geheimnis«, frotzelte Sable.

Amber unterdrückte ein Lachen.

Ihr Vater warf Sable einen noch strengeren Blick zu.

Emma streckte die Ärmchen nach Brindle aus und Dash gab ihr die Kleine zurück. »Sin sieht wirklich sehr gut aus«, sagte er ungerührt zu Sable. »Trotzdem sind wir bloß Freunde. Aber dass du meinst, eine Beziehung zu ihm könnte ein schmutziges Geheimnis sein, überrascht mich. Wo du doch einen Bruder hast, der auf Männer steht.«

»Tataa! Eins zu null für Dash, Sable«, lachte Brindle.

Ihr Vater knuffte Amber in die Seite. »Ich mag den Kerl.«

»Weshalb sagst du das mir?« Amber biss in ihren Scone, die anderen lachten.

»Okay, ich gestehe.« Dash hielt inne. Und wie ein Magnet Metallspäne anzog, so zog die Hitze in seinen Augen Ambers Blick zu seinem. »Mein schmutziges kleines Geheimnis ist, dass ich die Frühstückseinladung angenommen habe, weil ich gehofft habe, dass Amber auch kommt.«

Zack, schon standen ihre Wangen in Flammen. Sie versuchte wegzuschauen, war aber viel zu sehr damit beschäftigt, sich zu erinnern, wie man atmete.

»Eigentlich laufe ich nur ungern nach einem guten Essen, aber es muss sein.« Dash stand auf. Der Mann konnte sich sehen lassen. Die Küche, die immer so groß und geräumig wirkte, selbst wenn alle neun Familienmitglieder hier versammelt waren, fühlte sich plötzlich viel zu klein an. »Marilynn, Cade, vielen Dank für das wunderbare Frühstück. Brindle, danke, dass ich die süße kleine Miss halten durfte. Und Sable, mach einfach so weiter. Eines Tages wirst du mich sicher entlarven.«

»Du hast kaum was gegessen«, gab Sable zurück.

»Mit prallvollem Magen zu joggen, wäre keine gute Idee.« Dash nahm ein verwaschenes Virginia-State-Sweatshirt von der Stuhllehne. Seine dunklen Augen hielten Amber weiter in seinem Bann. »Aber die Gelegenheit, Amber zu sehen, wollte ich mir nicht entgehen lassen.«

»Du bist uns jederzeit willkommen. Aber warte, ich hole dir noch die Waschlotion, von der wir vorhin gesprochen haben.« Ihre Mutter eilte aus der Küche.

»Oh, ja. Unbedingt«, seufzte Brindle. »Du wirst sie lieben. Sie ist sehr … speziell.«

Amber knirschte mit den Zähnen. Ihre Tante Roxie in Upstate New York war bekannt für ihre selbst gemachten Lotionen, Shampoos und anderen Pflegeprodukte. Angeblich mischte sie ihnen geheime Liebeselixiere bei. Ihre Cousinen schworen jedenfalls darauf. Genau wie Amber. Als ihre Mutter mit einem ganzen Körbchen voller Tuben und Fläschchen und weiß Gott was noch alles zurückkam, gelobte sie sich aus genau diesem Grund, Dash für den Rest seiner Zeit hier in Oak Falls zu meiden.

»Hier. Bitte schön.« Marilynn stellte Dash das Körbchen hin. »Ich habe noch ein paar Sachen dazugelegt, die dir vielleicht gefallen.«

»Wow, vielen Dank! Ich freue mich schon darauf, alles auszuprobieren.«

Die Schultern ihrer Mutter vollführten einen kleinen Tanz. Dabei grinste sie Amber hoffnungsvoll an, und Amber war ziemlich sicher, dass ihr gerade Rauch aus den Ohren stieg.

Dash drehte sich zu ihr und sorgte damit für eine andere Art von Hitze. »Heute Nachmittag trainiere ich mit Sin zusammen seine Jugendmannschaft. Aber vielleicht kannst du mir ja heute

Abend die Stadt zeigen und wir holen den verpassten Tanz nach.«

Alle Augen richteten sich auf Amber, die spürte, wie ihr zum tausendsten Mal in den letzten vierundzwanzig Stunden die Wangen glühten. »Ich ... nein, tut mir leid. Ich habe sehr viel zu tun.«

»Okay. Vielleicht ein andermal.« Ein sexy Zwinkern, dann bedankte sich Dash noch einmal, verabschiedete sich und ging.

Sobald er aus der Tür war, stieß Amber die Luft aus, die sie gefühlt seit einer Stunde angehalten hatte. Sofort redeten alle durcheinander.

»Weshalb hast du ihn abblitzen lassen?«, stöhnte Brindle laut.

»Er ist ein wirklich netter Mann«, schwärmte ihre Mutter. »Und so hartnäckig. Das gefällt mir.«

»Er ist ein Sportstar, Mom. Die sind mindestens so schlimm wie Rockstars.« Sable sagte *Sportstar*, als handelte es sich um eine Krankheit, und setzte sich auf den Stuhl, den Dash gerade freigemacht hatte.

»Wenn irgendwer weiß, wie schlimm Rockstars sind, dann sicher du«, stellte Brindle fest.

»Allerdings.« Sable nickte.

Sable war tough und nicht auf den Mund gefallen, aber auch mit atemberaubenden Kurven gesegnet. Und wenn sie etwas wirklich wollte, scheute sie sich nicht, alle ihre Vorzüge ins Spiel zu bringen. Amber fragte sich, weshalb Dash auch nur das geringste Interesse an ihr verspürte, wo Sable doch sicher viel besser in sein Beuteschema passte. Sie war Single, absolut umwerfend, und wenn sie nicht gerade die Beschützerkrallen ausfuhr, für jeden Spaß zu haben. Unverbindliche Affären miteingeschlossen.

Sable zog eine Braue hoch. »Dash hat vermutlich fünf Kinder mit fünf verschiedenen Frauen und weiß es nicht mal, weil er hemmungslos von einem Bett ins andere hüpft.«

»Sable *Marie*«, schimpfte ihre Mutter.

»Was ist? Irgendwer muss Amber doch beschützen«, fauchte Sable. »Du und Brindle, ihr bietet dem Kerl ja praktisch eine Mitgift an.«

»Sei nicht so dramatisch.« Ihre Mutter setzte sich neben Amber. »Dash ist wirklich sympathisch. Ein echter Gentleman, kein sexhungriger Aufreißertyp.«

Sable lehnte sich zurück und verschränkte die Arme. »So naiv bist du nicht, Mom. Entweder macht der Wunsch nach mehr Enkeln dich blind oder du hast den Verstand verloren.«

»Hat sie nicht. Sin sagt nur Gutes über Dash«, beharrte Brindle.

Amber hob eine Hand. »Schluss jetzt. Ich bin fassungslos, dass ihr mich ohne Vorwarnung hier habt einlaufen lassen. Bei Brindle hätte ich damit gerechnet. Sie schickt mir jede Woche die Kontaktdaten irgendeines anderen Kerls, mit dem ich chatten soll.«

»Immer gerne. Auch wenn du dich nie bei einem von ihnen meldest.« Brindle warf sich mit einem stolzen Grinsen das blonde Haar über die Schulter und sprach angeregt auf Emma ein. »Deine Tante verpasst so einiges, nicht wahr? Dabei ist deine Mama besser als jede Dating-App.«

Emma quietschte fröhlich.

Amber verdrehte die Augen. »Mom, du hast ihm einen ganzen Korb von Tante Roxies Liebeselixieren mitgegeben. Wirkt das nicht ein bisschen verzweifelt? Und Dad?« Sie musterte ihn ernst. »Ich kann nicht glauben, dass du mich den Wölfen zum Fraß vorgeworfen hast.«

Ihr Vater legte seine Hand auf ihre, drückte sie beschwichtigend und warf ihr einen entschuldigenden Blick zu. »Wenn ich dich gewarnt hätte, wärest du sofort wieder in dein Auto gestiegen und davongefahren. Und dann hätten die Wölfe mich zerrissen.«

»Du hast es genau richtig gemacht, Dad.« Brindle schaute Amber an und drückte Emma dabei einen Kuss auf die Stirn. »Ich verstehe dein Problem nicht. Du besabberst dich doch schon seit Wochen wegen Dash. Er ist der einzige Kerl, der dich je aus der Ruhe gebracht hat, und seit Jahren der allererste, der dich interessiert. Und jetzt ist er tatsächlich hier und ganz hingerissen von dir. Endlich bist du mal an der Reihe. Gönn dir den Spaß.«

»Von Spaß haben wir beide eine sehr unterschiedliche Vorstellung.« Amber nahm einen Happen von ihrem Scone.

»Ja, zum Glück.« Sable stand auf. »Ich muss in die Werkstatt. Ich baue heute einen Motor zusammen und das wird haarig.«

»Dann viel Erfolg. Und danke für die Unterstützung.« Amber stand auf und umarmte sie.

»Jederzeit.« Sable kniff die Augen zusammen. »Und lass dich zu nichts überreden, was du nicht selber willst.«

Brindle schnaubte. »Du tust ja gerade, als wollten wir sie als Escort-Girl vermieten.«

Sable zog eine Braue hoch, dann lachten sie beide. »Ich hab dich von Herzen lieb, Brin. Aber mach Amber keinen Stress.« Sie küsste Emma auf den Kopf. »Und pass gut auf meine Nichte auf.«

Sable ging, Amber setzte sich wieder und frühstückte weiter. Ihre Mutter entschuldigte sich für ihren Übereifer, Brindle drängte sie, endlich mal ihre Komfortzone zu verlassen, und ihr

Vater hörte amüsiert zu. Am Ende lachten und scherzten sie wieder alle gemeinsam. Amber half ihrer Mutter mit dem Abwasch, dann spielte sie mit Emma und schwelgte in der Niedlichkeit der Kleinen, bis es Zeit für den Aufbruch zur Buchhandlung war.

Auf der gemächlichen Fahrt durch die Stadt bewunderte Amber die herbstlich dekorierten Schaufenster. Während sie an einer roten Ampel wartete, kam Lindsays Großmutter Nina, die jeder Nana nannte, mit ein paar Freundinnen aus dem Stardust Café. Sie zeigten zur anderen Straßenseite, gestikulierten und kicherten. Amber folgte ihren Blicken hinüber zum Park. Dort machte gerade jemand am starken Ast eines Baumes Klimmzüge. Dash natürlich, und zwar ohne Hemd. Das Spiel seiner herrlich definierten Muskeln war sehenswert. Seine Haut schimmerte in der Morgensonne und geradezu mühelos zog er sich immer wieder hoch.

Eine Gruppe junger Mütter blieb mit ihren Kinderwagen auf dem Gehsteig stehen und blockierte die Sicht. Amber ließ den Wagen vorsichtig ein Stückchen vorrollen. Gerade rechtzeitig, um zu sehen, wie Dash geschmeidig auf den Füßen landete und mit Dehnübungen begann. Himmel, er sah schon in Kleidern einfach umwerfend aus. Aber fast nackt? Ganz tief in ihrem Inneren breitete sich Hitze aus.

Ein Hupen hinter ihr holte sie unsanft zurück ins Hier und Jetzt. Die Ampel war grün, hinter ihr hatte sich eine kleine Autoschlange gebildet und Reno saß in Habachthaltung auf der Rückbank. *Ach du liebe Güte!* Sie versank fast in ihrem Sitz, winkte den Fahrern hinter ihr entschuldigend zu und fuhr mit klopfendem Herzen weiter. Das Bild des halb nackten Dash Pennington hatte sich fest in ihre Netzhaut gebrannt.

»Alles klar für den *Create Your Life*-Podcast morgen Abend?«, fragte Shea Dash am späten Samstagnachmittag am Telefon.

»Ja. Alles klar.« Die Ironie der Situation war ihm durchaus bewusst. Er versuchte, andere Menschen zu motivieren, für ihre Träume zu kämpfen und ihnen zu folgen. Dabei fühlte er sich allzu oft wie ein unbeteiligter Zuschauer, der darauf wartete, dass sein eigenes Leben sich so entwickelte, wie er es gerne haben wollte.

»Wunderbar. Für den abgesagten Vortrag habe ich einen Ersatztermin vereinbart. Am nächsten Freitag. Die genaue Zeitplanung habe ich dir per E-Mail geschickt. Du fliegst am Donnerstagmorgen nach L. A. Die Details für Freitag können wir dort abends beim Dinner besprechen.«

»Wie bitte? Du meinst, ich kann mir das Spiel nicht ansehen? Du weißt schon, was du da von mir verlangst?«

»Fragst du mich das jetzt im Ernst? Hast du irgendeine Vorstellung, wie beschäftigt ich bin?«

Er lachte. »Warum fällst du immer wieder darauf rein? Du weißt, dass es mir nichts ausmacht, mal ein Spiel zu verpassen. Schön, dass wir zusammen essen gehen.« Er zog einen dunkelblauen Pulli aus dem Schrank in Sins Gästezimmer. »Wann geht denn mein Rückflug am Samstag?«

»Darüber wollte ich noch mit dir reden. Ich weiß, du stehst nicht auf Promi-Klatsch. Aber wenn du sowieso gerade in der Stadt bist, würde ich dich gerne am Montag in *He Said, She Said, We Said* unterbringen.« In dem Podcast, der in L. A. produziert wurde, interviewten Celebritys einander gegenseitig. »Und bei der *The Tonight Show* hat jemand abgesagt. Da kann ich für Mittwoch etwas für dich arrangieren.«

»Kommt gar nicht infrage.« Dash zog sich den Pulli über, drückte das Telefon wieder ans Ohr und hörte das Ende von Sheas Satz.

»... die derzeit quotenstärkste Show des Landes. Der Auftritt ist gut für deine Buchtournee.«

»Für die ist zusätzliche Werbung unnötig. Du weißt, wie sehr ich Podcasts hasse, in denen Promis sich gegenseitig beweihräuchern, und nach New York fliege ich nächste Woche auf keinen Fall.« Shea war seit Jahren seine PR-Managerin und längst zu einer guten Freundin geworden. Er schätzte ihre Beharrlichkeit, doch eigentlich wusste sie genau, dass er gerne etwas kürzertreten wollte. Er brauchte dringend eine Pause vom Medienzirkus und außerdem hatte die kurze Begegnung beim Frühstück sein Interesse an Amber noch gesteigert. Als sie ahnungslos in die Küche ihrer Eltern spaziert war, war ihre Verblüffung genauso deutlich spürbar gewesen wie das Knistern, das sofort wieder zwischen ihnen in der Luft gelegen hatte. Er wollte sie in aller Ruhe besser kennenlernen. »Ich brauche diese Auszeit, Shea. Ich fliege am Samstag zurück nach Oak Falls und damit gut.«

»Na schön«, lenkte sie ein. »Ich dachte, ein paar Tage bei Sin würden dir reichen. Einen Versuch war es wert.«

Er setzte sich aufs Bett und schlüpfte in seine Schuhe. »Ich habe dir ja gesagt, dass ich mal ein bisschen runterfahren will.«

»Ja. Aber erst *nach* der Tour. Und, ehrlich gesagt, selbst das beunruhigt mich. Du bist ein Macher, und Macher kommen mit längeren Pausen schlecht klar. Du weißt, wie es bei David Green gelaufen ist.« David Green war einer der besten Tight Ends der Liga gewesen. Vor ein paar Jahren hatte er seine Sportkarriere beendet und danach binnen sechs Monaten einen

Großteil seines Vermögens verspielt. Er hatte zu tief in zu viele Gläser geschaut und seinen Ruf ruiniert. Gerüchten zufolge lebte er jetzt in ärmlichen Verhältnissen in Mexiko.

»Ich bin kein Trinker und kein Spieler, und wirklich, du täuschst dich in mir. Dass eine Pause mir nicht guttut, glaubst du nur, weil ich noch nie eine gemacht habe.« Aber das würde sich von nun an ändern. »Ich muss los. Ach ja, eins noch. Hawk hat mir vorhin eine Textnachricht geschickt. Er schreibt, du hättest ihn für die erste Signierstunde gebucht.« Hawk war ein gesuchter Fotograf, den Shea sehr gerne engagierte – und einer von Dashs jüngeren Brüdern.

»Deine Tour ist ein Megaereignis, und ich weiß, wie sehr du Fotografen hasst. Ich dachte, es wäre dir lieber, wenn wir zusammen mit Hawk an den Start gehen, anstatt das Feld den Paparazzi zu überlassen. Siehst du? Ich will immer nur dein Bestes. Wir sehen uns zum Essen in L. A. Dann können wir über ein paar Ideen reden, die ich fürs nächste Jahr für dich habe.«

»Shea!«, schnaubte er warnend.

»Bis bald«, rief sie fröhlich und legte auf.

Dash steckte sein Telefon ein, schnappte sich seine Schlüssel und verließ das Zimmer. Sin saß noch in Sportsachen vom Training im Wohnzimmer und schaute auf sein Telefon.

»Hey. Ich bin jetzt mal eine Weile weg.«

Sin blickte auf. »Ich dachte, wir gehen später zusammen was essen und treffen hinterher vielleicht die Jungs auf ein Bier.«

»Ich gehe zu Amber. Mit ein bisschen Glück fällt das Essen für mich flach.«

Sin machte ein ernstes Gesicht. »Hör mal, Dash. Hier läuft es ein bisschen anders als in den großen Städten, in denen du sonst unterwegs bist. Hier weiß jeder alles über jeden. Und

Amber hat für Dramen nichts übrig. Sie ist eine, die im Park Blumen pflückt, dir Suppe bringt, wenn du krank bist, und Geburtstagswünsche per Post verschickt. Nicht als Textnachricht oder mit E-Cards. Außerdem ist sie eine gute Freundin. Ich will nicht, dass ihr jemand Kummer macht. Dass du hier bist, hat sich inzwischen rumgesprochen. Morgen werden noch mehr Frauen aus den Nachbarorten hier einschweben, um den Prachtkerl in Aktion zu sehen und ihm sehnsüchtige Blicke zuzuwerfen. Falls du eine Frau suchst, mit der du ein bisschen Spaß haben kannst und die es gelassen nimmt, wenn du wieder verschwindest, kann ich was für dich einfädeln. Aber lass Amber da raus.«

Während des Trainings heute hatten sich ganze Scharen von Zuschauerinnen am Spielfeldrand gedrängt, aber Dash hatte das kein bisschen aus der Ruhe gebracht. »Warum sagt mir jeder, Amber sei nichts für mich? Erst gestern Abend habe ich versucht, dir zu erklären, dass die Begegnung mit ihr sich für mich besonders anfühlt, und dass ich gerne sehen möchte, was daraus werden kann.«

»Ich hatte das so verstanden, dass du sehen willst, was für die nächsten Tage daraus werden kann.«

»Du müsstest eigentlich wissen, dass ich kein totaler Arsch bin. Amber ist eine Frau für immer und nicht für zwischendurch, das habe ich verstanden. Spätestens, seit es gestern Abend zwischen uns gefunkt hat und sie sofort weggelaufen ist. Und ich flüchte nicht, Sin. Hast du das je bei mir erlebt?«

»Nein, du hast recht. Von Frauen, die sich mehr erhoffen, als du ihnen geben willst, hast du dich immer ferngehalten.«

»Genau.« Seit er das Buch geschrieben hatte, fühlte er sich wie ein Heuchler. Abgesehen vom Football hatte er all seine Träume aufgegeben. Er hatte zugeschaut, wie seine Mannschaftskameraden sich verlobt, geheiratet und Familien gegründet hatten. Dass in seinem Leben etwas fehlte, war ihm längst bewusst. Seit zwei Jahren dachte er über sich und seine Ziele nach, und noch immer konnte er nicht mit absoluter Sicherheit sagen, woher die Leere in ihm kam. Doch zum allerersten Mal seit der Entscheidung für den Profisport folgte er jetzt seinem Herzen anstatt seinem Kopf.

»Okay, zugegeben«, sagte Sin und holte damit Dash aus seinen Gedanken zurück. »Als ich dir von ihrer Epilepsie erzählt habe, hat dich das auch nicht abgeschreckt. Tut mir leid, aber vermutlich ist mein Drang, sie zu beschützen, doch größer als gedacht.«

»Das verstehe ich und ich bin froh darüber. Und ganz ehrlich? Ich habe noch keinen Schimmer, was sich da zwischen uns anbahnt. Wie auch? Wir haben erst zweimal kurz miteinander gesprochen. Und beide Male ist sie ganz umwerfend süß verlegen geworden. So anziehend wie sie war für mich noch nie eine Frau. Nicht auf diese Art. Beim Football heute konnte ich es kaum erwarten zu duschen, mich umzuziehen und zu ihr zu fahren. Noch nie zuvor wollte ich lieber bei einer Frau sein als auf dem Platz.«

»Warum hast du das nicht gleich gesagt?« Sins Sorgenfalten glätteten sich. »Dass du wegen ihr solches Herzklopfen hast, war mir nicht klar.«

»Für mich ist das wie ein völlig neues Spiel, also danke dafür, dass du mich in die Regeln einweihst.« Dash ging zur Tür. »Wegen des Essens melde ich mich noch.«

Dash parkte an der Main Street in Meadowside, der hübschen kleinen Nachbarstadt von Oak Falls. Auch hier gab es schöne altmodische Straßenlaternen, von Bäumen und Sträuchern gesäumte Gehsteige und originelle Willkommensschilder an fast jeder Tür. Er schlenderte zu Ambers Buchhandlung und schaute dort in sein eigenes Gesicht auf einem Poster im Schaufenster. Es war neben einem Stapel seiner Bücher platziert, umgeben von frischen Herbstblumen, Kürbissen, rustikalen Laternen und anderen kunstvoll präsentierten Büchern. Der Boden des Schaufensters war mit Eicheln bestreut. Vor einem kleinen offenen Dekokamin stand ein Miniaturschaukelstuhl samt einer Kuscheldecke über der Lehne. Auf der Sitzfläche lag ein Stapel Kinderbücher. In der rechten hinteren Ecke des Schaufensters leuchteten herbstbunte Blätter um ein Nest mit zwei Vögeln, deren Köpfe sich zärtlich berührten. Auf der der Eingangstür zugewandten Seite lehnte ein hohes schmales Willkommensschild an einem kleinen Holzregal voller Bücher und Geschenkartikel für Leseratten. Dash stellte sich vor, wie Amber dieses Fenster liebevoll geschmückt und für jedes Stück den perfekten Platz gesucht hatte, bis alles genau so war, wie sie es haben wollte.

Als er die Tür öffnete, bimmelten Glöckchen. Der Duft von Kürbissen und Gewürzen begrüßte ihn, und Ambers schönes Gesicht schaute ihn über die Schulter einer zierlichen blonden Frau hinweg an, die gerade an der Kasse stand. Anstelle des entspannten Lächelns trat ein verblüffter Ausdruck auf Ambers Züge und die Blonde wandte sich zu ihm um. Er erkannte Haylie Hudson, eine der Mütter, die heute ihren Kindern beim Training zugeschaut hatten.

»Sorry, dass ich störe.« Dash schaute Amber in die Augen und freute sich, dass ihr ein Hauch Röte in die Wangen stieg.

An den Büchertischen im Eingangsbereich vorbei ging er auf sie zu. »Ich war gerade …«

»Coach Dash!« Haylies Sohn Scotty rannte aufgeregt zwischen den Regalen hervor. Das rotblonde Haar fiel ihm in die Augen. »Guck mal, Mom. Coach Dash ist auch hier!«

»Hey, Kumpel. Schön, dich zu sehen.« Dash hob den Blick zu Amber, doch sie schaute schnell weg.

»Hallo, Dash. Du schon wieder!«, sagte Haylie in einem fröhlichen Flirtton. Sie hielt ihre Tasche in die Höhe. »Ich habe gerade dein Buch gekauft und bringe es dann mit zur Signierstunde.«

»Prima Plan. Ich hoffe, es gefällt dir.« Dash ging in die Hocke, sodass er auf Augenhöhe mit Scotty sprechen konnte. Ihm fiel auf, dass Ambers Hund sich an ihre Seite stellte. »Du warst richtig gut beim Training heute. Hat's Spaß gemacht?«

»Ja! Ich werde mal Feuerwehrmann wie Onkel Chet. Aber Mom sagt, Football spielen kann ich trotzdem.«

»Da hat sie recht. Aber gute Noten brauchst du auch. Die Schule ist wichtig.«

»Ich strenge mich an!«, versprach Scotty.

»Das freut mich. Bleib dran!« Dash wuschelte dem Kleinen durchs Haar, richtete sich auf und sah, dass Amber ihn jetzt mit einem wärmeren, fast neugierigen Gesichtsausdruck musterte. Der stand ihr gut.

»Holen wir uns jetzt ein Eis?«, fragte Scotty seine Mutter.

»Eis gibt's erst nach dem Abendessen.« Haylie nickte Amber zu. »Bis bald.«

»Ja, bis bald.« Amber nickte zurück und lächelte. »Mach's gut, Scotty.«

»Tschüss, Miss Amber!«

Neben Dash hielt Haylie beim Hinausgehen einen Moment

lang inne. »Dann bis morgen auf dem Sportplatz.«

Wieder bimmelten die Glöckchen und die beiden verschwanden durch die Tür. Dash schaute Amber in die Augen. Mit jedem Schritt, den er nähertrat, wurde das Knistern in der Luft zwischen ihnen stärker. »Dein Geschäft ist wirklich so hübsch, wie alle sagen.«

»Danke.« Sie tätschelte den Kopf ihres Hundes. »Suchst du ... ein Buch?«

»Das wäre irgendwie passend, oder?« Nicht nur für Bücherwürmer war diese Buchhandlung ein Traum. Neben der Kasse stand ein Hundebett, in einem Bereich weiter hinten im Laden luden Sofas und bunt zusammengewürfelte Sessel zum gemütlichen Schmökern ein. Überall standen Regale und Tische voller Bücher. Neben der Leseecke war die Kinderabteilung. Das säulenförmige Regal dort bestand aus übereinandergestapelten Holzkisten und war mit künstlichen Ranken und Blumen geschmückt. Ganz oben standen Topfpflanzen und Efeu, sodass es aussah wie ein Baum. Um das Regal lagen kleine Matten verstreut, auf denen die Kinder sitzen und in Büchern blättern konnten. Hier musste man sich einfach wohlfühlen und ganz offensichtlich steckte Ambers Herz in jedem heimeligen Winkel.

»Aber nein, ich suche kein Buch. Ich suche nach der Buchhändlerin.« Er rückte näher und ihr Atem stockte. »Hast du heute Abend immer noch so viel zu tun?«

Sie kniff die Lippen zu einem dünnen Strich zusammen. »Hm-hm.«

»Was denn? Wieder ein Buchclub-Chat?«

»Ja«, antwortete sie so schnell, als hätte er ihr gerade einen großartigen Vorwand geliefert. »Genau.«

»In deinem Buchclub ist ja richtig viel los. Wie sieht es denn morgen Abend aus?«

»Da kann ich nicht.« Sie tätschelte immer noch den Hund, schaute aber wenigstens nicht weg.

»Frühstück morgen früh?«

Ihre Augen weiteten sich. »Zu viel zu tun.«

»Soll ich einfach noch mal zu deinen Eltern kommen?«

Sie lachte leise und ging zu einem Tisch. *Bücher des Monats* stand dort auf einem Schild. Auch seines befand sich darunter. »Unglaublich, dass du dort aufgekreuzt bist.«

»Unglaublich, dass du dich nicht mit mir treffen willst. Morgen zum Mittagessen?«

Sie zog die Nase kraus und schüttelte den Kopf.

»Der Buchclub wieder?«

Sie nickte, ihr Lächeln wurde breiter.

»Was für ein Buchclub ist das denn?«

»Wir lesen erotische Liebes…« Sie wurde knallrot und kniff die Augen zu. »*Romantische.*« Sie machte die Augen wieder auf. »Es ist ein romantischer Club. Ich meine, es geht um romantische Bücher. Wir lesen Liebesromane.«

»Du wirst immer faszinierender.« Er stellte sich die süße, scheue Amber vor, wie sie beim Lesen erotischer Liebesgeschichten ganz aus dem Häuschen geriet. »Aber weißt du was? Im richtigen Leben ist doch alles viel besser als auf dem Papier.«

»Ach du lieber Himmel«, flüsterte sie und schaute schnell weg.

Er trat noch ein kleines bisschen näher, sodass ihr keine andere Wahl blieb, als ihn anzuschauen. »Komm schon, Amber. Ich möchte dich wirklich gerne zum Essen einladen. Und dir vielleicht einen schöneren Abend schenken, als du ihn je hattest.«

»Genau das befürchte ich. Aber, tut mir leid, du bist einfach nicht mein Typ.«

»Du machst Witze, oder?« Er konnte sich den amüsierten Unterton nicht verkneifen.

Sie schüttelte den Kopf.

»Wow. Das hat mir bis jetzt noch keine Frau gesagt.« Er fuhr sich durchs Haar und überlegte, weshalb er nicht ihr Typ war.

»Sorry«, sagte sie bedauernd.

Er nahm eines seiner Bücher und drehte das Cover zu ihr. Darauf hatte er einen Football in den Händen und strahlte, als hätte er gerade den *Super Bowl* gewonnen. »Es ist mein Lächeln, oder?«

»Was? Nein. Ich liebe dein Lächeln.« Schnell fügte sie hinzu: »Ich meine, dein Lächeln ist nett.«

»Ach. Sehr überzeugend klingt das nicht. Schon gut, ich weiß, mein Lächeln ist ein bisschen doof. Meine Schwestern ziehen mich ständig damit auf. Die sagen, ich hätte ein Riesenbabylächeln.«

Sie lachte. »Ein Riesenbabylächeln? Was soll das denn sein?«

»Ein Lächeln, das an einem ausgewachsenen Mann irgendwie komisch wirkt. Zu breit.« Um ihr zu zeigen, was er meinte, lächelte er. Sie lachte. »Ich wusste es. Mein Lächeln ist schuld. Aber ganz fair ist das nicht. Was soll ich denn machen? Ich habe nun mal kein anderes.«

»Dein Lächeln ist nicht der Grund. Ehrenwort«, sagte sie. »Deine Schwestern liegen falsch.«

»Bist du absolut sicher, dass ich nicht dein Typ bin? Ich sehe doch, wie du mich anschaust. Das ist das Gegenteil von Desinteresse.«

»Ganz sicher.« Ihre Stimme bebte ein wenig und sie senkte den Blick.

»Ich verstehe das nicht.« Aufgeben würde er auf keinen Fall. Dass sie ihn anziehend fand, spürte er deutlich, trotz all ihrer Bemühungen, es zu leugnen. Er nahm den Liebesroman zur Hand, der unter einem Schild mit der Aufschrift *Liebesgeflüster des Monats* auf der Theke lag. Der kernig muskulöse Kerl auf dem Cover schaute direkt in die Kamera, sein Blick ein Versprechen. »Alles, was der Kerl in dem Buch tut, kann ich auch. Nur besser. Du willst Romantik? Kein Problem. Es soll sinnlich und sexy werden? Bis jetzt gab es noch keine Klagen. Kitschige Sprüche? Kann ich lernen. Der Typ auf dem Cover gefällt dir, oder? Aber ich habe auch ganz nette Bauchmuskeln. Guck mal.« Er hob seinen Pullover an.

»Was machst du denn da?« Sie schlug die Hände vors Gesicht und wandte sich ab. Ihr Hund hielt sich dicht an ihrer Seite und ließ sie nicht aus den Augen. »Pack die Dinger wieder weg! Du bist einfach zu … zu viel. Das ist alles.«

Er zog den Pulli wieder herunter und legte das Buch zurück. Ihm fiel plötzlich auf, wie angespannt der Hund reagierte. Mist, wie konnte er nur so blöd sein? Weshalb hatte er das nicht schon früher bemerkt?

Amber linste vorsichtig über die Schulter und er hob beschwichtigend die Hände. »Keine Sorge. Alles wieder blickdicht verhüllt. Tut mir leid. Sag mal, bin ich ein Problem für dich? Ich meine körperlich? Ist dein Hund deshalb so wachsam?«

Sie drehte sich zu ihm. In ihrem Blick lag Bedauern.

»Sin hat mir gesagt, dass du Epilepsie hast und dein Hund Anfälle erkennen kann. Ich hätte gestern Abend lieber dich gefragt anstatt ihn, aber du warst so schnell weg. Tut mir leid. Hätte ich ihn nicht fragen sollen? Ich habe keine Ahnung, was in solchen Dingen richtig oder falsch ist.«

»Alles in Ordnung. Mach dir keine Gedanken. Es ist

schließlich kein Geheimnis und mein Hund heißt Reno.« Einen Moment lang studierte sie Dashs Züge. »Wie gesagt, du bist einfach zu viel für mich. Ich bin eine Stubenhockerin. Ich mag Buchclubs und gemütliche Treffen mit anderen Frauen, unserem sogenannten Rat der Frauen. Und natürlich frühstücken mit meiner Familie.«

»Rat der Frauen? Klingt fast ein bisschen bedrohlich.« Die Bemerkung brachte ihm ein weiteres süßes Lachen ein.

»Unsere Zusammenkünfte tun unheimlich gut. Wir sind eine lose Gruppe von etwa dreißig Frauen. Von verheirateten über verwitwete und geschiedene bis hin zu frisch verliebten ist alles dabei. Wir geben einander Ratschläge bei Beziehungsfragen jeder Art. Nicht, dass ich welche hätte. Aber eines Tages brauche ich vielleicht auch Unterstützung.«

Allein dass sie einer solchen Gruppe angehörte, verriet ihm, wie ernst sie Beziehungen nahm, und sofort fand er sie noch ein bisschen anziehender. »Woher willst du so genau wissen, dass ich in dieser zukünftigen Beziehung keine Rolle spiele?«

Vor ihrer Antwort schaute sie ihn lange an. »Weil ich meine Gefühle gern unter Kontrolle habe und mir mein ruhiges Leben gut gefällt. Du dagegen bist einer von der unbändigen Sorte, der andere Menschen anzieht wie ein Magnet. Besonders Frauen. Und diese Art Aufregung brauche ich in meinem Leben nicht.«

»Ich glaube, da täuschst du dich. Ich glaube, ich bin genau das, was du brauchst.«

»Ich …« Sie schluckte. »Ich muss wieder an die Arbeit.«

Er wollte sich gerne noch länger mit ihr unterhalten, ihr zeigen, dass mehr in ihm steckte, als sie dachte. Aber vielleicht musste er erst mal seine Hausaufgaben machen. Er musste lernen, sich in Ambers Welt zurechtzufinden. Und er wollte den Zusammenhang zwischen ihren Reaktionen auf ihn und Renos

Verhalten verstehen.

»Okay, ich lasse dich jetzt in Ruhe weitermachen. Aber wir sind noch nicht fertig, Süße.« Er beugte sich näher und senkte die Stimme. »Noch lange nicht.«

Drei

Beim Joggen am Montagmorgen im Park brannte die Sonne auf Dashs Schultern. Die Sechs-Meilen-Strecke von Sins Haus durch die Stadt und die Grünflächen war er auch schon gestern vor dem Footballtraining gelaufen. Und wie Sin prophezeit hatte, waren zum Training massenhaft Zuschauerinnen am Spielfeldrand erschienen. Ganz schlechtes Timing, denn er hatte Amber entdeckt, die am benachbarten Spielfeld Brindle an ihrem Tisch mit den Snacks unterstützte. Dort trainierte Brindles Ehemann Trace trotz der vielen Arbeit auf seiner Ranch eine Jugendfootballmannschaft. Dash hatte ihr zugewinkt und gehofft, in der Pause mit ihr sprechen zu können. Doch als er das nächste Mal hingeschaut hatte, war sie verschwunden gewesen. Nach dem Training hatte er Autogramme gegeben und Sin beim Aufräumen geholfen. Danach hatte er bei Sin zu Hause im Internet nach noch mehr Informationen über Epilepsie gesucht. Damit hatte er schon am Samstagabend nach dem Essen mit Sin begonnen. Inzwischen wusste er, dass die Symptome und die Anfälle sehr unterschiedlich sein konnten, und verstand jetzt ein wenig besser, womit Amber lebte. Am Sonntag hatte er sich nach dem Training gerne mit ihr unterhalten wollen, stattdessen aber erst mal den verdammten

Podcast hinter sich bringen müssen. Danach war ihr Geschäft bereits geschlossen gewesen.

Auf keinen Fall wollte er sie heute Abend noch einmal verpassen.

Unter einem Baum blieb er stehen und machte an einem dicken Ast Klimmzüge. Aus dem Augenwinkel bemerkte er die Gruppe älterer Frauen vor dem Stardust Café. Genau wie an den Tagen zuvor schauten die Ladys ihm zu. Viele Klimmzüge und sechzig Liegestütze später joggte er über die Straße.

Die Frauen eilten zurück in das Café. Als er vorbeirannte, sah er sie hinter dem Fenster stehen. Amüsiert joggte er rückwärts und winkte ihnen zu. Sie stoben wie ertappt auseinander und gingen grinsend und lachend zu einem Tisch.

Kurzerhand öffnete er die Tür, steckte den Kopf hinein und staunte über den herrlichen Retro-Stil des Raumes. Fast alle roten Vinylsessel am Tresen und viele Tischnischen waren besetzt. Weiter hinten gab es eine Graffitiwand. Die Frauen, die ihm zugeschaut hatten, und ein paar andere Gäste hoben die Köpfe. »Guten Morgen, Ladys!«, rief er.

»Guten Morgen«, antworteten die fünf Damen im Chor und kicherten wie Schulmädchen.

Er musste an seine über alles geliebte Großmutter denken. Sie hätte gut in diese Gruppe gepasst. Wenn sie sich mit ihren Freundinnen traf, verwandelten sich alle in flüsternde, kichernde Teenager. »Falls Sie mehr sehen wollen, kommen Sie morgen früh um acht in den Park. Und ziehen Sie Ihre Sportschuhe an.«

Zwei der Frauen tauschten Blicke wie seine Schwestern, wenn sie etwas ausheckten. Eine trug einen schicken Hosenanzug und sah mit ihrem stufigen Kurzhaarschnitt aus wie Helen Mirren. In ihr fast weißes Haar mischte sich noch ein wenig Blond. Ihre Komplizin hatte einen deutlich exotischeren Look.

Hellbraune Haut, lange Silberlocken und mandelförmige Augen. Zu ihrer dunklen Hose trug sie eine sonnengelbe Bluse und um den Hals ein buntes Tuch.

»Sehr gerne!« Das Helen-Mirren-Double, offenbar die Rudelführerin, nahm die Frau mit den silbernen Locken am Ärmel und zog sie zu ihm.

»Komm Sie doch rein, schöner Mann«, sagte die Silberhaarige.

Er ließ die Tür hinter sich zufallen. Die beiden Frauen nahmen ihn in die Mitte und führten ihn zu ihren Freundinnen an den Tisch.

»Ich bin Nina Bollard. Aber Sie können mich Nana nennen, so wie alle hier im Ort«, sagte das Helen-Double. »Und das ist Hellie Camden.«

»Hi.« Die Frau mit der gelben Bluse nickte ihm zu.

Nana stellte ihm auch ihre anderen Freundinnen vor. »Wir sind die Augen und Ohren von Oak Falls. Und wir haben schon so einiges über Sie gehört, junger Mann.«

»Und von Ihnen gesehen«, fügte Hellie hinzu. Die anderen lachten.

»Setzen Sie sich doch, Darling.« Nana drückte ihn auf einen Stuhl. »Wir hätten da ein paar Fragen.«

Oh ja. Mit diesen Damen hätte sich seine Großmutter sicher blendend verstanden. »Die Augen und Ohren von Oak Falls? Ach ja?«

»Wir wissen über jeden Bescheid«, bestätigte Hellie. »Suchen Sie vielleicht ein Date? Wir kennen sämtliche Singles hier im Ort.«

»Meine Dates besorge ich mir gerne selbst. Aber vielen Dank.«

Die Frauen tauschten ein paar Blicke, dann flüsterte Nana:

»Falls Sie lieber für ihr eigenes Team spielen, Axsel muss bald wieder los. Aber noch könnten wir Sie einander vorstellen. Er ist süß und sexy und man sagt, im Schlafzimmer ein Tiger.«

Eine der Frauen stieß ein tiefes Raubkatzenfauchen aus.

Dash lachte. »Damit, dass man sich hier so aufopfernd um mein Liebesleben kümmern würde, habe ich nicht gerechnet. Aber Axsel interessiert mich deutlich weniger als seine Schwester Amber. Können Sie mir da auch weiterhelfen?«

»Dann ist an den Gerüchten also tatsächlich was dran. Sie greifen nach den Sternen«, sagte Hellie.

Nana tätschelte seinen Arm. »Geheimnisse plaudern wir hier nicht so ohne Weiteres aus, besonders nicht über unsere Amber. Sie ist der Liebling des ganzen Ortes, und der Mann, der ihr Herz erobert, muss schon aus einem ganz besonderen Holz geschnitzt sein. Wie kommen Sie darauf, dass Sie der Richtige für sie sind?«

Er grinste und zwinkerte den Damen zu. »Wie viel Zeit haben Sie?«

Auf dem Weg durch ihr Büro schwang Amber die Hüften im Takt von »Dancing on My Own« von Robyn. Sie nahm ein Körbchen mit Grußkarten vom Regal. Es war kurz vor Ladenschluss und sie musste heute Abend jede Menge Karten schreiben und Bücher einpacken. Das Telefon in ihrer Tasche vibrierte.

Sie stellte die Karten auf den Schreibtisch und öffnete eine Gruppentextnachricht von Brindle an sie, Lindsay und Trixie. Ein Foto von Dash mit der kleinen Emma auf dem Arm erschien und ihr Pulsschlag beschleunigte sich. Den Schnappschuss hatte Brindle vermutlich gestern beim Footballtraining gemacht, denn Dash trug die graue Sporthose und das schwarze T-Shirt, in denen sie ihn dort gesehen hatte. Emma hatte dieselben Leggings und das *Daddy's-Girl*-Sweatshirt wie gestern an. Auf dem Foto sah Dash sogar noch besser aus, als sie ihn in Erinnerung hatte. Noch besser als in ihren ungezogenen Träumen gestern Nacht. Seine tiefe Stimme raunte in ihrem Kopf. *Wir sind noch nicht fertig, Süße. Noch lange nicht.* In ihrem Traum hatte ihr diese Stimme etwas über die unsagbar prickelnden Dinge zugeflüstert, die sie miteinander anstellten.

Bei dem Gedanken daran wurden ihre Wangen heiß und sie drückte sich das Telefon an die Brust. Vorsichtshalber spähte sie durch die Scheibe zwischen Büro und Laden, als könnte Phoenix Majors, eine ihrer Teilzeitkräfte, ihre Gedanken hören oder gar sehen.

Sie warf noch einen Blick auf das Foto und las Brindles Nachricht darunter. *Amber, das könnte dein Baby in den Armen deines Kerls sein! Als du gestern weg warst, hat er nach dir gefragt.*

Ein wildes Kribbeln durchrieselte sie. Wenn Trace sein Team trainierte, half sie Brindle manchmal mit den Snacks, und sie hatte geglaubt, diesmal könnte sie dabei unauffällig den ein oder anderen Blick auf Dash erhaschen. Doch er hatte sie dabei ertappt, wie sie ihn genau wie alle anderen Frauen angestarrt hatte. Und sie war wieder mal geflüchtet.

Amber tippte eine Antwort. *Keine Lust, zu einem Harem zu gehören.*

Die nächste Nachricht kam von Lindsay. *Er kann gerne mein Babydaddy werden.* Sie hatte ein Emoji mit Herzchenaugen dazugesetzt. Gleich darauf schickte Brindle ein Pfirsich-Emoji und ein Foto, das Dash von hinten zeigte, im Huddle mit den

Jungs, die er gerade trainierte. Amber schaute noch einmal durch die Scheibe, dann speicherte sie die Fotos in einem Ordner auf ihrem Smartphone. Er trug den Namen *Heimliche Träume*. Ein bisschen Inspiration brauchte schließlich jede Frau.

Schon kam die nächste Nachricht von Brindle. *War er noch mal bei dir, Amber?* Auf keinen Fall würde sie zugeben, wie oft sie heute durchs Schaufenster gesehen und dabei gehofft hatte, er würde zu ihr in den Laden kommen. Nur um eine Sekunde später stumm und ziemlich nervös zu flehen, dass er es nicht tat. Weshalb hatte ausgerechnet er eine solche Wirkung auf sie? Sie tippte: *Nein. Hab doch gesagt, hab ihn weggeschickt. Welcher halbwegs normale Typ würde da noch mal einen Versuch starten?*

Trixie antwortete sofort. *Nick meint, du sollst dich von ihm fernhalten. Er wäre sicher ein Weiberheld. Hab ihm gesagt, er soll in den Spiegel schauen. Menschen ändern sich. Ich meine: Schnapp ihn dir!*

Brindle schickte ein weiteres Foto von Dash, ebenfalls von gestern. Er hatte die Hände in die Hüften gestemmt, sein Filmstarlächeln strahlte vom Display. Sie mochte sein Lächeln wirklich gern und fand es überhaupt nicht riesenbabyhaft. Es war offen und ansteckend und signalisierte, dass er nichts zu verbergen hatte. Ihr Blick wanderte tiefer, zu der Wölbung in seiner Sporthose. *Und das da könntest du nicht mal verbergen, wenn du es wolltest.* Sie biss sich auf die Unterlippe. Dass sie mit einem Mann zusammen gewesen war, war lange her. An Sex dachte sie fast nie. Doch seit sie im Internet das erste Foto von Dash gesehen hatte, ging er ihr nicht mehr aus dem Kopf. Der Mann triefte geradezu vor Testosteron, und nach allem, was er gestern gesagt hatte, wusste er wohl auch genau, was er zwischen den Laken tat. Da konnte sie nicht mithalten, aber immerhin hatte sie dank ihres Buchclubs schon so einiges gelesen. Und eines Tages wollte sie es auch sehr gerne ausprobieren. Aber nur mit dem richtigen Mann.

Nach einem weiteren hastigen Blick über die Schulter speicherte sie auch dieses Foto ab.

Lindsay schickte ein Auberginen-Emoji und eines mit Herzchenaugen, gefolgt von: *Dash hat einen gigantischen Fanclub. Heute Morgen sind angeblich einige Frauen mit ihm walken gegangen. Allesamt Singles!*

Jetzt aber flott, Amber, schrieb Trixie. *Die Konkurrenz schläft nicht!*

Dazu kommentierte Brindle: *Mom und Mrs. Jericho waren auch dabei! Amber ist vermutlich das EINZIGE weibliche Wesen, das ihn nicht will.*

Amber stöhnte. *Dass ich ihn nicht WILL, habe ich nicht gesagt. Er ist einfach zu viel Mann für mich. Ihr wisst, dass ich auf eher zurückhaltende Typen stehe.*

»Das ist die letzte Kiste.«

Amber zuckte zusammen und fuhr zu Phoenix herum.

Phoenix' Augen weiteten sich. »Holla. Wenn ich es nicht besser wüsste, würde ich denken, ich habe dich beim Sexting erwischt. Alles klar bei dir? Dein Gesicht ist so rot.«

»Was? Ja. Alles klar. Mir ist bloß heiß.« Amber steckte das Telefon in die Tasche und spürte, wie es bei den weiteren eingehenden Nachrichten vibrierte. Hastig schnappte sie sich das Körbchen mit den Karten und verließ das Büro. Reno heftete sich an ihre Fersen.

»Na dann.« Phoenix studierte seit Kurzem am örtlichen Community-College Musik und Englisch. Mit dem dunklen Eyeliner und den grellblauen Strähnen in ihrem kurzen schwarzen Haar sah sie ziemlich rebellisch aus. Wie fast immer trug sie schwarze Jeans, ein Rock-'n-Roll-T-Shirt und schwarze

Springerstiefel. Dabei war sie lieb, klug und verantwortungsbewusst, und Amber war froh, eine so verlässliche Aushilfe gefunden zu haben.

Sie stellte das Körbchen auf den Beistelltisch zwischen den Sofas und hoffte, dass Phoenix nicht noch mal nachhaken würde. Zum Glück gab ihr Telefon inzwischen Ruhe. Sie wollte sich auf ihre Arbeit konzentrieren, anstatt an einen brandheißen Kerl namens Dash Pennington zu denken.

Reno legte sich vor einem der Sofas auf den Boden. Amber deutete auf die Kisten voller Bücher, die sie gleich zum Verschicken einpacken wollte. »Danke, dass du die für mich aus dem Lager geschleppt hast.«

»Kein Problem. Die Adressetiketten und Lesezeichen liegen auf dem Wagen mit dem Verpackungsmaterial. Danke, dass ich heute ein bisschen früher gehen darf. Soll ich nach der Probe nicht doch noch mal herkommen und dir helfen?«

»Nein danke. Du weißt ja, ich mache das gerne.«

»Oh ja. Manchmal ist meine Chefin ein bisschen merkwürdig«, scherzte Phoenix. »Sehen wir uns morgen im Lyrics and Lattes?«

»Aber klar doch.« Das Lyrics and Lattes war ein Café im Nachbarort Wishing Creek. Dort hatte Phoenix morgen einen Auftritt. Sie war eine talentierte Musikerin, spielte mehrere Instrumente und verdiente sich mit kleinen Gigs in der Umgebung seit Neuestem etwas dazu. Vor Publikum zu spielen, war ein großer Schritt für sie gewesen, und Amber ließ sich kaum einen ihrer Auftritte entgehen.

Nachdem Phoenix gegangen war, suchte Amber die Grußkarten aus. Jeden Monat schickte sie Geburtstagsgrüße an liebe Stammkunden. Gerade griff sie nach einer weiteren Karte, da bimmelten die Türglöckchen.

»Wir schließen in zehn ...« Sie wandte sich um und brach ab. Dash. In verwaschenen Jeans und einem grauen Pullover.

»Dann komme ich ja gerade richtig.« Er warf ihr ein knieerweichendes Grinsen zu. »Alles in Ordnung bei dir, du Schöne?«

<h1 style="text-align:center">Vier</h1>

Amber konnte kaum glauben, dass er trotz allem wieder bei ihr auftauchte. Aber auf keinen Fall würde sie sich von ihm noch einmal so furchtbar durcheinanderbringen lassen. »Hi. Ich … Was machst du denn hier?« Die Frage klang eindeutig zu atemlos. So viel zu ihren guten Vorsätzen.

»Hast du wirklich gedacht, du bist mich schon los?«

»Ich habe nicht versucht, dich loszuwerden. Ich wollte nur nicht, dass du deine Zeit verschwendest.«

Er rückte näher und sie konnte seinen verlockenden maskulinen Duft wahrnehmen. »Mit dir zusammen zu sein, ist alles andere als Zeitverschwendung.«

Gute Güte. Schon wieder diese flattrigen Schmetterlinge in ihrem Bauch. Dieser Kerl war viel zu charmant, doch sein Blick wirkte offen und ehrlich. Was vermutlich bedeutete, dass ihr logisches Denkvermögen einen Aussetzer hatte. Sie musste diese Sache im Keim ersticken. »Dash, ich … wir …«

»Du bist süß, wenn du so durcheinander bist.«

»Ich bin nicht durcheinander«, sagte sie viel zu schnell.

Seine Augen blitzten schelmisch. »Sorry. *Nervös.*«

»Du musst ziemlich von dir eingenommen sein, wenn du glaubst, dass du mich nervös machst.«

Er zog eine Braue hoch.

Sie lachte leise. »Okay. Du machst mich nervös. Ist das was Besonderes?«

»Ja, schon. Es ist schön, dass du mich anschaust, als ob du mich willst. Und dass du trotzdem rot wirst, wenn ich dir zu nahe komme.«

»Du bist keine große Hilfe.«

»*Du* bist etwas Besonderes, Amber.« Er zog eine Vase mit einem Blumenstrauß aus allen ihren liebsten Herbstblumen hinter dem Rücken hervor. Orangefarbene Spray-Rosen und Gerbera, weiße Inkalilien, goldene Trommelstöckchen, rotbraune Zwergnelken, Grevileen und blaue Disteln – ein absoluter Blumentraum.

Er gab ihr die Vase und sie blinzelte ihn ungläubig an. »Dash …?«

»Geh heute Abend mit mir essen. Ich möchte die Helden in deinen Büchern gerne blass aussehen lassen.«

Oh, ja bitte. Oh nein. Was denke ich mir bloß? Nein. Blasse Helden wollte sie nicht haben. »Danke für die Blumen. Die sind wirklich hübsch. Wunderschön. Aber ich kann nicht mit dir essen gehen. Heute Abend habe ich wirklich viel zu tun.«

»Ich hatte gehofft, du würdest so hingerissen sein wie bei der Verlobung deiner Freundin beim Scheunenfest.«

Sie zog eine bedauernde Grimasse. »Tut mir leid. Ich möchte nicht undankbar klingen. Der Strauß ist wirklich wunderbar. Alle meine Lieblingsblumen zusammen in einer Vase!«

»Das war ein Scherz.« Sein Gesicht wurde ernst. »Oder eigentlich nicht. Ich wünsche mir wirklich, dass du eines Tages mich mit diesem ganz speziellen verträumten Blick anschaust. Der war nämlich auch etwas Besonderes. Aber verrate mir, süße Romantikerin, welchen Vorwand hast du heute? Ist es wieder

der Buchclub?«

»Ja. Und diesmal stimmt es sogar.« Sie zeigte auf die Kisten voller Liebesromane. »Ich muss all diese Bücher verpacken und morgen verschicken. Die sind für meinen Online-Buchclub. Die Mitglieder kriegen einen Rabatt und ich jeden Monat drei- bis vierhundert Bestellungen.«

»Hast du keine Angestellten, die das für dich erledigen können?«

»Ich habe ein paar Teilzeitkräfte. Aber ich mache das gerne. Ich schreibe den Clubmitgliedern immer ein paar Worte und lege Lesezeichen oder andere Kleinigkeiten dazu.«

»Ein persönlicher Touch. Schöne Idee.«

Die Glut in seinen Augen beschwor prompt allerlei Vorstellungen in ihr herauf, wie ein *persönlicher Touch* in seinem Fall aussehen konnte.

»Okay, ich helfe dir. Lass mal sehen, was wir heute verpacken.« Er nahm ein Buch aus einer Kiste, faltete seinen Sportlerkörper auf eines der Sofas und legte die Füße auf den Couchtisch. Als er das Buch aufschlug und eine Seite überflog, hob Reno den Kopf. »Oh, *Baby*. Jetzt wird mir klar, weshalb du diese Romane so gerne liest.« Seine Stimme nahm einen samtenen Ton an. »Sanft drückte er sie auf die Knie …‹«

Mit jedem seiner Worte klopfte ihr Herz heftiger und ihr wurde immer heißer.

»›… und hielt sie mit seinem durchdringenden Blick in seinem Bann, während sie die Finger um seinen pochenden …‹«

»Stopp!« Sie riss ihm das Buch geradezu aus den Händen. »Wir lesen nicht! Wir verpacken.«

»Ich prüfe nur die Ware. Und außerdem ist das hier meins.« Er stand auf, zog seine Geldbörse aus der Tasche und legte einen Zwanzigdollarschein auf den Couchtisch. »Her damit, du heimliche sexy Leserin.«

Sie versuchte, ihn düster anzustarren, musste aber dann doch grinsen. *Heimliche sexy Leserin?* So peinlich das war, es klang irgendwie süß. Und es gefiel ihr.

»Dass du solche Geschichten magst, verstehe ich. Das war echt heiß. Zwar nicht annähernd so heiß, wie du es verdienst, aber auch nicht übel.« Er legte das Buch auf das Tischchen neben sich.

»Ich bitte dich.« Sie stemmte eine Hand in die Hüfte. »Tu nicht so, als wolltest du das wirklich lesen.«

Er trat so nahe an sie heran, dass sie den Kopf in den Nacken legen musste, um ihm ins Gesicht zu schauen. Die frischen Stoppeln auf seinem kantigen Kinn waren zum Greifen nahe, der Blick aus seinen dunklen Augen versengte sie. Wenn sie sich auf die Zehenspitzen stellte, konnte sie wie in ihren Träumen die Lippen auf seine drücken. Dieser erste geträumte Kuss hatte zu allerlei anderen prickelnden Dingen geführt. Ihre einsamen Körperstellen zogen sich erwartungsvoll zusammen.

So als könnte er die Hitze in ihrem Inneren spüren, kräuselten sich seine Mundwinkel nach oben. »Ich werde manche Szenen ein bisschen überarbeiten, und du kannst mir dann sagen, welche besser geschrieben sind.«

Ihre Gedanken jagten durch die erotischen Passagen, die sie schon gelesen hatte, und setzten sofort Dash an die Stelle des Helden. Ihre Wangen begannen zu glühen.

»Ein Penny für das, was dir gerade durch den Kopf geht«, raunte er mit rauer Stimme und setzte damit logischere Denkprozesse in Gang.

Sie zwang sich, einen Schritt zurückzutreten und ein wenig auf Abstand zu gehen. »Jetzt packen wir. Wir packen Bücher ein, meine ich.«

Er zeigte auf die Karte, die sie noch immer in der Hand hielt. »Ist die für mich?«

»Was? Nein. Sorry. Für eine meiner Kundinnen, Hellie Camden. Ihr Mann ist leider schon vor Jahren gestorben, und nächste Woche ist ihr Hochzeitstag. Ich schicke ihr jedes Jahr eine Karte, um sie ein bisschen aufzumuntern.«

»Ach ja, richtig. Den Abend dieses Tages verbringt sie immer im Pavillon im Hemlock Park. Dort hat er ihr, als sie zwanzig war, einen Heiratsantrag gemacht.«

»Woher weißt du das?« Noch bevor die Frage ganz heraus war, fiel ihr ein, was Lindsay über seinen morgendlichen Fanclub geschrieben hatte.

»Ich habe heute mit Hellie, Nana und dem Rest der wilden Großmütter gefrühstückt.«

»Gefrühstückt?« War denn wirklich die ganze Stadt verrückt nach ihm?

»Ich bin an dem Café vorbeigejoggt, wo sie sich treffen. Und sie haben mich eingeladen. Clever. Erst tun sie, als wollten sie dir Milch und Kekse spendieren und sich nur nett mit dir unterhalten, dann flößen sie dir Whiskey ein, füttern dich mit Rumkuchen, und bevor du weißt, wie dir geschieht, hast du ihnen deine ganze Lebensgeschichte erzählt.«

»Das sieht ihnen ähnlich. Und offenbar ist dein Fanclub größer, als ich dachte.« Sie öffnete eine der Kisten und hievte einen Bücherstapel auf den Tisch.

»Mein Fanclub?« Er machte eine andere Kiste auf und nahm ebenfalls Bücher heraus.

»Die Ladys, die heute Morgen mit dir walken gegangen sind. Ich habe davon gehört. Vermutlich jagen dir in jeder Stadt, in der du auftauchst, ganze Horden von Frauen hinterher. Was mich eigentlich nichts angeht.« Sie zog den kleinen

Wagen mit dem Verpackungsmaterial zu sich. Dabei fiel ihr Blick auf die Vase mit seinen Blumen. Sie war voller Eicheln. Ihr Herz machte einen kleinen Sprung. »Eicheln«, murmelte sie versonnen.

»Die Idee habe ich von meiner Großmutter übernommen. Sie füllt immer Eicheln in ihre Vasen und sagt, sie seien pure Magie, weil sie so klein sind und sich doch in mächtige Bäume verwandeln. Meine Grandma liebt Metaphern und Vergleiche, in denen Eicheln vorkommen.«

Amber war sicher, dass er ihr ihre Verblüffung ansah, denn er fügte hinzu: »Das ist vielleicht ein bisschen albern, aber hübsch sind sie auf jeden Fall.«

»Ich finde das gar nicht albern. Hat meine Mom dir etwa von meinem Eichel-Spleen erzählt?«

»Nein. Und dass ich die hier heute Morgen nach dem Walken gesammelt habe, hat sie auch nicht mitbekommen.«

Amber wurde die Kehle eng. »Du hast sie selbst gesammelt?«

»Ja. In dem Wäldchen am Fluss. Warum? Kann ein erwachsener Mann so was nicht tun?« Er schüttelte den Kopf. »Verdammt, ich wollte romantisch sein und du reißt mich von meiner Wolke.«

»Du darfst gerne oben bleiben. Das ist *sehr* romantisch. Ich bin bloß ein bisschen baff. Als wir noch jünger waren, sind ein paar von meinen Schwestern, meistens Brindle und Morgyn und wen sie sonst noch mitschleppen konnten, oft nachts aus dem Haus geschlichen, um Trixies Brüdern zuzuschauen, wie sie Pferde zugeritten oder zu völlig verrückten Zeiten ein Rodeo veranstaltet haben. Mal um Mitternacht, mal um vier Uhr morgens. Ich hatte nie Lust mitzugehen. Aber wenn sie weg waren, haben mein Vater und ich manchmal zusammen einen Mondscheinspaziergang gemacht. Wenn ich traurig war, hat er gesagt: ›Rede es dir von der Seele und lass die schweren Gedanken los‹. Das hat immer geholfen. Im Herbst haben wir bei unseren Spaziergängen oft Eicheln gesammelt. Wenn du durch die Scheibe in mein Büro schaust, siehst du auf dem Regal hinter meinem Schreibtisch ein ganzes großes Glas voll davon.«

Sie zeigte auf die Scheibe. Beim Anblick der Eicheln umspielte ein Lächeln seine Lippen.

»Ich habe seine klugen Ratschläge immer auf kleine Zettel geschrieben und sie zusammengefaltet zwischen die Eicheln gesteckt. Für ihn sind Eicheln vielleicht nicht pure Magie, aber er sagt, das Leben sei wie sie. Man muss genau hinsehen, um die Samen all der wundervollen Dinge zu entdecken, die noch kommen. So wie ihn habe ich noch niemand über Eicheln sprechen hören. Deshalb habe ich gedacht, meine Mom hätte dir einen Tipp gegeben.«

»Sie hat mir so einiges erzählt, genau wie Nana und ihre Truppe. Aber deine Geheimnisse hat mir niemand verraten. Und glaub mir, ich habe alles Mögliche versucht, um etwas rauszukriegen.«

Sie lachte leise und senkte den Blick. Er war so zupackend und selbstsicher. Das gefiel ihr. Aber weshalb interessierte er sich ausgerechnet für sie? Morgyn, die spirituellste und kreativste ihrer Schwestern, die es sich zur Aufgabe gemacht hatte, gebrauchten Dingen ein zweites Leben einzuhauchen und sie in Kunstwerke zu verwandeln, glaubte ganz fest, dass das Universum für jeden einen Plan hatte. Sie hätte jetzt sicher behauptet, das Schicksal persönlich würde ihr Mister Unwiderstehlich vor die Nase halten. Aber Amber würde sich hüten, sich mit einem Kerl einzulassen, der eher früher als später wieder aus der Stadt verschwinden würde. Vermutlich gefolgt von einem ganzen Schwarm Frauen wie ein moderner Rattenfänger.

»Willst du wirklich hierbleiben und mit mir Bücher einpacken? Du hast doch sicher was Besseres zu tun.«

Er schaute ihr tief in die Augen. »Etwas Besseres, als hier zu sein, gibt es nicht.«

Die Aufrichtigkeit in seinem Blick brachte tief in ihr eine Saite zum Schwingen. Sie ermahnte sich, ihm nicht zu glauben. Vermutlich hielt er es für völlig normal, dass Frauen wegen seines Charmes gleich reihenweise auf die Matratze kippten, und betrachtete es als sportliche Herausforderung, auch sie zu erobern. Und doch fühlte sich sein Interesse an ihr so echt an, dass sie Mühe hatte, sich etwas anderes einzureden.

»Lass uns loslegen«, schlug er vor. »Nebenher kann ich deine Fragen über meinen Fanclub, und was du sonst noch wissen willst, beantworten. Und du kannst mir etwas über dich erzählen.«

»Ich enttäusche dich nur ungern. Aber das wird eine langweilige Geschichte.«

»Möchtest du mich das nicht selbst beurteilen lassen? Komm schon, sexy Leserin.« Er rieb die Hände aneinander und schaute auf die Kisten. »Womit fangen wir an?«

Sie erklärte ihm, was zu tun war, und rechnete fest damit, dass er einen Rückzieher machen würde. Doch er blieb neben ihr auf der Couch sitzen und bald waren sie in die Arbeit vertieft. Sie schrieb an jedes Clubmitglied ein paar persönliche Zeilen, legte ein Lesezeichen ins Buch und schlug es in Seidenpapier ein. Er steckte es in einen Umschlag und klebte das passende Adressetikett darauf.

»Okay. Was möchtest du gerne wissen?« Ein neuer Umschlag, ein neues Etikett. »Wie es zu der Walking-Gruppe gekommen ist?«

»Nein. Schon gut. Über die Frauen, die dir nachlaufen, möchte ich lieber nichts hören. Mir reicht schon, was ich gesehen habe.«

»Es ist nicht, wie du denkst.«

Sie warf ihm einen wissenden Blick zu.

»Okay, manche Frauen machen mir tatsächlich schöne Augen. Aber ich bin nicht hergekommen, um nach Dates Ausschau zu halten.« Er lehnte sich mit seinem charmanten Lächeln an ihre Seite. »Ich bin hier und schaue dich an. Und glaub mir, einen schöneren Anblick gibt es nicht.«

»Hast du noch mehr solche Sprüche auf Lager?« Kopfschüttelnd griff sie nach einer Grußkarte.

»Für die Zukunft merken: Die sexy Leserin steht nicht auf Sprüche mit Zuckerguss. Ist ihr Schlagsahne vielleicht lieber?« Er zog eine Braue hoch.

Sie versuchte, sich nicht anmerken zu lassen, wie sehr ihr seine Sprüche trotz Zuckerguss gefielen.

»Heute Morgen konnte ich mich noch mal mit deiner Mutter unterhalten.«

»Meine Schwester hat es mir erzählt. Ein bisschen seltsam ist es schon, dass sie mit dir walken gegangen ist. Sie reitet und trainiert Assistenzhunde. Normalerweise treibt sie nicht noch zusätzlich Sport.«

»Ich glaube, sie findet es schön, zusammen mit den anderen Frauen mal was anderes zu machen. Wir hatten alle viel Spaß dabei und sind nicht bloß durch die Gegend marschiert.«

Sie blickte von ihrer Arbeit auf. »Ich habe fast Angst zu fragen, was ihr sonst noch gemacht habt.«

»Du hast tatsächlich eine schmutzige Fantasie.«

»An so was habe ich überhaupt nicht gedacht.«

»Oh doch, das hast du. Aber keine Sorge, ich behalte es für

mich.« Er gluckste. »Wir haben Gymnastik gemacht und unsere Muskeln trainiert. Aufrecht, nicht horizontal.«

Oh mein Gott.

»Es war wirklich urkomisch. Diese gestandenen Frauen haben herumgealbert wie Teenager. Und später im Café, als wir uns zu weiteren Sporttreffs im Park verabredet haben, habe ich gefragt, was sie sich von unseren gemeinsamen Übungen erhoffen. Nana meinte sofort: ›Mehr Ausdauer im Bett‹. Nichts gegen einen gesunden Appetit. Aber so genau wollte ich es dann doch nicht wissen.«

»Zurückhaltung ist Nana fremd.« *Genau wie dir.*

»Ich mag sie sehr. Sie hat mir erzählt, dass sie jeden noch so kleinen Anlass feiert. Und dass sie sich wünscht, dass ihre Enkelin Sophie mit ihrem Mann Brett wieder ganz in die Gegend zieht, damit sie ihre Urenkelin öfter sehen kann.« Sophie war Lindsays Schwester. Sie und Brett pendelten zwischen New York und Oak Falls. »Brett Bad und seine Familie kenne ich übrigens.«

»Ach wirklich?« Dass Nana ihm gleich so viel erzählte, wunderte sie nicht. Dass er Sophie und Brett kannte, schon eher.

»Tiffany, meine Agentin, ist mit Bretts Bruder Dylan verheiratet. In ein paar Wochen treffe ich die beiden bei einer Spendengala, die die Bad-Familie alljährlich für die Ronald-McDonald-Stiftung veranstaltet. Ein paar von meinen Freunden und ich sind schon seit einiger Zeit jedes Jahr dabei. Wir spenden natürlich, aber wir stellen auch signierte Erinnerungsstücke zur Verfügung, die dann versteigert werden. Jeder Dollar hilft.«

Sie fand es schön, das zu hören. »Oh ja. Und es ist herzzerreißend, dass eine von Bretts Schwestern schon als Kind an Leukämie gestorben ist.«

»Das ist wirklich sehr traurig. Die Veranstaltung findet immer auch zu ihrem Gedenken statt. Aber wo wir gerade von Geld für gute Zwecke sprechen: Deine Mom sagt, einen Assistenzhund auszubilden, kostet viele tausend Dollar. Mir war nicht klar, dass die Familien, die so einen Hund brauchen, dafür oft Spenden sammeln müssen.«

»Sie unterstützt die Familien dabei, aber sie hat ein weiches Herz. Manchmal verzichtet sie auf einen Teil der Trainingskosten.«

»Das hat sie mir nun wieder nicht verraten. Sie ist eine tolle Frau, und es ist schön, sie kennenzulernen. Über dich hat sie beim Sport nicht gesprochen. Aber sie hat erzählt, wie glücklich es sie macht, dass Grace wieder hergezogen ist. Ein Foto von Pepper hat sie mir auch gezeigt. Sie sieht dir ähnlicher als Sable. Und dass eure Mom sich noch mehr Enkel wünscht, weiß ich jetzt auch. Außerdem sorgt sie sich, dass deine Schwester Pepper die besten Dinge im Leben verpassen könnte, weil sie so viel arbeitet.«

»Sie hat dir von Pepper erzählt?«

»Ja. Du würdest staunen, wie offen und gesprächig viele Menschen beim Sport werden. Manchmal ist es wie eine Art Therapie. Meine Geschwister habe ich so früher auch zum Reden gebracht.«

»Wirklich? Wie viele hast du denn?«

»Zwei Brüder und zwei Schwestern. Das Frühstück mit deiner Familie hat mich an zu Hause erinnert. Der gleiche Ton, dieselben Frotzeleien. Und wir lieben uns heiß und innig. Als unser Vater ausgezogen ist, habe ich meine Geschwister praktisch großgezogen.«

Dass er ein so enges Verhältnis zu seinen Schwestern und Brüdern hatte, wärmte ihr Herz, aber sie spürte seine Beklommenheit, als er seinen Vater erwähnte. »Deine Eltern sind geschieden?«

Er nickte. »Mein Vater hat in der Immobilienfirma meines Großvaters gearbeitet und hatte eine Affäre mit seiner Sekretärin. Mein Großvater ist dahintergekommen und hat ihn rausgeworfen. Kurz darauf ist mein Vater zusammen mit der Frau weggezogen. Erst nach Florida, und ich glaube ein paar Jahre später irgendwo in den Westen. Wir haben schon lange nichts mehr von ihm gehört.«

»Er ist einfach verschwunden und meldet sich nicht mehr? Wie traurig.«

Er schlang die Hände ineinander. »Einmal stand er plötzlich vor mir. Vor fünf oder sechs Jahren. Er hatte sich auf irgendwelche krummen Geschäfte eingelassen, steckte in der Klemme und brauchte Geld.«

»Und er hat es tatsächlich fertiggebracht, deshalb zu dir zu kommen? Wie abgebrüht kann ein Mensch denn sein? Wie hast du reagiert?«

»Erst mal war ich verletzt. Viel mehr als erwartet. Jahrelang hatte ich mir immer wieder ausgemalt, was ich tun würde, falls ich ihn irgendwann zu Gesicht bekomme. Ich wollte ihn dazu bringen, sich bei meiner Mom und meinen Geschwistern zu entschuldigen, und ihm ordentlich die Meinung sagen. Aber als er dann vor mir stand, hat er dem Mann, der uns damals verlassen hat, kaum noch ähnlich gesehen. In meiner Erinnerung war er selbstbewusst und stark, trug immer gut sitzende Anzüge und erklärte uns, wie wichtig es sei, hart zu arbeiten und ein Mann zu sein. Und jetzt sah er plötzlich ganz klein aus. Wie geschrumpft. Ich weiß nicht, ob das daran lag, dass ich jeden Respekt vor ihm verloren hatte, oder weil das Leben ihn zurechtgestutzt hat.«

»Es könnte beides gewesen sein.«

»Gut möglich. Am Ende habe ich nichts von dem, was ich mir zurechtgelegt hatte, laut ausgesprochen. Ich wollte bloß noch sein Wort, dass er uns für alle Zeiten in Ruhe lässt. Ich habe ihm das Geld gegeben und ihm klipp und klar gesagt, er würde niemals auch nur einen weiteren Cent von mir sehen. Dem eigenen Vater Geld dafür zu geben, dass er sich nicht mehr blicken lässt, ist beschämend. Aber besser ich als eins meiner Geschwister.«

Diese Geschichte schnitt ihr tief ins Herz. »Das tut mir wirklich leid. Das muss sehr schlimm gewesen sein. Die Sache mit dem Geld natürlich auch, aber vor allem, dass er euch im Stich gelassen hat.«

»Das war hart. Aber wir haben es durchgestanden und es hat uns stärker gemacht. Wenn ich jetzt als erwachsener Mann zurückblicke, kann ich kaum fassen, wie stark meine Mutter war. Vor uns Kindern hat sie nie geweint, aber manchmal habe ich sie nachts in ihrem Zimmer gehört.« Er zog die Brauen zusammen. »Sie hat nicht bloß ihren Mann verloren, ihr ganzes Leben wurde auf den Kopf gestellt. Bis zu der Trennung hat sie zu Hause den Laden am Laufen gehalten, sie war Hausfrau und Mutter. Aber jetzt musste sie zusätzlich arbeiten gehen und ich habe mich um meine Geschwister gekümmert. Wir hatten alle ganz schön zu knabbern. Ich habe gespürt, wie sich meine Brüder und Schwestern in sich selbst zurückgezogen haben und wollte uns unbedingt als Familie zusammenhalten. Ab und zu habe ich im Garten einen Hindernisparcours aufgebaut und die anderen zu Wettläufen hinausgeschleppt. Dabei habe ich festgestellt, dass gemeinsamer Sport auch eine Art Therapie sein kann. Oft fanden meine Geschwister das ganze Gehopse und Gerenne grauenhaft, aber mir war das egal. Ich hatte ein großes

Ziel, vielleicht das wichtigste in meinem ganzen Leben. Ich hätte alles getan, um sie nicht zu verlieren.«

Amber war, als hätte sich ein Schleier gelüftet. Sie sah Dash nun ganz anders und viel klarer. »Wie man trotz seinem eigenen Kummer anderen helfen kann, hast du dir von deiner Mom abgeschaut. Das sagt sehr viel über euch beide.«

»Das hätte jeder große Bruder so gemacht.«

»Meinst du wirklich? Bist du der Älteste?«

»Ja. Harrison ist zwei Jahre jünger als ich. Wir nennen ihn Hawk. Inzwischen ist er ein gesuchter Fotograf und wird bei der Signierstunde hier die Fotos machen.«

»Schön, dass er dabei ist, wenn es losgeht. Ich freue mich schon, ihn kennenzulernen.«

»Prima. Vielleicht können wir danach alle zusammen essen gehen.« Vermutlich hatte er ihr Zögern bemerkt. Denn schnell setzte er hinzu: »So ein Geschäftsessen gehört einfach dazu. Um dir zu danken, dass ich in deine Buchhandlung kommen darf, und um den Tourauftakt zu feiern.«

»Ein Geschäftsessen? Okay, das kann ich mir vorstellen.« *Selbst wenn meine Nerven jetzt schon verrücktspielen.* »Aber nennt ihr euren Bruder wirklich *Hawk? Hawk wie Habicht?*«

Dash lachte. »Ja. Weil er ein sehr gutes Auge hat. Wie ein Raubvogel eben. Schon als Kind hat er die Welt durch seine Kamera betrachtet und immer die interessantesten Bildausschnitte eingefangen. Selbst wenn wir genau dasselbe sehen, ist mein Blick auf die Dinge nie so treffend wie seiner.«

»Erzähl mir von deinen anderen Geschwistern.«

»Gerne. Damon ist zwei Jahre jünger als Hawk. Als unser Vater weg war, hat er die Geduld unserer Mutter schwer strapaziert. Hat Schlägereien angezettelt, die Schule geschwänzt. Ich will gar nicht daran denken, wie oft ich ihm aus der Patsche helfen musste. Aber das ist Geschichte, jetzt ist er ein toller Typ. Zwar immer noch ein Dickschädel, aber seine Energie lenkt er längst in gesündere Bahnen. Kürzlich hat er das Geschäft unseres Großvaters übernommen und entwickelt die Firma jetzt weiter. Und dann gibt es noch meine zwei Schwestern, Dawn und Andi.« Seine Züge wurden weicher. »Sie sind sieben und acht Jahre jünger als ich. Dawn moderiert *Just Desserts*, eine Backsendung.«

»Wie bitte? Ich liebe diese Show. Und deine Schwester ist absolut umwerfend. Einmal habe ich versucht, ihre Tiramisu-Crêpe-Torte nachzubacken. Die hat einfach köstlich ausgesehen, und Tiramisu ist meine liebste Sünde.«

»Darf ich mich vorstellen? Tiramisu. Schön, dich kennenzulernen.« Er streckte ihr die Hand hin, als wollte er sie begrüßen.

Sie schüttelte den Kopf, war aber ziemlich sicher, dass das Blitzen in ihren Augen verriet, wie lustig sie das fand.

»Dass er deine liebste Sünde sein will, kannst du einem Kerl nicht verübeln.«

Du liebe Güte. Dieser Mann … »Wenn du meinen Backunfall gesehen hättest, würdest du das nicht sagen. Ich habe keinen Schimmer, wie deine Schwester das so perfekt hinbekommt. Diese Torte hat fünfundzwanzig papierdünne Schichten aus Crêpes. Aber meine war einfach nur ein Klumpen. Bei Dawn sieht alles immer kinderleicht aus. Und sie ist so temperamentvoll und energiegeladen, man hat das Gefühl, direkt neben ihr in der Küche zu stehen.«

»Ja, das ist Dawn. Sie kann ihr Publikum begeistern.«

»Klingt, als hätte sie dieselben Gene wie ihr großer Bruder«, scherzte sie.

Er streifte ihr Bein mit seinem und schon flatterten die Schmetterlinge wieder wie wild. »Das einzige Publikum, das ich begeistern will, sitzt neben mir, sexy Leserin.«

»Hör auf. Du willst nur, dass ich wieder rot werde. Erzähl mir lieber von deiner anderen Schwester.«

»Aber es ist süß, wenn du rot wirst.« Er lachte über ihren strengen Blick. »Ich soll dir etwas über Andi erzählen? Ihr beide seid euch ziemlich ähnlich. Sie ist lieb und zurückhaltend und die Klügste von uns allen.«

»Lieb und zurückhaltend würde ich vielleicht noch unterschreiben. Zumindest im Vergleich zu Brindle und Sable. Aber bei uns ist definitiv Pepper die Klügste.«

»Meinst du? Andi schreibt gerade an ihrer Doktorarbeit in Meeresbiologie. Und sie macht Recherchen für Sutton Steele, die Moderatorin von …«

»Von *Discovery Hour*«, sagte Amber überrascht. »Sutton kenne ich. An der Boyer University in Port Hudson war sie eine meiner Ladies-Who-Write-Schwestern. LWW, so haben wir uns genannt. *Discovery Hour* ist eine LWW-Sendung. Moment mal, *Just Desserts* ja eigentlich auch. Die Back-Show läuft auf dem LWW-Lifestylekanal. Aber deine Schwestern können keine LWW-Mitstreiterinnen gewesen sein, sonst würden wir uns kennen.« In Port Hudson waren die Ladies Who Write jedem ein Begriff. Die Schwesternschaft war so etwas wie eine Studentinnenverbindung, aber eben von und für Frauen, die die Leidenschaft fürs Schreiben miteinander teilten. Während der Zeit an der Uni hatten sie gemeinsam in einem großen Haus gewohnt. Und einige der Gründungsmitglieder hatten später gemeinsam das Multimedia-Unternehmen LWW Enterprises auf den Weg gebracht, das inzwischen überall in den Staaten Niederlassungen hatte.

»Stimmt. Sie waren nicht dabei. Und du hast tatsächlich an der Boyer University studiert?« Seine Augen strahlten. »Ich bin in Port Hudson aufgewachsen. Und bevor Mom Dozentin geworden ist, hat sie jahrelang in der Uni-Bibliothek gearbeitet.«

»Ich habe praktisch in der Bibliothek gewohnt. Vielleicht kenne ich sie ja. Wie heißt sie denn?«

»Robin. Sie ist groß, blond und sehr gesprächig.«

»Ich glaube, dann kennen wir uns tatsächlich. Wie verrückt ist das denn? Wenn sie die Robin ist, an die ich denke, hat sie Seminare belegt und wollte gerne eines Tages Anglistik unterrichten. Ich weiß noch, dass ich mich damals gefragt habe, wie jemand neben einem Vollzeitjob noch studieren und Kinder großziehen kann, ohne dabei durchzudrehen. Dass sie Kinder hat, hat sie mir mal erzählt. Aber ich kannte nicht mal ihren Nachnamen. Wir haben vor allem über Bücher geredet, über unsere Zukunftspläne und LWW. Sie hat mich an meine Mom erinnert und mich ermutigt, meinen Traum von einer eigenen Buchhandlung Wirklichkeit werden zu lassen.«

»Das war Mom. Ganz sicher. Sie ist unglaublich zielstrebig, und das hat sie auch an uns weitergegeben. Vor ein paar Jahren hat sie ihren Master gemacht und jetzt lehrt sie tatsächlich an der Boyer Uni.«

»Wow, was für ein Zufall, dass wir uns kennen. Ich glaube kaum, dass sie sich noch an mich erinnert, aber ich freue mich sehr für sie. Sagst du ihr das bitte von mir?«

»Sag es ihr doch einfach selbst.« Er griff nach seinem Telefon.

»Nein. Bitte nicht. Das könnte peinlich werden. Vermutlich weiß sie gar nicht mehr, wer ich bin.«

»Wie du willst. Aber sie hat ein Elefantengedächtnis. Und sie freut sich ganz sicher auch, dass du so erfolgreich bist.«

»Was habe ich denn schon groß erreicht? Grace hat als Theaterautorin in New York gearbeitet und aus dem Roman unserer

Freundin ein Drehbuch gemacht. Morgen fliegt sie zusammen mit ihrem Mann nach L. A., wo der Film produziert wird, den Millionen Menschen sehen werden. Axsel ist ein Rockstar mit Millionen Fans. Er bricht gerade zu einer internationalen Tournee auf. Und Pepper erleichtert mit ihren medizintechnischen Erfindungen unzähligen Menschen das Leben. Die drei leisten wirklich Großes. Ich betreibe bloß eine kleine Buchhandlung in meinem kleinen Heimatort.«

Auf seiner Stirn erschien eine steile Falte. »Warum weist du Komplimente immer zurück?«

»Das tue ich doch gar nicht.« Sie wich seinem durchdringenden Blick aus und schrieb stattdessen lieber einen Gruß auf eine Karte. »Ich bin bloß realistisch. Ich weiß, dass mein Geschäft nicht sehr beeindruckend ist. Außer vielleicht in meinen eigenen Augen.«

»Ich kann es nur noch mal sagen: Lass mich das einfach selbst entscheiden.«

Irgendetwas in seiner Stimme sorgte dafür, dass sie ihm nun doch in die Augen schaute. Dabei wurde ihr bewusst, wie sympathisch sie den offenen, humorvollen Mann mit dem ausgeprägten Familiensinn fand, den sie gerade kennenlernte. Mit dem nächsten Atemzug wurde sein Blick dunkler, glühender. Er zog sie magisch an und sie wollte näherrücken. Sie war wie hypnotisiert von seinem Charme, zwang sich aber, ganz ruhig sitzen zu bleiben. Denn sie hatte das Gefühl, wenn sie diesem Drängen nachgab, würde es kein Zurück mehr geben.

Dash hatte geglaubt, ein verträumter Blick von ihr wie bei der

Jamsession wäre die Erfüllung seiner Wünsche. Doch mitanzusehen, wie sie gegen ihr Verlangen kämpfte, stand jetzt noch weiter oben auf seiner Wunschliste. So eine Liste hatte er noch bei keiner Frau gehabt. Aber jemand wie Amber war ihm auch noch nie begegnet. Und jetzt wollte er einfach alles herausfinden, was es über sie zu erfahren gab.

»Erzähl mir mehr über dich und deine Buchhandlung mit ihren prickelnden Schätzen. Warst du früher eins von den Mädchen, das mit der Taschenlampe unter der Bettdecke ungezogene Romane gelesen hat?« Er beugte sich zu ihr. »Oder hattest du zuerst im echten Leben eine sinnliche Romanze mit irgendeinem Glückspilz und hast erst dadurch zu gewissen Büchern gefunden? Falls es so war, wäre ich höllisch gerne dieser Typ gewesen.«

Sie schluckte. Ihre Augen weiteten sich unschuldig.

Das war genau die Reaktion, auf die er gehofft hatte. Nur mit der durchschlagenden Wirkung dieses Blicks hatte er nicht gerechnet. Plötzlich hatte er allerhand Bilder von Amber in sehr erotischen Positionen im Kopf. Er wollte ihren geschmeidigen Körper unter seinem spüren, ihre weiche Haut berühren, ihre Erregung schmecken und sie im Sturm der Leidenschaft seinen Namen schreien hören. Bei dem Gedanken wurde er steinhart und musste gegen den Drang ankämpfen, sie in seine Arme zu reißen und zu küssen, bis sie jede Kontrolle verloren und alle ihre schmutzigen Fantasien Wirklichkeit werden ließen.

Amber straffte die Schultern, legte mit einem überraschend kecken Gesichtsausdruck den Kopf schief und riss ihn aus seinem Tagtraum. »Beides. Ich habe damals die Liebesromane meiner Mutter stibitzt und sie heimlich unter der Bettdecke gelesen. Sozusagen als Vorbereitung auf meine wilden College-tage. Und Mannomann, waren die *wild*«, raunte sie verschwörerisch. »Jede Menge Orgien, Fesselspielchen und verbotene erotische Treffs mit meinen Professoren.«

Ach du süße Hölle! »Wirklich?« Das Verlangen machte seine Stimme ganz rau.

»Nein, du Dussel. Herrje. Glaubt eigentlich jeder Mann, dass Frauen bloß Sex im Kopf haben?« Sie schrieb einen Gruß auf eine Karte und legte sie in ein Buch.

»Das habe ich nicht behauptet. Und meine Frage war auch eher ein Scherz. Mal abgesehen davon, dass ich wirklich gerne der Erste gewesen wäre, mit dem du erotische Erfahrungen gesammelt hast.«

»Wie kommst du darauf, dass ich solche Erfahrungen habe?« Noch immer lächelnd ließ sie ein Lesezeichen zwischen die Seiten gleiten und griff nach dem Seidenpapier.

Dass sie so frech und verspielt sein konnte, gefiel ihm. »Ich bin einfach davon ausgegangen, dass eine schöne, belesene Frau wie du sich schon mit so manchem beschäftigt hat.«

»Wie wär's, wenn du Bücher einpackst, anstatt wilde Vermutungen anzustellen?« Sie hielt ihm das Buch hin und er steckte es in einen Umschlag. Die nächste Frage konnte er sich einfach nicht verkneifen. »Bedeutet das, ich habe noch die Chance, derjenige zu werden, der dich mit den harten Fakten bekanntmacht?«

Ihre Augen lachten.

»Ja, das Wortspiel war beabsichtigt.«

Diesmal lehnte *sie* sich an ihn. Mit einem hellen, anscheinend unbeschwerten Lachen.

»Okay, sexy Leserin. Zeit für ein Geständnis. Wolltest du schon immer einen schmutzigen Buchladen haben?«

»Einen Buchladen? Ja. Schmutzig? Nein. Das kam erst später.«

»Darauf kommen wir noch zurück. Aber erst mal: Warum Bücher? Warst du schon als kleines Mädchen eine Leseratte?«

Sie schrieb wieder eine Karte und legte sie zwischen zwei Seiten. »In Bücher habe ich mich gleich in der Grundschule verliebt. Anfangs mochte ich sie, weil sie so sicher waren. Aber bald, weil ich mit ihnen allem entfliehen konnte.«

»Was meinst du mit *sicher*?«

Sie schaute ihm in die Augen. »Sie haben mich nicht zu sehr aufgeregt, mir nicht das Gefühl gegeben, die Kontrolle zu verlieren.«

Ah. Er verstand sie immer besser. »Das hat etwas mit der Epilepsie zu tun?«

Sie nickte.

»Wie alt warst du, als sich die Krankheit bemerkbar gemacht hat?« Plötzlich fürchtete er, die Frage könnte zu persönlich sein. »Wir müssen nicht darüber reden, wenn du lieber nicht willst«, setzte er schnell hinzu.

»Nein, schon gut. Schließlich gehört das ja auch zu mir. Den ersten Anfall hatte ich mit acht. Ich habe gerade auf einem Klettergerüst gespielt und bin runtergefallen. Kurz danach hatten wir die Diagnose.«

»Sicher hat dir das eine Heidenangst gemacht.« Er fand es furchtbar, dass sie sich mit so etwas herumschlagen musste, und schlimm, dass sie schon als Kind damit konfrontiert worden war.

»Erst mal konnte ich mich an nichts erinnern. Und was mit mir los war, habe ich auch nicht wirklich verstanden. Zumindest nicht am Anfang. Aber ich habe gemerkt, wie viel Angst es meinen Eltern und allen anderen gemacht hat, denn alle haben mich plötzlich anders behandelt.«

Er legte seine Hand auf ihre, wollte ihr den beklommenen

Gesichtsausdruck gerne nehmen. »Sicher haben sie sich vor allem um dich gesorgt.«

»Meine Familie ganz bestimmt. Es war, als würden alle in der Angst vor meinem nächsten Anfall leben. Die richtige Dosis für die Medikamente zu finden, hat eine Weile gedauert, und den zweiten Anfall hatte ich ausgerechnet im Schulbus. Mir war das höllisch peinlich und viele Kinder haben mich danach gemieden. Das hat wehgetan. Inzwischen verstehe ich sie besser. Was mit mir passiert ist, war ein Schock für sie. Sie wussten nicht, was los ist und wie sie mir helfen sollen. Manche dachten sicher auch, sie könnten sich anstecken. Sable hat sich deshalb mit einigen ganz schön angelegt.«

»Offenbar war sie schon immer ziemlich tough und unerschrocken. Und sie wollte dich beschützen, weil sie dich liebt. Das verstehe ich, denn mir geht es mit meinen Geschwistern genauso.«

»Ja, ihr habt einiges gemeinsam. Und versteh mich bitte nicht falsch – ich liebe Sable heiß und innig, und es ist großartig, wie sie sich um uns kümmert. Aber ich wollte den anderen Kindern so gerne zeigen, dass ich gar nicht so anders bin als sie. Schwierig, wenn deine ältere Schwester sie einschüchtert.«

»Hast du ihr das je gesagt?«

»Irgendwann schon. Aber danach hat sie sich mit einem schlechten Gewissen herumgequält, und das wollte ich nun auch nicht.« Sie hob halbherzig die Schultern. »Jedenfalls habe ich vorsichtshalber nichts mehr getan, was meinen Körper zu sehr unter Spannung setzen könnte, und lesen wurde zu meiner Insel. Als meine Medikamente dann richtig dosiert waren, hatte ich jahrelang keinen Anfall mehr. Der nächste kam, als ich dreizehn war, und auch die Angst war damit schlagartig wieder da.«

»Dreizehn? In der Pubertät?«

Sie errötete und nickte.

»Sorry. Als ich von Sin von der Epilepsie erfahren habe, habe ich ein bisschen im Netz herumgelesen. In der Pubertät scheint es oft noch mal Probleme zu geben.«

Sie schaute ihn ungläubig an. »Du hast dich informiert?«

»Ja. Ich wollte verstehen, womit du klarkommen musst.«

»Wow. Was du alles machst …« Sie musterte ihn kurz, dann richtete sie den Blick auf die Karte in ihrer Hand. »In der Pubertät passiert so viel. Deshalb war der Anfall für mich besonders schlimm. Kein Mädchen möchte, dass jeder ihre Veränderungen mitbekommt. Aber bis meine Medikamente endlich wieder richtig gewirkt haben, konnte ich meine Veränderung nicht verbergen.«

»Das muss hart gewesen sein. Und Jungs sind in dem Alter oft echte Deppen.«

»Mir gegenüber waren sie ganz okay. Sie waren nett, sind aber auf Abstand geblieben. Das kann ich ihnen nicht verdenken. Die Teenagerzeit ist schwierig genug. Warum sollte man da zusätzlich eine Freundin mit Problemen wollen?«

»Weil sie das heißeste Mädchen an der Schule ist, und nur eben etwas hat, wovor man keine Angst haben muss?«

»Ich glaube, als Teenager hätte selbst ein Dash das vielleicht anders gesehen.«

»Ganz und gar nicht. Der Teenager-Dash war ein cooler Typ. Er hätte dir gefallen.«

»Na dann.« Sie lachte leise.

Er mochte dieses Lachen sehr. Es brachte ihre Augen auf besondere Art zum Strahlen. Inzwischen hatte er festgestellt, dass sie mehr grün als braun waren und bezaubernde goldene

Sprenkel hatten.

»Worüber haben wir gesprochen, bevor ich dir meine Krankheitsgeschichte erzählt habe? Ach ja, die Buchhandlung.« Sie gab ihm ein weiteres Buch zum Einpacken. »Eigentlich habe ich mich schon immer in die magische Welt der Bücher gewünscht. Und eine eigene Buchhandlung wurde mein Traum. Nach meinem Collegeabschluss habe ich einen Kredit aufgenommen. Meine Eltern haben für mich gebürgt. Mit diesem Startkapital habe ich mein Geschäft eröffnet und bin jeden Tag froh darüber.«

»Das, liebe sexy Leserin, war mutig und ist sehr beeindruckend.«

»Sagt der Footballstar, Autor und Motivationsredner.«

»Okay, ich bin ein kleiner Überflieger.«

»Ein klitzekleiner.«

»Und du achtest noch immer darauf, dich nicht allzu sehr aufzuregen?«, fragte er vorsichtig. »Zum Beispiel, indem du mich auf Distanz hältst, weil ich zu viel bin?«

»Du bist wirklich ganz schön viel Mann.«

Ihre Offenheit gefiel ihm. »Und du ganz schön viel Frau.«

Sie verdrehte die Augen. »Ein bisschen mehr einpacken und weniger flirten.«

»Und wo bleibt da der Spaß?«

Sie redeten und scherzten und arbeiteten sich dabei durch die Kisten voller Bücher. Zwei Stunden vergingen wie im Flug. Als Reno zu Dash tappte, um ihn zu beschnüffeln, fragte er, ob es in Ordnung sei, ihn zu streicheln.

»Mach ruhig. Kein Problem.«

Er kraulte den Hund. »Ist er immer im Dienst?«

»Eigentlich schon. Aber die Weste trägt er nur, wenn wir irgendwo hingehen, wo die Leute sehen sollen, dass er wachsam sein muss. Und er weiß, dass er sich nicht ablenken lassen darf, wenn er sie anhat. Hier in der Buchhandlung hat er allerdings auch mal Pause.«

»Wie lange hast du ihn denn schon?«

»Seit vier Jahren.«

»Du bist ein lieber Hund.« Er kraulte Renos Hals mit beiden Händen und Reno leckte ihm übers Kinn.

»Er ist mein Goldschatz und mein treuer Freund. Er gibt mir Sicherheit und Selbstvertrauen und bringt mich zum Lächeln.«

»Er ist zu beneiden. Spürt er, wenn sich ein Anfall ankündigt?«

»Die Beneidenswerte hier bin ich.« Sie streichelte Reno. »Die Experten streiten sich, ob Hunde wirklich Anfälle vorausahnen können. Seit ich ihn habe, habe ich noch keinen Anfall gehabt. Also kann ich das nicht wirklich beurteilen. Aber wenn ich nervös oder aufgeregt bin, merkt er es tatsächlich und bleibt dann immer ganz dicht bei mir.«

»Und was würde er tun, wenn du einen Anfall hättest?«

»Er ist darauf trainiert, einen Sturz möglichst abzufangen und dafür zu sorgen, dass nichts um mich ist, an dem ich mich verletzen könnte.« Sie berührte den Anhänger ihrer Halskette, einen silbernen Ring mit einem schwarzen Knopf in der Mitte. Der Anhänger hatte in etwa die Größe eines Silberdollars, und Dash war schon aufgefallen, dass sie ihn immer trug. »Das hier ist eine Signalkette mit eingebautem GPS-Tracker. Die hat Pepper noch während ihres Studiums entwickelt und jetzt bekommt man sie überall in den Staaten. Falls ich einen Anfall habe, muss Reno den Alarmknopf in der Mitte drücken. Dann wird mein Standort an meine Familie und den Rettungsdienst übermittelt.«

»Wow. Dass sie das gemacht hat, sagt viel darüber aus, was du deiner Schwester bedeutest.«

Ein versonnener Ausdruck trat auf Ambers Züge. »Manchmal rührt mich das so, dass mir schon der Gedanke daran die Kehle zuschnürt.«

»Das verstehe ich gut. Und ich habe auch gelesen, dass man bei einem Anfall auf die Seite gedreht werden soll, damit man besser atmen kann. Könnte Reno das tun?«

»Nein. Aber ich bin beeindruckt, was du alles weißt.«

»Die paar Informationen habe ich mir nicht angelesen, um dich zu beeindrucken.« Er steckte das nächste Buch in einen Umschlag und klebte das Adressetikett darauf. »Ich möchte dich gerne besser kennenlernen und wollte nicht komplett ahnungslos sein. Offenbar gibt es unterschiedliche Arten von Anfällen. Welche hast du denn?«

»Die ganz heftigen. Man nennt sie auch Grand mal.«

»Oh. Das tut mir leid. Ich glaube, in einem Artikel stand, wenn so ein Anfall länger als fünf Minuten dauert, muss man einen Notarzt rufen. Oder wenn sich die Person verletzt, natürlich. Ist das richtig?«

»Ja. Aber Reno kann die Uhr nicht lesen. Deshalb hat er gelernt, den Knopf sofort zu drücken.« Sie zwinkerte ihm in gutmütigem Spott zu.

»Touché. Das ist viel Verantwortung für einen Hund. Ich nehme mal an, so eine Assistenzhundeausbildung dauert eine ganze Weile.«

»Zwei Jahre. Bei vielen Hunden zeigt sich nach ein paar Monaten, dass sie nicht das richtige Temperament für die Aufgabe haben. Dann bricht man das Training ab. Aber Reno ist der perfekte Partner für mich.«

»Nimmst du ihn überall mit hin?«

»Fast. Er ist so was wie mein Sicherheitsanker. Ohne ihn fühle ich mich nackt. Mit der Halskette ist es übrigens genauso. Ich trage sie immer, selbst wenn ich meine Familie besuche.« Wieder legte sie eine Karte in ein Buch und griff nach einem Lesezeichen. »Wenn ich mit Freunden weggehe, lasse ich Reno manchmal zu Hause. Dann sind meine Freunde ja bei mir. Und manchmal nehme ich ihn auch ohne die Weste mit. Hier bei der Arbeit muss er sie nicht tragen, und er folgt mir auch nicht auf Schritt und Tritt durchs Geschäft. Aber wenn ich irgendwo hingehe, wo nicht jeder weiß, dass er ein Assistenzhund ist, ist die Weste sehr nützlich. So wie neulich bei der Jamsession.«

»Verstehe. Musst du eigentlich weiterhin mit ihm üben? Oder hat er seine Aufgaben fest abgespeichert?«

»Trainieren muss so ein Hund lebenslang. Genau wie ein Mensch kann er Dinge vergessen oder verlernen.«

»Hast du vor ihm schon mal einen Hund gehabt?«

»Nein. In dem Jahr, in dem die Krankheit bei mir festgestellt worden ist, hat Mom begonnen, Hunde auszubilden. Aber ich wollte nichts haben, wodurch immer sofort auffällt, dass ich anders bin.«

»Warum hast du Reno dann trotzdem genommen?«

»Du stellst ziemlich viele Fragen.«

»Oh, sorry.« Verdammt, er wollte es auf keinen Fall vermasseln.

»Nein, schon gut. Es kommt bloß selten vor, dass sich jemand für alle Einzelheiten interessiert. Reno ist bei mir, weil mir irgendetwas gefehlt hat. Klar, ich habe Freundinnen und auch schon mal kürzere Beziehungen. Aber mich zu verlieben oder gar Zukunftspläne zu schmieden, schien für mich einfach nicht in den Sternen zu stehen. Ich habe Mom oft beim Hundetraining geholfen. Und in Renos letztem Sommer bei ihr sind wir unzertrennlich geworden.« Sie strich dem Retriever liebevoll über die Hundewange, hob seinen Kopf und küsste ihn auf die Schnauze. Er leckte ihr das Kinn. »Wie gesagt, er ist mein Goldschatz.«

»Wie gesagt, er ist zu beneiden.«

Nachdem sie alle Bücher verpackt hatten, wollte Dash wissen, was es mit dem Körbchen voller Grußkarten auf sich hatte. Sie erklärte ihm, dass sie ihren Stammkunden zum Geburtstag und zu anderen Anlässen Grüße schickte. Sie war aufmerksam, süß und klug. Und er fragte sich, weshalb die Männer in Oak Falls nicht allesamt hinter ihr her waren. Schreckte die Epilepsie sie tatsächlich ab? Oder interessierte Amber sich schlicht für keinen von ihnen?

Als sie schließlich aufräumten, war es kurz vor elf. Amber schob den kleinen Wagen mit den Verpackungsutensilien in einen Abstellraum, Reno klebte an ihren Fersen. Dash schaute sich in der Zwischenzeit in der Buchhandlung um. Überall entdeckte er Ambers persönlichen Touch. Es gab ein Kästchen für Vorschläge von ihren Kunden, Vasen voller Trockenblumen und in vielen Nischen saßen kleine lesende Elfen- und Affenfigürchen. Handgeschriebene Schilder mit Aufschriften wie *Gänsehautthriller, Perfekte Strandlektüre* und *Lachgeschichten für Kinder* lenkten die Aufmerksamkeit auf besondere Bücher. In der Nähe der Kasse waren hübsche Geschenkartikel ausgestellt: Socken mit Literaturzitaten, Kerzen, Lesezeichen und andere nette Kleinigkeiten. Ambers Geschäft war mehr als eine Buchhandlung. Es war ein Ort, an dem er die Schuhe abstreifen und es sich mit einem guten Buch auf einem der Sofas neben ihr bequem machen wollte.

Sie kam in ihrer Jacke zurück, und an ihren Augen konnte er ablesen, dass die entspannte junge Frau, die er beim Plaudern und Büchereinpacken kennengelernt hatte, nun wieder auf der Hut war.

Er nahm den Liebesroman, den er gekauft hatte.

»Den wirst du ganz bestimmt nicht lesen«, sagte sie.

»Oh doch. Und ich freue mich schon darauf. Ich will unbedingt rausfinden, welche romantischen Ideen du im Kopf hast.«

Sie nahm die Vase mit den Blumen. »Wer weiß, vielleicht lernst du das ein oder andere.«

»Genau.« Er sah sie die Vase neben die Kasse stellen. »Möchtest du die Blumen nicht mit nach Hause nehmen?«

»Hier kann ich sie morgen den ganzen Tag sehen«, antwortete sie fast scheu. »Alle meine Lieblingsblumen zusammen in einem wunderschönen Strauß. Woher hast du das gewusst?«

»Möglicherweise habe ich die Floristin bestochen.«

»Ganz schön listig.«

Sie verließen das Geschäft und Amber schloss die Tür ab. Als sie sich zu ihm umwandte, schaute sie ihn wieder so an. So als wollte sie ihn küssen oder weglaufen und wäre nicht sicher, was sie nun wirklich tun sollte. Nur mit größter Anstrengung gelang es ihm, sich den Kuss nicht einfach zu stehlen.

»Ich bringe dich zu deinem Wagen.« Auf dem Weg um die Ecke legte er eine Hand in ihr Kreuz und ging im Kopf noch einmal all seine Beobachtungen durch. Wenn sie nervös war, wurde sie still oder plapperte wild drauflos. In diesen Momenten berührte sie Reno, als würde seine Nähe sie beruhigen. Aber am besten gefielen ihm ihre heimlichen Blicke, wenn sie glaubte, dass er es nicht merkte. Sie bewiesen, dass sie die Verbindung zwischen ihnen genauso stark spürte wie er.

Sie blieb vor dem einzigen Wagen auf dem Parkplatz stehen, einem zuverlässigen blaugrauen Subaru Crosstrek. Das Auto passte perfekt zu ihr. Sie ließ Reno auf den Rücksitz springen und sicherte ihn an seinem Geschirr. Dann schloss sie die Tür und schaute Dash an. Mondlicht schimmerte in ihren Augen, ihre Finger spielten mit ihren Schlüsseln. »Vielen Dank noch mal für die Blumen und für deine Hilfe heute Abend.«

Er trat ein wenig näher. »Mir hat das großen Spaß gemacht. Darf ich dich morgen Abend zu einem richtigen Date ausführen?«

»Dash, du bist ein wirklich netter Kerl, einer, an den man sehr leicht sein Herz verlieren könnte. Aber du bist hier nur zu Besuch, und ich bin keine Frau für zwischendurch. Ich glaube, es ist am besten, wenn wir einfach Freunde sind und nicht versuchen, mehr daraus zu machen.«

»Vielleicht weißt du ja gar nicht, was am besten ist.« Er berührte ihre Hand und sie atmete ein wenig schneller. »Ich höre deine Worte, aber deine Augen sagen etwas anderes.«

Sie öffnete den Mund, als wollte sie widersprechen, klappte ihn aber sofort wieder zu und sagte nichts.

»Sag einfach ja, Amber. Du wirst es nicht bereuen.«

»Ich kann nicht«, entgegnete sie entschuldigend.

»Weil du deine Gefühle unter Kontrolle behalten willst und befürchtest, ich könnte zu viel für dich sein? Oder weil ich nur zwei Wochen lang hier bin?«

Sie senkte den Blick, und als sie ihn eine Sekunde lang wieder anschaute, sah er ihren inneren Kampf: Ein Teil von ihr wollte alle Bedenken und alle Vorsicht über Bord werfen. Doch sie war eine willensstarke Frau und hatte so etwas vielleicht schon so lange nicht mehr getan, dass sie vergessen hatte, wie man das machte. »Wahrscheinlich beides. Vielleicht solltest du es mal bei Sable oder Haylie versuchen. Es gibt hier einige Frauen, die gerade niemanden haben. Und uns beiden ist doch sonnenklar, dass sich kaum eine die Chance auf ein paar Nächte mit dir entgehen lassen würde. Okay, an Sable könntest du dir die Zähne ausbeißen. Aber es gibt ja noch genügend andere.«

»Und die sind bestimmt alle sehr nett, aber sie sind nicht du. Du bist anders, Amber, und das hat mit der Epilepsie überhaupt nichts zu tun. Du bist anders auf vielerlei Art. Etwas Besonderes. Als ich dich bei der Jamsession in der Scheune gesehen habe, hast du alle überstrahlt.«

Sie stieß einen ungläubigen Ton aus. »Ich habe noch nie im Leben jemanden überstrahlt, und das ist auch völlig in Ordnung so. Ich muss nicht herausragen, um glücklich zu sein. Es war schön heute Abend, aber es tut mir leid, wir sollten alles so lassen, wie es ist.«

Zu gerne wollte er ihr widersprechen und ihr tausend Gründe nennen, weshalb sie sich täuschte und ihre Meinung ändern sollte. Doch er verstand ihr Bedürfnis, die Kontrolle zu behalten. Was nicht bedeutete, dass er aufgeben würde.

»Okay. Lass uns Freunde sein. Aber du ragst tatsächlich heraus. Eine schönere Frau als du ist mir noch nie begegnet. Und deine Schönheit ist viel mehr als nur äußerlich. Auch was du in dir trägst, lässt dich strahlen, und so etwas gibt es nicht oft. Eine Schönheit wie deine kann man nicht vortäuschen. Da helfen weder Make-up noch Kleider. Man hat sie oder man hat sie nicht. Und du hast sie in Hülle und Fülle.«

Aus ihrem überraschten Blick sprach Ungläubigkeit.

Er öffnete ihr die Wagentür, wartete, bis sie am Steuer saß, beugte sich zu ihr und küsste sie auf die Wange. »Ich gebe noch nicht auf, meine süße sexy Leserin.«

Er schloss die Tür und machte sich auf den Weg zu seinem Leihwagen. Dabei spürte er, wie die Hitze ihres Blicks ihn durchdrang.

Fünf

Am Dienstagnachmittag klingelten die Glöckchen über der Tür der Buchhandlung und Sable kam hereinmarschiert. Amber blickte von dem Büchertisch auf, wo sie gerade Nachschub auf den stark geschrumpften Stapel von Dashs Büchern legte. Oder vielmehr gelegt hatte, bevor sie sich in ihren Gedanken an den gestrigen Abend und im Anblick seines Fotos auf dem Buchcover verloren hatte.

»Ich nehme mal an, der schreibende Ex-Footballer, dem sämtliche Frauen der Stadt hinterherlaufen wie dem weltbesten Gigolo, ist der Grund, warum du beim Frühstück heute Morgen so still warst.« Mit ihrem Cowgirlhut und den Stiefeln glich Sable eher einer Rancherin als einer Kfz-Mechanikerin und Musikerin. Sie stemmte eine Hand in die Hüfte, und ihr wissender Blick verriet Amber, dass es keinen Zweck hatte, irgendetwas abzustreiten. »Du magst es nicht, wenn Axsel sein Zeug packt und auf Tour geht, und dass Grace und Reed nun auch wieder weg sind, schlägt dir auf die Stimmung. Aber nicht so.«

Am Morgen war die ganze Familie im Haus ihrer Eltern zum gemeinsamen Frühstück zusammengekommen, um sich von Grace, Reed und Axsel zu verabschieden. So sehr sich

Amber für ihre Geschwister freute, weil sie ein so spannendes, erfülltes Leben führten, so sehr hasste sie doch Abschiede. Noch schmerzhafter war gestern Abend der Abschied von Dash gewesen. Sie hatte versucht, sich ein bisschen aufzuheitern, indem sie ihr geliebtes karamellfarbenes Shirtkleid mit einem Tuch in Schwarz und Braun und dazu alle Accessoires trug, die Morgyn für sie gemacht hatte. Sogar Brindles letztes Weihnachtsgeschenk, die Stiefel, die ihr bis zu den Oberschenkeln reichten, hatte sie angezogen. In diesem Outfit fand sie sich süß, was ihr normalerweise ein gutes Gefühl gab. Heute half es leider nicht. Denn sie grübelte trotzdem ununterbrochen darüber nach, ob es ein Fehler gewesen war, Dash einen Korb zu geben.

Sable verschränkte die Arme. »Was hat er gemacht?«

»Nichts.« Amber legte das Buch beiseite, das sie in der Hand gehalten hatte. Ihr Blick huschte zu den Blumen. *Alles.*

»Ja, klar. Und ich bin noch Jungfrau.«

»Warum muss alles immer was mit Sex zu tun haben?« Amber hatte nicht bissig klingen wollen, doch ihren Kundinnen und Kunden zuliebe hatte sie ihre Frustration schon den ganzen Tag weggedrückt, und langsam hatte sie die Nase gestrichen voll. »Selbst wenn es gar nicht um Sex geht, geht es doch andauernd um Sex.«

Sable kniff die Augen zusammen. »Wovon redest du? Ist er etwa aufdringlich geworden?«

»Nein. Er hat mir Blumen geschenkt. In einer Vase mit *Eicheln* drin. Und er hat mir stundenlang geholfen, Bücher zum Verschicken einzupacken.« Gegen ihren gereizten Ton kam sie nicht an. Fahrig rückte sie die Bücher auf dem Tisch zurecht. »Er hat mir von seiner Familie erzählt und wie er seine Geschwister praktisch großgezogen hat, nachdem sein bescheuerter Vater abgehauen war.«

Sable legte ihre Hand auf Ambers und hielt sie davon ab, weiterhin Bücher hin- und herzuschieben. Mit dem Kinn deutete sie auf die Blumen neben der Kasse. »Du meinst den Strauß da drüben?«

Amber nickte.

»Deine Lieblingsblumen.«

»Er hat Twyla bestochen.« Twyla gehörte der Blumenladen.

»Da will es einer wirklich wissen«, murmelte Sable. »Ideen hat er. Das muss man ihm lassen. Aber du liebst Blumen und klingst trotzdem wütend. Also sag schon, was hat er angestellt?«

»Ich bin nicht wütend auf ihn, ich bin wütend auf das Leben. Alles, was er gestern Abend über seine Familie und sich selbst erzählt hat, ist bei mir direkt hier gelandet.« Amber legte eine Hand über ihr Herz. »So was fühle ich sonst nie. Und wir haben gelacht, Sable. Ziemlich viel sogar. Du solltest sehen, wie er mich anschaut. So als wäre ich eine Göttin, oder als würde er nach einem ganzen Jahr im Dunkeln endlich mal wieder die Sonne sehen. Er kriegt es fertig, dass ich am liebsten mit ihm … Ach, du weißt schon.«

»Wow. Der Typ hat dich wirklich eingewickelt.«

Amber funkelte sie düster an. »Könntest du mal für eine Minute deinen Panzer ablegen? Bitte? Als wir uns gestern Abend unterhalten haben, habe ich zum allerersten Mal in meinem Leben vergessen, dass ich anders bin als andere.« Das Gefühl hatte nur kurz angedauert. Es hatte sie fasziniert und ihr auch ein klein wenig Angst gemacht. Zugleich war es so befreiend gewesen, dass es sie immer noch beschäftigte. »Endlich mal ein Mann, der mich wirklich interessiert und den ich gerne richtig gut kennenlernen würde. Und dann ist er nicht bloß Gottes Geschenk an die Damenwelt, sondern auch nur mal kurz auf Besuch hier.« Sie schnaubte. »Aber eigentlich ist das sowieso unwichtig. Ich habe ihm gesagt, ich hätte kein Interesse.«

»Gut gemacht, Schwesterherz.«

Dass Sable das so lässig hinwarf, ärgerte Amber gleich noch mehr. »Woher willst du das wissen? Du hast noch nie einem Mann dein Herz geöffnet. Du hast keine Ahnung, wie es sich anfühlt, wenn man Dinge hört und am liebsten gleich tausend Fragen stellen würde. Wie zum Beispiel, wer ihm beigestanden hat, als er sich um seine Geschwister gekümmert hat. Und weshalb er nicht an der Boyer University studiert hat, wo er doch in Port Hudson aufgewachsen ist. Das ist er nämlich, und seine Mom hat während meiner Zeit dort in der Uni-Bibliothek gearbeitet. Damals hatte ich keine Ahnung, wie viel sie um die Ohren hat. Sie hat immer so zuversichtlich, so stark und optimistisch gewirkt. Kein Wunder, dass Dash auch so ist. Trotzdem frage ich mich die ganze Zeit, wie schwer es ihm wohl gefallen sein mag, woanders aufs College zu gehen, weit weg von seinen Lieben. Oder ob er womöglich froh war, die viele Verantwortung auch mal abzugeben.«

»Du magst ihn wirklich«, sagte Sable leise.

»Was du nicht sagst. Aber es geht nicht, Sable.«

»Warum denn? Bloß weil er durch die Stadt spaziert wie ein Rattenfänger mit einer Zauberflöte und du so unschuldig und rein bist wie Neuschnee an einem Wintertag?«

Ihre Schwestern hielten sie alle für unschuldig und rein, unerfahren und naiv. Dabei war sie durchaus schon mit Männern zusammen gewesen. Nur erzählte sie es nicht stolz herum, wie manche anderen es taten. »Das ist auch ein Grund. Du weißt, mit Stress und Konkurrenz komme ich nicht gut klar.«

»Irrtum. Ich weiß, dass du beides meidest wie der Teufel das Weihwasser. Aber die Buchhandlung zu eröffnen, war ziemlich stressig, und abgehalten hat dich das nicht. In den ersten Jahren hast du dir den Arsch aufgerissen, um die Rechnungen bezahlen zu können, und du hängst dich immer noch mächtig rein. Deine Konkurrenz hat keine Chance. Die Buchhandlung in Oak Falls hat dichtgemacht, weil alle hierher zu dir laufen.«

»Das ist was anderes.«

Sable schaute ihr so lange ins Gesicht, dass Amber schließlich stöhnend die Hände in die Luft warf. »Ich muss meine Sachen holen. Phoenix hat heute Abend einen Auftritt. Kommst du mit?« Sie marschierte Richtung Büro. Reno stand von seinem Hundebett neben der Kasse auf, streckte sich und tappte hinter ihr her.

»Geht leider nicht. Bandprobe.« Sable folgte Amber ins Büro, und plötzlich machte sie ein Gesicht, als wäre ihr gerade ein Licht aufgegangen. »Ich bin so vernagelt. Es geht eben doch um Sex, nicht wahr? Dein ganzes Geschimpfe vorhin, dass es immer um Sex geht? Das hat dich verraten.«

Amber nahm ihre Jacke von einem Haken in der Ecke. »Ganz ehrlich? Ich habe null Ahnung, worum es wirklich geht. Ich weiß bloß, dass meine Behauptung, ich wäre nicht interessiert, sich jetzt wie ein Fehler anfühlt. Und trotzdem glaube ich, es war richtig so.«

Sable nahm das Glas mit den Eicheln aus dem Regal hinter dem Schreibtisch. »Woher hat er von den Eicheln gewusst?«

»Hat er nicht. Seine Großmutter füllt sie in Vasen und sagt, sie sind magisch.«

»Du machst Witze, oder?« Sable schüttelte den Kopf und stellte das Glas zurück. »Der Typ ist ein Softie wie du?«

»Nein, ist er nicht. Er ist absolut alpha, glaub mir. Aber unter der selbstbewussten breiten Brust schlägt ein großes Herz.«

»Also, wenn irgendwer so was erkennen kann, dann mit Sicherheit du.« Sie nahm Amber die Jacke aus den Händen und half ihr hinein. Dann packte sie ihre Schwester an den Schultern und schaute ihr ernst ins Gesicht. »Hör mir gut zu, denn ich sage das bloß einmal und werde es vermutlich in fünf Minuten bereuen.«

Amber lehnte sich an ihre Schwester. »Weißt du eigentlich, wie lieb ich dich habe?«

»Was bleibt dir anderes übrig? Schließlich stehe ich immer hinter dir. Pass auf. Morgyn würde jetzt sagen, dass das mit den Eicheln kein Zufall sein kann.«

»Und du wirst jetzt das Gegenteil behaupten. Ich weiß, was du von ihm hältst, Sable.«

»Aber was ich von ihm halte, ist völlig egal. Der Himmel steh' mir bei, weil ich das jetzt sage, aber es ist dein Leben, Amber. Du darfst Spaß haben, gegen Regeln verstoßen und, wenn du willst, auch wilden Sex mit einem Ex-Footballstar haben.«

Amber spürte, wie ihre Wangen wieder mal zu glühen begannen.

»Ich möchte bloß nicht, dass du eine Enttäuschung erlebst. Aber wenn du den Kerl wirklich unbedingt willst, dann schnapp ihn dir. Zerr ihn ins Bett und nagel ihn, bis ihm Hören und Sehen vergeht.«

»Sable!«, zischte Amber.

Sable verdrehte die Augen. »Okay. Dann zerr ihn ins Bett und vernasch ihn, bis ihm Hören und Sehen vergeht. Nur tu es mit offenen Augen. Nicht wörtlich natürlich. Aber du weißt, was ich meine.«

»Eine Enttäuschung könnte ich auch erleben, wenn ich die Augen ganz weit aufmache. Und das meine ich tatsächlich wörtlich. Kannst du dir vorstellen, wie heiß er aussehen muss, wenn er …« Ein wenig erschrocken brach Amber ab und kicherte. »Mein Herz tickt anders als deins, Sable. Ohne dass Gefühle im Spiel sind, geht bei mir nichts.«

»Ich weiß. Aber manchmal lohnt sich sogar ein gebrochenes Herz. Falls du dich wirklich durchringst, dich auf ihn einzulassen, bin ich da, wenn er wieder aus der Stadt verschwindet. Dann helfe ich dir, die Scherben einzusammeln und dein Herz wieder zusammenzuflicken.«

Amber stiegen Tränen in die Augen.

»Oh Gott. Jetzt geht's los.« Sable nahm sie fest in die Arme. »Dreh den Wasserhahn zu, okay?«

»Sorry.« Amber löste sich aus der Umarmung und wischte sich die Augen ab.

»Tu einfach das, was sich für dich richtig anfühlt. Denn letzten Endes ist das alles, was zählt.«

Wenn das nur wahr wäre.

Aber im Grunde war es sowieso egal, denn nach der letzten Abfuhr würde er sicher nicht noch mal wiederkommen.

Wishing Creek war etwa eine halbe Stunde von Oak Falls entfernt, und das Lyrics and Lattes lag ein wenig abseits in dem kleinen Künstlerviertel mit seinen schmalen Gassen und hübschen Geschäften. Durchsichtige Kunststoffarkaden zwischen den Ziegelhäusern schützten die Besucher vor Wind und Wetter. Künstler und Künstlerinnen aus der Umgebung hatten die Gebäude mit Wandgemälden verschönert, an vielen Mauern hingen gerahmte Bilder und Fotos. Es gab Pflanzgefäße aus Keramik und Ton, faszinierende Stein- und Metallskulpturen und viele andere Kunstwerke zu bewundern. Wenn Amber durch diese Gegend spazierte, hatte sie oft das Gefühl, auf einer Reise fernab ihres sicheren kleinen Heimatorts zu sein und ihrem Zuhause doch nahe genug, um den Besuch stressfrei genießen zu können.

Sie öffnete die Tür des Cafés und trat zusammen mit Reno ein. Für diesen Ausflug hatte sie ihm die Arbeitsweste angezogen. Stimmengesumm und der einladende Duft von frisch gebrühtem Kaffee begrüßten sie. Snacks und leckere Gerichte wurden hier genauso kreativ präsentiert wie die Kunst an den Wänden. Viele dieser ausgesucht schönen Stücke konnte man sogar kaufen. Schmale, hohe Fenster boten Blicke hinaus in die Gassen und ein hohes Regal voller Flaschen in allen möglichen Farben lief einmal fast um den gesamten Raum. Sämtliche Hocker an der Kaffeebar waren besetzt, genau wie die meisten der bunt zusammengewürfelten Stühle an den Mosaiktischen im Raum.

»Hey, Amber.« Jolene, die Besitzerin des Cafés und selbst Künstlerin, begrüßte sie fröhlich und wie immer voller Elan. Dunkle Korkenzieherlocken tanzten um ihr Gesicht. Dass sie Reno nicht ablenken durfte, wenn er die Weste trug, wusste sie schon seit Langem. »Du siehst toll aus. Hast du ein heißes Date? Wer ist denn der Glückliche?«

»Falls du hier nicht irgendeinen passenden Kandidaten versteckt hältst, bin ich heute Abend nur mit mir hier.«

»Ich werde nach einem koffeinfreien Vanilla Latte Ausschau halten.« Jolene zwinkerte Amber zu. Sie hatte sie einmal gefragt, mit welchem Typ Mann sie gerne ein Date hätte, und Amber hatte geantwortet: *Mit einem, der ist wie koffeinfreier Vanilla Latte. Süß und sanft und mit Rundum-glücklich-Faktor.* Seither war *koffeinfreier Vanilla Latte* ihr gemeinsamer Geheimcode. »Komm. Ich habe dir deinen Lieblingstisch freigehalten. Unglaublich, wie voll der Laden schon ist. Phoenix ist ein echter Publikumsmagnet.«

»Das freut mich so für sie. Sie übt und probt praktisch ununterbrochen.« Amber folgte Jolene zu dem Tisch. An der Wand daneben hing eines von Morgyns Upcycling-Kunstwerken. Es bestand aus dem rostigen alten Sägeblatt einer Handsäge. Wo früher die scharfen Zacken gewesen waren, hatte Morgyn filigrane Silhouetten von Bäumen und Vögeln ins Metall geschnitten. Das exakt so hinzubekommen, wie sie es haben wollte, hatte Wochen gedauert, und die Säge war eines von Ambers Lieblingsstücken. Als Morgyn ihr Kunstwerk ins Café gebracht hatte, damit Jolene es in ihrem Auftrag verkaufte, hatte Jolene es sofort selbst erstanden und behalten.

»Möchtest du was essen?«, fragte sie.

»Ja. Aber gib mir bitte eine Minute.«

Jolene legte eine Speisekarte auf den Tisch. »Lass dir Zeit. Ich komme gleich noch mal vorbei.«

»Reno, Platz«, sagte Amber. Der Retriever legte sich unter den Tisch, Amber hängte ihre Jacke über die Stuhllehne und setzte sich. In der Buchhandlung war heute viel los gewesen, und weil sie außerdem andauernd an Dash hatte denken müssen, hatte sie das Gefühl, keine einzige Minute zur Ruhe gekommen zu sein.

Das hier war genau, was sie jetzt brauchte. Sie schlug die Karte auf und überlegte, was sie essen sollte.

»Amber?«

Die vertraute tiefe Stimme jagte ihr einen heißen Schauer über den Rücken. Sie hob den Kopf und schaute in Dashs schönes Gesicht. Unwillkürlich zupfte ein Lächeln an ihren

Mundwinkeln.

»Stalkst du mich etwa?«, fragte er kokett.

Damit brachte er sie ziemlich durcheinander. Aber nur kurz. »Nein. Ich bin wegen Phoenix hier. Sie arbeitet bei mir. Aber was machst du hier?«

»Etwas essen. Mit einer Freundin.«

Seine Antwort versetzte ihr einen schmerzhaften Stich. Sie schaute sich nach der Freundin um, und ihr Blick fiel auf eine hübsche Blonde, die zu ihnen herübersah. Schnell wandte sie sich ab und spürte, wie sich in ihrer Brust Enttäuschung breitmachte. »Willst du dich nicht lieber zu ihr setzen? Sie allein zu lassen, ist doch ein bisschen unhöflich.«

»Finde ich auch.« Er zog den Stuhl neben Amber zu sich.

Ihr Blick huschte zu der Blonden, dann zurück zu ihm. »Was soll das werden?«

»Ein Essen mit einer Freundin.« Er hob eine Braue. »Du hast doch gesagt, wir sollen Freunde sein.«

»Aber was ist mit deinem Date?« Wieder schaute sie zu der hübschen Unbekannten.

Er folgte ihrem Blick. »Du meinst die Frau dort drüben? Ich habe keine Ahnung, wer sie ist.« Er legte den Arm um Ambers Stuhllehne und beugte sich näher. Dabei schaute er ihr so tief in die Augen, dass ihr Magen einen Purzelbaum schlug. »Ich bin wegen dir hier. Es war wirklich schön gestern Abend, und ich wollte dich wiedersehen. Aber keine Sorge, ich werde dich nicht drängen, mehr als bloß Freunde zu sein. Ich möchte nur gerne mehr Zeit mit dir verbringen.«

Amber spürte ein Flattern in der Brust und beugte sich zu Reno, um ihn zu streicheln. Doch er war zu weit weg. Sie klopfte an ihr Bein. »Reno. Hier.« Sofort schob sich ihr treuer Gefährte an ihre freie Seite. »Leg dich hin.« Reno gehorchte.

»Auf dieses Kommando würde ich auch jederzeit hören.« Dashs Augen blitzten schelmisch.

Zum Glück brachte Jolene in diesem Moment ein Glas Eiswasser und stellte es vor Amber auf den Tisch. Während Amber es hinunterstürzte, musterte Jolene Dash ein wenig verwundert und nickte ihm zu. »Wenn du mir verrätst, wie deine Freundin aussieht, schicke ich sie her, wenn sie kommt, und bringe euch auch gerne euer Essen an diesen Tisch.«

Amber schnappte nach Luft. »Du triffst dich also doch mit jemandem.« Sie versuchte, von ihm abzurücken, doch seine Hand legte sich um ihre Schulter und hielt sie fest.

Er schaute Jolene an und lächelte einfach weiter. »Die Freundin, auf die ich gewartet habe, ist Amber. Und ja, bitte, unser Essen kannst du gleich bringen.«

Unser Essen?

Jolene hob die Brauen und nickte Amber zu. »Sieht aus, als gäbe es heute Abend doch einen Glücklichen. Was möchtet ihr denn trinken?«

»Mehr Eiswasser, bitte. Am besten gleich einen ganzen Krug.«

Dash gluckste. »Ich hätte gerne einen Dirty Chai Latte.« Er warf Amber einen glühenden Blick zu. »Süß und würzig, genau mein Geschmack.«

Sein Blick wanderte langsam an ihr hinab zu der Stelle, wo ein schmaler Streifen ihres Oberschenkels zwischen dem Saum ihres Shirtkleides und dem oberen Rand ihrer Stiefel hervorblitzte. Wenn er so weitermachte, würden ihre Wangen und ihre Panties demnächst in Flammen aufgehen.

»Du bist zu beneiden, Amber.« Jolene nahm die Speisekarte. »Die Getränke bringe ich gleich.«

»Du hast uns schon etwas zu essen bestellt?«, fragte Amber,

als Jolene gegangen war. »Woher hast du gewusst, dass ich komme?«

»Ein Gentleman gibt seine Quellen nicht preis. Und ja, ich habe schon bestellt. Ich hatte gehofft, du bleibst vielleicht eine Weile, wenn ich ein bisschen was investiere.«

»Deswegen würde ich nicht bleiben.«

»Weswegen dann?«

Sie hob eine Schulter und nahm ihren Mut zusammen, um ehrlich zu sein, anstatt ihn weiter auf Abstand zu halten. »Wegen dir. Weil du rausgefunden hast, wo ich heute Abend bin und gleich ein Abendessen ausgesucht hast. Selbst wenn das ein bisschen nach Bestechung riecht.«

»Was, wenn es gar nicht so schwer war? Wenn mir jemand verraten hat, wo du bist? Würdest du dann immer noch bleiben?«

Sie versuchte, in seinen Zügen zu lesen, wie ernst diese Frage gemeint war. Doch er wirkte nur recht entspannt und zugleich glücklich darüber, mit ihr hier zu sitzen. »Hat es dir jemand verraten?«

»Nein. Ich habe selbst ein bisschen Detektiv gespielt. Und ich versuche, hinter die Regeln zu kommen, die man beachten muss, wenn man eine heimliche sexy Leserin daten will.«

Dass er sich die Mühe gemacht hatte herauszufinden, wo sie den Abend verbringen wollte, fühlte sich überraschend gut an. Im Lauf der Jahre hatte der eine oder andere Mann sein Glück bei ihr versucht. Aber so wie Dash hatte sich noch nie einer ins Zeug gelegt. »Dates habe ich eher selten. Deshalb mache ich die Regeln, wie es sich gerade ergibt.«

»Dann freue ich mich darauf, mit dir gemeinsam welche aufzustellen«, sagte er in dem Moment, in dem Jolene mit den Getränken kam.

»Ein Dirty Chai Latte, ein Krug Eiswasser und ein zweites Glas, falls du auch ein bisschen Abkühlung brauchst.« Sie stellte das Glas vor Dash hin. »Und für dich ein koffeinfreier Vanilla Latte aufs Haus.« Sie schob den Latte zu Amber, nickte ihr zustimmend zu und ging.

Dash musterte Amber neugierig. »Ist das so was wie dein Lieblingsgetränk?«

Die Schmetterlinge waren wieder da und flatterten wie wild, als sie jede Vorsicht über Bord warf. »Ja. Süß und sanft und mit Rundum-glücklich-Faktor. Wer kann dazu schon Nein sagen?«

Rundum glücklich wollte Dash sie sehr gerne machen, falls sie ihm die Chance dazu gab. Und süß und sanft zu sein, fiel ihm in ihrer Gegenwart leicht. Im Gegensatz zu den meisten anderen Frauen ließ sich Amber nicht vom Glamour und Bling beeindrucken, die sein Promi-Status vermeintlich mit sich brachte. Sie holte den netten Kerl von nebenan aus ihm heraus, die Seite, die nur wenige Menschen je sahen. Bei ihr hatte er keine Sekunde lang das Gefühl, dem Superstar-Hype um ihn gerecht werden zu müssen. Sie aßen, hörten Phoenix zu und er bewunderte die Kunst an den Wänden. Damit gab er Amber die Gelegenheit, von Morgyn zu schwärmen, von der das ganz besondere Stück direkt hinter ihm stammte. Sie erzählte ihm von Morgyns und Grahams Turbo-Beziehung und von der langen Geschichte, die Grace und Reed teilten. Dass sie sich so sehr für ihre Schwestern freute und ihre Familie so liebte, brachte auch in ihm den Familienmenschen zum Vorschein. Wenn er mit Amber zusammen war, mochte er sich. Und ihr umwerfendes Lächeln und ihr fröhliches Lachen in den letzten zwei Stunden ließen ihn hoffen, dass auch sie ihn so mochte.

Er aß einen Happen von dem Erdbeerkäsekuchen, den sie sich als Dessert teilten, während Amber auf *Greatest Showman* zu sprechen kam. Wie bitte? Sie hatten tatsächlich dasselbe Lieblingsmusical?

»Kennst du den Film? Ich schaue ihn mir sicher dreimal im Monat an.« Sie aß noch eine Gabel von dem köstlichen Kuchen.

Er war froh, dass sie offenbar nicht zu den Frauen gehörte, die von Grünkohl und Energydrinks lebten. »Ja. Hugh Jackman ist immer sehenswert, aber ...« Ihre Zunge huschte über ihre Unterlippe. Sie schloss die Augen, seufzte ein »Hmmm« und schickte seine Gedanken damit auf eine verbotene Reise. Sie war eine sinnliche Genießerin. Davon hatte er sich während des Essens ein Bild machen können. Ihre Augen hatten bei fast jedem Bissen gestrahlt, und sie hatte sexy kleine Laute ausgestoßen, ihm Probierhäppchen angeboten und geschnurrt: *So was Gutes hast du sicher noch nie gegessen.* Das Problem war nur, dass er vor allem Appetit auf die Schönheit hatte, die ihn so unschuldig ansah.

»Aber was?« Sie neigte den Kopf und musterte ihn mit argloser Neugier. Offenbar ahnte sie gar nicht, welche Wirkung sie auf ihn hatte.

Er räusperte sich und gab sich Mühe, seine Gedanken in den Griff zu bekommen. »Aber auf Zac Efron könnte ich notfalls verzichten.«

»Wie bitte? Warum das denn? Weil er eine größere Fanbase hat als du?«, frotzelte sie.

Er lachte. Heute Abend hatte sie ihn schon mehrmals ein bisschen aufgezogen und er mochte diesen frechen Zug an ihr. »Wie groß irgendeine Fanbase ist, interessiert mich nicht. Er ist einfach kein begnadeter Sänger.«

»Soll das ein Witz sein? Er hat eine großartige Stimme«, entgegnete sie fast entrüstet. »Ich wäre für mein Leben gern die Person, für die er *Rewrite the Stars* singt. Das ist so unglaublich romantisch. Du weißt, wovon dieses Lied handelt, oder?«

Er wusste es, doch er freute sich über ihre Begeisterung und wollte sie noch ein bisschen schüren. »Nein. Nicht wirklich.«

»Im Ernst? Es geht darum, dass *sie* glaubt, sie wären nicht füreinander bestimmt. Sie meint, ihre Liebe stünde nun mal nicht in den Sternen. Er sieht das ganz anders und sagt, sie könnten doch einfach umschreiben, was für sie in den Sternen steht. Ich glaube, du bist bloß eifersüchtig.«

»Wohl kaum. Und wenn du mich schon mal unter der Dusche hättest singen hören, würdest du das auch nicht sagen.«

»Ja, ja. Verstanden.« Sie nahm eine Gabel Käsekuchen vom Teller, ihre Augen blitzten ihn spöttisch an. »Und jetzt soll ich mir wohl die Chance sichern, dich unter der Dusche singen zu hören? Netter Versuch, lieber Freund. Aber leider vergeblich.«

»Wenn du mich je unter der Dusche *gesehen* hättest, würdest du es dir noch mal überlegen.«

»Netter Versuch Nummer zwei. Mit demselben Ergebnis. Hat dir der Film jetzt gefallen oder nicht?«

»An die Singerei musste ich mich erst mal gewöhnen, aber ja, dann fand ich ihn wirklich gut.«

»Dich daran gewöhnen? Das ist doch das Beste an dem Film. Jedes Lied erzählt eine Geschichte und macht die Figuren noch lebendiger.«

»Ja, stimmt. Aber es war mein erster Musicalfilm und ich musste mich tatsächlich erst ein bisschen einfinden. Dann war ich fasziniert und berührt. Die Lieder haben definitiv eine Botschaft.«

Sie strahlte übers ganze Gesicht. »Er hat dir also tatsächlich gefallen!«

»Meinen Jungs gegenüber würde ich das niemals zugeben, aber ich denke, fünf oder sechs Mal habe ich ihn mir bestimmt schon angesehen.«

Sie stieß ein beglücktes kleines Quietschen aus und beugte sich näher. »Es geht um so viel mehr als eine Liebesgeschichte, nicht wahr? Es geht um einen Mann mit einer Vision, und wie diese Vision das Leben aller Menschen um ihn herum beeinflusst. Deshalb ist *Greatest Showman* mein absoluter Lieblingsfilm.«

Ihre leidenschaftliche Begeisterung weckte in ihm den Wunsch, unbedingt auch ein Lieblings-Irgendwas für sie zu werden. »Ja, genau das fand ich so beeindruckend. Die Geschichte ist ein echter Denkanstoß.« *Genau wie du. Du bist süß und gut und bringst mich dazu, darüber nachzudenken, was in meinem Leben fehlt.*

»Oh ja«, sagte sie ein wenig atemlos. »Der Film feiert das Anderssein. Er kann einen beflügeln und ermutigen, seine Träume nicht aufzugeben.«

Er musste sich eisern beherrschen, um nicht seine Hand in ihren Nacken zu schieben und sie zu dem Kuss an sich zu ziehen, den er sich so verzweifelt wünschte. Aber er hatte ja versichert, in der Friendzone zu bleiben, wäre völlig in Ordnung. Auf keinen Fall wollte er es jetzt vermasseln, indem er ihr die Kontrolle aus den Händen nahm. Deshalb blieb er still sitzen und packte seine Gefühle in Worte. »*Du* beflügelst mich, Amber. Und ich werde den Traum nicht aufgeben, dass du eines Tages in ein Date mit mir einwilligst.«

Ihre Lippen teilten sich zu einem Seufzen. In der Luft zwischen ihnen schwang ein Gemenge aus Hitze und Gefühlen, und Ambers Augen sagten: *Küss mich!* Sich nicht zu ihr zu beugen und es einfach zu tun, war pure Folter. Eine Minute verging, dann drei oder vielleicht sogar mehr, und sie sagten beide kein Wort. Das Verlangen pulsierte zwischen ihnen wie Wetterleuchten vor einem Gewitter. Ihm war klar, wie wichtig Kontrolle für sie war. Aber auch, dass ihre Schüchternheit sie vermutlich daran hinderte, noch ein winziges Stück zu ihm zu rücken und sich den Kuss zu holen, den sie beide sich wünschten. Gerade als er sich zu ihr beugen wollte, straffte sie plötzlich die Schultern und setzte sich aufrecht hin. Ihr Blick huschte umher und einen Atemzug lang schaute sie ihm in die Augen. »Es ist schon spät. Ich muss nach Hause.«

Die Luft um sie beide knisterte vor Hitze. Bis er reagieren konnte, verging ein Moment. »Okay. Ich möchte dir gerne hinterherfahren und mich vergewissern, dass du sicher ankommst.«

»Ich weiß nicht, ob das eine gute Idee ist«, sagte sie leise.

»Ich erwarte dafür keine Gegenleistung oder dass du mich hereinbittest. Aber ich würde es mir nie verzeihen, wenn dir auf dem Heimweg etwas zustoßen sollte und ich nicht da wäre, um zu helfen.«

Sie stieß ein kleines, erleichtertes Seufzen aus. »Okay.«

Er bezahlte die Rechnung und fuhr hinter ihr her zu ihr. Nie zuvor in seinem Leben hatte er die Gefühle, die ihn bewegten, so deutlich gespürt. Vor Ambers kleinem gelbem Cottage mit dem spitzen Giebel stieg Dash aus dem Wagen, sah die briefmarkengroße Veranda vor der Haustür und den weiß gestrichenen Gartenzaun, der den Vorgarten von der Straße trennte. Ein mit Steinplatten gepflasterter Weg führte zwischen hübschen Beeten hindurch, Blumenkästen schmückten die Fenster und auf der zusätzlichen, gemütlichen Veranda an der

Seite des kleinen Hauses gab es eine an Seilen aufgehängte Sitzbank. Direkt daneben lag der Carport, in dem Amber jetzt ihren Wagen abstellte. Ihr Haus war das kleinste in der ganzen Straße und hatte denselben unverwechselbaren Charme wie seine Besitzerin. Damit ragte es aus allen anderen heraus.

Amber stieg aus. Sie hatte sich eine Wildlederjacke über das kurze Shirtkleid geworfen, das sich verspielt an ihre Kurven schmiegte. Ihre oberschenkelhohen Stiefel hatten ihn den ganzen Abend lang verführerisch gelockt und ihm zugeflüstert, die heimliche sexy Leserin hätte sicher noch mehr sexy Geheimnisse. Er konnte es kaum erwarten, sie zu ergründen.

»Geh Pipi machen«, sagte sie zu Reno, der prompt hinters Haus trabte.

»Eigentlich muss ich gerade gar nicht. Aber wenn du darauf bestehst.« Dash tat, als wollte er seine Hose öffnen.

Sie lachte. »Wirklich gut trainiert hat man dich nicht, oder?«

»Ich glaube, die NFL würde dir widersprechen. Du musst deinen Arbeitsweg lieben. Wie lang bist du unterwegs? Fünf Minuten?«

»Das kommt in etwa hin. Aber wenn möglich gehe ich zu Fuß.«

»Kannst du das gefahrlos tun?« Auf dem Weg zur Haustür legte er eine Hand in ihr Kreuz.

»Ja, klar. Außerdem passt Reno auf mich auf.«

»Sehr angriffslustig wirkt er eigentlich nicht, aber er könnte vielleicht jemanden zu Tode schlecken.« Er deutete auf das Haus. »Dein Haus ist wirklich hübsch.«

»Vielen Dank. Es hat mal der Dichterin Jandolyn Meyer gehört.«

»Von der habe ich leider noch nie gehört.«

»Kein Wunder. Sie hat in den frühen 1900er Jahren Gedichte für die Zeitung von Oak Falls geschrieben. In der Highschool habe ich mal eine Hausarbeit über sie verfasst und mich, lange bevor ich auch nur an einen Hauskauf gedacht habe, in ihre Sprache verliebt. Zum Glück war das Haus ziemlich heruntergekommen, als es auf den Markt kam. Niemand wollte es, weil es so klein ist, und auch das Grundstück ist nur halb so groß wie die anderen in dieser Straße. Als ich das Geld endlich zusammenhatte, war es mir egal, wie viel Arbeit ich hineinstecken musste. Dieses Haus war einfach für mich bestimmt.«

Sie erklommen die Verandastufen. »Du bist sehr loyal. Das gefällt mir.«

»Loyal gegenüber einem Haus?«

»Dir selbst gegenüber. Und den Dingen, die dich glücklich machen.« *Zumindest gegenüber den meisten.*

Reno kam um die Ecke und ließ sich auf dem Rasen nieder.

»Ist das nicht jeder?« Sie schaute ihn an, und wieder zeigte sich ihr Verlangen in der Glut in ihrem Blick, in ihrem gepressten Atem und der Art, wie sie sich ein wenig zu ihm beugte.

Wenn er sie nicht so genau beobachtet hätte, wäre ihm die letzte verräterische kleine Bewegung vielleicht gar nicht aufgefallen. »Ich denke, das ist Typsache. Es gibt auch Menschen, die sich von etwas fernhalten, was sie glücklich macht. Vielleicht, weil sie Angst vor ihren Gefühlen haben, Angst enttäuscht zu werden oder andere zu enttäuschen. Mich macht es jedenfalls glücklich, dich zu sehen. Deshalb tauche ich einfach auf, so wie heute Abend. Den fand ich übrigens wunderschön.«

»Ich auch«, hauchte sie.

»Dich zu küssen, würde mich auch glücklich machen, aber das wäre riskant. Ich will dich nicht in die Flucht schlagen.«

Sie atmete noch schneller, ihr Blick hing an seinem und gab ihm Hoffnung, dass er mit seinen Worten zu ihr durchdrang. »Wovor hast du Angst, Amber?«

»Davor, dass mir jemand wehtut.«

Ihre Ehrlichkeit und Verletzlichkeit weckten in ihm den Wunsch, die Arme um sie zu legen und sie zu beschützen. Er nahm ihre Hand. »Ich werde dir niemals wehtun. Gib uns eine Chance, dann zeige ich dir, welche Art Mann ich bin.«

Einen Moment lang schien sie darüber nachzudenken. »Wir leben in völlig unterschiedlichen Welten und du bist hier nur zu Besuch.«

»Dann gib mir einen Grund wiederzukommen.«

Die Sekunden verstrichen wie in Zeitlupe, als sie sich auf die Zehenspitzen stellte und die Augen schloss. Süß und zärtlich berührten ihre weichen Lippen seine. Wie ein Flüstern, das sagte: *Bitte komm zurück.* Nach dem hingehauchten Kuss hob sie flatternd die Lider. Ihr Blick gab ihm grünes Licht, er spürte die pulsierende Hitze zwischen ihnen. Er umfasste sie und zog sie näher, ihre Lippen berührten sich zart. Er wartete ab, gab ihr Zeit zurückzuweichen. Doch sie packte seine Seiten und küsste ihn heftiger, und er ließ sich von ihr leiten. Bald küssten sie sich drängend und lustvoll und so gierig wie ausgehungerte Tiere. Ihre Zungen suchten und fanden sich und Amber stieß wie zuvor beim Essen sexy kleine Laute aus. Doch jetzt klangen sie anders, sündig, voller Sehnsucht und Lust. Ihr Mund war so süß und so heiß und ihre Küsse waren so atemberaubend, dass Dash sich fragte, wie er noch eine einzige Minute ohne sie überstehen sollte. Sie krallte sich mit beiden Händen in sein Shirt, hob sich noch höher auf die Zehen und küsste ihn fester.

Oh ja, Baby, ich wusste es. Zusammen sind wir perfekt.

Er drückte sie mit dem Rücken gegen die Haustür. Seine Hände fanden den Weg über ihre Hüften zu ihrem Hintern. Sie drängte sich an ihn, stöhnte und klammerte sich an seinen Rücken und seine Arme. Dabei küsste sie ihn wie im Fieber. Er packte ihren Hintern fester und verlor sich in der Sinnlichkeit namens Amber Montgomery. Längst hatten ihre Körper die Kontrolle übernommen. Jedes Gefühl für Ort und Zeit zerstob, während sie sich aneinander rieben und gierig immer weiter küssten. Sie schloss die Fäuste in seinem Haar und hinderte ihn daran, den Kopf zu heben. Aber da konnte sie unbesorgt sein. Nie zuvor hatte er etwas Exquisiteres getan, als sie zu küssen. Und er wollte niemals damit aufhören. Aus der Ferne drang ein Geräusch zu ihm durch, doch sie lenkte seinen Mund zu ihrem Hals, und es gab nur noch sie.

»Mehr küssen«, stieß sie zwischen flachen Atemzügen hervor. »Es ist so schön.«

An seinem Haar zog sie ihn wieder zu sich und ergriff Besitz von seinem Mund. Und, Himmel noch mal, da war sie, die wilde Frau. Selig vertiefte er den Kuss, drosselte aber das Tempo, denn er wollte ihren Geschmack genießen und spüren, wie ihr Körper vor Verlangen vibrierte. Er legte die Hände an ihr Gesicht, flocht die Finger in ihr Haar und bog ihren Kopf ein wenig zurück. Dann küsste er sie sanfter, sinnlicher, und hörte sie aufstöhnen. Längst flehte seine Härte darum, auch mitspielen zu dürfen.

Zuschlagende Autotüren ließen ihn und Amber zusammenzucken. Sie rissen die Augen auf und Reno bellte. Rote und weiße Lichter brachen sich an der Hauswand, Ambers Züge wurden schreckensstarr.

Dash fuhr herum. Auf der Straße standen ein Krankenwagen und ein weiteres Fahrzeug. Zwei Sanitäter rannten Richtung Haus, dicht gefolgt von Ambers Eltern. Reno bellte wie verrückt. *Was zum …?*

»Schätzchen, geht es dir gut?«, stieß Marilynn hektisch hervor. Sie streckte die Hand aus und zeigte auf Reno. »Reno. Still.« Der Hund hörte auf zu bellen und setzte sich.

Cade blieb mitten im Garten stehen. »Gott sei Dank«, schnaufte er erleichtert.

»Bei uns ist ein Alarm eingegangen. Wir dachten, Amber hätte einen Anfall.« Der Blick des hochgewachsenen, muskulösen Sanitäters ging an Dash vorbei. »Alles in Ordnung, Amber?«

Dash schaute Amber an und versuchte zu verstehen, was passiert war. Doch sie glättete nur nervös ihr zerzaustes Haar und zog den Saum ihres Kleides zurecht. Sein Blick fiel auf den Anhänger an ihrer Halskette. Offenbar hatten sie in der Hitze des Augenblicks aus Versehen den Knopf gedrückt. *Verdammt.*

»Ja, alles in Ordnung. Sorry.« Ambers Stimme zitterte, ihre Wangen waren knallrot, ihre Lippen von der Heftigkeit ihrer Küsse gerötet und wie angeschwollen.

Oh Mist. »Oh je, Amber. Es tut mir so leid.«
Ihr Lächeln wirkte bemüht.

»Offenbar ein schwerer Fall von Mund-zu-Mund-Beatmung«, stellte der Sanitäter trocken fest.

»Boyd!«, japste Amber. Sie sah aus, als würde sie am liebsten im Erdboden versinken.

Dash legte ihr den Arm um die Schultern und schaute dem Sanitäter namens Boyd ins Gesicht. »Ich glaube, wir haben aus Versehen den Alarmknopf gedrückt. Es tut mir sehr leid. Das wird nicht wieder passieren.«

»Herrje. Ein Kussnotfall. Ich glaube, Pepper muss den Knopf noch mal neu einstellen und eine Dash-Sicherung einbauen.« Marilynn drückte sich eine Hand auf den Mund, konnte ihr Lachen aber nicht ersticken.

»Mom!« Amber warf ihr einen erbosten Blick zu.

Auch Dash bemühte sich umsonst, nicht zu lachen.

»Wir sind einfach unglaublich erleichtert, dass wir es nur mit einem Gefühlsanfall zu tun haben.« Cade brachte die Worte kaum heraus, bevor er losprusten musste.

»Dad!«, rief Amber, dann entschlüpfte auch ihr ein kurzes, ungläubiges Lachen.

»Tut mir leid, Schatz. Eigentlich lacht man über so was nicht.« Ihr Vater bemühte sich um einen ernsten Gesichtsausdruck.

»Stimmt. Nicht ablenken lassen und einfach weitermachen«, scherzte Boyd gutmütig. Und schon prusteten Ambers Eltern gemeinsam los.

Amber warf Boyd einen bösen Blick zu, aber sie lächelte dabei. »Vorsicht, Boyd Hudson. Sonst rufe ich Janie an und verpetze dich.«

Boyd hob die Hände. »Du weißt, wie es gemeint ist. Nicht nötig, meine Frau da mit reinzuziehen.«

»Hey, Amber«, rief der zweite Sanitäter, der bereits auf dem Weg zurück zum Krankenwagen war. »Die gute Nachricht ist, dass dich morgen jede Frau im Umkreis von fünfzig Meilen beneiden wird.«

Dash fluchte leise, während Ambers Eltern mit Reno zusammen die letzten paar Schritte bis zum Haus gingen. Dash und Amber stiegen von der viel zu kleinen Veranda. Ihre Eltern umarmten Amber und beteuerten noch einmal, dass sie vor allem vor Erleichterung lachten. Marilynn zog ihre Tochter ein paar Schritte zur Seite und redete leise mit ihr. Cade maß Dash mit einem Papa-Bär-Blick. »Sieht aus, als hättest du meine

Prinzessin nun doch für dich gewonnen.«

»Ja, Sir. Und dieser Vorfall tut mir wirklich leid.«

Cade verschränkte die Arme und nickte. »Lass es ruhig angehen, Sohn. Du hast gerade den Fuß auf Gelände gesetzt, das sie ihr Leben lang nie betreten wollte.«

»Ich weiß, Sir. Und so was wie eben wird nicht wieder vorkommen.«

»Gut, denn langsam werde ich ein bisschen zu alt, um irgendwelchen Kerlen eine Abreibung zu verpassen.«

Dash gluckste, doch Cades strenger Blick wischte ihm das Lächeln aus dem Gesicht. Marilynn verabschiedete sich mit den Worten, sie würde ihn am Morgen im Park sehen, und während sie und Cade zurück zu ihrem Wagen gingen, wandte sich Dash wieder Amber zu. Sie wirkte ziemlich geknickt und verzagt.

Er schaute ihr in die Augen und versuchte es mit einem Scherz, hoffte, dass es zwischen ihnen nicht schon vorbei war, bevor es angefangen hatte. »So was nennt man dann wohl einen unvergesslichen ersten Kuss.« Ihr halbherziges Lächeln traf ihn tief. »Was kann ich tun, damit es dir besser geht?«

»Nichts. Das wird wieder. Ich lege mich jetzt in die Badewanne und tue so, als wäre dieses Fiasko nie passiert.«

»Wie wär's, wenn du die guten Teile in Erinnerung behältst?«

»Die wären schwer zu vergessen.« Ihre Augen blitzten noch einmal kurz auf, doch ihre Beklommenheit gewann die Oberhand.

»Wer hätte gedacht, dass du ein so wildes Ding bist?« Er gab ihr einen letzten braven Kuss und wandte sich zum Gehen. Zum Abschied wuschelte er Reno noch einmal durchs Fell. »Ich glaube, ich muss mich um meinen Ruf kümmern. Sonst glaubt bald die ganze Stadt, ich wäre leicht rumzukriegen. Und ruckzuck steht mein Name in jedem Klo an der Wand. *Suchst du ein bisschen Spaß? Ruf...«*

Sie lachte, schloss die Tür auf und Reno trottete zu ihr.

»Das ist nur deine Schuld, wildes Ding«, rief Dash ihr von der Einfahrt aus zu. »Ich hoffe, du kannst mit dieser Last auf den Schultern schlafen.«

»Irgendwie werde ich es schon schaffen.« Sie winkte ihm zu, dann verschwand sie mit ihrem Hund im Haus.

Ja, aber wie soll ich das bloß hinkriegen?

Sechs

Amber war völlig durch den Wind und hatte gute Lust, Sable anzurufen und ihr dafür den Kopf zu waschen.

Im ersten Moment hatte Sables Vorschlag wirklich gut geklungen, und Amber hatte sich zu dem hemmungslosen Geknutsche mit Dash hinreißen lassen. Nicht dass sie die atemberaubenden Küsse bereute, aber noch nie im Leben hatte sie sich so in einem Mann verloren, dass sie den Rest der Welt komplett ausgeblendet hatte. Das Blaulicht hatte sie zwar vage wahrgenommen, doch aufgrund ihres lahmgelegten Denkvermögens für ein Feuerwerk gehalten, wie auch Trace und Graham es laut Brindle und Morgyn mit ihren Küssen jedes Mal zündeten. Viele Jahre lang hatte sie so unauffällig dahingelebt, dass sie vergessen hatte, wie scheußlich es sich anfühlte, wenn die Leute über einen tratschten. Für ein turbulentes oder gar chaotisches Leben war sie einfach nicht gemacht. Sie hatte eine unruhige Nacht verbracht, sich abwechselnd gegen jede Menge peinliches Gerede gewappnet und dann wieder Dashs himmlische Küsse gespürt. In der Hoffnung, damit ein wenig von ihrer Anspannung und Nervosität loszuwerden, war sie zu Fuß zur Arbeit gegangen. Unterwegs hatte sie sich sogar ein paar schlagfertige Antworten zurechtgelegt, mit denen sie alle

Gerüchte im Keim ersticken wollte.

Geholfen hatte das nicht.

Der ganze Tag war eine einzige emotionale Achterbahnfahrt. Mal war sie beklommen, dann plötzlich wieder ganz kribbelig und aufgeregt wegen Dash. Was an sich schon ein Problem darstellte. Seit er gestern Abend gegangen war, hatte sie keinen Pieps von ihm gehört. Sie an seiner Stelle hätte angerufen oder zumindest eine Textnachricht geschickt, um sich zu vergewissern, dass alles in Ordnung war. Schon allein, weil er doch wusste, wie sehr sie es hasste, wenn die Leute tuschelten. Doch der Morgen verstrich und dann auch der Nachmittag, und noch immer kein Lebenszeichen von ihm. Langsam kam sie zu dem Schluss, dass das Debakel vor ihrer Haustür ihn endgültig in die Flucht geschlagen hatte. Sie hätte es nie so weit kommen lassen dürfen. Ein netter Abend mit einer Bekannten, die Epilepsie hatte, aber behauptete, alles unter Kontrolle zu haben, war eine Sache. Aber eine Frau, die einen Alarm auslöste, der Rettungssanitäter und ihre Eltern auf den Plan rief, war noch mal etwas völlig anderes.

Wegen alldem, was Dash ihr über sich und sein Leben erzählt hatte, zu glauben, dass er anders war, war wohl doch ziemlich naiv gewesen. In ihrer Brust nistete sich ein dumpfer Schmerz ein und machte den sowieso schon grässlichen Tag noch schlimmer.

Als ihr Handy vibrierte, zog sie es heraus und sah, dass Brindle ihr eine Textnachricht geschickt hatte. Vor dem Lesen stählte sie sich für allerhand Scherze über den Fehlalarm. Doch da stand nur: *Wie ich höre, warst du mit einer brandheißen Schnitte in Wishing Creek essen. Ich will alle Details.* Gefolgt von einem Auberginen-Emoji. Amber starrte die Nachricht an und fragte sich, weshalb Brindle nichts über das Nachspiel des wunderbaren Abendessens schrieb. Aber sie hatte keine Lust daran zu denken, geschweige denn, darüber zu reden. Deshalb versuchte sie, sich ganz lässig zu geben. *Ich war wegen Phoenix dort und er war zufällig auch da. Ein Essen unter Freunden, mehr nicht. Laden ist rappelvoll. Muss Schluss machen*, tippte sie, drückte auf Senden und steckte das Telefon wieder ein.

Für den Rest des Tages hielt sie bei jedem Kunden, der die Buchhandlung betrat, die Luft an, wartete auf forschende oder abschätzige Blicke oder geflüsterte Bemerkungen. Doch keiner verlor auch nur ein einziges Wort über die Ereignisse des gestrigen Abends. Nicht einmal Nana, die für ihren Mann ein Buch abholte. Sie erzählte nur das Neueste über Nachbarn und Freunde, und Amber fragte sich langsam ernsthaft, ob sie heute in einem Paralleluniversum aufgewacht war.

Während sie im hinteren Bereich des Geschäfts einen neuen Kinderbüchertisch gestaltete, überlegte sie angestrengt, weshalb es kein Gerede gab. Eigentlich sollte sie ja froh und dankbar sein, aber es brachte sie nur noch mehr durcheinander. Hatte sie denn so zurückgezogen gelebt, dass sogar Tratsch inzwischen an ihr vorbeiging?

Plötzlich kam ihr ein schrecklicher Gedanke.

Brindle und Trace hatten viele Jahre lang eine On-off-Beziehung geführt. Und als Brindle allein nach Paris geflogen war, um einmal eingehend über ihr Leben nachzudenken, hatte Nana eine Facebook-Umfrage über die beiden gestartet. Die Beziehung war in allen möglichen sozialen Medien heiß diskutiert worden. Sogar Hashtags mit den Namen der beiden hatte es bald gegeben. Fand der Tratsch womöglich auch diesmal wieder vor allem online statt?

Amber zückte ihr Smartphone und rief die Oak-Falls-Facebook-Seite auf. Mit wild pochendem Herzen scrollte sie sich durch die Einträge. Es gab Fotos von Dash beim Football-training mit den Kids. Fotos, wie er im Park Fitnessübungen machte – mit einer abstrus großen Gruppe von Frauen, von denen die meisten ihn ungeniert abcheckten. Jemand hatte sogar Schnappschüsse von ihm auf der Jamsession eingestellt. Die Arme um ganze Trupps junger Frauen und Männer gelegt, strahlte er mit seinem Killerlächeln in die Kamera. Weiter unten fand sie die Ankündigungen für seine Signierstunde, die sie selbst gepostet hatte, und den Aufruf für den Wettbewerb, dessen Gewinner nächsten Monat ihr Schaufenster dekorieren durfte. Erleichtert stellte sie fest, dass es keine Posts über Dash und sie gab.

Sie überlegte, ob sie sich seinen Instagram-Account an-schauen sollte, und ob er den vielleicht von einem Assistenten betreuen ließ. Allerdings hatte sie bei ihren Recherchen über ihn festgestellt, dass er fast jeden Tag etwas postete. Sie hatte Selfies und Fotos mit schönen Frauen und gut aussehenden Männern in Bars und Restaurants gesehen, die definitiv nicht von einem Profi gemacht worden waren. Plötzlich wurde ihr bewusst, dass er von ihrem gemeinsamen Abend kein einziges Bild aufge-nommen hatte, und ihr Magen zog sich zusammen. Was hatte das zu bedeuten? Dass sie ihm nicht wichtig war? Es nicht wert war, auf seiner Seite zu erscheinen? Dass er nicht wollte, dass andere von ihnen erfuhren?

Ihr wurde beinahe übel. Seit er hier in Oak Falls war, hatte sie sich seine Seite absichtlich nicht mehr angesehen. Das gehörte zu ihrem Lass-mich-Dash-ignorieren-Plan, der ja monumental in die Hose gegangen war. Aber jetzt hatte sie plötzlich den unwiderstehlichen Drang nachzuschauen, was er während seiner Zeit hier ins Netz gestellt hatte.

Sie tippte das Instagram-Icon an und rief mit jagendem Puls

sein Profil auf. Sein neuester Post war ein Foto von einem Schild an einem Highway. *Willkommen in New York* stand in gigantischen Buchstaben darauf. Darunter hatte er geschrieben: *Goodbye Kleinstadt, Hallo Big Apple! Home sweet Home.* Beim Blick auf das Datum stockte ihr der Atem. Dieses Foto hatte er erst vor ein paar Stunden gepostet.

Er hatte ohne ein Abschiedswort die Stadt verlassen? Offenbar hatte sie ihn tatsächlich verjagt. Der dumpfe Schmerz in ihrer Brust wurde scharf wie ein Messer. Ihr Blick driftete zu seinen wunderschönen Blumen in der Vase mit den Eicheln. Ein Mann, der sich so viele Gedanken machte, der Eicheln gesammelt und in eine Vase gefüllt hatte, verschwand doch nicht einfach stumm von der Bildfläche. Noch einmal überprüfte sie das Datum seines Posts, doch kein Zweifel, das Foto stammte von heute. Sie schaute sich an, was er zuvor eingestellt hatte, und fand ein Foto von gestern um Mitternacht, unter dem geschrieben stand: *Kleinstadtleben USA.* Außerdem gab es einige Aufnahmen von ihm und der Damensportgruppe im Park, zu der auch ihre Mutter gehörte. Ein noch früherer Post zeigte ihn und Sin beim Mittagessen. Es gab Fotos vom Majestic Theater und von den Kunstwerken in den Gassen von Wishing Creek. Auch vorgestern Nacht hatte er noch kurz nach Mitternacht gepostet. Eine Eichel auf dem Waldboden. Die Bildunterschrift lautete: *Manchmal der Anfang von etwas Neuem, manchmal bloß eine Nuss.*

Sofort dachte sie an den Abend, an dem er ihr die Blumen gebracht hatte, und an dem sie einander so viel von sich erzählt hatten. Dass sie deutlich betont hatte, sie wolle nur Freundschaft, machte den schneidenden Schmerz gleich noch heftiger. Sie scrollte sich durch frühere Fotos von Dash beim Footballtraining mit der Jugendmannschaft, von ihm und Trace und ein paar anderen aus ihrem Freundeskreis. Auf einer Aufnahme stand er mit Sin vor dessen Haus. Die beiden hatten einander kumpelhaft die Arme auf die Schultern gelegt. Das Foto war von letztem Freitag, und offenbar hatte er es vor der Jamsession gemacht. Darunter hatte er geschrieben: *Let the good times roll.* Vom Tag zuvor gab es eine Aufnahme von Dash mit einer atemberaubenden Blondine an einem Arm und einer Brünetten am anderen vor einer größeren Menschengruppe.

Sie schaute sich den Post mit dem Schild am Highway noch einmal an. In ihr wirbelten tiefe Enttäuschung und Wut durcheinander und verhedderten sich zu einem schmerzhaften Knoten. Und sie blöde Gans hatte heute in Erwartung, ihn wiederzusehen, ihr liebstes kurzes Kleid angezogen.

Die Türglöckchen bimmelten. Amber kam hinter dem Baumregal in der Kinderabteilung hervor und sah ihre Mutter mit Patsy an der Leine hereinkommen. Sie sah hübsch und jugendlich aus in ihrem sandfarbenen Pulli und den Jeans. Das dunkle Haar hatte sie sich zu einem Pferdeschwanz zusammengebunden.

»Hi, Schatz.«

Amber liebte ihre Mutter von ganzem Herzen, und eigentlich konnte sie mit ihr immer über alles reden. Wirklich private Dinge teilte sie aber nicht mal mit ihren besten Freundinnen. Auf keinen Fall wollte sie sich jetzt mit ihrer Mutter über gestern Abend oder gar über ihren Verdacht unterhalten, dass Dash sich stillschweigend aus dem Staub gemacht hatte. Sie unterdrückte ein Stöhnen und setzte ein Lächeln auf. »Hi, Mom.«

Reno hob in seinem Hundebett neben der Kasse den Kopf und schaute zu Amber.

»Reno, Freizeit.« Damit gab sie ihm die Erlaubnis, die Besucher zu begrüßen.

Reno genoss die Streicheleinheiten ihrer Mutter, dann beschnüffelten er und Patsy sich ausgiebig. Ihre Mutter nahm die Hunde, die sie trainierte, oft mit in die Stadt, um sie zu sozialisieren. Reno wusste, dass er nicht im Laden umherrennen durfte, und war damit ein gutes Vorbild für die Junghunde.

Marilynn bewunderte die Blumen von Dash. »Was für ein wunderschöner Strauß. Hast du den von Twyla?«

»Hm-hm.« Das war nur halb gelogen, aber Amber wollte nicht über Dash reden. »Wohin bist du denn so spät noch unterwegs?«

»Ich war mit Patsy im Hundepark und wollte dich noch kurz fragen, wie es dir nach gestern Abend geht.« Bei den Worten *gestern Abend* senkte sie die Stimme.

»Können wir darüber bitte schweigen?« Amber rückte wie schon den ganzen Tag über noch ein paar Bücher zurecht. Zwar lag alles längst perfekt an seinem Platz, doch sie musste ihren Händen etwas zu tun geben.

»Oh. Entschuldige.« Ihre Mutter folgte ihr durch den Laden und redete leise weiter. »Ich dachte, *wir* könnten über gestern Abend sprechen, bloß nicht mit jemand anderem.«

»Wie meinst du das?«

Marilynn legte die Stirn in Falten. »Als Dash heute Morgen im Park seine Ansage gemacht hat, bin ich davon ausgegangen, dass die für dich und mich nicht gilt.«

Amber hörte auf, an den Büchern herumzufingern, und schaute ihre Mutter forschend an. »Mom, wovon redest du?«

»Nancy, ich und ein paar andere Frauen machen seit ein paar Tagen morgens mit ihm Sport. Hat er dir das nicht erzählt?« Nancy Jericho war eine gute Freundin ihrer Mutter.

»Doch, hat er, aber … Was war da los? Was hat er gesagt?«

Ihre Mutter atmete laut aus. »Frag mich nicht wie und woher, aber eine von den Frauen hatte schon gehört, was gestern Abend passiert ist. Und sie hat Dash gefragt, ob es dir gut geht. Daraufhin hat er uns in ziemlich deutlichen Worten verboten, über euch beide zu reden. Wer nur zum Tratschen gekommen sei, sollte die Gruppe besser sofort verlassen, hat er gesagt. Und glaub mir, Süße, es war ihm ernst. Wir mussten ihm versprechen, gegen jede Art von Gerüchten einzuschreiten, die wir vielleicht über euch hören.«

»Das soll mal einer verstehen«, sagte Amber mehr zu sich selbst als zu ihrer Mutter.

»Ich verstehe das gut. Er mag dich.«

Amber schnaubte. »Ein Typ, der dich mag, taucht nicht einfach so ab.« Sie stapfte davon, doch ihre Mutter blieb an ihrer Seite.

»Willst du mir das näher erklären?«

Amber fuhr herum. Der Schmerz krallte sich in ihre Brust. »Er hat die Stadt verlassen, ohne sich zu verabschieden, Mom. Und ich will nicht darüber reden.«

»Was soll das heißen, *ohne sich zu verabschieden*? Uns hat er gesagt, dass er wegfährt.«

»Na großartig. Offenbar seid ihr ihm wichtiger als ich, und das, obwohl *ich* ihn geküsst habe.« Amber holte tief Luft und versuchte vergeblich, sich zu beruhigen. »Er ist in unserem kleinen Nest hier in der Provinz aufgeschlagen, hat mich mit seinem Charme und seinem unverschämt gewinnenden Lächeln umgarnt, mir von seiner Familie und vom Eichelnsammeln erzählt und damit vorgegaukelt, dass er mich wirklich gernhat.« Es laut auszusprechen, machte den Schmerz noch größer, und sie kam sich unfassbar dumm vor, weil sie auf diese Masche hereingefallen war. »Ich will gar nicht glauben, dass ich ihm das abgekauft habe. Ich habe es ihm wirklich leicht gemacht. Und gestern Abend hatte ich sogar das Gefühl, zwischen uns gäbe es eine tiefere Verbindung. Deshalb habe ich mir zugestanden, mich …«

»Dich zu öffnen?«, fragte ihre Mutter vorsichtig.

Sie nickte. »Für mich ist das ein großer Schritt, und auch gestern Abend war es schwer und am Ende dann furchtbar peinlich. Er muss doch gewusst haben, dass der heutige Tag für mich sehr schwierig wird.«

»Ich glaube, das hat er. Deshalb hat er uns auch aufgefordert, bloß nicht zu tratschen.«

Amber schüttelte den Kopf. »Es ging ihm gar nicht um mich, sondern vor allem um seinen eigenen Ruf. Beim Abschied gestern hat er etwas in der Art gesagt, aber da habe ich das noch für einen Scherz gehalten. Vermutlich wollte er nicht, dass sich rumspricht, was passiert ist. Und ich blödes Schaf habe den ganzen Tag auf ein Lebenszeichen von ihm gewartet und jede Minute damit gerechnet, dass er hier durch die Tür spaziert. Vorhin um sieben habe ich mir dann endlich seinen Instagram-Account angesehen. Vermutlich waren der peinliche Vorfall und der Krankenwagen nötig, denn jetzt zeigt er sein wahres Gesicht. Er ist wieder in New York und kann so tun, als hätte es die letzten beiden Abende nie gegeben.« Tränen drängten in ihre Augen. »Wie kann das nach so kurzer Zeit bloß so sehr wehtun?« Sie wischte sich die Augen ab. »Hat er gesagt, wie lange er weg ist? Nein, stopp. Behalt es für dich. Wenn ich ihm nicht mal ein Abschiedswort wert bin, will ich es auch nicht wissen.«

»Oh, Baby-Girl. Es tut mir so leid. Wann er zurückkommt, hat er uns auch nicht gesagt. Er meinte nur, er würde uns Bescheid geben, wann es mit dem Sport hier weitergeht.«

Amber verschränkte die Arme und stemmte sich gegen den Schmerz und die Wut, die sie auffraßen. »Was stimmt nicht mit mir, Mom? Sable küsst Typen, und ihr ist es schnurz, ob sie sie jemals wiedersieht. Warum kann ich nicht so sein? Bei mir muss schon einiges zusammenkommen, damit ich einen Kerl küssen will. Und damit ich es auch wirklich tue, müssen sich Himmel und Erde in Bewegung setzen. Ja, schön, mit Dash ist es plötzlich rasend schnell gegangen. Aber ich habe wirklich gedacht …« Sie senkte den Kopf und kämpfte gegen die Tränen.

»So schnell nun auch wieder nicht, Schatz. Für dich fühlt sich das bloß so an, weil du immer nach deinem Herzen lebst und trotzdem ganz genau nachdenkst, bevor du irgendwas tust. Die meisten deiner Schwestern hätten ihn schon am letzten Freitag geküsst. Und an deinen Bruder will ich lieber nicht mal denken. Er hätte ihn vermutlich noch während der Jamsession aufs nächstbeste Männerklo gezerrt.«

»*Mom.*« Amber spürte, wie ihre Wangen heiß wurden.

»Weshalb tun meine Kinder alle so, als wäre Sex nur etwas für junge Leute? Lass dir sagen, dein Vater und ich …«

»Bitte nicht.« Amber hielt sich die Ohren zu.

Ihre Mutter schob ihr eine Haarsträhne hinters Ohr, wie sie es in solchen Mutter-Tochter-Momenten häufig tat, und schaute sie so liebevoll an, dass Amber ein Kloß in die Kehle stieg.

»Jetzt hör mir mal zu, Amber Mae. Mit dir ist alles in bester Ordnung. Dieser Mann sollte Schauspieler werden, denn er hat uns allen etwas vorgemacht. Und glaub mir, wie Sable willst du gar nicht sein. Ich würde rein gar nichts an meinem selbstbewussten, toughen Mädchen ändern, aber ich glaube, sie ist längst nicht so cool und abgebrüht, wie sie sich gibt, und leidet manchmal unter ihren Entscheidungen.«

»Wie kommst du denn darauf?«

»Eine Mutter weiß so etwas. Aber hier geht es nicht um deine Schwester, Schatz. Wenn Dash dich wirklich ghostet … Das sagt man doch heute so, oder?«

Amber nickte.

»Also, wenn er dich ghostet, dann ist er nicht der Mann, als den er sich darstellt. Und er hat mein schönes, kluges, großherziges Mädchen nicht verdient.« Marilynn zog ihr Smartphone aus der Tasche. »Ich rufe jetzt Sin an und …«

»Nein, bitte nicht.« Amber nahm ihrer Mutter das Telefon aus der Hand. »Ich bin erwachsen, Mom. Ich komme klar. So weltbewegend ist es nun auch wieder nicht.«

»Wirklich, meine Süße?« Der Blick ihrer Mutter wurde noch weicher.

Amber lenkte ein. »Okay, ist es doch. Aber nur für mich. Sicher würde sich keine andere Frau so anstellen. Schließlich sind seit gestern Abend noch nicht mal vierundzwanzig Stunden vergangen. Und mit Dates habe ich wenig Erfahrung. Also, wer weiß? Vielleicht melden sich Männer ja erst am übernächsten Tag wieder. Vielleicht bin ich nur überempfindlich.«

»Nein, bist du nicht. Du tust das, wozu wir dich erzogen haben. Du kennst deinen Wert und gibst dich nicht mit weniger zufrieden, als du verdienst. Es geht nicht darum, wie viele Stunden vergangen sind. Es geht darum, wie du dich fühlst, weil er sich nicht meldet. Der richtige Mann weiß in seinem Herzen, was du brauchst, und er wird es für dich tun, weil du ihm wichtig bist.«

»Solche Männer gibt es nur in Liebesromanen.«

»Über einunddreißig Jahre mit deinem Vater sagen mir, dass du dich täuschst. Und ich glaube, Grace, Morgyn und

Brindle würden dir ebenfalls widersprechen und dir versichern, wie wunderbar ihre Männer sind. Soll ich heute Abend mit Patsy zu dir kommen? Wir könnten uns einen netten Film ansehen und kiloweise Chunky-Monkey-Eiscreme futtern.«

»Danke, das ist lieb. Aber ich mache jetzt noch meine Buchhaltung, und dann gehe ich nach Hause und kuschle mit dem einzigen Typ, der mich niemals enttäuscht.«

»Kommt dein Vater heute Abend zu dir?«

Amber lächelte und fühlte sich ein kleines bisschen besser. »Nein. Ich spreche von Reno. Danke, dass du mich vor dem Sprung in den Abgrund bewahrt hast.«

»Das habe ich nicht getan, Süße. Davon warst du noch weit entfernt. Du hast dir gerade erst überlegt, ob Dash diesen Sprung wert ist. Außerdem bin ich im Moment sehr froh, dass du nicht Sable bist.«

»Warum denn? Sie wäre wenigstens nicht traurig.«

»Weil sie nicht springen, sondern Dash in den Abgrund stoßen würde, und wir uns dann nicht über dein schmerzendes Herz unterhalten müssten, sondern darüber, wie wir die Leiche verschwinden lassen.«

Der Rest des Abends schleppte sich zäh dahin. Die Buchhaltung dauerte doppelt so lange wie sonst, und Amber schaffte nicht mal die Hälfte ihres üblichen Pensums, weil ihre Gedanken immer wieder zu Dash drifteten. Ihr hoffnungsvolles Herz wollte einfach nicht glauben, dass sie sich so sehr in ihm getäuscht hatte. Schließlich gab sie den Versuch, noch etwas zu arbeiten, auf und machte sich um kurz vor zehn auf den

Heimweg.

Der Mond stand hoch am blaugrauen Himmel und tauchte den Gehsteig in ein milchiges Licht. Mit Reno an ihrer Seite bog sie von der Hauptstraße ab. Im selben Moment fuhr hinter ihr ein Auto um die Ecke und beleuchtete ihren Weg. Der Wagen bremste neben ihr ab und sie schaute hinüber. Ihr Blick fiel auf Dashs lächelndes Gesicht, ihr Puls begann zu jagen und ihre Eingeweide schlangen sich zu Knoten.

»Hey, schöne Frau! Kann ich dich ein Stück mitnehmen?«

Er klang fröhlich und unbeschwert, so als wäre alles in bester Ordnung. Hatte er denn tatsächlich keine Ahnung, wie es in ihr aussah? Es war zehn Uhr abends. In welcher Welt war das eine passende Zeit, plötzlich aufzutauchen, nachdem ein Date katastrophal geendet hatte? »Nein danke.«

»Du willst lieber laufen?«

Nein. Sie wollte eine Erklärung. Warum hatte er sich nicht viel früher bei ihr gemeldet? Weshalb war er überhaupt verschwunden? Und warum jetzt wieder zurück? Doch die Worte ihrer Mutter drängten sich in ihren Kopf. *Der richtige Mann weiß in seinem Herzen, was du brauchst, und er wird es für dich tun, weil du ihm wichtig bist.* Ihre Gedanken wechselten abrupt die Richtung. War es fair zu erwarten, dass er wusste, was sie brauchte, wo sie sich doch erst ganz kurz kannten? *Herrje.* War sie eigentlich noch zu retten? Auf keinen Fall wollte sie zu den Frauen gehören, die einen Kerl in Schutz nahmen und sich Entschuldigungen für ihn ausdachten, wenn sie wieder mal ganz weit unten auf seiner Prioritätenliste standen.

Trotz ihrer schmerzenden Brust hob sie den Kopf, starrte stur geradeaus und marschierte weiter. »Ja. Ich gehe gern zu Fuß.«

Er fuhr im Schritttempo neben ihr her und sprach durch

das geöffnete Fenster. »Ist alles in Ordnung? Du wirkst ziemlich sauer.«

»Mir geht's blendend.« So schnippisch zu sein, war ihr zuwider. Aber wenn sie verletzt war, konnte sich selbst die netteste Frau in eine Hexe verwandeln. »Es ist spät. Du solltest gehen.«

Er trat auf die Bremse und stellte den Motor ab. Doch sie stapfte weiter. Zu Fuß holte er sie ein und blockierte ihr den Weg. »Amber, was ist?«

Sein besorgter Tonfall und die Verwirrung in seinem Blick schnürten ihr die Kehle zu. Aber zurückhalten wollte sie sich nicht. »Ich dachte, zwischen uns gäbe es eine Verbindung. Mein Fehler. Trotzdem bin ich doch sicher eine kurze Nachricht wert. Besonders nach einem Abend mit einem so peinlichen Ende.«

»Eine kurze Nachricht?« Er schaute sie an, als hätte sie den Verstand verloren.

Ihr sank das Herz. »Ist das vielleicht zu viel verlangt? Offenbar sind wir einfach zu verschieden. Wie ich schon mal gesagt habe, du bist ein Großstadtjunge und daran gewöhnt, dass Frauen auf dich warten. Aber ich bin ein Kleinstadtmädchen, das einen Kerl will, auf den es sich verlassen kann. Einen, der sich um *ihren* Ruf sorgt und weniger um seinen. Und bevor du jetzt irgendwas antwortest, meine Mom hat mir erzählt, was du heute Morgen im Park zu den Frauen gesagt hast. Keine Sorge. Soweit ich das beurteilen kann, hast du ihnen eine Heidenangst eingejagt. Dein Ruf hat keinen Schaden genommen.«

Dash sah deutlich, wie schwer es Amber fiel, ihm diese Worte vor die Füße zu schleudern. Und sie zu hören, tat weh.

Trotzdem wollte er unbedingt alles tun, um die Trauer in ihren Augen zu vertreiben. Blöd nur, dass er gedacht hatte, er hätte das bereits getan. »Wow. Ich weiß nicht, was schlimmer ist – dass du eine so schlechte Meinung von mir hast oder dass mein Brief nicht genügt hat.«

Sie schüttelte den Kopf. »Welcher Brief?«

»Der, den ich heute Morgen auf dem Weg zum Park an deinem Auto hinterlassen habe.«

»Du hast mir einen Brief geschrieben?« Sie zog die Brauen zusammen. »Oh mein Gott, Dash. Es tut mir leid. Ich habe keinen gesehen.«

Erleichterung durchrieselte ihn. »Ich habe mich schon gefragt, was zum Teufel schiefgelaufen ist.«

»Oh je, sorry. Was hast du denn geschrieben?«

»Etwas Romantisches, hoffe ich. Ich wollte, dass du dich genau so sehr auf unser Wiedersehen heute Abend freust wie ich.« Er zog sie in seine Arme. »Weil du, Amber Montgomery, so viel mehr wert bist als eine kurze Nachricht.«

Ein nervöses Lächeln zuckte um ihre Lippen. »Ich wollte nicht glauben, dass ich mich in dir getäuscht habe. Aber dann habe ich deinen Instagram-Post über die Rückkehr nach New York gesehen und angenommen, dass Oak Falls damit für dich abgehakt ist. Samt uns allen hier.«

Die Gefühle, mit denen er schon den ganzen Tag kämpfte, brachen sich Bahn. »Wie könnte die Frau, an die ich ununterbrochen denken muss, für mich abgehakt sein? Die heimliche sexy Leserin, deren Küsse sich mir so tief eingebrannt haben, dass allein der Gedanke daran mich unglaublich heißmacht?«

Sie wurde knallrot.

»Du hast irgendwas mit mir angestellt, Amber. Du hast einen Beschützerinstinkt in mir geweckt, den ich sonst nur bei meiner Familie entwickle. Die Vorstellung, jemand könnte über dich tratschen, hat mich verrückt gemacht. Und du hast recht, den Frauen heute Morgen habe ich vermutlich tatsächlich Angst eingejagt. Dabei war das gar nicht meine Absicht, und es ging mir auch überhaupt nicht um meinen Ruf oder mich. Mir war nur wichtig, dass keiner über dich redet, während ich weg bin.«

Sie sah aus, als wollte sie in Tränen ausbrechen, und senkte den Blick.

»Amber.« Er wartete, bis sie ihn wieder anschaute. »Ich bin nicht nach New York gefahren, weil du für mich abgehakt bist. Ganz im Gegenteil. Ich muss morgen früh nach L. A. und wollte nicht fliegen, ohne dir zuvor etwas zu geben, was ich bei mir in New York hatte.«

»Du bist so weit gefahren, um mir etwas zu holen?«

»Glaubst du wirklich, ich würde die wunderbarste Frau, die mir je begegnet ist, mit leeren Händen dastehen lassen und einfach davon ausgehen, dass sie in einer Stadt voller kerniger Cowboys auf mich wartet?«

Sie lachte leise. »Das war schlau, denn sicher stehen die Cowboys schon seit Stunden vor meiner Haustür Schlange.«

»Siehst du? Ich muss mich ranhalten.« Er küsste sie langsam und zärtlich. Danach holte ein Blick in ihre vertrauensvollen Augen noch mehr Gefühle aus der Tiefe seiner Seele nach oben. »Ich war zwölf Stunden unterwegs und konnte dabei immer nur an dich denken und an mehr hiervon.« Hungrig drückte er den Mund auf ihren und genau wie am vorigen Abend verloren sie sich schnell ineinander. Sie stellte sich auf die Zehenspitzen und er vertiefte den Kuss. Als sie sich seufzend in seine Arme schmiegte, wurde ihm bewusst, dass sie immer noch mitten auf dem Gehsteig standen. Er hob den Kopf und schaute in ihre verträumten Augen.

Ihr Seufzen war das süßeste Geräusch, das er je gehört hatte. Sie hielt sich an der Vorderseite seiner Jacke fest. »Dass ich dich falsch eingeschätzt habe, tut mir sehr leid.«

»Schon okay. Ich verstehe, weshalb du sauer warst und dir Gedanken gemacht hast. Mein romantischer Plan ist in die Hose gegangen und gestern Abend gab es auch kein Happy End. Aber ganz ehrlich? Ich glaube, wir haben Glück gehabt, dass die Nachbarn nicht die Feuerwehr gerufen haben. Denn wir waren kurz davor, in Flammen aufzugehen. Von dem Dash-und-Amber-Inferno muss doch ganz sicher Rauch aufgestiegen sein.«

Sie lachte. »Das wäre sogar noch schlimmer gewesen. Ich hoffe, du weißt, dass du mir keine Geschenke machen musst, damit ich auf dich warte.«

»Das war ein Scherz.« Er grinste spitzbübisch. »Wir wissen schließlich beide, dass ich verdammt viel heißer bin als jeder Cowboy hier in der Stadt.«

»Hey! Sei dir nicht zu sicher, sonst muss ich dir vielleicht beweisen, dass du dich täuschst.«

Er zog sie fester an sich. »Versuchst du, mich um den Verstand zu bringen?«

»Womöglich hoffe ich nur, dass du mich mit noch mehr Küssen überzeugst.«

»Ich werde mein Bestes tun, mein süßes wildes Ding.« Als er die Lippen auf ihre senkte, murmelte er: »Du bringst mich wirklich um den Verstand.«

Nach unzähligen versengenden Küssen gingen sie weiter zu Ambers Haus. Sie schickte Reno zum Pipimachen und zog den Brief unter dem Scheibenwischer ihres Wagens hervor. Strahlend drückte sie ihn an die Brust. »Du hast mir einen Brief geschrieben«, sang sie auf dem Weg ins Haus.

Heiliger Bimbam, wie schön war das?

Reno trabte hinter ihnen durch die Tür, und Dash ließ den Blick durch das gemütliche Wohnzimmer mit dem Holzdielenboden schweifen, das genauso warm und einladend war wie Amber. Vor einem aus Ziegeln gemauerten, hell gestrichenen offenen Kamin stand eine Couch in Erdfarben und ein passender Sessel. Hübsche Vasen mit getrockneten Blumen boten kunstvolle Blickfänge, auf einem schmalen Couchtisch lagen Zeitschriften und ein paar Schmöker. An das Wohnzimmer grenzte ein kleines Esszimmer, von dem aus man in die offene Küche gelangte. Dort setzten sich die weichen Linien und die schlichte Eleganz des Wohnzimmers fort.

»Was für ein schönes, gemütliches Heim«, sagte er, während sie ihre Jacken auszogen. *Und heilige Hölle.* Er konnte den Blick nicht von Ambers in der Taille geknotetem, kurzem schwarzen Rüschenkleid mit den Glockenärmeln und dem Blumenmuster lassen, das ihre langen Beine bestens zur Geltung brachte. Oben aus ihren schwarzen Cowgirlstiefeln blitzten die Rüschenbündchen ihrer Socken. Er fand den Look, den manche Frauen vielleicht herablassend als *zu country* bezeichnet hätten, einfach umwerfend feminin. »Verdammt, mein Herz. Dieses Kleid und die Stiefel …«

Sie lächelte ein wenig verlegen und hängte die Jacken in den Schrank neben der Haustür. »Ist es okay, wenn ich kurz den Brief lese?« Sie riss bereits den Umschlag auf. »Mach es dir bequem.«

Er hatte die halbe Nacht an dem Brief gefeilt, ihn immer wieder gelesen und sich gefragt, ob es klug war, seine Gefühle aufzuschreiben. Bei jeder anderen Frau hätte er befürchtet, die Zeilen könnten auf der Titelseite irgendeines Klatschblatts landen. Aber bei jeder anderen Frau hätte er so einen Brief auch niemals geschrieben.

Während sie las, zogen die Worte noch einmal an ihm vorbei.

Mein süßes wildes Ding,

dass unser gemeinsamer Abend mit dem Alarm so plötzlich geendet hat, tut mir sehr leid. Aber gar nicht leid tut mir, dass wir uns geküsst haben. Ich hoffe sehr, dass du deine Meinung geändert hast und jetzt mehr als nur Freundschaft willst. Denn inzwischen weiß ich ganz sicher, dass Freundschaft nicht genug wäre. Schon lange bin ich rastlos und merke, dass in meinem Leben etwas fehlt. Ich habe viel darüber nachgedacht, was ich brauche, um diese Leere zu füllen. Jetzt ist mir klar, das bist du. Ich habe so viel Zeit in einer Welt verbracht, in der jeder etwas von mir will und in der kaum jemand wirklich das ist, was er vorgibt.

Dass ich je einen so besonderen Menschen wie dich finde, habe ich kaum zu träumen gewagt. Wie komme ich bloß zu dem riesigen Glück, in eine Scheune zu stolpern und dort auf dich zu treffen? Du bist die echteste und ehrlichste Frau, die mir je begegnet ist. Und du forderst mich. Durch dich habe ich den Mann wiederentdeckt, der ich vor langer Zeit war. Ich hoffe, du gibst uns die Chance herauszufinden, was wir noch gemeinsam entdecken können. Ich muss heute nach New York, bin spätabends wieder zurück und würde dich sehr gerne sehen, wenn du nicht schon etwas anderes vorhast.

D.

Sie ließ den Brief sinken und schaute ihn verträumt an. »Dash?«

»Genau diesen Blick habe ich mir gewünscht.«

Amber legte den Brief auf den Couchtisch und er zog sie an sich. Sie schlang die Arme um seinen Hals. In ihren Augen lag tiefes Staunen und sie wurden mit jeder Sekunde dunkler. »Meinst du das alles ganz genau so?«

»Jedes Wort. Ich weiß, es geht ein bisschen schnell. Aber ich will keine Spielchen spielen.«

»Ich auch nicht«, hauchte sie und zog seinen Mund zu ihrem.

Bevor ihre Lippen sich trafen, hielt er inne. Die Frage in ihren Augen beantwortete er, indem er ihr die Halskette abnahm und sie neben den Brief legte. Dann fand sein Mund zu ihrem und sie küssten sich tief und voller Leidenschaft. Sein Herz trommelte in seiner Brust, und er spürte, dass auch ihres wie wild klopfte. Seine Hand wanderte über ihren Rücken nach unten und packte ihren Hintern, die andere grub sich in ihr

Haar und bog ihren Kopf ein wenig zurück, sodass sie sich noch intensiver küssen konnten. Zu gerne hätte er sie hochgehoben und mit ihr in den Armen ihr Schlafzimmer gesucht. Doch sie war die süße, vorsichtige Amber, und er wollte ihr Zeit lassen. Sie stolperten zur Couch und verschlangen einander, als gäbe es kein Morgen. Ohne den Mund von ihrem zu nehmen, drückte er sie sanft auf den Rücken. Sie fühlte sich zart und weich an und war doch so gierig. Wild knutschend wie Teenager, die zum ersten Mal miteinander alleine waren, schickten sie ihre Hände auf Entdeckungsreise. Amber fühlte sich an wie sein erstes, ganz besonderes Mädchen, und er hatte das Gefühl, dass sie genau das im Grunde war.

Seine Hand schob sich an ihrer Seite nach unten zu ihrem nackten Oberschenkel und ihr Stöhnen an seinem Mund war wie eine Bitte. Der sinnliche Laut durchzuckte ihn und er presste seine Härte an sie. Die Reibung fachte das Feuer in seinen Adern an. Für einen großen, athletischen Kerl wie ihn war die Couch eigentlich zu klein, aber er würde sich nicht beklagen. Er legte die Arme um Amber und drehte sich in einer geschmeidigen Bewegung mit ihr zusammen auf die Seite. Sie lachten in ihren Kuss.

»Viel besser.« Er umfasste ihren Hintern. »*Hmm.* Sexy Spitze.«

Spielerisch knabberte er an ihrer Unterlippe, sah die Hitze in ihren Augen und presste den Mund fest auf ihren. Das Gefühl ihrer seidigen Haut unter seiner Hand ließ ihn aufstöhnen. Sie drängte sich an seine Härte und er hielt ihren Hintern ganz fest und rieb sich provozierend langsam an ihr. Noch viel lieber hätte er ihr die Panties heruntergerissen, doch weil er wusste, wie wichtig es ihr war, alles unter Kontrolle zu haben, hielt er sich zurück. Stattdessen schob er die Hände unter den feinen Spitzenstoff und drückte ihren nackten Hintern. Ihre Haut war heiß, ihr Seufzen voller Verlangen. »Mehr«, flüsterte sie aufgeregt, und er war verdammt froh darüber.

»Gott sei Dank«, entfuhr es ihm, und sie lachten beide.

Er rückte ein wenig von ihr ab, nahm eine Hand nach vorn zwischen sie beide und streichelte sie durch ihre feuchten Panties hindurch. Amber belohnte ihn mit süßen, lustvollen Lauten. Bei jeder neuen Berührung stockte einen Moment lang ihr Atem. Für den Fall, dass sie es sich doch anders überlegte, versuchte er, nichts zu übereilen. Zögernd und wie eine Frage schob er die Fingerspitzen unter den Bund ihrer Panties. Sie küsste ihn fordernder und reckte ihm das Becken entgegen. *Verdammt, ja!* Sie wollten beide dasselbe und er durfte auf Entdeckungsreise gehen. Seine Finger glitten durch ihre Feuchtigkeit, und der tiefe, lustvolle Laut, den Amber ausstieß, ermutigte ihn, mehr zu wagen. Er küsste sie noch intensiver, spielte zärtlich mit ihr und machte sie damit noch feuchter. Dann drehte er sie neben sich auf den Rücken und tauchte die Finger in sie ein. Sie schnappte nach Luft und zog sich um ihn zusammen. Er hielt inne und hob den Kopf. »Soll ich aufhören?«

»Nein.« In ihrem Blick lag unbändiges Verlangen. »Es ist bloß sehr lange her.«

Ihr Vertrauen berührte ihn tief und sein Herz weitete sich. Voller neuer, überwältigender Gefühle küsste er sie langsam und leidenschaftlich und liebte sie mit seinen Fingern. Aber genau wie am gestrigen Abend hatte er sich bald in ihr verloren, küsste sie fordernder und besitzergreifender. Er bewegte die Finger schneller und hörte Amber wohlig aufstöhnen, als er die ganz spezielle verborgene Stelle in ihr berührte. Sein Daumen fand zu dem empfindlichen kleinen Knubbel voller hellwacher Nervenenden ein wenig weiter oben und massierte ihn sanft. Amber krallte die Finger in seinen Arm und hob ihm im selben Rhythmus die Hüften entgegen. Ihre Küsse wurden fiebrig. »Komm für mich, süßes wildes Ding«, sagte er nachdrücklicher als beabsichtigt. Dann verschlang er ihren Mund und freute sich daran, wie sie sich an seine Finger drängte. Die Muskeln in ihren Oberschenkeln spannten sich, ihre Fingernägel gruben sich durch sein Shirt in seine Haut. Dann fiel ihr Kopf zurück und sein Name flog wie ein Flehen von ihren Lippen. »Dash! Oh Gott …« Sie wand sich lustvoll, ihre Mitte pulsierte um seine Finger und ihre sinnlichen Laute füllten den Raum.

Während sie langsam zurück zur Erde schwebte, ließ er Küsse auf ihre Wangen und Lippen regnen. Ihre Haut war warm und gerötet, ihre Lippen vom Küssen geschwollen. Ganz und gar überwältigt von ihr drückte er den Mund auf ihren, küsste sie sinnlich und zärtlich, wollte ihr noch näher sein und einfach alles über sie erfahren. Er wollte mehr wissen über ihre Hoffnungen und Träume, ihr alle Ängste und Unsicherheiten nehmen. Flatternd hoben sich ihre Lider. In ihren Augen lag Lust und etwas noch viel Tieferes, das seinen Wunsch nach ihr noch größer machte.

Amber driftete noch durch die wohlige Gefühlswolke nach ihrem Orgasmus, als Dashs Daumen bereits erneut über die magische Stelle strich. Doch im Moment waren ihre Nervenenden zu überreizt. Sie bäumte sich auf und hielt sein Handgelenk fest. »Ich glaube, ich überlebe es nicht, wenn …«

In seine Augen trat ein teuflisches Blitzen. »Dann lass uns

einen phänomenalen Tod daraus machen.«

Er küsste sie tief und leidenschaftlich und jeder Gedanke ans Aufhören zerstob. Sie wollte das hier, ihn, *mehr*. Er küsste sich an ihrem Hals entlang. *Himmlisch, einfach himmlisch.* Federleicht tasteten sich seine Lippen über ihr Dekolleté und stahlen ihr den Atem. Flammen züngelten unter ihrer Haut. *Nicht aufhören. Bitte nicht aufhören.* Dash schob den Ausschnitt ihres Kleides zur Seite, bis der Rand ihres BHs zum Vorschein kam, und drückte einen Kuss auf die Rundung ihrer Brüste.

»*Hmm.* Mein Mädchen trägt rosa Spitze. Das Leben ist gerade noch schöner geworden.«

Sein Mädchen? Das hörte sich wunderbar an.

Sein warmer Atem streichelte ihre Haut, bevor er sie wieder küsste. *Hmm. So schön.* Er schob sich langsam tiefer und löste die Schleife an ihrer Taille. Sein Blick suchte ihren, seine Finger schwebten über der vorderen Schließe ihres BHs. Ein kurzes Nicken, mehr brauchte er nicht. Er hakte ihren BH auf und schon lag sein Zaubermund auf ihrer nackten Brust, leckte und saugte. Seine Zähne streiften ihre seidige Haut. Sie reckte sich ihm entgegen, packte seinen Kopf und hielt seinen Mund, wo er war. »Nicht aufhören.«

Den Gefallen tat er ihr liebend gerne und widmete gleich darauf der anderen Brust dieselbe prickelnde Aufmerksamkeit. Mit jedem Saugen brachte er sie dem nächsten Höhepunkt ein Stückchen näher. Ihr Körper vibrierte bis hinunter zu den Zehenspitzen. Dash küsste sich über ihren Bauch, ihre Rippen und Hüften. Bestimmte Dinge waren nicht nur sehr lange her, nein, es lag Jahre zurück, dass ein Mann …

Als seine Lippen die Innenseite ihres Oberschenkels berührten, vergaß sie jeden weiteren Gedanken. Prickelnde Hitze jagte bis tief in ihr Innerstes. Er wiederholte die Berührung und sie drückte die Augen zu. Oh, wie sie das liebte! Seine Hand strich über ihr Bein und hinterließ einen flammenden Pfad. Sie spürte, wie er das Gewicht verlagerte und sich aufsetzte. Kühle Luft strich über ihre Haut. Verwundert öffnete sie die Augen und sah, wie er nach einem ihrer Stiefel griff. Er zog ihr beide Stiefel aus, ihre Socken ließ er, wo sie waren. Seine Brauen hoben sich, sein Mund klappte auf.

»Lach bloß nicht über meine Rüschen«, warnte sie ihn.

Sein Blick quoll über von Gefühlen. »Ich liebe deine Rüschen. Hör bitte niemals auf, welche zu tragen.«

Das Verlangen in seiner Stimme jagte neue Lustwellen durch ihren Körper. Wieder berührten seine Lippen ihren Schenkel und küssten sich nach oben. »So wunderschön … So süß …« Er drückte einen Kuss unter ihren Bauchnabel. Sie atmete scharf ein und ihre Blicke trafen sich.

»Du bist so unfassbar weiblich, süßes wildes Ding. Du machst mich fertig.«

Seine tiefe Stimme, seine Worte, sein durchdringender Blick – einfach alles, alles an ihm, machte *sie* fertig.

Er hakte die Finger in den Bund ihrer Panties, zog sie ihr herunter und dann ganz aus. Seine rauen Hände glitten an den Außenseiten ihrer Beine nach oben, seine Augen fixierten die ihren, während er die Innenseiten ihrer Schenkel küsste. Oh Himmel, das Feuer in seinem Blick schürte ihre Vorfreude, bis es fast wehtat. Als er ihre Schenkel auseinanderdrückte, sie für sich öffnete und seinen Mund zwischen ihre Beine senkte, krallte sie sich in die Polster. Sie hielt den Atem an, machte sich bereit, aber er berührte sie nicht. Sein Mund schwebte über ihr, sein heißer Atem kitzelte ihre Nässe und neckte ihre Klit. Dann glitt seine Zunge neben ihrer Mitte nach oben. Amber stöhnte auf und hob sich ihm entgegen. Dash wiederholte dieselbe

Zärtlichkeit auf der anderen Seite und sie saugte scharf die Luft ein. Seine Hand schob sich an ihr hinauf, seine Finger zupften an einem ihrer Nippel. Mit seinem meisterhaften Spiel bereitete er ihr exquisite Qualen. Sie krallte sich in die Polster, rang nach Luft, wand sich und stöhnte. Ihr Verlangen wurde übermächtig, drohte, sie zu zerreißen. Obwohl er sie noch nicht einmal dort berührt hatte, wo sie es am meisten brauchte, waren die Lustgefühle so überwältigend, dass sie sich wünschte, er würde immer so weiter machen. Aber sie wollte auch mehr.

»Dash. Ich kann … Ich halte es nicht mehr aus.«

Er drückte einen Kuss auf ihre Klit und ihre Hüften schnellten ihm entgegen. Gerade als sie glaubte, den Verstand zu verlieren, ließ er die Zunge zärtlich über ihre Mitte gleiten. Amber stöhnte hemmungslos, und sein Mund fand gierig dorthin, wo sie ihn wollte, küsste, leckte und saugte. Er stieß die Zunge in sie hinein und rieb mit den Fingerspitzen ihre magische Stelle. Zugleich drückten die Finger seiner anderen Hand ihren Nippel. Sie ließ sich in diesem Meer aus tausend Empfindungen treiben. Ihre Haut stand in Flammen, ihr ganzer Körper wurde zu einem einzigen Bündel aufgewühlter Nerven. Dashs Mund wanderte höher, seine Zunge und seine Zähne liebkosten ihre Klit, seine Finger glitten in sie und bewegten sich in einem hypnotischen Rhythmus. Blind vor Lust grub sie die Hände in die Sofakissen und drängte sich an seinen Mund, bis ihre Gefühle sie überwältigten und ekstatische Wellen sie mitrissen. Er blieb bei ihr, hielt sie ganz oben auf dem Wellenkamm und liebte sie, bis alles Prickeln und Beben verebbt war.

Atemlos sank sie schließlich in die Polster. Dash küsste sich an ihr nach oben, schloss ihren BH, rückte ihr Kleid zurecht und knotete es in der Taille. *Großer Gott, dieser Mann …*

Er zog sie an sich und strich mit den Lippen über ihre

Wangen. Als sie sich in die Geborgenheit seiner Arme schmiegte und ein Band aus Glücksgefühlen sie noch näher zueinanderbrachte, küsste er sie. Seine Lippen trugen ihren Geschmack und langsam trat die Welt wieder aus dem Nebel hervor. Ihr wurde bewusst, dass er ihr alles gegeben hatte. Sie hatte in himmlischen Genüssen geschwelgt und hatte sich kein bisschen revanchiert.

»Dash«, flüsterte sie. »Soll ich …«

»Nein, Babe. Wenn wir damit anfangen, lasse ich dich vor Ablauf einer Woche nicht mehr aus dem Schlafzimmer. Meinen Flug morgen früh würde ich auf jeden Fall verpassen.«

Sie kicherte.

»Du glaubst, ich mache Witze? Wenn ich zurück bin, streiche ich sämtliche Termine. Mit einer Woche kommen wir fürs Erste vielleicht klar. Hast du Angestellte, die für dich einspringen können?«

»Eine ganze Woche?« *Himmel.* »Ich habe kaum die letzte Stunde überlebt.«

»Ich habe doch gesagt, ich bin besser als irgendein Cowboy aus dieser hübschen Gegend.«

Sie blieben eng umschlungen liegen, redeten und küssten sich, und lösten sich erst lange nach Mitternacht widerstrebend voneinander.

»Ich wünschte, ich müsste nicht morgen nach L. A. fliegen.« Auf dem Weg zur Tür nahm er ihre Hand. »Morgen Abend gehe ich mit Shea essen. Kann ich dich anrufen, wenn du in der Buchhandlung fertig bist?«

»Ja, gerne. Hast du meine Handynummer?«

»Nein.« Er zog sein Smartphone hervor und tippte einen Code ein. »Hier. Gib deine Nummer ein. Ich hole dir so lange mein Mitbringsel aus dem Auto.«

Das Mitbringsel hatte sie völlig vergessen. »Ein Geschenk und absolut überwältigende andere Genüsse? Vielleicht lasse ich dich ja nie wieder gehen.«

»Das ist der Plan.« Er gab ihr einen schnellen Kuss, dann joggte er hinaus zum Wagen.

Sie tippte ihre Nummer in sein Handy, dann sah sie erstaunt, wie er ein gigantisches Bild den Gartenpfad entlangschleppte. »Du bist nach New York gefahren, um mir ein Bild zu holen?«

»Das ist mehr als nur ein Bild. Es ist ein Filmposter von *Greatest Showman* mit Originalautogrammen aller Schauspieler und des Regisseurs.«

Er drehte es zu ihr und ihr fiel die Kinnlade herunter. »Oh mein Gott, Dash. Sieh mal da!« Sie zeigte auf die Unterschriften. »Hugh Jackman! Zac Efron! Zendaya! Wo hast du das bloß her? Moment mal, du hast gesagt, von dir zu Hause. Das kann ich unmöglich annehmen!«

Er lachte. »Doch, kannst du. Ich möchte es dir schenken.«

»Aber du liebst den Film doch auch.«

»Ja, stimmt. Aber das Funkeln in deinen Augen? Und dass du vor Aufregung am liebsten von einem Bein aufs andere springen würdest? Das ist tausendmal besser als jedes noch so tolle Poster.«

»Du bist verrückt!«

Er stellte das Poster ab und zog sie in seine Arme. »Verrückt nach dir, Amber. Nach allem an dir, von deinen Rüschensöckchen bis zu deiner Schwäche für Eicheln.«

Sie vergrub das Gesicht an seiner Brust. »Ich habe deinen Eichel-Post gesehen, und dachte, du meintest mich damit, dass es manchmal einfach nur eine Nuss ist.«

»Dein sexy Gehirn sollte lieber positiv denken. Ich habe

dich nicht aus dem Kopf bekommen, deshalb habe ich das Bild gepostet. Ich weiß, du magst kein Drama und kein Tamtam. Deshalb habe ich uns beide aus den sozialen Medien rausgehalten. Die Eichel war meine geheime Botschaft an meine heimliche sexy Leserin.«

»Aber kurz zuvor hatte ich dir gesagt, dass ich nur Freundschaft will. Deshalb hätte die Nuss ganz gut gepasst.«

Er schüttelte den Kopf. »Worte können das Falsche sagen. Du hast erklärt, wir sollten lieber nur Freunde sein, aber deine Augen haben ihre eigene Sprache gesprochen. Und ich hatte gehofft, du würdest die Eichel als Symbol dafür erkennen, dass zwischen uns etwas wunderbares Neues anfangen kann. Leider sind meine romantischen Einfälle wohl manchmal etwas unglücklich.«

»Oh nein, ganz im Gegenteil. Anscheinend bin ich nur schwer von Begriff, wenn es wirklich romantisch wird.«

»Sieht aus, als müssten wir an unserer romantischen Feinabstimmung noch arbeiten. Vor ein paar Wochen habe ich etwas über den Start meiner Signierstunden in deiner Buchhandlung gepostet. Und das möchte ich gern noch mal tun, damit dein Geschäft noch mehr Aufmerksamkeit bekommt. Aber das hier, du und ich?« Er lehnte die Stirn an ihre und senkte die Stimme. »Das gehört nur uns. Es ist privat und einzigartig, und während wir zusammen rausfinden, was es bedeutet, möchte ich kein Wort darüber in irgendwelchen Klatschzeitschriften lesen. Wenn ich nichts über die absolut umwerfende Frau poste, die ich in Oak Falls kennengelernt habe, möchte ich damit nur etwas schützen, was hoffentlich für uns beide das Allerwichtigste werden könnte.«

Ihr Gefühl sagte ihr, dass sie sich bereits gemeinsam auf den Weg gemacht hatten.

Acht

»Hi. Vielen Dank für den Rückruf«, sagte Andi am anderen Ende der Leitung. »Schön, dass es geklappt hat. Augenblick bitte.«

Es war später Donnerstagnachmittag, und Dash rief von L. A. aus seine Schwester an, während er vor dem Abendessen mit Shea noch eine Trainingseinheit im Fitnessstudio des Hotels einlegte. Durch die Ohrstöpsel hörte er, wie Andi jemandem erklärte, diesen Anruf müsse sie annehmen und es würde ein paar Minuten dauern. Er nutzte die kurze Unterbrechung für seine Curls.

»Entschuldigung. Vielen Dank fürs Warten.« Andi klang sehr förmlich und professionell.

»Kein Problem.« Am Klang ihrer Stimme hörte er, dass sie im Gehen telefonierte. Er stellte sie sich in einem ihrer strengen Business-Outfits vor, kerzengerade und aufrecht. Das lange aschblonde Haar fiel ihr über den Rücken, auf der Nase hatte sie die Brille mit dem schwarzen Gestell. Sie war ganz anders als die lebhafte Dawn, die ständig ans Limit und darüber ging.

»Dich schickt der Himmel«, sagte Andi leise.

Dash horchte auf. »Was ist denn? Hast du Ärger? Brauchst du Hilfe? Troys alter Herr kann in zwei Minuten bei dir sein.«

Mit Joey und Troy Stewart war er in Port Hudson aufgewachsen. Joey hatte für die Jets gespielt, Troy war zusammen mit Dash für die Giants aufgelaufen, und der Vater der beiden arbeitete nach wie vor als Footballtrainer an der Boyer University.

»Ich habe gerade ein Date mit einem Typen. Becca hat es eingefädelt. Aber er hält Comics für Literatur.«

Becca arbeitete mit Andi zusammen bei LWW, kleidete sich wie ein Pin-up-Girl und konnte Sable in puncto Coolness und Schlagfertigkeit locker das Wasser reichen. Dash mochte sie ganz gerne. Ihn störte nur, dass sie ständig ungefragt Dates für seine Schwestern arrangierte. »Sie müsste es eigentlich besser wissen.«

»Was du nicht sagst. Aber du kennst ja Bec. Sie will einfach nicht glauben, dass ich mehr auf Hirn stehe als auf Hintern.«

»Noch ein Grund, weshalb du dein eigenes Ding machen solltest, anstatt deine Talente als Rechercheassistentin zu verschwenden. Und das für eine Frau, die sich mit lauter Fakes durch ihre Karriere schummelt.«

»Sutton schummelt nicht, sie lernt gerade die Tricks und Kniffe. Und du weißt, wie sehr ich meinen Job liebe. Abgesehen davon muss sich ja nicht jeder so mit Haut und Haaren in seine Karriere werfen wie du. Ich bleibe sowieso hier in Port Hudson.«

Das Gespräch hatten sie schon so oft geführt. Seine Schwester wollte eine Familie und einen tollen Job. Aber vor allem wollte sie in ihrer Heimatstadt bleiben. Leider würde sie ihre beruflichen Träume dort niemals verwirklichen können. Er dachte an Amber, und wie sehr sie Oak Falls liebte. »Ich sage ja nicht, dass du ans andere Ende der Welt musst. Aber dort, wo du bist, wirst du nicht das finden, was du dir erhoffst.«

»Krieg dich wieder ein, Mr. Motivation. Das hast du mir schon tausendmal gesagt, und du willst nur das Beste für mich, das ist mir klar. Aber im Moment weiß ich nicht mal selbst, was das sein könnte.«

»Oh doch, du weißt es. Schon als Kind wolltest du Meeresschildkröten retten. Ich könnte Clay bitten, bei seinem Bruder Noah oder seinem Cousin Dane ein gutes Wort für dich einzulegen. Mich würde das nur einen Anruf kosten und du hättest gleich zwei prima Optionen. Sehr wahrscheinlich könnten sie dich bei Real DEAL oder Brave sehr gut brauchen.« Noah Braden, der Bruder seines ehemaligen Mannschaftskameraden Clay, und Dane Braden waren Mitbesitzer von Real DEAL in Colorado. In diesem naturpädagogischen Erlebnispark für Kinder gab es spannende Lernstationen und viele interessante Mitmachangebote. Noah leitete dort das Biologielabor, Dane, der Gründer der Brave Foundation, die sich durch Bildung und Aufklärungsmaßnahmen für den Schutz von Haien und der Weltmeere einsetzte, war im Forschungspark für das Thema Ozeane zuständig.

Dash hörte seine Schwester seufzen, legte die Hanteln weg und begann mit den Liegestützen.

»Ich überleg's mir«, sagte Andi.

»Hm-hm.« Er wusste, dass sie ihn nur beschwichtigen wollte. »Ich möchte bloß verhindern, dass du deine Träume aus den Augen verlierst. Du musst Erfahrungen sammeln, um weiterzukommen. Am Ende hast du sonst nur den Ruf, dass du immer auf Nummer sicher gehst, und verpasst deine Chancen.«

»Sagt der Typ, der gerade auf Twitter mit dem Hashtag *Dash Pennington liest Porno* trendet. Wollen wir jetzt wirklich über unseren Ruf diskutieren?«

»Wie bitte?«, japste Dash.

Sie kicherte. »Ich nehme an, du warst seit der Landung in L. A. nicht mehr in den sozialen Medien unterwegs. Irgendwer hat fotografiert, wie du während des Flugs einen erotischen Liebesroman gelesen hast, und das Foto gepostet.«

»Shit.« Um herauszufinden, was Amber prickelnd fand, hatte er sich den Roman aus ihrer Buchhandlung vorgenommen. »Das war kein Porno. Das war eine Liebesgeschichte.« Worte, von denen er nie gedacht hätte, dass er sie einmal sagen würde.

»Ich lese auch gerne heiße Romanzen. Ich weiß, was das ist. Und ich habe nur zwei Fragen. Erstens, warum steckt mein cooler Bruder die Nase in solche Bücher? Noch dazu in der Öffentlichkeit? Und zweitens: Weshalb atmest du so schwer? Du liest doch nicht etwa jetzt gerade das nächste Kapitel, oder? Iiih!«

Er stieß einen Fluch aus, sprang auf und wischte sich mit einem Handtuch den Schweiß ab. »Ich bin im Fitnessstudio und trainiere, bevor ich mich später mit Shea zum Essen treffe.«

»Und die Antwort auf meine erste Frage?«

»Recherche.«

»Recherche? Hat es im Schlafzimmer Klagen gegeben? Erzähl das besser nicht Damon. Der reibt dir das sonst ewig unter die Nase.«

»Es gab keine Klagen. Großer Gott, Andi.«

»Du willst bloß sichergehen, dass du die momentan angesagten Moves kennst?«, frotzelte sie.

Er knirschte mit den Zähnen. »Themawechsel. Wie läuft es bei dir? Ich wollte nur kurz hören, wie es dir geht, und bin ein bisschen in Eile. Vor dem Duschen muss ich noch Dawn anrufen.«

»Mir geht's prima. Mal abgesehen von meinem Loser-Date.«

»Gut. Sieh zu, dass du ihn loswirst. Sag ihm, du musst noch arbeiten.«

»Ja, Papa«, scherzte sie. »Und weshalb hast du das Buch nun tatsächlich gelesen?«

»Bis später, Andi.«

»Moment mal! Wenn du Frauen beeindrucken willst, besorg dir Crazy, Sexy, Sinful von Charlotte Sterling …«

»Ich lege jetzt auf. Hab dich lieb.« Sie kannten Charlotte seit ihren Kindertagen in Port Hudson. Inzwischen lebte sie in Colorado und schrieb einen Liebesroman-Bestseller nach dem anderen.

»Ich dich auch. Und nicht vergessen: Crazy, Sexy, Sinful.«

»Ich will jetzt nicht an Charlotte und ihre Romane denken. Bis bald, Schwesterherz.« Er beendete den Anruf und schickte Shea eine Textnachricht. *Vielleicht schaust du mal bei Twitter rein. Ich wurde geoutet. Sorry.*

Seine Gedanken kehrten zu Amber zurück. Aber im Grunde kreisten sie sowieso ständig um sie. Gleich heute Morgen hatte er ihr in einer Textnachricht geschrieben, wie schön für ihn der vergangene Abend gewesen war. Sie hatte geantwortet, sie hätte von Zac Efron geträumt. Ganz schön frech. Er fragte sich, ob sie den Hashtag gesehen hatte, und wenn ja, ob es sie freute, dass er das Buch tatsächlich las.

Er machte einen Screenshot von dem Foto auf Twitter mitsamt dem blödsinnigen Hashtag und tippte eine Nachricht an Amber. *Sieht aus, als bräuchte ich ein paar Tipps, wie man ein heimlicher sexy Leser wird. Hoffe, du bist bereit für die von mir überarbeiteten Szenen.* Ambers Antwort kam, noch bevor er Dawns Nummer auf dem Display hatte. *Das haben Brindle und Lindsay mir schon gezeigt. Unglaublich, dass du das Buch wirklich liest! Vielleicht sollte ich twittern, worauf du tatsächlich stehst. Ein*

Foto von ihrem Bein vom Knie abwärts folgte. Heute trug sie hübsche blassgrüne Söckchen mit süßen Spitzenrüschen.

Nur bei dir, tippte er, *mein unbeschreiblich weibliches wildes Ding. Muss kurz zu Ende trainieren und mich dann fürs Essen mit Shea fertigmachen. Rufe dich gegen 11 heute Abend deiner Zeit an. Kann es kaum erwarten, deine Stimme zu hören.* Er schickte die Nachricht, dann starrte er noch einen Moment lang darauf. Den letzten Satz hatte er, ohne nachzudenken, einfach so hingeschrieben. Das musste an ihrer Wirkung auf ihn liegen. Er schaute sich das Foto von ihrem Bein und dem niedlichen Söckchen an, dachte an ihr Lächeln, ihr Lachen, aber auch daran, wie furchtbar es war, dass sie gestern den ganzen Tag über hatte glauben müssen, er hätte sich aus dem Staub gemacht.

Er würde verdammt noch mal dafür sorgen, dass sie sich darüber nie mehr den Kopf zerbrechen musste.

Eine weitere Nachricht von Amber ging ein. *Freue mich auch schon.* Mit einem Küsschen-Emoji. Verflixt, das kleine gelbe Ding bewirkte, dass er sie gleich noch viel mehr vermisste. Die Uhr auf dem Handy tickte unerbittlich weiter. Wenn er Dawn noch anrufen wollte, musste er sich beeilen.

Sie nahm beim zweiten Klingeln ab. »Hey. Ich habe ein Hühnchen mit dir zu rupfen.«

»Bitte sag mir, dass du dein Pfefferspray dabeihast.« In New York war es jetzt schon nach acht, und ihr lauter Atem verriet ihm, dass sie gerade ihren Abendlauf machte.

»Nein. Und ich trage ein Shirt mit der Aufschrift *Leichtes Opfer. Keiner merkt, wenn ich verschwinde.*«

»Du machst mich wahnsinnig.«

»Gern geschehen. Und jetzt zu dem Hühnchen …«

»Wenn es um den Hashtag geht, will ich es nicht hören.«

»Den Hashtag habe ich längst verdaut. Was mich viel mehr interessiert, ist, weshalb du einen Liebesroman liest. Aber erst mal will ich wissen, warum du nicht vorbeigeschaut hast, als du gestern in New York warst.«

»Ich war nur ganz kurz in der Stadt, um ein paar Dinge zu holen. Und wenn du den Twitter-Post wirklich gesehen hast, weißt du auch, dass ich jetzt gerade in L. A. bin.«

»Stimmt. Die ganze Welt hat ihn gesehen und weiß, wo du bist. Aber wenn du das nächste Mal nach New York kommst, meldest du dich.«

Er lächelte vor sich hin. Seinen Geschwistern hatte er von klein auf beigebracht, ihre Meinung deutlich zu sagen. Und Dawn schoss dabei manchmal übers Ziel hinaus. Doch da er wusste, wie verletzt und enttäuscht Amber gewesen war, weil sie seinen Brief nicht gesehen hatte, war er nachsichtig mit seiner Schwester. »Sorry.«

»Wenn du dich gemeldet hättest, hätte ich dir erzählt, dass Mom einen Freund hat.«

»Was soll das heißen, einen *Freund?*«

»Für dich ist das vielleicht ein Fremdwort, aber für unsereinen ist das ein Mann, der regelmäßig Dates mit einer Frau hat und das Kätzchen krault.«

»Du redest von unserer Mutter!« Er ging auf und ab und rieb die verspannte Stelle in seinem Nacken.

»Wenn du glaubst, unsere Mom lebt wie eine Nonne, lebst du ganz schön hinter dem Mond.«

»Hörst du jetzt auf?« Er schüttelte den Kopf und versuchte, die inneren Bilder wieder loszuwerden. Was völlig aussichtslos war. »Ich weiß, sie war ein paar Mal mit einem Typen von der Uni aus. Aber dass sie einen Freund hat, hat sie mir nicht gesagt.« Er hatte Coach Stewart angerufen und ihn gebeten, sich den Kerl mal anzusehen. Und der Coach hatte ihm versichert, Mitch Grayson sei einer von den Guten.

»Ja, genau. Das ist er. Professor Knackarsch.«

Dash knirschte mit den Zähnen. »Kennst du ihn?«

»Ja. Ich habe gestern mit den beiden zu Abend gegessen. Er ist ein totaler Nerd, so mit Kugelschreibern in der Brusttasche und allem. Allerdings ein heißer Nerd. Ich habe ihn gefragt, ob er einen Sohn in Andis Alter hat. So einer wäre genau ihr Fall. Ich mag ihn. Und was noch viel wichtiger ist: Mom mag ihn.«

»Ich habe gerade mit Andi gesprochen. Sie hat nichts davon erwähnt.« Eine Textnachricht von Shea poppte auf. *Bin schon dran. In einer Besprechung. Wir reden später.*

»Sie hatte Angst vor deiner Reaktion.«

»Das ist albern. Mom kann sich treffen, mit wem sie will.« Auch wenn er nicht recht wusste, wie es ihm damit ging.

»Den letzten von Moms Verehrern, den du kennengelernt hast, hast du in die Flucht geschlagen.«

»Das war vor fünf oder sechs Jahren. Und wer sich von ein paar Fragen abschrecken lässt, ist für unsere Mutter sowieso der Falsche.« Das Letzte, was er wollte, war ein Kerl, der sich an seine Mutter oder seine Schwestern heranmachte, um an sein Geld zu kommen. »Der Neue muss etwas Besonderes sein, wenn sich Mom nach all den Jahren plötzlich für ihn interessiert.«

»Das mit dem anderen ist vier Jahre her, und in der Zwischenzeit hatte Mom durchaus ein paar Dates. Sie war nur schlau genug, dir nichts davon zu sagen.«

»Ich hoffe, du veräppelst mich. Jemand muss doch einen Blick auf die Kerle werfen. Wussten Damon oder Hawk davon?«

»Ich glaube, sie sehen das nicht ganz so eng wie du. Aber

soweit ich weiß, hat sie diese Männer niemandem vorgestellt. Diesmal ist es anders. Wenn sie über ihn redet, strahlt sie übers ganze Gesicht. Ihn wird sie vermutlich allen vorstellen wollen.«

Er hatte keine Zeit, noch ausführlicher mit ihr über ihre Brüder oder das Liebesleben ihrer Mutter zu diskutieren. »Ich rufe Mom morgen an und lasse mir erzählen, was los ist.«

»Frag sie, wer das Kätzchen krault.« Dawn lachte.

»Verdirb mir nicht den Appetit! Aber hör mal, wegen des Gefallens, um den ich dich heute Morgen in meiner Textnachricht gebeten habe. Hast du das noch hinbekommen?«

»Jap. Ich habe es gerade noch rechtzeitig geschafft.«

»Danke. Du bist die Beste.«

»Du weißt, dass ich dieses Gespräch aufzeichne und an Andi, Hawk und Damon schicke, damit sie aus deinem Mund erfahren, dass ich die Beste bin?«

»Kannst du gerne machen. Dann sage ich einfach, ich wurde erpresst. Ich muss los. Hab dich lieb.«

»Moment! Du hast mir noch nicht gesagt, weshalb du den Liebesroman liest. Du brauchst Expertentipps, oder? Warte nur, bis ich Damon davon erzähle!« Sie prustete los.

Großer Gott. Seine Schwestern waren sein Untergang.

»Jetzt küss ihn doch endlich!«, rief Amber der Frau in dem schnulzigen Liebesfilm zu, mit dem sie sich die Wartezeit bis zu Dashs Anruf verkürzte.

Reno hob schläfrig den Kopf. Er hatte es sich am Fußende des Betts gemütlich gemacht.

»Sorry, Kumpel.« Sie tätschelte ihn, dann lehnte sie sich

wieder an die Kissen und löffelte weiter Eiscreme. Als das Paar in dem Film noch enger zusammenrückte, merkte sie, wie sie sich nach vorn beugte. *Los doch. Küsst euch. Tut es einfach!*

Doch nichts passierte. Die beiden wünschten sich nur mit liebeskranken Blicken eine gute Nacht und Amber stöhnte frustriert auf. Eigentlich war sie ein glühender Fan von harmlos romantischen Filmen. Aber langsam wurde ihr klar, weshalb ihre Schwestern nie Lust hatten, sich einen mit ihr anzusehen. Hatte Dash ihr jetzt den Spaß daran verdorben? Ständig musste sie daran denken, wie er sie geküsst hatte. So als wollte er niemals damit aufhören. Und wie er sie angefasst hatte! Gierig und doch ohne Hast, so als würde er jede Sekunde genießen. Sie schloss die Lider und sah sein Gesicht vor sich, die dunklen Augen voller Leidenschaft. Wie in dem Moment, in dem er den Mund zwischen ihren Beinen vergraben hatte. Bei der Erinnerung daran durchlief sie ein prickelnder Schauer. Und das war nicht der erste heute. Sobald sie auch nur an Dash dachte, stand sie unter Strom. Noch nie zuvor hatte sie so heftig auf einen Mann reagiert, und beim bloßen Gedanken an ihn schon gar nicht. Sie hatte keine Ahnung, wohin mit der knisternden Energie, die sie umgab wie eine zweite Haut. Bei der Arbeit war ihr dieser Zustand regelrecht peinlich gewesen. Schließlich konnte sie schlecht in ihrem Büro verschwinden, sich einen Vibrator schnappen und sich Erleichterung verschaffen.

Wem wollte sie eigentlich etwas vormachen? Kein Vibrator dieser Welt würde auch nur annähernd dieselbe Wirkung auf sie haben wie Dash.

Sie aß einen Löffel Eiscreme und dachte an die schmutzigen Liebesfilme, die sich ihre Schwestern und Freundinnen ansahen. Sie selbst war nie wirklich neugierig auf diese Streifen gewesen, denn sie hatte immer das Gefühl gehabt, dass die anderen ihr in

Liebesdingen meilenweit voraus waren. Jedenfalls lebten sie ihre Sinnlichkeit schon aus, seit sie Teenager waren, während Amber sich als Spätzünderin betrachtete und nie gelernt hatte, irgendetwas auszuleben. Doch mit Dash hatte sie offenbar gleich mehrere Lernschritte übersprungen und sich auf völlig fremdes Terrain vorgewagt. Nicht nur dass sie ständig an die wunderbar erotischen Dinge dachte, die er mit ihr gemacht hatte. Nein, sie malte sich auch aus, was sie bald alles mit ihm anstellen wollte. Dank ihrer Träume in der letzten Nacht hatte sie ein sehr detailliertes Bild davon. Er hatte ihr mit leidenschaftlichen Zärtlichkeiten die Sinne geraubt und ihr dabei die unglaublichsten Dinge ins Ohr geraunt. Und sie hatte sich hingebungsvoll revanchiert. Obwohl sie alles nur geträumt hatte, spürte sie noch immer seine Härte in ihrer Hand und wie sie durch ihre Lippen glitt, hörte noch immer die verbotenen Worte, die ihre Wangen zum Glühen brachten.

Gütiger Himmel.

Jetzt war ihr schon wieder genauso heiß vor Verlangen wie heute Morgen beim Aufwachen. Sie warf einen Blick auf die Uhr. Noch vierzig Minuten bis zu Dashs Anruf. Mindestens. Sie gab ihrer neuentdeckten Neugier nach, griff zur Fernbedienung und versuchte, sich an den Titel des Films zu erinnern, von dem Brindle und Lindsay ihr vor ein paar Wochen vorgeschwärmt hatten. Brindle hatte erzählt, die Sexszenen seien so atemberaubend, dass sie und Trace sie sich gleich ein paarmal zusammen angeschaut hätten.

Sie schnappte sich ihr Smartphone und schrieb Brindle eine Nachricht. *Wie hieß noch mal der Film, den ihr neuerdings so gut findet?*

Das Telefon klingelte fast sofort. Brindles Name erschien auf dem Display. Amber nahm ab.

»Du willst dir *den Film* ansehen?«, sagte Brindle anstelle einer Begrüßung.

Amber suchte hektisch nach einem Vorwand. »Eine meiner Buchclub-Freundinnen wollte wissen, ob ich eine gute Milliardärsromanze kenne, und dir hat der Film doch gefallen.«

»Eine deiner Buchclub-Freundinnen? So, so. Die müssten den Film doch längst alle in- und auswendig kennen. Schließlich stammt das Buch dazu ursprünglich aus dem Ausland, und die Bookstagrammer haben schon wochenlang vor dem Erscheinen der englischen Ausgabe voller Vorfreude darüber gepostet.«

Mist. »Dann wohl nicht.« Amber spielte mit dem Saum ihrer Schlafshorts.

»Ich habe gehört, dein Freund ist gerade verreist. Fühlst du dich einsam? Suchst du ein bisschen Inspiration, um die Nächte ohne ihn zu überbrücken?«

Ihr Leben lang hatte Amber sich angehört, wie ihre Schwestern und Freundinnen von Kerlen und den Gefühlen schwärmten, die sie in ihnen weckten. Ein Teil von ihr wollte endlich auch mal an der Reihe sein und in die Welt hinausposaunen, wie wunderbar Dash war. Sie wollte seufzend von seinem romantischen Brief und dem großartigen Geschenk erzählen und davon, dass er ihr das Gefühl gab, etwas ganz Besonderes zu sein. Doch ein größerer Teil von ihr wollte all das bewahren wie einen Schatz und ganz für sich allein behalten. Sie wusste ja noch nicht mal, was wirklich zwischen ihnen war und wohin es führen konnte. Aber sie wollte es unbedingt herausfinden.

»Nein, tue ich nicht«, entgegnete sie.

»Na dann … Du weißt aber schon, dass ich überhaupt nichts dagegen hätte, wenn Dash zu einem Touchdown in deine

Endzone prescht?«

»Oh mein Gott.« Ein weiterer Anruf ging ein und diesmal blinkte Dashs Name auf dem Display. Ambers Pulsfrequenz schoss in die Höhe. »Ich muss Schluss machen. Gerade kommt ein anderer Anruf rein.«

»Lass mich raten. So, wie du klingst, ist das Dash.« Als Amber nicht schnell genug antwortete, schlug Brindle einen wissenden Tonfall an. »Du brauchst keinen Film, Mädchen. Um deine Einsamkeit kann er sich kümmern. Viel Spaß dabei!«

Amber schaltete schnell den Fernseher aus und nahm Dashs Anruf an. »Hi.«

»Hey. Ich hoffe, es ist okay, dass ich ein bisschen früher dran bin. Oder bist du gerade beschäftigt?«

Beim Klang seiner tiefen Stimme war der Film sofort vergessen. »Nein. Ich freue mich. Wie war das Essen? Mit Shea habe ich ja schon ein paarmal telefoniert und fand sie sehr sympathisch.«

»Shea ist die Beste. Manchmal ein bisschen übereifrig, aber das gehört zu ihrem Job. Das Dinner wäre mit dir natürlich schöner gewesen.«

»Du sagst immer die süßesten Sachen.«

»Ich bin einfach nur ehrlich. Wie war dein Tag?«

»Ganz gut. Im Geschäft war viel los, und ich habe den Gewinner ausgesucht, der im November mein Schaufenster dekorieren darf. Das macht immer viel Spaß.«

»Du lässt deine Kunden dein Schaufenster dekorieren?«

»In manchen Monaten. Die Leute aus der Umgebung miteinzubeziehen, ist eine prima Sache. Die Gewinner freuen sich immer sehr und überbieten sich mit kreativen Einfällen. Inzwischen ist daraus fast so was wie ein eigener Wettbewerb geworden. Und ob du's glaubst oder nicht, ich kriege jedes Mal

Hunderte Bewerbungen.«

»Wow, das ist großartig. Aber das überrascht mich nicht. Deine Buchhandlung hat so viel Atmosphäre und du hast einen so persönlichen Bezug zu den anderen Leseratten. Sogar handgeschriebene Grüße schickst du ihnen. Sie wollen dir sicher gerne etwas zurückgeben.«

»Ja, vielleicht hast du recht. Ich möchte, dass die Leute das Gefühl haben, bei einer alten Freundin vorbeizuschauen, selbst wenn sie mich gar nicht so gut kennen. Im Oktober schmücke ich das Schaufenster übrigens immer selbst. Das ist mein Lieblingsmonat.«

»Dein Schaufensterschmuck ist wunderhübsch. Aber weshalb gerade der Oktober?«

Sie lehnte sich an die Kissen. »Weil dann der Himmel oft tiefblau ist, und die Luft viel frischer als zu jeder anderen Zeit. Außer vielleicht im Winter, aber der Winterhimmel ist meistens weiß. Ich liebe Herbstblumen und bunte Blätter. Der Herbst ist wie ein Geschenk von Mutter Natur. Und zu wissen, dass die Zweige bald kahl sein werden und das Himmelsblau verblasst, macht dieses Geschenk noch wertvoller.« Sie wartete auf eine Antwort, doch zwischen ihnen breitete sich Schweigen aus. »Sorry. Klingt das ein bisschen verschroben?«

»Nein, überhaupt nicht. Ich habe nur gerade überlegt, wie lange es her ist, seit mir so was aufgefallen ist, und wie gerne ich es mit dir gemeinsam sehen möchte.«

»Ich wünschte, du wärest hier.« Ihre Gedanken verwoben diesen Satz mit den sexy Szenen in ihrem Kopf. »Wie lange *ist* es denn her?«

»Ganz ehrlich? Ich weiß nicht mal, ob mir der Himmel und die Blätter je so aufgefallen sind wie dir. Football wird im Herbst und Winter gespielt, aber das Konditionstraining beginnt im Frühjahr, und im Sommer gibt es Trainingscamps. Ich spiele, seit ich ein kleiner Junge bin. Bei all dem Training und der Sorge um meine Familie war nie viel Zeit, um mal durchzuatmen und an den Rosen zu schnuppern.«

»Kann ich dich etwas über deine Kindheit fragen?«

»Klar, immer.«

»Du hast gesagt, du hast deine Geschwister praktisch großgezogen. Aber wenn du selbst erst dreizehn warst, als dein Vater euch verlassen hat, dann waren deine Schwestern noch sehr, sehr jung. Wie hast du das geschafft?«

»Keine Ahnung. In einer schwierigen Situation tut man einfach, was man kann. Unsere Nachbarin hat die Mädchen vom Schulbus abgeholt und auf sie aufgepasst, bis ich nach Hause gekommen bin. Wenn ich zum Training musste, waren sie auch bei der Nachbarin, oder ich habe sie mitgenommen und sie haben irgendwo im Gras oder auf der Tribüne gesessen und gespielt. Daheim habe ich dann dafür gesorgt, dass sie gegessen und ihre Hausaufgaben gemacht haben. Seltsam, aber das wollte ich noch nie jemandem erzählen. Sin und die Jungs, mit denen ich aufgewachsen bin, haben natürlich alles mitbekommen. Aber als Erwachsener habe ich kaum je darüber gesprochen.«

»Oh, entschuldige bitte. Ich wollte nicht bohren oder alte Wunden aufreißen.«

»Nein, schon in Ordnung. Mir ist wichtig, dass du mehr über mich weißt als das, was in den Zeitschriften steht oder in den sozialen Medien kursiert.«

»Langsam kriege ich ein ziemlich gutes Bild von dir. Du hast alles gegeben, um deiner Mutter zu helfen.«

»Ja, so ziemlich. Sie hatte es schwer, und was mein Vater ihr angetan hat, hat sie absolut nicht verdient. Als sie acht war, ist sie selbst zu einer Pflegefamilie gekommen, weil ihre Mutter wegen Drogenbesitz verhaftet worden ist. Sie war jahrelang im Knast und ist ein paar Monate nach ihrer Entlassung an einer Überdosis gestorben. Danach stand meine Mom bis zu ihrer Volljährigkeit unter behördlicher Betreuung. Später hatte sie dann uns. Sie hat so viel durchgemacht, und für sie gibt es nichts Wichtigeres als die Familie. Das hat sie an uns weitergegeben.«

»Dass sie es schon als Kind so schwer gehabt hat, macht das, was dein Vater getan hat, noch viel tragischer. Die Großmutter, von der du mir erzählt hast, ist also seine Mutter?«

»Ja. Seine Eltern haben meine Mom sehr gern. Sie wollten ihr helfen, aber sie war zu stolz, um Geld anzunehmen. Natürlich hat mir Grandpa George immer wieder ein paar Scheine zugesteckt. Wenn Mom mich einkaufen geschickt hat, habe ich damit bezahlt, anstatt mit ihrer Kreditkarte. Aber erfahren hat sie es nie.«

»Von der Epilepsie mal abgesehen, war mit dreizehn meine größte Sorge, was ich als Nächstes lesen soll. Aber du hast unglaublich viel Verantwortung auf dich genommen.«

»So habe ich das damals nicht gesehen. Die Person, die sich um uns hätte kümmern sollen, hat sich aus dem Staub gemacht. Ich war stinksauer auf meinen Vater. Weil ich den Schaden gesehen habe, den er angerichtet hat, war die Wut sogar irgendwann größer als der Schmerz. Und ich denke, ich wollte ihm und mir beweisen, dass er uns nicht gebrochen hat.«

Ihr Herz weitete sich und füllte sich mit Trauer um seine Kindheit. »Diese Erfahrung hat dich geprägt. Sicher hast du dich auch deshalb im Leben so sehr angestrengt. Und das zum Glück mit Erfolg.«

»Dass mein Vater verschwunden ist, hat uns alle geprägt,

jeden auf seine Art. Meine Mom ist stärker geworden. Hawk hatte damals gerade seine erste Kamera bekommen, und er war sehr talentiert. Aber ich glaube, sein Erfolg hat noch einen anderen Grund. Für ihn war es leichter, die Welt durch ein Objektiv zu betrachten, anstatt sie ungefiltert zu sehen. Und wie es mit Damon gelaufen ist, habe ich dir ja erzählt.«

Ja, und wie du ihm immer wieder aus der Patsche geholfen hast. »Was glaubst du, wie hat sich die Situation auf deine Schwestern ausgewirkt?«

»Sie waren noch sehr klein. Und vielleicht war es für sie gerade deshalb besonders schlimm. Die beiden waren verschreckt und sehr durcheinander. Dawn hat in den ersten Wochen viel geweint. Andi hat sich in sich selbst zurückgezogen und ist regelrecht verstummt.«

»Ich bin ein echtes Daddy's Girl. Ich will mir gar nicht vorstellen, wie traurig die zwei gewesen sein müssen.«

»Anfangs waren sie das. Aber bei Dawn kam nach den Tränen die Wut. Ich habe versucht, sie von ihrem Hass auf unseren Vater abzubringen. Obwohl ich sie sehr gut verstehen konnte. Lange habe ich sogar gehofft, er würde den beiden Kleinen zuliebe zurückkommen.«

»Das muss sehr schwer gewesen sein, wo du doch selbst so wütend warst.«

»Ja, es war nicht leicht. Und glaub mir, manchmal war die Wut ziemlich groß. Aber am Ende war es sowieso egal. Etwa ein Jahr, nachdem er gegangen war, hat sich bei Dawn ein Schalter umgelegt. Diesen Augenblick werde ich niemals vergessen. Ich habe mit meinem Kumpel Joey auf der Hintertreppe gesessen, Dawn kam durch die Hintertür nach draußen, hat sich vor uns aufgebaut und die kleinen Hände in die Hüften gestemmt. ›Dad kommt nicht mehr‹, hat sie gesagt. Ich habe geantwortet, das wüsste ich, und es täte mir leid. Und sie meinte: ›Schon okay. Sein Pech. So ein Idiot.‹ Dann ist sie wieder reingegangen, hat gespielt, und war von da an die Person, die du heute im Fernsehen siehst.«

»Wow. Klingt, als hätte sie es für sich verarbeitet und eine Entscheidung getroffen.«

»Hat sie. Wegen Andi mache ich mir aber immer noch Sorgen. Sie traut sich nicht aus der Sicherheit von Port Hudson weg und steht sich damit selbst im Weg.« Seine Stimme klang beklommen.

»An einem sicheren Ort sein zu wollen, ist doch völlig in Ordnung. Das möchte ich auch.«

»Es gibt einen großen Unterschied. Du tust das, was du immer tun wolltest. Andi möchte Meeresbiologin werden und könnte es weit bringen. Allerdings nicht, wenn sie bleibt, wo sie ist.«

»Man könnte meinen, du kümmerst dich noch immer um alle.«

Er lachte. »Meine Schwestern würden vermutlich sagen, ich gehe allen auf den Geist.«

»Kann schon sein. Aber wenn es ihnen mit dir ähnlich geht wie mir mit meiner Beschützerschwester Sable, sind sie insgeheim auch glücklich darüber. Für dich muss es doch schwer gewesen sein, zum Studieren von zu Hause wegzugehen.«

»Es war das Schwerste, was ich je getan habe. Aber weil ich ein guter Footballspieler war, hatte ich ein volles Stipendium und musste fürs Studium keinen Cent bezahlen. Und es war auch eine Chance, irgendwann professionell zu spielen, Karriere zu machen und meiner Familie ein sorgenfreies Leben zu bieten.«

»Ja, und das bewundere ich vielleicht am meisten an dir.«

»Mein Geld?«

»Nein, du Spinner. Dein großes Herz. Du denkst immer zuerst an alle anderen und dann erst an dich. Als du dich um deine Familie gekümmert hast, warst du selbst noch ein Kind. Und neulich abends hast du mir erzählt, wie schlecht es dir damals gegangen ist. Wer hat sich denn um dich gekümmert? Wer hat dafür gesorgt, dass du dich geliebt fühlst und die schweren Zeiten durchstehst?«

»Meine Mom und meine Großeltern. Du hattest die Mitternachtsspaziergänge mit deinem Dad. Ich hatte Mitternachtsgespräche bei heißer Schokolade mit meiner Mom in unserer Küche.«

»Wie schön! Jetzt bin ich ein bisschen erleichtert. Und weißt du was? Ich glaube, ich hätte den Teenager Dash tatsächlich sehr gerne gemocht.«

»Du hättest die Finger nicht von mir lassen können. Besonders, als ich plötzlich einen Wachstumsschub hatte und dünn war wie ein Spargel. Absolut unwiderstehlich.«

»Ich wette, du warst unglaublich süß und hattest massenhaft Freundinnen.«

»Wer hatte schon Zeit für Freundinnen? Ich glaube, meine längste Highschool-Beziehung hat gerade mal drei Wochen gehalten. Mit jeder Menge wildem Geknutsche auf dem Rücksitz. Und wie war es bei dir?«

»Ich habe nie mit einer Freundin geknutscht«, scherzte sie.

»Ach. Dann muss ich den flotten Dreier mit Amber wohl von meiner To-do-Liste streichen.«

»Heiße Küsse auf irgendeinem Rücksitz hat es für mich auch nie gegeben. Vielleicht musst du noch ein paar Sachen von der Liste nehmen.«

»Wie bitte?«, japste er theatralisch. »Mein Mädchen ist nie in einem von den Eltern geliehenen Wagen von einem verknallten Jungen betatscht worden?«

»Nein. Und auch nicht unter der Tribüne im Stadion, was ein beliebter Platz dafür zu sein scheint. Nicht bei einer Party am Fluss, nicht in JJ's Pub oder beim Scheunentanz. Also an keinem der Orte, von denen die meisten Frauen aus der Gegend Geschichten erzählen können. Ich habe auch noch nie verliebt mit einem Jungen den Sternenhimmel bewundert, mir etwas gewünscht und ihm meine Geheimnisse verraten. Diese Teenager-Erlebnisse sind alle an mir vorbeigegangen. Nur auf einem Riesenrad habe ich mal jemanden geküsst und in einem Maislabyrinth.«

»Ist der Platz unter der Tribüne tatsächlich so beliebt?«

»Ja. Seltsam, oder?«

»Ich weiß nicht. Aber ich weiß, was wir machen, sobald ich wieder bei dir bin.«

Sie konnte gar nicht mehr aufhören zu lächeln. »Wirklich? Du willst alle meine Teenagerträume wahrmachen?«

»Und vielleicht auch ein paar von meinen Erwachsenenfantasien.«

»Den Dreier kannst du getrost vergessen.«

Er gluckste. »Keine Sorge. Der käme für mich sowieso nicht infrage. Ich habe nämlich keine Lust, dich zu teilen. Ganz im Gegenteil, ich bin ein bisschen eifersüchtig auf die Jungs auf dem Riesenrad und im Maisfeld. Wer waren denn die Glücklichen?«

Seine Eifersucht freute sie ein bisschen. »Es war beide Male derselbe.«

»Und wie heißt er?«

»Das kann ich dir nicht verraten. Pepper ist die Einzige, der ich je von diesen Küssen erzählt habe.«

»Ich muss die Schwester, die deine Geheimnisse hütet, unbedingt kennenlernen. Aber ich glaube, ich kann dich verstehen. War er auch dein *Erster*, mein wildes Ding?« Seine Stimme war tief und verführerisch.

Sie streckte sich auf dem Bett aus. »Nein, mein erstes Mal hatte ich erst auf dem College.«

»Auweia.«

»Weshalb sagst du das?«

»Weil mein Herz jetzt sogar noch heftiger für dich schlägt. Jap. Ich spüre es genau.«

Sie drückte das Gesicht in ein Kissen, um einen glücklichen kleinen Aufschrei zu ersticken.

»Bist du noch da?«, fragte er unsicher.

Sie drehte sich auf den Rücken. »Hm-Hm.«

»Darf ich dich was Persönliches fragen?«

»Ich habe dir gerade meine intimsten Geheimnisse verraten.«

»Und ich bin unsagbar glücklich über dein Vertrauen.« Seine Wärme floss durch das Telefon wie eine Umarmung. »Ich wüsste nur gerne, ob du gewartet hast, weil du wolltest, dass es sich genau richtig anfühlt. Oder ob es wegen dem war, was du mir neulich abends erzählt hast. Dass die Jungs wegen deiner Epilepsie auf Distanz gegangen sind.«

Sie hörte die Zärtlichkeit in seiner Stimme und schloss die Augen. »Es war beides, denke ich. Und ein bisschen Angst war auch dabei.«

»Das haben wir dann wohl gemeinsam. Ich hab's zum ersten Mal in meinem letzten Highschool-Jahr getan. Aber nur weil ich nicht der einzige Virginia-State-Footballspieler werden wollte, der noch Jungfrau war.«

»Im Ernst?« Sie war überrascht, dass er das zugab.

»Im Ernst. Wenn man zu den coolen Jungs gehören möchte, steht man ziemlich unter Druck.«

Seine Ehrlichkeit war wie eine Droge, die sie immer tiefer in seinen Bann zog.

»Jeder Typ, der dir erzählt, er wäre bei den ersten paar Malen nicht nervös gewesen, lügt dich an. Verdammt, gestern Abend war ich auch nervös.«

»Das kann gar nicht sein.«

»Oh doch. Sehr sogar. Du bist absolut einzigartig und ich wollte es nicht vermasseln. Ich wollte, dass es für dich die besten Küsse und die besten Berührungen aller Zeiten werden. Einfach das Beste von allem.«

Sie schloss die Augen und ließ dieses Geständnis auf sich wirken. »Und genau so war es auch.«

»Ja, ich wusste, dass du nach mir für jeden anderen Mann verdorben bist. Aber ich wollte nicht arrogant klingen.«

Sie lachten beide.

»Ich wette, du könntest noch jede Menge geheime Geschichten über Highschool-Küsse erzählen«, sagte er schließlich.

»Nur ein paar, und die sind nicht wirklich geheim.«

»Aber dein erster Kuss ist es. Aus welchem Grund?«

Sie drehte sich auf die Seite. »Ich weiß nicht. Es ist einfach so. Er und ich laufen uns noch manchmal über den Weg, und es war ein sehr privater, besonderer Moment.«

»Das muss die Romantikerin in dir sein, und ich finde das wunderschön. Für mein Leben gerne hätte ich dich damals schon gekannt, wäre mit dir auf Scheunenfeste und Jahrmärkte gegangen. Ich hätte dein erstes Mal zu einem Wow-Erlebnis gemacht. Wir beide allein an einem verschwiegenen Ort, den nur wir kennen. Ich hätte Kerzen aufgestellt, Decken ausgebreitet und dich unter den Sternen geliebt.«

Sie seufzte und drehte sich wieder auf den Rücken. *Ich glaube, auch mein Herz schlägt jetzt noch heftiger für dich.*

»Allerdings hätte ich als Teenager vermutlich nur eine Minute lang durchgehalten und müsste mir das heute noch anhören.«

Sie prustete los und Reno hob den Kopf.

»Du findest das lustig? Ach.«

»Tut mir leid.« Sie versuchte, das Lachen abzustellen. Doch sie sah ihn als schlaksigen Teenager vor sich und gluckste einfach weiter. »Ich hoffe, du hast dich inzwischen gesteigert.«

»Wäre die Sache mit uns beiden sonst hiermit erledigt?«

»Auf jeden Fall«, antwortete sie kichernd. »Obwohl ich zugeben muss, dass du einen sehr talentierten Mund hast.«

Er stieß ein Knurren aus. »Das war erst eine kleine Kostprobe. Du denkst doch daran, was ich zum Thema Terminplanung gesagt habe? Nimm dir schon mal eine Woche frei.«

Ihre Gedanken jagten durch all die schmutzigen Dinge, die sie zusammen tun konnten.

»Jetzt haben wir wirklich ein Problem«, brummte er. »Du hast mich daran erinnert, wie süß du schmeckst, und das macht mich unglaublich an.«

»Dash«, flüsterte sie verlegen.

»Geht es nur mir so? Oder hast du heute auch an uns gedacht? Gehen dir unsere Küsse genauso durch den Kopf wie mir? Oder wie du mich anfasst? Oder was mein Mund mit dir macht?«

Ihr Herz schlug noch schneller. Sie schluckte und nahm all ihren Mut zusammen. »Es geht nicht nur dir so.«

»Gott sei Dank. Ich muss nämlich andauernd an dich denken. So was ist mir noch nie bei einer Frau passiert. Ich will dein schönes Gesicht sehen. Ich will dich in den Armen halten und küssen, bis wir beide den Verstand verlieren.«

Oh ja, bitte. Ihr Herz trommelte so wild, dass sie glaubte, er müsste es durchs Telefon hören.

»Komm, lass uns einen Videoanruf machen. Ich will dich sehen, mein Herz.«

Sie hielt den Atem an, konnte sich vage vorstellen, wozu das führen würde. Sie hatte ein paar wirklich heiße Telefonsexszenen gelesen, und bei manchen Geschichten, die ihre Schwestern erzählt hatten, war sie knallrot geworden. Sie wusste nicht, ob sie so etwas fertigbrachte. Aber, ja, sie wollte es gerne ausprobieren.

»Los, komm, Baby.«

Sie öffnete den Mund, doch es brauchte eine Sekunde, bis sie das Wort *Okay* aussprechen konnte. Einen Augenblick später erschien sein schönes Gesicht auf dem Display. Sexy Stoppeln standen auf seinem markanten Kinn, seine dunklen Augen schauten sie hungrig an. Seine Brust war nackt, und sie wünschte, sie könnte ihn anfassen.

»Da ist ja mein schönes Mädchen.«

Überwältigt von ihren geheimen Wünschen konnte sie nur lächeln.

»Du spürst sie doch auch, oder? Die große Sehnsucht, uns näher zu sein?«

Sie atmete viel zu heftig. »Ja.«

Reno merkte offenbar, dass etwas mit ihr los war, denn er hob den Kopf und schob sich neben sie.

»Hey, Reno! Das ist mein Platz.« Dashs Blick hing fragend an ihren Augen. »Ist alles in Ordnung?«

Sie nickte.

»Nervös?«

Sie nickte erneut. Dass sie so leicht zu durchschauen war, machte sie verlegen. Gleichzeitig war sie froh und dankbar, dass ihm das auffiel.

»Ich möchte dir etwas sagen. Vor dir ist mir nie eine Frau begegnet, mit der ich eine ernsthafte Beziehung wollte. Und einen Dreier hatte ich noch nie. Und ich wünsche mir auch keinen.«

Erleichterung durchrieselte sie. Dabei war ihr nicht einmal bewusst gewesen, wie sehr ihr die Vorstellung zu schaffen machte.

»Ich bin auch kein Kerl für sexy Videotelefonate. Zum Teil vielleicht, weil ich den Frauen, mit denen ich bisher zusammen war, nie hundertprozentig vertraut habe.«

»Weil immer alle etwas von dir wollen?«

Er nickte. »Ich glaube, wir beide haben einiges gemeinsam. Wir müssen erst sehr viel Vertrauen fassen, um uns einer anderen Person wirklich öffnen zu können.«

Er sah so tief in sie hinein, dass sie sich fragte, wie viel von ihr er tatsächlich längst entdeckt hatte. »Aber es gibt noch einen anderen Grund?«

Ein Lächeln zuckte um seine Mundwinkel. »Ich habe mich noch nie so sehr danach gesehnt, jemanden zu sehen. All diese Gefühle, dieser Drang, mit dir zu reden und dir in die Augen zu schauen, während ich Tausende von Meilen entfernt bin – das ist neu für mich. Du musst nicht nervös sein, mein Herz. Lass uns einfach nur reden. Das genügt mir vollkommen. *Du* genügst mir vollkommen.«

Neun

Um seine Mutter um sieben Uhr morgens ihrer Zeit erreichen zu können, musste er um vier Uhr zum Telefon greifen. Es war Freitag, und er wollte sie gerne erwischen, bevor sie aus dem Haus ging und wie immer hundert Dinge gleichzeitig erledigte. Er stellte sich vor, wie sie voller Elan umhereilte, wie die Spitzen ihres glatten blonden Haars dabei die Schultern eines ihrer eleganten Hosenanzüge streiften. Sicher trug sie, wie gewohnt, die jugendliche Frisur mit dem Seitenscheitel.

»Hey, Honey.« Ihre Begrüßung wehte auf einem Lachen zu ihm. »Wie geht es dir?«

»Gut. Worüber lachst du?«

»Ach, über nichts.« *Nichts* klang eindeutig anders.

Er hörte eine männliche Stimme im Hintergrund und seine Muskeln spannten sich unwillkürlich. Die Worte seiner Schwester hallten ihm noch im Ohr. *Professor Knackarsch.* »Wer war das denn?«

»Mitch Grayson. Ich habe dir doch neulich erzählt, dass wir uns öfter treffen. Erinnerst du dich?«

»Ja.« Er ermahnte sich, gelassen zu bleiben. Doch die Frage platzte einfach aus ihm heraus. »Ist er zum Frühstück vorbeigekommen?« *Bitte sag Ja.*

»Hm-hm. Jap. Ist er.« Sie kicherte.

Robin Pennington kicherte nie. Es sei denn, sie flunkerte. Dash wies sich innerlich für die seltsamen Gefühle zurecht, die ihn befielen, wenn er sich seine Mutter in einer ernsthaften Beziehung vorstellte. »Schön. Behandelt er dich anständig?«

»Mehr als das. Wie eine Prinzessin.«

Eine Prinzessin war seine Mutter so gar nicht, aber verdammt, sie verdiente es, wie eine behandelt zu werden. »Gut. Wenn ich das nächste Mal in der Gegend bin, würde ich ihn gerne kennenlernen.«

»Das hatte ich gehofft. Du kommst doch vor der Spendengala zu uns, oder?«

»Ja. Am Freitag davor würde ich euch gern besuchen.« Er wusste, dass er sich jetzt eigentlich verabschieden und ihr nicht die Zeit mit Mitch stehlen sollte. Doch er wollte ihr unbedingt von Amber erzählen. »Ich habe auch jemanden kennengelernt.«

»Oh, Honey. Wie schön! Wie heißt sie? Wo seid ihr euch über den Weg gelaufen? Wo wohnt sie?«

Glücklich über ihre Begeisterung lachte er auf. »Sie heißt Amber Montgomery, ist in Oak Falls, Virginia, aufgewachsen und wohnt in Meadowside. Vielleicht kennst du sie sogar. Sie hat an der Boyer Uni studiert und war ziemlich oft in der Bibliothek.«

»Amber … Amber … War sie in der LWW-Schwesternschaft? Dunkles Haar mit Rotstich, hübsch, eher ruhig?«

»Ja, das ist sie.«

»Oh, Dashy, sie war ein echter Schatz«, sagte seine Mutter bedächtig. Sein Kosename ging ihm wie immer zu Herzen. »Wir haben uns oft unterhalten. Jetzt erinnere ich mich wieder genau. Ich weiß noch, wie sehr sie anfangs ihre Familie vermisst hat.

Eine Zeit lang habe ich befürchtet, sie würde nach Hause fahren und nicht wiederkommen. Aber sie hat durchgehalten. Wie habt ihr euch denn kennengelernt? Durch Sinny?«

»Ja. Bei einer Scheunenparty, zu der er mich mitgenommen hat. Amber ist wirklich unglaublich, Mom. Sie ist … Sie erinnert mich an zu Hause.«

»Meinst du, das ist gut? Du hast hier immer so viel Verantwortung getragen.«

Ja, tatsächlich. Aber an zu Hause reichte eben nichts anderes heran. »Es *ist* gut, Mom. Du hast mir gezeigt, was Familie bedeutet.«

»Nein, Honey. *Du* hast es *mir* gezeigt. Du warst der Kitt, der uns zusammengehalten hat.«

»Ich weiß nicht. Aber egal, ich bereue wirklich gar nichts an diesen Jahren. Und Amber ist ein absoluter Familienmensch. Sie ist bodenständig und klug. Sie bringt mich zum Lachen, zum Denken und zum Fühlen. Sie bringt Dinge in mir zum Vorschein, von denen ich schon gar nichts mehr wusste. Ihre stille Stärke, ihr ruhiges Selbstvertrauen, das haut mich um.«

»Sie hat es dir wirklich angetan.«

»Oh ja. Ich denke andauernd an sie. Dabei kenne ich sie erst seit einer Woche. Ist das verrückt?«

»Das ist nicht verrückt, Honey. So läuft das, wenn es echt ist. Es beißt dich in den Hintern und du willst *nicht* weglaufen.«

Er lachte. »Ich laufe nicht weg. Im Moment habe ich hier in L. A. einiges zu tun. Aber ich nehme den erstmöglichen Flug zu ihr zurück.«

»Was macht sie denn beruflich? Begleitet sie dich auf deine Lesetour?«

An diese Möglichkeit hatte er noch gar nicht gedacht. »Ihr gehört die Buchhandlung, in der ich die Tour beginne. Ich glaube nicht, dass sie sich so lange freinehmen kann.«

»Eine Buchhandlung. Sie hat ihren Traum also tatsächlich verwirklicht. Das freut mich für sie. Und es freut mich für dich, mein Schatz. Bei dir hat sich alles so lange nur um Football gedreht. Ich hatte schon Angst, du hättest vergessen, dass es im Leben um mehr geht, als ein Spiel zu gewinnen. Und dass es bei Frauen um mehr geht, als … Du weißt schon.«

»Mom. So bin ich nicht, und das ist dir auch klar.«

»Alle jungen Männer sind so, selbst wenn sie nicht immer alles tun, was sie gerne tun würden. Das sind die Hormone.«

»Darüber werden wir uns jetzt nicht unterhalten.« Er ging zur Balkontür, schaute hinaus auf die Stadt und spürte, wie sehr er Amber vermisste. »Wenn ich nach Hause komme, würde ich sie gerne mitbringen. Dann könnt ihr eure Bekanntschaft auffrischen.«

»Das würde mich freuen. Was sagt man dazu? Wir zwei Soloflieger haben plötzlich beide Co-Piloten.«

»Wo wir gerade davon sprechen, sag Mitch bitte, dass es mir leidtut, dass ich in euer Frühstück geplatzt bin. Und er soll sich schon mal auf jede Menge Fragen gefasst machen.«

Sie redeten noch eine Weile und nach dem Anruf schickte er Amber eine Nachricht. *Ich schaue vom Fenster aus auf die Stadt, aber alles, was ich sehe, bist du.* Zu aufgewühlt, um noch einmal einschlafen zu können, stieg er in seine Shorts und ging laufen.

Beim Kassieren schaute Amber aus dem Augenwinkel auf die Nachricht, die gerade auf ihrem Smartphone aufploppte. Sie hoffte, sie wäre von Dash. Er hatte ihr heute schon ein paar Nachrichten geschickt, jede süßer und romantischer als die vorige. Er hatte geschrieben, sie solle sich seinen Instagram-Feed ansehen, und seither schwebte sie auf Wolke sieben. Dash hatte ein Foto des Hollywood-Schilds im dunstigen Morgenlicht gepostet und dazu geschrieben: *Ich liebe Morgenläufe in L. A., aber eine sternklare Kleinstadtnacht ist nicht zu toppen.* Er stand den Traummännern in ihren Büchern in nichts nach. Aber die jetzige Nachricht kam von ihrem Buchclub-Forum. Es ging um ein geplantes Treffen. Die meisten Aktivitäten liefen zwar online ab und diskutiert wurde vor allem im Forum, aber auch richtige Treffen gab es hin und wieder. Amber war noch nie bei einem gewesen, hatte sich aber oft per Videochat dazugeschaltet. Früher oder später ging es dabei immer um persönliche Themen. Und diesen Monat würde sie tatsächlich etwas Schönes erzählen können.

Sie packte Dashs Buch und die anderen Sachen, die Britney Gregson gekauft hatte, in eine Tüte und reichte sie ihr. Die hübsche Brünette war etwas jünger als sie. »Ich hoffe, du schaffst es zur Signierstunde nächstes Wochenende.«

»Die werde ich auf gar keinen Fall verpassen. Und sicher hast du vom Frühsport mit Dash im Park gehört. Sobald er wieder hier ist, mache ich auch mit.«

»Ja. Alle sind ganz begeistert von seinem Motivationstalent. Viel Spaß mit den Büchern.«

Ihre Mutter hatte während des Frühstücks berichtet, wie sehr ihr und ihren Freundinnen die morgendlichen Fitness-übungen mit Dash jetzt schon fehlten. Und später hatten zwei Kundinnen Amber erklärt, sie wollten der Sportgruppe ebenfalls beitreten. Offenbar hatten sie seinen morgendlichen Post gesehen, denn sie hatten sich über seinen glamourösen Lebensstil unterhalten. *Es muss doch toll sein, einfach mal kurz nach L. A. zu jetten. Sicher fliegt er in einem Privatjet mit Champagner und hübschen Flugbegleiterinnen.* Amber wusste es besser. Gestern Abend hatte Dash erwähnt, wie stressig er das Reisen fand. Er flog zwar erster Klasse, aber nur, weil es dann einfacher war, ohne großes Tamtam ein- und auszusteigen. Vielleicht hätte sie eifersüchtig sein sollen, dass so viele Frauen für ihn schwärmten. Aber es war schwer, solche Gefühle zu entwickeln, während er ihr wieder und wieder zeigte, dass er zumindest derzeit nur Augen für sie hatte.

Amber loggte sich gerade für einen Post über das nächste virtuelle Treffen ins Buchclub-Forum ein, als Phoenix mit einem neuen Stapel von Dashs Büchern aus dem Lagerraum kam. »Danke. Ich wollte dich gerade bitten, Nachschub zu holen.« Amber steckte ihr Telefon weg und packte mit an. Reno stand von seinem Hundebett an der Kasse auf und tappte hinter ihr her.

»Die Leute reißen uns Dashs Buch regelrecht aus den Händen.« Während sie die Bücher hübsch drapierten, musterte Phoenix Amber aus dem Augenwinkel. »Wollen wir so tun, als wären neulich abends im Lyrics und Lattes nicht Funken zwischen euch gestoben?«

Heute war Phoenix' erster Arbeitstag seit ihrem Auftritt, und Amber hatte sich schon gefragt, ob sie sie darauf ansprechen würde. Ihr Glück für sich zu behalten, fiel ihr immer schwerer. Am liebsten hätte sie es von allen Dächern gerufen. Doch so sehr sie Phoenix vertraute, sie hatte Angst, nicht mehr aufhören zu können, wenn sie einmal angefangen hatte. Und dann sagte sie vielleicht mehr, als sie sollte. »Ja, prima Idee.«

Phoenix senkte die Stimme. »Jetzt komm schon, ich freue mich für dich. Und du weißt, ich werde nicht tratschen.«

Ambers Smartphone klingelte. »Gerettet.«

Phoenix verdrehte die Augen und Amber zog das Telefon aus der Tasche.

Auf dem Display blinkte Peppers Name. »Es ist meine Schwester. Ich gehe ins Büro.«

Auf dem Weg dorthin hörte sie das Lachen aus dem Kinderbereich, wo eine Gruppe junger Mütter jeden Freitagnachmittag mit ihren Kleinen nach Büchern stöberte. Beim nächsten Klingeln schloss Amber bereits die Bürotür hinter sich. »Hey, Pepper. Wie geht's?«

»Viel wichtiger ist doch, wie es dir geht. Erst ruft mich Mom an und sagt, ich muss den Alarmknopf neu einstellen. Dann kriege ich per Textnachricht eine Aufforderung von Sable, unbedingt alles an sie weiterzugeben, was du mir womöglich über Dash Pennington erzählst. Und gestern Abend schreibt Brindle plötzlich *Amber-Alarm* und dass du dir den superheißen Film anschauen willst, den sie und Trace dauernd gucken. Ich habe recherchiert. Der Film hat offenbar deutliche Schwächen, aber atemberaubende Sexszenen.«

Amber musste erst einmal verdauen, was sie da hörte. Und eines machte sie besonders stutzig. »Du verrätst Sable meine Geheimnisse? Okay, ihr seid Zwillinge, aber ich habe dir immer vertraut.«

»Spürst du, wie ich gerade die Augen verdrehe? Ich würde weder ihr noch sonst jemandem jemals etwas verraten, was du mir im Vertrauen sagst. Ehrenwort.«

»Gut. Weil ich dir nämlich jetzt ein Geheimnis anvertraue. Ich werde Brindle umbringen und es aussehen lassen wie einen Unfall. Weshalb schickt sie dir einen Amber-Alarm? Normalerweise kriegen so was nur Lindsay oder Trixie.« Brindle hatte den Ausdruck erfunden, als sie und ihre Freundinnen auf die Idee gekommen waren, Amber das Flirten beizubringen. Normalerweise begannen so die Hilferufe, wenn eine von ihnen glaubte, Amber wieder einmal in Sachen Männer und Dates unterstützen zu müssen.

»Weil sie weiß, dass du mir Dinge sagst, die kein anderer erfährt.«

Amber ging nervös auf und ab. »Und woher weiß sie das?«

»Weil kein Mensch immer alles für sich behält. Und weil alle mich in ihre Geheimnisse einweihen. Ich bin nun mal die einzige Vertrauenswürdige von uns.«

»Hey! Ich kann auch Dinge für mich behalten.« Durch die Glasscheibe schaute sie hinaus zu den jungen Müttern. Sie träumte schon von dem Tag, an dem sie auch zu so einer Gruppe gehören konnte. »Was weißt du denn über Gracie? Versuchen sie und Reed schon, schwanger zu werden?«

Pepper lachte. »Das hast du mich jetzt nicht im Ernst gefragt!«

Amber seufzte. »Okay. Vergiss es.«

»Können wir uns über die Signalkette unterhalten? Gibt es Probleme damit?«

»Mom hat dir nicht gesagt, weshalb sie meint, dass du sie anders einstellen musst?«

»Nein. Sie hat nur gesagt, der Alarmknopf sollte nicht ganz so empfindlich sein. Aber das könnte schwierig werden, denn auch Reno muss ihn betätigen können.«

Von ihrer Mutter wusste Amber von Dashs Bemühungen, jeden Tratsch im Keim zu ersticken, und sie war froh, dass auch ihre Mom die Details für sich behielt.

»Sitzt du gerade?«

»Sollte ich?«

»Besser wär's.« Amber erzählte ihr davon, wie sie Dash kennengelernt hatte und wie sie zusammengekommen waren. Inklusive Krankenwagenfiasko.

»Oh, Amber. Das tut mir wirklich leid. Aber es klingt, als hätte Dash es ganz gut verkraftet und super reagiert. Dass jemand verhindern konnte, dass in unserer Stadt getratscht wird, hatten wir noch nie.«

Amber setzte sich an ihren Schreibtisch. »Ja, stimmt. Aber alle Tratschtanten hier himmeln ihn an, also …«

»Du offenbar auch.«

»Oh ja.« Sie erzählte ihrer Schwester, was sie von Dash über ihn und seine Familie erfahren hatte und was in den letzten paar Tagen passiert war. »Einen Moment lang habe ich geglaubt, er möchte mich zu einem erotischen Videoanruf überreden. Ich war so nervös, dass sogar Reno es gespürt hat.«

»Oh mein Gott, Amber. Ich wäre auch nervös gewesen. Und? Ist es dazu gekommen?«

»Nein. Aber, bitte, denk jetzt nicht schlecht von mir – ein Teil von mir wollte es gerne.«

»Ich höre wohl nicht richtig. Der Kerl hat dir wirklich den Kopf verdreht. Und weshalb ist es doch nicht passiert?«

»Weil Dash gemerkt hat, wie nervös ich war, und mich gefragt hat, ob alles in Ordnung ist. Mir war das erst ziemlich peinlich. Aber dann ist mir eingefallen, dass er sich über Epilepsie informiert hat. Er wollte eben Rücksicht nehmen und mir das Leben nicht unnötig schwer machen. Und weißt du, was er dann gesagt hat?« Sie ließ Pepper keine Zeit für eine Antwort. »Er hat gesagt, Reden wäre genug. Und *ich* würde ihm vollkommen genügen.« Allein die Erinnerung daran berührte sie tief.

»Oh, Amber. Ich glaube, ich verliere gerade mein Herz an diesen Mann.«

»Ich bitte dich. Du würdest nie einen Sportler daten.«

»Bei einem wie Dash könnte ich vielleicht eine Ausnahme machen.«

»Finger weg, Schwesterherz. Das ist meiner.«

»Du gieriges kleines Ding«, scherzte Pepper. »Aber lass mich ehrlich sein. Im ersten Moment hatte ich ein bisschen Angst, dass du gerade einem Promi auf den Leim gehst. So wie es vielen passiert. Aber Mistkerle kümmern sich nicht rührend um ihre Geschwister und schreiben auch keine Briefe von Hand. Und sie stellen definitiv keine Recherchen über die gesundheitlichen Herausforderungen einer Frau an, die sie gerade mal zehn Minuten kennen.« Sie seufzte. »Und dann das, was er bei dem Videotelefonat zu dir gesagt hat? Amber, das klingt, als wäre er wirklich etwas Besonderes.«

»Das ist er. Aber es ist alles noch ganz frisch und auf jeden Fall riskant. Er ist kontaktfreudig, charismatisch und die Frauen laufen ihm in Scharen hinterher. Und ich bin ich.«

»Du bist auch kontaktfreudig und charismatisch. Nur eben leiser. Die Männer interessieren sich für dich, aber du lässt sie links liegen.«

Amber erhob keinen Widerspruch, denn Pepper gehörte genau wie ihre anderen Geschwister zu ihren größten Fans. Umgekehrt war es genauso. »Kann schon sein. Aber dass er und ich sehr verschieden sind, ist nun mal eine Tatsache. Er ist ein Ex-Footballstar und Bestsellerautor, ein Motivationsredner, der ständig unterwegs ist. Und ich bin ein Bücherwurm, der Virginia nur verlässt, wenn es gar nicht anders geht.«

»Das muss ja nicht so bleiben. Mit der richtigen Begleitung findest du vielleicht auch Spaß am Reisen.«

»Vielleicht. Aber will ich wirklich so oft und so viel unterwegs sein wie er? Im Augenblick ist er in L. A. und findet es furchtbar anstrengend. Mit so was komme ich nicht klar, das weißt du. Meine Epilepsie ist mir da im Weg.«

»Du hast seit Jahren keinen Anfall gehabt.«

»Stimmt. Aber wir wissen, was einen auslösen kann. Und Erschöpfung steht ziemlich weit oben auf der Liste. Das wird mich zwar nicht abhalten, mit ihm zusammen zu sein, aber ich kenne die Stolpersteine und weiß, dass du meine Sorge verstehst.«

»Das tue ich. Trotzdem bin ich froh, dass du dich von dieser Sorge nicht einschüchtern lässt. Denn für mich hört es sich an, als hättet ihr trotz aller Unterschiede auch einiges gemeinsam. Wenn er dir jetzt schon so wichtig ist, hättest du Brindle ruhig von ihm erzählen können. Dass du Sable nichts sagst, verstehe ich. Sie würde ihm alles Mögliche androhen. Aber Brindle würde dir schlimmstenfalls Mut machen und dich drängen, ihm eine Chance zu geben.«

»Ich erzähle es ihr. Allerdings will Brindle vor allem, dass ich glücklich bin und Spaß habe, während du alles gründlich analysierst. Du siehst das Gute, das Schlechte und die möglichen Hindernisse. Und du sagst mir unverblümt deine Meinung. Das brauche ich.«

»Ich bin also die Spaßbremse?« Pepper lachte.

»Nein. Du bist die Realistin, die mir beigebracht hat, mit meinem Herzen vorsichtig umzugehen. Und ich habe dich ganz furchtbar lieb. Außerdem wirst du immer die Schwester mit der tollsten Figur unter ihren Klamotten sein.«

»Und du immer die mit dem tollsten Hintern«, konterte Pepper. Vor langer Zeit hatten alle Montgomery-Schwestern bei einem ausgelassenen Mädelsabend ihre Vorzüge diskutiert. Und am Ende einstimmig festgestellt, dass Pepper die beste Figur hatte, Amber den besten Hintern, Grace die besten Beine,

Morgyn die besten Lippen, Augen und Hüften und Brindle die besten Brüste. Axsel lief außer Konkurrenz. Er war von der Natur sowieso reichlich beschenkt.

Es klopfte an der Bürotür, dann steckte Phoenix den Kopf herein. »Sorry, aber das hier wurde gerade für dich abgegeben.« Sie stellte ein Päckchen auf den Schreibtisch und ging zurück in den Laden.

»Danke.«

Phoenix winkte und schloss die Tür hinter sich.

»Ich schalte kurz auf Lautsprecher, Pepper.« Amber legte das Telefon beiseite, drückte auf das Lautsprechersymbol und öffnete das Päckchen. »Wo waren wir gerade?«

»Bei deinem Traumhintern.«

»Haha.« Amber nahm die an einem Styroporbehälter befestigte Karte mit dem *Just-Desserts*-Logo aus der Schachtel und las, was darauf geschrieben stand. *Freue mich darauf, mit dir die überarbeiteten Textstellen durchzugehen. Dash.* »Ich packe gerade ein Überraschungsgeschenk von Dash aus. Seine Schwester moderiert *Just Desserts*. Sieht aus, als hätte er mir von ihr etwas schicken lassen.«

»Es scheint ihm wirklich ernst zu sein mit dir.«

»Langsam glaube ich das auch!« Ganz kribbelig vor Neugier nahm Amber den Styropordeckel ab und entfernte die darunterliegenden Kühlelemente. Ihr entfuhr ein kleiner Freudenschrei. »Es ist eine Tiramisu-Crêpe-Torte!«

»Okay, das reicht. Ich fange sofort mit dem Bau einer Klonmaschine an.«

Amber lehnte sich auf ihrem Schreibtischstuhl zurück und strahlte übers ganze Gesicht. Selbst eine brillante Wissenschaftlerin wie ihre Schwester konnte all die wunderbaren Eigenschaften des Mannes nicht klonen, der ihr Stückchen für Stückchen das Herz stahl.

Zehn

Die Vorfreude auf das Wiedersehen mit Amber hatte den siebenstündigen Flug für Dash erträglicher gemacht. Eigentlich hatte er keinen Hang zum Kitsch. Aber als er am Samstagabend die Buchhandlung StoryTime betrat, hätte er bei Ambers Anblick am liebsten Achtziger-Musik einspielen lassen. Er stellte sich vor, wie sie sich wie in einer Filmszene zu ihm umwandte, wie ein strahlendes Lächeln auf ihre Züge trat und ihr vielleicht sogar ein Buch aus den Fingern glitt, bevor sie in seine Arme rannte.

Und das nach nur zwei Nächten ohne sie.

Er war definitiv dabei, den Verstand zu verlieren.

In ihrem roten Kleid mit dem Blumenmuster und ihren cremefarbenen Cowgirlstiefeln sah Amber wieder absolut umwerfend aus. Sie beriet gerade eine Kundin und hatte ihn noch nicht bemerkt.

Dash stellte sein romantisches Kopfkino ab und spazierte ins Geschäft. Reno lag im Hundebett neben der Kasse, Phoenix war mit einer jungen Mutter und ihrem Kleinen auf dem Weg zum Kinderbereich, ein paar andere Kunden schmökerten zwischen den Regalen und auf den Sofas.

Amber hob den Kopf, entdeckte ihn und stand eine Sekunde lang ganz still. Dann wurde das Lächeln auf ihrem schönen Gesicht immer breiter. »Dash«, fiel es atemlos von ihren Lippen, und sein Herz begann zu jagen. Er konnte seine Aufregung nicht verbergen. Vermutlich stand er da wie ein viel zu groß geratenes Kind, das in einem Bonbonladen seine Lieblingsleckereien entdeckt hatte. Er zwinkerte ihr zu.

»Ich …« Sie hob einen Zeigefinger in die Höhe und drehte sich noch einmal zu der Kundin. Dann war sein Moment gekommen. Als hätte sie seine Gedanken gelesen, machte sie ein paar schnelle Schritte auf ihn zu und fing beinahe an zu rennen. Doch dann hielt sie inne und schaute sich nervös um.

Sie war so verdammt süß, dass er sie in seine Arme reißen und verschlingen wollte. Doch ihre pinkfarbenen Wangen hielten ihn davon ab. »Guten Abend, Ms. Montgomery. Es freut mich sehr, Sie wiederzusehen.«

»Hi. Ganz meinerseits.« Verlangen tanzte in ihren Augen, die Luft zwischen ihnen knisterte vor Hitze, und er fragte sich, weshalb das Geschäft nicht einfach in Flammen aufging. Ambers Brust hob und senkte sich mit jedem schweren Atemzug, und sie hatte sichtbar Mühe, sich zurückzuhalten. »Wie war der Flug?«

»Viel zu lang.« Er beugte sich näher, atmete ihren vertrauten femininen Duft ein, und seine Hände zuckten vor Sehnsucht, sie anzufassen. Er senkte die Stimme, sodass nur sie ihn hören konnte. »Ich muss dich küssen.«

»Oh!« Ihre Freude war unübersehbar. »Ja, das haben wir heute reinbekommen«, sagte sie laut. »Sollen wir in mein Büro gehen und ich zeige es Ihnen?«

Geniale Idee, meine Süße. »Ich bitte darum.«

Dash folgte ihr eilig zum Büro. Der wissende Blick, den Phoenix ihnen zuwarf, als er die Tür hinter sich schloss, entging ihm nicht. Amber ließ die Jalousie an der Glasscheibe herunter. Kaum hatte sie die Schnur losgelassen, da riss er sie in seine Arme und nahm gierig ihren herrlichen Mund in Besitz. Er fachte die Glut neu an, die in den vergangenen Tagen immer weitergeschwelt hatte. In den letzten zwei Nächten hatten sie stundenlang geredet und geflirtet. Je mehr Amber von sich erzählte und von sich preisgab, desto tiefer wurden seine Gefühle für sie. Am liebsten hätte er sie die ganze Nacht lang am Telefon behalten, nur um ihre Stimme zu hören und ihr süßes Gesicht zu sehen. Doch Erschöpfung war ihr Feind, das wusste er und hatte darauf verzichtet. Nach Küssen wie jetzt hatte er sich trotzdem in jeder Sekunde gesehnt.

Er hielt nur lange genug inne, um ihr die Signalkette mit dem Alarmknopf abzunehmen und auf den Schreibtisch zu legen. Dann prallten ihre Münder wieder aufeinander und ihre Küsse wurden noch intensiver. Die sexy Laute, die Amber ausstieß, drangen tief in sein Herz. Und auch weiter südlich gab es heftige Reaktionen. Die spätabendlichen Videoanrufe waren nicht von der sinnlichen Sorte gewesen, hatten sich aber fast noch intimer angefühlt. Sie hatten bewirkt, dass er noch mehr von ihr wollte. *Alles* von ihr. Die Art, wie sie ihn jetzt mit ihrem ganzen Körper küsste, sich an ihn drängte und an ihm rieb, machten Zurückhaltung absolut unmöglich. Seine Hände waren überall zugleich, packten ihren Hintern, streichelten ihren Rücken, griffen in ihr Haar. Gott, er liebte dieses Haar. Er vergrub die Finger darin und riss seinen Mund von ihr los, um ihr in die lusterfüllten Augen schauen zu können. »Wie kann man jemanden so sehr vermissen?«

Sie blinzelte heftig, krallte sich an ihm fest und schüttelte den Kopf, als könnte auch sie das nicht verstehen. Dann zog sie seinen Mund zurück zu ihrem und jeder Gedanke an ein Wie und Warum war wie weggeblasen. Er hatte alles an ihr vermisst. Ihren Duft, ihre Berührungen, die Art, wie sie sich an ihm festklammerte, als könnte sie nicht genug kriegen. Er drückte sie mit dem Rücken gegen die Wand. Ihre Münder verschmolzen miteinander. Hungrig küsste er sie, presste sich an sie und rieb durch das dünne Kleid hindurch ihre Brust. Ihr Nippel wurde unter seiner Handfläche fest wie ein kleiner Kieselstein und aus seiner Kehle stieg ein knurrender Laut. Offenbar gefiel ihr das, denn sie reckte sich ihm entgegen. Er war so verdammt hart, fühlte sich wie ein Vulkan kurz vor dem Ausbruch. Dabei wusste er genau, dass er sich im Griff behalten musste. Schließlich waren sie in Ambers Büro. Er konnte sie unmöglich hier auf ihrem Schreibtisch nehmen. Nicht seine süße Amber. Aber, zur Hölle, aufhören war keine Option. Noch nicht. Er brauchte das hier, brauchte sie. Und wenn er ihre sündigen Laute und ihre zuckenden Hüften richtig deutete, brauchte sie ihn genauso sehr.

Normalerweise hatte er sich besser im Griff. Doch nicht nur die Lust trieb ihn an. Ihn trieb die Kraft, die sie gemeinsam entwickelten. Seine Hand fand an ihrem Bein nach unten, schob sich unter ihr Kleid und streichelte ihren Oberschenkel. »Sag, ich soll aufhören«, stieß er an ihren Lippen hervor, und es klang wie ein Befehl.

In ihre Rehaugen trat Entschlossenheit. »Ich will nicht, dass du aufhörst.«

Dass sein süßes Mädchen mehr wollte, und das ausgerechnet hier, war ein überwältigendes Gefühl. Er küsste sie härter, fordernder, und sie erwiderte sein Drängen und öffnete die Beine für ihn. Er schob die Hand in ihre Panties, seine Finger glitten durch ihre Feuchtigkeit, und Gott, er wollte auf die Knie sinken und sie verschlingen. Er spielte mit ihr, entlockte ihr lustvolle Seufzer, die seinen ganzen Körper pulsieren ließen. Sein Daumen umkreiste ihre Klit, ihr Kopf fiel in den Nacken. Ambers Augen waren geschlossen, ihre Haut sanft gerötet. Seine Zunge strich über ihre Unterlippe und ihr Atem stockte. »Ich hoffe, du hast deinen Terminkalender für mich freigeräumt. Ich kann es nämlich nicht erwarten, dich auszuziehen und jeden Quadratzentimeter von dir zu lieben.«

Ihre Augen öffneten sich und füllten sich mit Glut, als er die Finger in ihre enge Hitze drängte. Mit einem harten Kuss fing er ihr lustvolles Stöhnen ein, bewegte die Finger schneller und wurde mit weiteren sexy Lauten belohnt. Sie durchzuckten ihn wie Stromschläge. Ambers Fingernägel gruben sich in seine Arme, ihre Muskeln spannten sich. Mit dem Knie schob er ihre Beine noch weiter auseinander, packte mit der freien Hand ihren Hintern und fand den perfekten Winkel, um die magische Stelle in ihr rhythmisch zu reiben. Sekunden später pulsierte Ambers Mitte um seine Finger, ihre Hüften zuckten wie wild. Verloren in ihrer Lust schluckte er die sinnlichen Seufzer, die sie ausstieß.

Zitternd klammerte sie sich an ihm fest, während der Rausch langsam verebbte, und er nahm sie zärtlich in die Arme. »Du bringst uns in Schwierigkeiten.«

»Ich?« Sie lächelte ihn strahlend an. »*Du* bist ein ganz schlechter Einfluss. So was habe ich noch nie gemacht. Da draußen sind Kunden, und ich bin hier drin und ...«

»Lasse mich von meinem Kerl vernaschen?«

Ihre Wangen färbten sich tiefrot und sie vergrub das Gesicht an seiner Brust. Ein seltsames Kratzgeräusch ließ ihn aufhorchen. »Was ist das?«

Sie neigte den Kopf, lauschte und erschrak. »Oh nein. Das ist Reno.« Sie eilte um ihn herum und öffnete die Tür. Reno trabte herein, sie schloss die Tür, lehnte sich mit dem Rücken dagegen und schnappte nach Luft. »Wie konnte ich nur? Ich habe ihn ausgesperrt!«, japste sie bestürzt.

Dash ging zu ihr. »Ich war hier bei dir. Du warst nicht allein.«

»Schon. Aber …« Sie schluckte.

»Ihn nicht um dich zu haben, beunruhigt dich?« Die Antwort konnte er in ihren Augen lesen und er zog sie in seine Arme. »Ich werde darauf achten, dass das nicht noch mal passiert. Versprochen.«

»*Ich* achte darauf. Ich war so aufgeregt und so glücklich, dich wiederzusehen, dass ich einfach nicht mehr denken konnte.«

»Genau wie ich.« Er küsste sie zärtlich. »Manche Leute würden sagen, das ist gut. Und etwas Besonderes.«

»Ja, das ist es. Aber Reno darüber zu vergessen, macht es auch ein bisschen beängstigend.«

»Dir ist es sehr wichtig, die Kontrolle zu behalten, das habe ich längst gemerkt. Wie kann ich dir dabei helfen?«

Sie zog die Nase kraus. »Sei weniger du, damit ich dich nicht so sehr will.«

Er lockerte seine Umarmung ein kleines bisschen und schaute sie zärtlich an. »Keine Chance, mein Herz. Aber ich werde mich bemühen, dich nur um den Verstand zu bringen, wenn Reno in der Nähe ist. Und wir sollten dabei an einem Ort sein, an dem du dich sicher fühlst. Abgemacht?«

Erleichterung trat in ihren Blick. »Abgemacht.«

»Wunderbar. Schenkst du mir den Rest deines Wochenendes, so wie ich es mir gewünscht habe?«

»Vielleicht«, antwortete sie kokett. »Aber musst du nicht morgen früh mit deinem Harem trainieren?«

»Du stehst immer an allererster Stelle. Mit dem Sport geht es erst am Montag weiter. Ich habe von unterwegs deine Mutter angerufen und sie gebeten, es den anderen mitzuteilen. Und jetzt lasse ich dich zurück an die Arbeit. Sag einfach, dass du später mit mir in JJ's Pub gehst. Dann verschwinde ich und du kannst dich wieder um deine Kundschaft kümmern.«

»Zu JJ? Samstagabends ist sein Pub die reinste Singlebörse.«

»Nur wenn man auf der Suche ist. Wenn nicht, dann findet man in der Gegend keinen besseren Ort zum Tanzen, habe ich mir sagen lassen.« Er zog eine Braue hoch. »Du suchst doch nicht etwa schon Abwechslung? Möchtest du nicht erst mal alles testen, was ich zu bieten habe?«

Ihre Wangen brannten. »Was? Nein. Mir gefällt, was du zu bieten hast. Ich meine, was du zu bieten hast, ist genug. Also …«

Er erlöste sie mit einem langen, zärtlichen Kuss. »Ich weiß, was du sagen willst. Aber ob du's glaubst oder nicht, Baby, wo immer du dein hübsches Gesicht zeigst, sind sowieso alle Singles wie elektrisiert. Bei der Jamsession habe ich genau gesehen, wie die Männer dich abchecken. Und falls du dir wegen mir Sorgen machst, lass dir versichern, dass ich nur dir allein zeigen möchte, was ich sonst noch so draufhabe.«

»Du bist …« Sie lachte leise, doch dann wurde sie ernst. »Wenn man uns dort zusammen sieht, werden die Leute reden.«

»Du willst keinen Rummel und keinen Tratsch, ich weiß. Aber du bist mein Mädchen, und alle, die dir wichtig sind, dürfen das ruhig sehen. Sables Band spielt heute Abend bei JJ und deine Schwestern und dein ganzer Freundeskreis treffen sich gerne dort. Also sind wir in dem Pub genau richtig. Außerdem waren die Leute hier bisher sehr nett zu uns, der Tratsch hat sich auf ein Minimum beschränkt. Es ist gut, wenn deine Schwestern und Freunde uns von nun an öfter zusammen sehen. Dann hast du moralische Unterstützung, wenn ich auf Tour gehen muss.«

Ihr Blick wurde weicher. »Daran hast du wirklich bereits gedacht?«

»Was wäre ich für ein armseliger Tropf, wenn ich nicht überlegen würde, wie ich dich vor den Klatschmäulern schützen kann? Außerdem fühle ich mich wie der größte Glückspilz der Welt. Was soll falsch daran sein, wenn die liebestollen Cowboys wissen, dass du mir gehörst?«

»Nichts.« Sie schlang die Arme um seinen Hals. »Du bist wirklich nicht gut darin zu verhindern, dass ich dich will.«

»Ich betrachte das mal als Pluspunkt.« Er legte die Lippen zu einem zarten Kuss auf ihre und sah hinterher die Sehnsucht in ihrem Blick. Grinsend drückte er ihren Hintern und hob die Brauen. »Wenn du mich weiter so anschaust, kommen wir nie aus diesem Büro raus und werden heute Abend auch sonst nirgendwo hingehen. Außer vielleicht die paar Schritte bis zu deinem Schreibtisch, um gemeinsam zu testen, wie belastbar er ist.«

Wie Amber vermutet hatte, war es in JJ's Pub brechend voll. Auf der Bühne im hinteren Teil spielte Sable mit ihrer Band Surge und aus dem angrenzenden Raum mit dem mechanischen Bullen schallten Anfeuerungsrufe. Überall flirteten selbstbewusste Cowboys mit ausgelassenen Countrygirls. Wie immer samstagabends herrschte hemmungslose Feierlaune. Der Pub gehörte Trixies Bruder Justus, genannt JJ, und Ambers

Schwestern und Freundinnen hatten sie schon oft genug hierhergeschleppt. Doch an manche Dinge würde sie sich vermutlich nie gewöhnen. Wie zum Beispiel daran, dass der bestaussehende Mann von allen hier ganz öffentlich den Arm um sie legte. Sie und Dash zogen sämtliche Blicke auf sich, und langsam fragte sie sich, ob es klug gewesen war, speziell für ihn das cremefarbene Minikleid anzuziehen. Der Rock mit den Rüschen und die Laternenärmel machten es mädchenhaft süß, doch das geschnürte, eng anliegende Oberteil erschien ihr plötzlich viel zu sexy.

Einen Moment lang suchten ihre Fingerspitzen nach Reno, aber sie hatte ihn zu Hause gelassen. Wenn Dash bei ihr war, konnte sie ihrem treuen Helfer die Enge und den Trubel hier ersparen. Sie war noch immer schockiert, dass sie Renos Fehlen vorhin im Büro erst bemerkt hatte, als er an der Tür gekratzt hatte. Offenbar löste Dash mit seinen Küssen in ihrem Gehirn einen Kurzschluss aus. Phoenix hatte sie später damit aufgezogen, dass sie ihren Beschützer ausgesperrt und, als Dash gegangen war, geradezu geglüht hatte. Das hatte Amber ihr aufs Wort geglaubt, denn ihr Körper hatte regelrecht vibriert. Und zwar bis zu der kalten Dusche, unter die sie sich kurz vor diesem Abenddate gestellt hatte.

Dash legte den Arm um sie. »Ist es seltsam für dich, ohne Reno hier zu sein?«

Sie freute sich, dass er so aufmerksam war. »Ein bisschen.«

»Du kannst jederzeit mich streicheln.« Er küsste sie seitlich auf den Hals.

Was für ein verlockendes Angebot.

Auf dem Weg zum Tresen musste Dash immer wieder hinter ihr gehen, weil sonst kein Durchkommen war. JJ schenkte wie üblich eigenhändig ein. Als er Amber entdeckte, stieß er einen Pfiff aus. »Verdammt, Amber. Du siehst brandheiß aus heute Abend. Was ist eigentlich aus meinem Tanz bei der Jamsession geworden?«

»Sorry, ich bin früher gegangen.« Sie und JJ waren gleich alt und seit Ewigkeiten befreundet. Normalerweise tanzten sie bei jeder Jamsession ein- oder zweimal miteinander. Aber Dash hatte sie so durcheinandergebracht, dass sie ziemlich kopflos geflüchtet war.

»Dann beim nächsten Mal.« JJ zwinkerte ihr zu. »Das Übliche? Tiki Spritz?«

»Ja, bitte.« Sie wandte sich um, um ihm Dash vorzustellen. Dash legte einen Arm um sie und streckte JJ die freie Hand hin.

»Dash Pennington. Schön, dich kennenzulernen.«

»Ja, freut mich.« JJ schüttelte ihm die Hand und musterte Amber überrascht. Zu Dash sagte er: »Dass du hier bist, habe ich gehört. Aber nicht, dass du dir ein Date mit der tollsten Frau der Stadt gesichert hast.«

Amber verdrehte die Augen.

»Wir wollten nicht auf dem Tratschradar erscheinen.« Dash zog sie zu einem Kuss an sich, hielt sie danach dicht an seiner Seite und warf JJ ein selbstsicheres Grinsen zu. »Aber von jetzt an wirst du uns hier öfter zusammen sehen.«

»Na dann. Was möchtest du trinken?«

JJ brachte ihnen das Bestellte. Als sie mit den Getränken vom Tresen weggingen, sagte Dash: »Das war er, oder?«

»Das war wer?«

Er zog sie dichter an sich und flüsterte ihr ins Ohr: »Der Junge vom Riesenrad.«

»Was? Wie kannst du das wissen?«

»Ich kenne dich eben schon ein bisschen.« Er drückte ihr einen kleinen Kuss neben das Ohr. »Es hat sich angehört, als wäre der verpasste Tanz nicht euer erster. Das heißt, ihr seid alte Bekannte. Und als er dir gesagt hat, wie heiß du aussiehst, bist du nicht rot geworden, sondern hast die Augen verdreht. Ihr habt also ein vertrautes Verhältnis zueinander. Das könnte daran liegen, dass ihr miteinander aufgewachsen seid. Aber ich vermute, es steckt noch etwas anderes dahinter. Und als ich mich vorgestellt habe, hat er dich angeschaut, als wäre er ein bisschen enttäuscht, dass du ihm noch nichts von mir gesagt hast. Das bedeutet, auch er vertraut dir. Und ich wette, er schaut uns gerade hinterher.«

Amber warf einen schnellen Blick über die Schulter, und tatsächlich, JJ sah direkt zu ihnen herüber. »Das ist verrückt. Wie konntest du all das aus dem kurzen Gespräch herauslesen? Du hast deinen Beruf verfehlt. Du hättest Detektiv oder Hellseher werden sollen.«

»Ich bin derzeit in jeder Hinsicht hellwach, und das liegt an dir, meine Süße. Wegen dir will ich in allem so gut sein wie nur möglich. Mehr wie der alte Dash. Du hättest mich gestern bei meinem Vortrag erleben sollen. Jedes Wort hat gesessen.« Er sprach ganz nahe an ihrem Ohr, seine Stimme war tief und verführerisch. »Ich kann es kaum erwarten, auch im Schlafzimmer von dir inspiriert zu werden.«

Das genügte, und sie stand wieder in Flammen. Der Mann war ein Liebeselixier auf zwei Beinen.

»Und jetzt komm, sexy Lady. Wir suchen uns einen Tisch.«

Aus seinem Mund klangen die Kosenamen so echt und aufrichtig, dass sie sich gleich noch mehr als sein Mädchen und tatsächlich ziemlich sexy fühlte. Auf dem Weg durch das Gedränge trafen sie auf Brindle und Morgyn. Brindle hatte sich mächtig aufgebrezelt – mit Smokey Eyes, zartrosa Lippen, einem figurbetonten schwarzen Top mit tiefem Ausschnitt, hautengen Jeans und kniehohen Lederstiefeln. Amber kannte keine andere Frau, die nach dem ersten Baby noch zehnmal umwerfender aussah als zuvor. Morgyn hatte ihren eigenen sexy Stil. Zu einem magentafarbenen Kleid mit bunten Sprenkeln trug sie eine taillierte graue Jeansjacke mit breitem Kragen und Fransen an den Ärmeln. Ihre Cowgirlstiefel hatte sie eigenhändig mit glitzernden Steinen besetzt. Mehrere Halsketten und das blonde Haar, das ihr in ungezähmten Wellen über die Schultern fiel, rundeten ihren individuellen Look ab. Amber beneidete ihre Schwestern seit jeher darum, wie wohl sie sich in ihrer Haut fühlten.

»Hey, ihr zwei. Wir haben gehört, dass ihr kommt, und uns einen großen Tisch gesichert.« Brindle umarmte Amber und flüsterte ihr ins Ohr: »Nur Freunde, klar. Ich lach mich kaputt.«

Amber warf ihr einen Bitte-mach-mich-nicht-verlegen-Blick zu. Morgyn umarmte sie und erklärte: »Mit dir am Arm ist er noch süßer.«

Langsam hatte Amber das Gefühl, dass ihr mühsam gezügeltes Verlangen nach Dash ihr kleinstes Problem war. Wenn ihre beiden Schwestern zur Höchstform aufliefen, konnte alles Mögliche passieren. »Dash, Brindle und Morgyn kennst du ja.«

»Ja, schön euch wiederzusehen.«

»Wir freuen uns auch«, sagte Morgyn. »Und Graham kann es kaum erwarten, sich endlich mal wieder mit dir zu unterhalten.«

»Er ist hier? Prima.«

»Ja, er sitzt am Tisch. Willst du schon mal zu ihm rübergehen? Wir kommen gleich nach«, schlug Brindle vor, und Amber ahnte, dass ihr ein Verhör bevorstand.

»Dort drüben, bei Trace und Sin.« Brindle zeigte auf den Tisch, an dem sich die Männer niedergelassen hatten.

Dash nahm Ambers Hand und zog sie zu einem Kuss zu sich. »Soll ich dein Glas mitnehmen?«

Eigentlich wollte sie lieber bei ihm bleiben. Aber sie wusste, dass Brindle sich nicht so einfach würde abschütteln lassen. »Gerne.« Sie gab ihm das Glas.

Nach einem weiteren schnellen Kuss nickte er ihren Schwestern zu. »Bis gleich, ihr Lieben.«

Sobald er sich in Bewegung gesetzt hatte, nahmen Brindle und Morgyn sie in die Mitte und steuerten mit ihr zur Tanzfläche.

»Du siehst aus, als hätte er heute schon ein paar süße Schweinereien mit dir angestellt«, stellte Brindle grinsend fest.

»Psst.« Amber schaute sich hektisch um und hoffte, dass niemand etwas mitbekommen hatte.

»Hier hört keiner was«, versicherte ihr Brindle und zog sie weiter. »Aber du hast diesen ganz speziellen verträumten Blick und trägst das Oh-ja-ich-will-es-Kleid, das wir letztes Jahr zusammen gekauft haben.«

»Brindle!« Amber fragte sich inzwischen ernsthaft, weshalb sie sich zu dem Abend bei JJ hatte überreden lassen. Brindle hatte einen siebten Sinn für erotische Schwingungen zwischen zwei Menschen und wusste meist lange vor allen anderen, wer mit wem zusammen war.

Morgyn schob ihre Schwestern lachend die letzten Schritte zur Tanzfläche und begann dort, sich im Takt eines Country-Pop-Hits von Surge zu wiegen. »Sie meint, du siehst schön und glücklich aus. So als würde sich Dash gut um dich kümmern.«

»Habe ich nicht genau das gesagt?« Brindle musterte Amber. »Und, dass dieses Kleid eine Aufforderung ist, dich zu vernaschen. Aber hey, warum auch nicht? Und jetzt komm und schüttle, was du hast. Gib deinem Kerl was zu gucken.«

Amber tanzte nun ebenfalls mit. »Dieses Kleid ist keine Aufforderung, es ist einfach …« Ihre Schwestern warfen sich einen wissenden Blick zu. »Okay, in Ordnung. Ich wollte für ihn heute sexy aussehen. Na und?«

Brindle und Morgyn kreischten ausgelassen auf und umarmten sie.

»Hört schon auf.« Amber stieß die beiden zum Schein entrüstet von sich weg. »Können wir einfach bloß tanzen?«

»Klar. Aber du behauptest immer, du trägst Kleider, weil sie so bequem sind.« Brindle konnte es nicht lassen. »Ich denke, heute Abend wirst du noch rausfinden, welchen weiteren Vorteil so ein Kleidchen hat. Vielleicht müssen wir dich von jetzt an Zugang-leicht-gemacht-Amber nennen.«

»Brindle!« Amber gab ihr einen Klaps auf den Arm, dann lachten sie gemeinsam los.

Beim Tanzen löcherte Brindle Amber mit jeder Menge ziemlich persönlicher Fragen, und Morgyn gab sich alle Mühe, sie durch nettere Formulierungen harmloser klingen zu lassen. So war das schon, seit Amber denken konnte. Brindle preschte vor, Morgyn bemühte sich um Schadensbegrenzung, und dann lachten sie sich gemeinsam halb kaputt. Amber rätselte, wie ein und dasselbe Elternpaar derart unterschiedliche Geschwister großziehen konnte, und wie ihre Schwestern es schafften, sie so schnell von einem emotionalen Extrem ins andere zu stürzen. Aber eingetauscht hätte sie sie für keinen Preis der Welt.

»Dein Kerl wird von sämtlichen Frauen hier abgecheckt. Er hat aber nur Augen für dich.« Brindle tanzte näher. »Komm, heiz ihm ein bisschen ein. Zeig ihm deine Moves.«

Amber schaute verstohlen hinüber zu dem Tisch, an dem Dash saß, und ihre Blicke trafen sich mit der Hitze von tausend Feuern. So wie er sie anschaute, tanzte sie schon sexy genug. Sie wollte sein Verlangen nicht noch schüren, denn sie hatte keinen Schimmer, wie sie mit noch mehr davon klarkommen sollte. Sicher war nur, dass sie endlich wieder bei ihm sein wollte.

»Sorry, ihr zwei, aber ich gehe jetzt an den Tisch.« Gefolgt von ihren Schwestern schob sie sich durch die ausgelassene Gästeschar. Dash verfolgte jede ihrer Bewegungen und in ihrem Kopf hörte sie ihn flüstern: *Du genügst mir vollkommen.*

Er stand auf, nahm ihre Hand und zog sie in seine Arme. »Du warst die atemberaubendste Frau auf der Tanzfläche.«

Von einem wohligen Schauer durchrieselt schob sie sich mit ihm auf die Sitzbank.

»Das kannst du laut sagen«, bestätigte Morgyn und ließ sich neben Graham nieder.

»Dabei musste sie nicht mal speziell für dich besonders sexy den Hintern schwingen«, setzte Brindle hinzu und Amber errötete.

Trace zog Brindle neben sich. »Komm her, Mustang, und lass deine Schwester in Ruhe.«

Dash legte den Arm um Amber und schaute ihr tief in die Augen. »Dass du immer so süß rot wirst, hat mich schon bei unserer ersten Begegnung verzaubert.«

»Du meinst die Begegnung, bei der ich sofort geflüchtet bin? Wirklich ein toller erster Eindruck.«

»Ich fand das herzig und es hatte einen ziemlichen Überraschungseffekt. Dass eine Frau vor ihm wegläuft, war mal was Neues.« Sin zeigte mit dem Daumen auf Dash.

»Sie ist die Herzigste überhaupt.« Dash küsste sie. »Aber nur, dass das klar ist. Sie ist nicht geflüchtet. Sie wollte mich bloß herausfordern.«

»Auch eine Art, die Aufmerksamkeit auf sich zu ziehen. Die eine läuft weg, die andere übergießt einen beim Pinkeln mit

Wasser«, sagte Graham. »Und meint dann, sie hätte dich und deinen Bruder für ein Liebespaar gehalten. Das ist doch mal eine ungewöhnliche Art, seine Zukünftige kennenzulernen.«

Damit sorgte er für Gelächter.

»Als ich das Wasser aus meinem Stiefel geschüttet habe, konnte ich ja nicht ahnen, dass du da stehst«, erwiderte Morgyn. »Außerdem hast du Zev zugezwinkert, als wärt ihr beide zusammen.«

»Du bist einfach ein bisschen zu hübsch«, zog Trace Graham auf.

»Tja, da kann man nichts machen. Aber deshalb hat mein Mädel ja auch ihr Herz an mich verloren.« Graham küsste Morgyn. »Eigentlich müsste ich dir danken, Jericho. Wenn ich mich recht erinnere, konnte ich bei besagtem Musikfestival nur mit Morgyn alleine sein, weil Brindle Sehnsucht nach deinem hässlichen Hintern hatte und gegangen ist.«

Brindle schnappte sich Traces Glas und trank einen Schluck. Sie schaute Graham über den Rand hinweg an. »Offenbar hast du seinen Hintern noch nie aus der Nähe gesehen.«

Graham ließ die Brauen tanzen. »Bist du sicher?«

Sie alberten weiter herum, erzählten lustige Geschichten, und es war, als hätte Dash schon immer dazugehört. Er steuerte auch einige witzige Begebenheiten bei, sein Lachen war herzlich und unbeschwert. Und wie schon bei Phoenix’ Auftritt im Lyrics and Lattes lag sein Arm immer um Ambers Schultern oder er flocht die Finger zwischen ihre. Nur dass er sie diesmal dicht an seiner Seite hielt, ihr die süßesten Dinge ins Ohr flüsterte und sie immer wieder küsste. Bislang hatte sie auch hier in JJ’s Pub immer eher am Rand gestanden und zugeschaut, wie ihre Schwestern sich mit ihren Dates amüsierten oder ihre

Freundinnen Männer abschleppten, und sich dabei oft ziemlich fehl am Platz gefühlt. Aber jetzt, wo sie mit dem attraktivsten und aufmerksamsten Mann, der ihr je begegnet war, Händchen hielt, hatte sie endlich das Gefühl dazuzugehören. Und das war das beste Gefühl der Welt.

Dash beugte sich näher und flüsterte: »Bin gleich wieder da, sexy Lady.«

Er küsste sie auf die Wange, und während sie ihm hinterherschaute, korrigierte sie ihren letzten Gedanken. Dazuzugehören war das zweitbeste Gefühl der Welt. Denn wenn sie und Dash alleine waren und sich ineinander verloren, erreichten ihre Gefühle noch ein ganz anderes Level.

»Huhu!« Morgyn wedelte mit der Hand vor Ambers Gesicht herum und riss sie aus ihren Gedanken.

»Sorry. Was hast du gesagt?«

»Dass ich Dash wirklich mag. Sogar noch mehr als bei unserer ersten Begegnung bei der Jamsession. Er ist lustig, lieb und aufmerksam. Und er kann die Augen nicht von dir lassen.«

»Die Hände auch nicht.« Brindle zuckte mit den Brauen.

Amber spürte, wie ihre Wangen heiß wurden. »Er ist wirklich ein Traum von einem Mann.«

»Er ist einer von den Allerbesten«, bestätigte Sin. »Und er hat auch immer sehr auf seinen Ruf geachtet, allein schon wegen seiner Familie. Skandalmeldungen müssen wir also nicht befürchten. Und er ist ganz verrückt nach dir. Als er mir erzählt hat, dass er einen Auftritt in der *Tonight Show* mit Jimmy Fallon hat sausenlassen, wusste ich, dass er es ernst mit dir meint.«

»Wie meinst du das, *sausenlassen*?«, fragte Amber.

»Shea hatte ihn in der Show untergebracht«, erklärte Sin. »Aber für die Aufzeichnung hätte er von L. A. gleich nach New

York fliegen müssen und erst etliche Tage später wieder hierher zurückkommen können.«

»Davon hat er mir gar nichts gesagt. Ich hoffe, er hat sich diese großartige Gelegenheit nicht meinetwegen entgehen lassen.«

»Ich kenne keine einzige andere Frau auf diesem Planeten, die so was sagen würde«, stellte Brindle kopfschüttelnd fest. »Wenn Trace so etwas für mich tun würde, würde ich ihn mit Dankbarkeit von der heißesten Sorte überschütten.«

»Aber ein Auftritt in so einer Show ist eine riesige Sache, Brindle. So was kommt nur einmal im Leben, und ich will nicht, dass er für mich auf solche Chancen verzichtet. Paare sollen sich doch unterstützen und sich helfen voranzukommen. Für mich klingt das, als würde ich ihn bremsen.«

»Nein, tust du nicht. Glaub mir«, widersprach Sin energisch. »Aber Sable vielleicht.«

Sie folgten seinem Blick zu Sable und Dash, die vor der Bühne miteinander redeten.

»Fährt sie gerade die Krallen aus?«, fragte Morgyn.

Amber hoffte, dass Sable Dash nicht in die Flucht schlug. Eigentlich hatte ihre toughe Schwester sie ja ermutigt, sich auf die Sache mit ihm einzulassen, und sich bislang zurückgehalten. Als hätte Dash die Blicke gespürt, schaute er zu ihnen herüber, warf Amber das herzerwärmende Lächeln zu, bei dem es jedes Mal in ihrer Brust flatterte, und hob einen Daumen.

»Entweder Sable stellt sich harmloser, als sie ist ...« Trace nahm seinen Cowboyhut ab, fuhr sich durchs Haar und setzte den Hut wieder auf. »... oder sie will nett sein. Ich würde eher darauf wetten, dass sie sich harmlos stellt.«

Sable ging wieder auf die Bühne und Dash kam quer durch den Raum zurück zum Tisch. In seinen dunklen Augen schimmerte etwas Schelmisches, und Ambers Pulsschlag beschleunigte sich.

»So sieht kein Mann aus, dem gerade gesagt worden ist, er soll sich schleunigst verziehen«, stellte Morgyn fest.

»Warum schaut ihr mich alle so an?«, fragte Dash, als er den Tisch erreichte.

»Wir fragen uns, wie du den scharfen Krallen unserer Beschützerschwester entkommen bist«, antwortete Brindle.

»Sable?« Dash schnaubte. »Die ist ganz schön angriffslustig, aber wir verstehen uns.« Er setzte sich neben Amber und nahm ihre Hand. »Du hast doch nicht etwa geglaubt, sie könnte mich vertreiben?«

»Eigentlich nicht.« Doch was sie gerade von Sin erfahren hatte, machte ihr zu schaffen. »Aber vielleicht sollte ich das tun. Hast du wirklich auf einen Auftritt in der *Tonight Show* verzichtet, um mich schneller wiedersehen zu können?«

Er zog die Brauen hoch und schaute Sin an. Der hob entschuldigend die Hände. »Sorry. Ich wusste nicht, dass das ein Geheimnis ist.«

»War es auch nicht.« Dash drückte Ambers Hand. »Es war einfach nicht der Rede wert.«

»Oh doch, ganz im Gegenteil«, widersprach sie. »Du hättest dir diese einmalige Gelegenheit nicht entgehen lassen sollen, nur um mich zu sehen.«

»Du stellst die Dinge auf den Kopf, mein Herz. Ich habe mir keine einmalige Gelegenheit entgehen lassen.« Er hob ihre ineinander verflochtenen Hände und küsste ihren Handrücken. »Ich habe sie ergriffen.«

Amber spürte, wie sie dahinschmolz, und ihre Schwestern seufzten: »Oooh.«

»Junge, du legst die Messlatte für uns Normalsterbliche ganz schön hoch«, sagte Trace und stieß mit Sin und Graham an.

»Was soll ich sagen? Mein Mädchen ist es wert.« Dash warf Amber ein sexy Grinsen zu. »Und jetzt such keine Probleme, wo keine sind, sondern tanz mit mir.«

Er zog sie hoch. Im selben Augenblick schallte Sables Stimme aus den Lautsprechern. »Das nächste Lied spielen wir auf speziellen Wunsch eines ganz bestimmten Charmeurs, dem sämtliche Frauen der Stadt zu Füßen liegen, für sein einziges und ganz besonderes Mädchen.«

»Das bist du, mein Herz.« Dash küsste Ambers lächelnde Lippen.

»Was hast du denn jetzt wieder angestellt?«

Anstelle einer Antwort führte er sie zur Tanzfläche. Sables Band legte los und stimmte »Wild Thing« an. Amber erstarrte, doch Dash zog sie in seine Arme. »Diesmal läufst du mir nicht davon.«

Ihre Schwestern und deren Männer klatschten und johlten. Brindle rief: »Stille Wasser! Schnapp ihn dir, Amber!«

Die anderen Gäste klatschten mit und machten ihnen auf der Tanzfläche Platz. Dash wirbelte sie herum und zog sie wieder in seine Arme. Mit seinem ansteckenden Lächeln und sexy Funkeln in den Augen sang er den Text laut mit. Amber hätte nicht geglaubt, dass sie ihn noch mehr mögen könnte, als sie es sowieso schon tat. Aber gute Güte, sie hatte sich getäuscht.

Sie standen ganz buchstäblich im Mittelpunkt und er wirbelte sie noch einmal herum. Gelächter brandete auf, als er seine Hand auf seine Brust drückte und dabei schmetterte, dass sie sein Herz zum Singen brachte. Als die nächste Strophe begann und Sable den Text weitersang, stieß er im Takt der Musik eine Faust in die Luft. Dann zog er Amber an sich, hielt sie fest und wiegte sich mit ihr.

»Unglaublich, dass du dir ausgerechnet dieses Lied gewünscht hast. Ich bin alles andere als ein wildes Ding.«

»Du bist *mein* wildes Ding, Baby.«

»Mit dir zusammen bin ich ganz anders, und mir ist das absolut unbegreiflich. Mit dir fühle ich Dinge, die ich noch nie gefühlt habe. Und im Augenblick komme ich mir vor wie eine Ballkönigin.« Sie warf einen verstohlenen Blick auf die vielen Leute, die klatschend und johlend einen Kreis um sie gebildet hatten. »Bis heute war ich ja noch nicht mal zu einem Date hier«, gestand sie ihm atemlos.

»Du hast eben auf mich gewartet.«

Sie schmolz gleich noch ein bisschen mehr. Eigentlich wollte sie ihm sagen, dass er recht hatte. Doch sie brachte kein Wort heraus. Als er dann auch noch an ihrem Mund raunte: »Jetzt kannst du sagen, du hättest in JJ's Pub mit einem Kerl geknutscht«, gewann ihr prall gefülltes Herz die Oberhand über ihre Verlegenheit. Sie erwiderte seinen Kuss, als wären sie ganz allein.

Dash hatte immer geglaubt, es gäbe kein überwältigenderes Gefühl, als zum Most Valuable Player – zum besten Spieler des Jahres – erklärt zu werden. Aber dem Vergleich damit, mit Amber in ihrer Welt zu tanzen und zu spüren, wie sie losließ und ihre Unsicherheiten überwand, hielt keine Auszeichnung stand. Er hatte diesen Abend für sie zu etwas Besonderem machen wollen. Doch erst jetzt, wo die Tanzfläche sich wieder füllte, während sie beide sich weiter in ihrem ganz privaten Takt wiegten, wurde ihm bewusst, wie besonders der Abend tatsächlich war. Das hier war überwältigender und besser als alles, was er bis jetzt erlebt hatte. Es war unbeschreiblich und er wollte noch verdammt viel mehr davon haben. Verdammt viel mehr von ihr.

»Einfach himmlisch«, seufzte sie leise.

»Das finde ich auch.«

»Ich dachte immer, ich wäre nicht für diese Art Leben bestimmt.«

»Ich habe doch gesagt, du hast nur auf mich gewartet.«

Er küsste sie, und als sich ihre Lippen wieder trennten, murmelte sie: »Bring mich nach Hause.«

Das ließ er sich nicht zweimal sagen. In Windeseile verabschiedeten sie sich von Ambers Schwestern und allen anderen und eilten lachend und unter tausend Küssen zu seinem Wagen. An der Beifahrertür fielen sie sich in die Arme. Keiner von ihnen wollte aufhören, doch dann erinnerte er sich plötzlich an den Notfallknopf an ihrer Halskette. Um nichts in der Welt wollte er nochmals einen Alarm auslösen. Widerstrebend riss er sich von ihr los, und schon die kurze Fahrt zu ihr nach Hause war pure Folter. Sie stolperten ins Haus, schälten sich unterwegs aus ihren Jacken, und er warf die Tür mit dem Fuß hinter sich zu. Reno kam angetrabt und begrüßte sie.

»Musst du ihn rauslassen?«, fragte Dash zwischen zwei Küssen.

»Nein. Er hat eine automatische Hundetür. Er kann sich aussuchen, wann er raus will.«

»Dieser Hund ist ein Glückspilz.« Er drückte die Lippen auf Ambers, hob sie hoch und trug sie in ihr Schlafzimmer, ohne den Kuss zu unterbrechen.

Dort stellte er sie auf die Füße, sah die weißen Möbel, die geblümte Bettdecke und die halbtransparenten zartrosa

Vorhänge. Alles durch und durch feminin, genau wie die Frau in seinen Armen.

Er streifte die Schuhe ab und ging auf die Knie, um ihr die Stiefel auszuziehen. Und die hübschen pinkfarbenen Söckchen, die sie darunter trug. Auch er zog sich die Socken aus und richtete sich wieder auf.

»Das hier muss jetzt weg.« Er nahm ihr die Signalkette ab und bemerkte die Halterung am Nachttisch, auf dem ihr Buchclub-Roman lag. Er klipste die Kette in die Halterung und zog Amber in seine Arme. »Wird sie so befestigt, damit Reno den Knopf nachts wenn nötig drücken kann?«

Sie nickte und ihn durchliefen die unterschiedlichsten Empfindungen. Schon die Vorstellung, dass sie einen Anfall haben könnte, machte ihm zu schaffen. Noch schlimmer war der Gedanke, dass er dann vielleicht nicht bei ihr war und ihr beistehen konnte. Der Drang, sie jederzeit beschützen zu können, überlagerte einen Moment lang alle anderen Gefühle. Er versuchte, ihn im Zaum zu halten, und küsste Amber langsam und sinnlich. Dabei öffnete er die Schleife zwischen ihren Brüsten und löste die Bänder ihres Oberteils. Sie zog sein Hemd nach oben und er knöpfte es hastig auf und warf es beiseite. Er liebte den Hunger, mit dem ihr Blick über seine nackte Brust wanderte.

»Hmm. Wenn du mich so anschaust ...« Er küsste die Sommersprossen auf ihrer Schulter und zog die Ärmel des Kleides an ihren Armen nach unten. Das Kleid glitt ihr vom Körper und bauschte sich um ihre Füße. Nackt bis auf ihren hübschen Spitzen-BH und die dazu passenden Panties stand sie vor ihm im Mondlicht, das durch die Gardinen schimmerte. Bewundernd strich er mit den Händen über ihre Seiten, spürte, wie sie eine Gänsehaut überlief, und streifte ihre Lippen mit seinen. »Du bist so verdammt sexy«, flüsterte er.

Er legte seine Geldbörse auf den Nachttisch, stieg aus seinen Jeans und den Boxershorts und küsste sich über die warme Haut ihres Halses. Dann stellte er sich hinter sie, legte ihr das Haar über eine Schulter und küsste sich über ihren Rücken. Dabei öffnete er ihren BH und ließ ihn zu Boden fallen. Er umfasste von hinten ihre Brüste, nahm die Nippel zwischen Finger und Daumen, drückte die Lippen fest an ihren Hals und saugte an der zarten Haut. Amber belohnte ihn mit einem sinnlichen Stöhnen und drängte die Hüften an ihn. Sein Mund verwöhnte ihren Hals und seine Finger spielten mit ihren Nippeln, bis ihr Atem flach und stoßweise ging. Dann strich er mit den Händen über ihren Bauch und küsste sich an ihrem Rückgrat tiefer. Er hakte die Daumen in den Bund ihrer Panties, zog sie ihr an den Beinen nach unten und half ihr herauszusteigen. Sie war absolut atemberaubend mit ihren weiblichen Kurven und ihrer Porzellanhaut. Ganz ohne Eile küsste er sich an der Rückseite ihrer Beine nach oben, widmete ihren Kniekehlen viel Aufmerksamkeit und hörte, wie sie immer wieder scharf und genussvoll die Luft einsog. Er küsste sich höher, streichelte ihren Hintern und schob eine Hand zwischen ihre Beine. Seine Finger spielten mit ihrer Feuchtigkeit, während er die verlockenden Wölbungen ihres Hinterns mit zärtlichen, feuchten Küssen verwöhnte. Als Amber sich ihm stöhnend entgegenreckte, tauchte er die Finger in sie ein.

»Oooh.«

»Hmmm. Mein Mädchen mag das.« Er ließ sich Zeit, küsste sie und spielte mit ihr, bis ihre Muskeln sich spannten und ein Zittern sie durchlief.

»Dash«, seufzte sie flehentlich.

»Ich bin bei dir, Baby.« Er küsste sich an ihrem Rücken

hinauf und drückte seine Härte an ihre weichen Kurven. Sie antwortete mit sinnlichen, drängenden Lauten. Durch ihren Rücken hindurch spürte er ihr Herzklopfen und auch sein Herz schlug immer schneller. Er blieb hinter ihr, schob seinen Schaft zwischen ihre Beine und rieb sich an ihr. Dabei streichelte er mit einer Hand ihre Klit, mit der anderen ihre Brust.

»Drück die Schenkel zusammen, Baby.« Sie tat ihm den Gefallen und er bewegte sich rhythmisch. »Komm auf mir, bevor ich dich liebe.«

»Oh mein …«, stöhnte sie.

Er streifte mit den Zähnen ihre Schulter. »Willst du das lieber nicht?«

»Ich will es viel zu sehr.«

Gerne hätte er ihr gesagt, dass es *zu sehr* gar nicht gab. Aber er wusste von ihrem Bedürfnis, immer und überall die Kontrolle zu behalten. »Soll ich lieber aufhören?«

»Wag es bloß nicht.« Sie packte seine Handgelenke und hielt seine Hände dort fest, wo sie waren.

Er lächelte an ihrem Nacken. »Mein süßes wildes Ding.« Er rieb seine Härte an ihrer Mitte, spürte, wie ihre Muskeln zitterten und ihr Atem schneller ging. Sie griff hinter sich und packte ihn an den Hüften. Seine Finger spielten mit ihrer Klit, mit der anderen Hand rieb und drückte er einen Nippel. Sie krallte die Hände in seinen Arm, ihr Kopf fiel an seine Schulter.

»Ja, mein Herz. Lass dich fallen, ich halte dich fest.«

Er stieß härter, grub die Zähne in ihre Schulter und sie hob sich auf die Zehenspitzen.

»Drück mich mit deinen Schenkeln.« Sie presste die zitternden Beine zusammen. Fest. »Oh ja, Baby. Genau so.«

»Dash … *Dash!*«, flog es von ihren Lippen.

Mit zuckenden Hüften erwiderte sie seine Stöße, kam und

schrie dabei auf. Er spürte, wie ihre Beine nachgaben und schlang einen Arm um sie. Während sie seine Länge ritt, streichelte und rieb er sie weiter. Sein Verlangen drohte, ihn zu überwältigen, und er kämpfte gegen den Drang an, sie übers Bett zu beugen und in sie hineinzustoßen. Doch er wollte, musste ihr ins Gesicht sehen, sie festhalten und ihr so nahe sein wie nur möglich. Sie ganz und gar in Besitz nehmen. Als sie bebend in seinen Armen lag, drehte er sie zu sich um und küsste sie atemlos.

Ihr Blick war verschleiert und voller Lust. »Das war eine Explosion. Ein Feuerwerk.«

»Dann wird es Zeit für die Zugabe.«

Behutsam legte er sich mit ihr aufs Bett und genoss das Gefühl ihrer Weichheit unter sich, während ihre Lippen erneut zueinanderfanden. Er küsste sie gierig, und sie rieben sich stöhnend aneinander, wollten mehr. Sie erwiderte seine Küsse mit allem, was sie war und hatte. Dabei klammerte sie sich an seine Arme, als wollte sie in den Kokon ihrer gemeinsamen Leidenschaft steigen und niemals wieder herauskommen. Und verdammt, genau das wollte er auch. Je länger sie sich küssten, desto mehr verlor er sich in ihr. Sie war eine berauschende Mischung aus süßer Unschuld und Unersättlichkeit. Er wollte nicht aufhören, sie zu küssen, aber er brauchte mehr, wollte spüren, wie sie ihn umschlang, und in ihnen beiden verschwinden. Seine Lust war so groß, dass es wehtat, und bald hatte er keine andere Wahl, als den Mund von ihr loszureißen.

»Ich brauche dich, Baby.« Der unstillbare Wunsch, sie weiter zu schmecken, zog ihn zurück zu ihren Lippen. Er küsste sie tief und besitzergreifend und wünschte sich, ein Kondom würde wie von Zauberhand dort erscheinen, wo es gebraucht wurde. Aber gezaubert wurde nur in Märchen, und sie beide waren so real wie das Blut, das durch seine Adern rauschte.

Widerstrebend machte er sich von ihr los, zischte einen ungeduldigen Fluch und tastete nach seiner Geldbörse. Er hörte Amber kichern, fand das Kondom und ging auf die Knie, um es sich überzuziehen. Sie beobachtete ihn gebannt, ihre Zunge huschte lustvoll über ihre Lippen. Großer Gott. Er wollte in ihrem Mund, aber auch tief in ihr vergraben sein. Sie war ein Festival der Sinnlichkeit, und er wollte nichts davon verpassen. Die Sehnsucht nach ihrem Mund hob er sich für ein andermal auf, denn wenn er sie nicht sehr bald lieben konnte, würde er seinen verdammten Verstand verlieren.

Nach diesem Augenblick sehnte er sich schon seit ihrem ersten Kuss, und er dachte an alles, was er ihr sagen wollte, damit sie wusste, dass das hier für ihn genauso einzigartig war wie für sie. Doch als er sich auf sie legte, überwältigte ihn die Verbindung aus Vertrauen und Leidenschaft in ihren Augen, und er brachte kein Wort heraus.

Sie reckte sich ihm entgegen. Ihre Münder verschmolzen zu einem langsamen, sinnlichen Kuss, während ihre Körper zusammenkamen. Der Moment war so perfekt, dass sie beide innehielten. Stumme Sekunden pulsierten zwischen ihnen, kündigten wie mit Trommeln die überwältigenden Gefühle an, die sie beide packten, als sie sich in die Augen schauten und ihre Empfindungen sie umschlangen wie Ketten, die er niemals zerreißen wollte. Einen Herzschlag später überließen sie sich dem Sog, ihre Münder prallten aufeinander, ihre Körper übernahmen das Kommando. Bald wurden ihre Küsse fieberhaft und ihre Zungen umtanzten einander hart und drängend. Amber zog die Knie an und er packte ihren Hintern, hob sie ein wenig hoch und stieß tiefer in sie hinein. Die Muskeln in ihrem Inneren hielten ihn bei jedem Stoß so exquisit fest, dass er bereits um Kontrolle rang. *Fuck.* Diese Frau hatte die Macht, ihn fertigzumachen und gleichzeitig zu einem vollständigen Ganzen werden zu lassen. Er hätte nie geglaubt, dass so etwas möglich war.

Als sie sich in seinen Rücken krallte, heizte die betörende Kombination aus Schmerz und Lust ihm noch zusätzlich ein. Er bewegte sich schneller, sie schnappte nach Luft und ließ stöhnend den Kopf zurückfallen. Er nahm ihren Hals mit seinem Mund in Besitz. Bei jedem Saugen stöhnte sie wohlig auf. »Mach weiter … Mehr … Ja!« Er hob ihre Knie noch etwas höher, liebte sie härter, schneller. Ihre schweißbedeckten Körper fanden ihren eigenen Rhythmus. Sie drückte die Augen zu und sein Name kam voll drängender Leidenschaft über ihre Lippen. Ihre Nägel gruben sich tief in sein Fleisch, jagten ihm Hitzewellen über den Rücken und brachten ihn um den letzten Rest von Beherrschung. Katapultierten ihn in eine Welt voller Ekstase und Amber, die er niemals wieder verlassen wollte.

Elf

Sonnenlicht strömte durch die Gardinen von Ambers Schlafzimmer und fiel auf ihre geschlossenen Lider. Sie lag ganz still und sog im Halbschlaf Dashs Wärme in sich auf. Er hielt sie umschlungen, das Haar auf seiner Brust und an seinen Beinen kitzelte ihre Haut. Einer seiner Arme lag unter ihrem Kopf, den anderen hatte er über ihre Taille gelegt und hielt mit der Hand ihre nackte Brust umfasst. Schon wurde sie ein wenig wacher und Hitze breitete sich in ihr aus. Gefolgt von weiteren prickelnden Empfindungen. Sie spürte seine heiße Härte an ihrem Hintern, sein warmer Atem strich über ihren Hals und ihre Wange. Noch nie zuvor war sie mit einem Mann in ihrem Bett aufgewacht und es machte sie ein bisschen nervös. Nicht dass sie Dash nicht bei sich haben wollte, ganz im Gegenteil. Sie wollte nicht, dass er je wieder ging. Aber sie musste dringend pinkeln und dafür zum Badezimmer spazieren. Nackt!

Ihr Pulsschlag beschleunigte sich. Nach allem, was sie in der vergangenen Nacht getan hatten, durfte sie das eigentlich nicht nervös machen. Schließlich hatte Dash es sich zur Aufgabe gemacht, alle Stellen zu erkunden, an denen sie gerne geküsst und berührt werden wollte. Und er war dabei wirklich gründlich vorgegangen. Wie oft hatten sie sich geliebt? Zweimal?

Dreimal? Die Nacht war ein wolkiges Gemenge aus unbeschreiblich schönen, überwältigenden Gefühlen gewesen. Aber eben im Dunkeln.

»Guten Morgen, wildes Ding.«

Diesem Spitznamen hatte sie inzwischen tatsächlich alle Ehre gemacht. Bislang war sie nie auch nur das kleinste bisschen wild gewesen. Aber bei Dash fühlte sie sich sicher und einzigartig, und mit ihm war sie es gerne. »Morgen.«

Er küsste sie auf die Schulter, umfing sie mit jedem harten Quadratzentimeter seines Körpers. Verlangen breitete sich in ihr aus und vertrieb den letzten Rest Schläfrigkeit, obwohl sie ihre müden Muskeln spürte. Und das selbst an Stellen, an denen sie bislang nie Muskeln vermutet hatte.

Dash drehte sie auf den Rücken, seine Erregung streifte dabei verführerisch ihre Hüfte. Er grinste sie an wie der große böse Wolf, sein hungriger Blick wanderte über ihr Gesicht und sie wurde verlegen. Sie stellte sich ihr verwischtes Augen-Make-up und ihr zum Vogelnest zerzaustes Haar vor, während er mit dem fotogen verwuschelten Haar, den sexy Stoppeln und der leicht sonnengebräunten Haut aussah, als wäre er geradewegs von den Hochglanzseiten von Men's Health spaziert.

Er streichelte ihre Wange und sein Blick wurde noch wärmer. »Wie kannst du bloß schon beim Aufwachen so schön sein?«

Sie verdrehte die Augen. »Wie kannst du bloß so schamlos lügen?«

»Lügen?« Er kitzelte sie zwischen den Rippen. Sie kreischte auf und zappelte. Doch sie war unter seinem Körper gefangen.

»Hör auf«, flehte sie lachend. »Ich muss dringend pinkeln.«

Er zwickte sie mit den Zähnen in den Hals, seine Finger schwebten zum Kitzeln bereit über ihr. »Nimm das zurück, sonst verwandeln wir deine Matratze in ein Wasserbett.«

»Ich nehme es zurück«, stieß sie hektisch hervor. Er küsste sie und sie mussten beide lachen. Seine Brust streifte ihre und sandte damit prickelnde Signale in jeden Winkel ihres Körpers.

»Du bist einfach wunderschön, Amber. Morgens, mittags, und bei Nacht sowieso.« Seine Miene wurde ernst. »Mein Vater hat uns alle belogen. Schon lange, bevor er gegangen ist. Das würde ich dir niemals antun. Okay?«

»Okay«, antwortete sie sanft. Sie wollte sich lieber nicht ausmalen, wie tief ihn die Lügen seines Vaters verletzt hatten.

Er küsste sie. »Gut. Geh aufs Klo, und dann komm schnell zurück, damit ich dich verschlingen kann.«

Vor lauter Vorfreude überlief sie ein wohliger Schauer. Sie setzte sich auf, zog das Laken um sich und schwang die Beine über die Bettkante. Etwas ratlos betrachtete sie die auf dem Fußboden verstreuten Kleider. Nicht einmal sein Hemd konnte sie erreichen, um es sich überzuziehen.

Als könnte er ihre Gedanken lesen, sagte er: »Du musst deine Schönheit nicht verstecken, mein Herz. Ich kenne schon jeden Quadratzentimeter davon sehr genau.«

Sie spürte, wie ihre Wangen vor Verlegenheit glühten. »Vielleicht bist du es gewohnt, mit nackten Frauen aufzuwachen. Aber ich bin es nicht gewohnt, den Tag mit einem Mann im Bett zu beginnen. Weder nackt noch sonst irgendwie.«

Er schob sich neben sie, war sichtlich halb erregt und fühlte sich so offensichtlich wohl in seiner Haut, dass sie ein bisschen neidisch wurde. »Ich bin es nicht gewohnt, mit Frauen aufzuwachen. Von Schlummerpartys habe ich nie viel gehalten. Okay, ich war kein Heiliger. Aber ich habe immer auf meinen Ruf geachtet. Meine Mutter und meine Schwestern sollten sich nicht mit Gerüchten über einen Playboy-Sohn oder -Bruder herumschlagen müssen.«

»Weshalb hast du mich dann gebeten, mir für heute nichts vorzunehmen?« Noch bevor die Frage heraus war, kannte sie die Antwort. Sie hatten beide dieselben Gründe. Auch sie hatte die vergangene Nacht nicht einfach passieren lassen, sondern es genau so gewollt.

»Weil, wie ich schon gesagt habe, mit dir alles anders ist. Mit dir will ich mehr Zeit verbringen, nicht weniger. Wir haben nur diese eine Woche, bevor ich zu meiner Buchtour aufbrechen muss. Und ich will keine Sekunde davon vergeuden.«

Sie spürte, wie sich Traurigkeit in ihr einnisten wollte. Der Gedanke, dass er wegmusste, tat weh. Aber es war nun mal nicht zu ändern. Auch sie wollte keine Sekunde ihrer gemeinsamen Zeit verplempern, sondern sich mit Haut und Haaren den Gefühlen überlassen, die er in ihr auslöste. Das Laken an die Brust gedrückt stand sie auf und warf einen Blick über die Schulter. Er schaute sie an, als wäre sie sein Alles. Sie wollte sich bedenkenlos fallenlassen wie in der vergangenen Nacht, doch sie war nicht naiv. Vielleicht änderte sich schon nächste Woche alles wieder, vielleicht hatten sie wirklich nur diese kurze gemeinsame Zeit. Diese Vorstellung machte sie beklommen. Dash war so liebevoll und warm, so aufmerksam und lustig. Wenn auch ein bisschen bestimmender und zupackender, als sie es gewohnt war. Aber sie mochte ihn. Sehr sogar. Mit ihm fühlte sie sich sicher und begehrt und auch deutlich wohler in ihrer Haut als je zuvor. Und dieses Glückswunder wollte sie auskosten, selbst wenn es womöglich bloß von kurzer Dauer war. Falls für sie beide nur ein paar wenige Tage in den Sternen standen, wollte sie einfach das Beste daraus machen, in diese Zeit eintauchen und sie genießen, solange es ging. Ihre Schwestern würden ihr ganz sicher beistehen, wenn danach ihr

Herz zerriss.

Sie nahm all ihren Mut zusammen, ließ das Laken fallen und ging nackt Richtung Badezimmer.

Er stieß einen Pfiff aus. »Verdammt, Baby. Bester Hintern, das stimmt eindeutig.«

Sie fuhr mit offenem Mund zu ihm herum. »Wer hat dir das gesagt?«

»Ich berufe mich auf mein Recht zu schweigen.«

»Herrje. Brindle!«

»Sei nicht sauer«, rief er hinter ihr her, während sie ins Badezimmer stelzte. »Das war ein Kompliment!«

Sie benutzte die Toilette, putzte sich die Zähne und fuhr sich mit einem Kamm durchs Haar. Dabei entdeckte sie Knutschflecken an ihrem Hals und an anderen Stellen. Nachdenklich strich sie mit den Fingerspitzen darüber und beschwor prompt prickelnde Erinnerungen herauf. Sie war wirklich sein wildes Ding geworden. Sie legte den Kamm weg und atmete tief durch. Jetzt war wieder Mut gefragt. Ihm ihren nackten Hintern zu präsentieren, war das eine. Aber die volle Frontalansicht war noch mal etwas ganz anderes.

Sie öffnete die Tür und bekam bei seinem Anblick sofort weiche Knie. Er lehnte an der Kopfstütze des Bettes und las ihren Buchclub-Roman. Eines seiner langen Beine hatte er ausgestreckt, das andere angewinkelt auf die Matratze gelegt. Sein Prachtstück ruhte jetzt ganz entspannt an seinem Oberschenkel. Ihr Körper fing sofort Feuer, und dann sah sie Reno. Der Retriever lag zufrieden dösend zu Dashs Füßen auf dem Bett – ganz so, als gehörte Dash hierhin. *Himmel hilf*, wie gerne wollte auch sie das einfach glauben können.

Dash senkte das Buch und eine heiße Sekunde lang trafen sich ihre Blicke. Dann schaute er an ihr hinunter. Ihre Nippel richteten sich auf und auch ihm war die wachsende Erregung sofort deutlich anzusehen. Mit einem lockenden Finger winkte er sie zu sich.

Er schnalzte leise mit der Zunge und stupste Reno an. Der Hund sprang vom Bett und machte Platz.

»Du liest mein Buch.«

Mit einer geschmeidigen Bewegung zog er sie unter sich. Seine Härte drückte sich an ihre Mitte. Ein wunderbares Gefühl. »Genau wie heute Morgen, als du noch geschlafen hast.«

»Wie lange hast du denn gewartet, dass ich aufwache?«

»Eine ganze Weile. Ich bin ein Frühaufsteher und meistens schon um sechs auf den Beinen.«

Es war fast neun. »Du hättest mich wecken sollen.«

»Du musstest dich ausruhen, damit wir meine überarbeiteten Textstellen nachspielen können.« Er küsste sich an ihrem Kiefer entlang. »Es könnte nämlich wieder ganz schön anstrengend werden.« Er küsste ihren Hals. »Und wieder.« Er küsste ihre Lippen. »Und wieder.« Voller Verlangen schaute er ihr in die Augen. »Und das ist bloß das Vormittagsprogramm. Danach müssen wir uns anziehen, weil wir etwas Wichtiges zu tun haben.«

»Was denn?«, fragte sie atemlos und schon ziemlich abgelenkt.

Er strich mit den Lippen über ihre Wange. »Wir machen deine Teenagerträume wahr«, flüsterte er.

Für Amber wurde es ein Tag voller erster Male. Wie versprochen, oder wie er sie vorgewarnt hatte, liebte, verwöhnte und verschlang Dash sie bis zur Besinnungslosigkeit. Danach döste sie in seinen Armen ein. Erst kurz vor Mittag standen sie auf. Zu einer gemeinsamen Dusche musste er sie erst überreden. Mit einem Mann zusammen hatte sie das noch nie gemacht. Aber, wow, was für ein Mann er war. Nie wieder würde Duschen für sie dasselbe bedeuten wie zuvor. Sie konnte es kaum erwarten, schmutzig zu werden, damit es schon bald die nächste gemeinsame Dusche gab.

Als sie schließlich loszogen, war es schon fast zwei Uhr nachmittags. Dash sagte nur, sie hätten ziemlich viele Pläne, wollte ihr aber nicht verraten, wie die aussahen. Sie ließen Reno zu Hause und fuhren erst einmal zu Sin, damit sich Dash frische Kleider holen konnte.

Sins Wagen stand in der Einfahrt und auf dem Weg zur Haustür wurde Amber nervös. Dash drückte ihre Finger. »Feuchte Hände? Was ist denn los?«

»Das hier fühlt sich ein bisschen an wie ein Walk of Shame am Morgen danach. So was habe ich noch nie gemacht. Wenn du in den Kleidern von gestern Abend hier bei Sin auftauchst, ist doch völlig klar, dass wir *miteinander geschlafen haben.*« Die letzten Worte flüsterte sie.

Er zog sie in die Arme. »Wir haben *miteinander geschlafen?*«

Sie verdrehte die Augen. »Ich bin einfach nicht daran gewöhnt, solche privaten Dinge öffentlich zu präsentieren.« Noch während sie es aussprach, ging ihr auf, dass es in ihrem Leben bislang kaum etwas Privates gegeben hatte, das Außenstehende interessiert hätte.

»Es ist bloß Sin, nicht der Club der tratschenden Großmütter.« Er lehnte die Stirn an ihre. »Pass mal auf, mein Herz. Die Ehemänner deiner Schwestern meinten gestern Abend, dass die

Funken zwischen uns beiden leicht einen Waldbrand entfachen könnten. Und dabei habe ich dir in dem Moment bloß beim Tanzen zugeschaut. Es weiß also sowieso jeder Bescheid.«

»Du hast recht. Meine Verlegenheit ist albern.«

»Nein, es ist nur alles neu für dich. Aber falls du nicht vorhast, mich an dein Bett zu ketten, wird bald der ganze Ort merken, dass wir die Finger nicht voneinander lassen können.«

Sie stellte sich Dash in all seiner nackten Pracht an ihr Bett gekettet vor und stand sofort wieder in Flammen. Was für ein verlockender Gedanke. »Wo kriegt man Ketten eigentlich her?«

»Sehr gute Frage.« Er küsste sie und sie gingen hinein. »Vielleicht legen wir später einen Zwischenstopp beim Eisenwarenhändler ein.«

Erst einmal hörten sie sich Sins gutmütiges Gefrotzel an. Dann zog sich Dash um und sie machten sich wieder auf den Weg. Er fuhr direkt zur Highschool und hielt auf dem leeren Parkplatz. »Was tun wir denn hier?«, fragte Amber beim Aussteigen.

»Wir erfüllen Teenagerträume. Komm.« Er nahm ihre Hand und führte sie zu den Tribünen am Football-Feld.

»Wir knutschen unter der Tribüne?«, fragte sie ungläubig und ein wenig aufgeregt.

»Worauf du dich verlassen kannst.« Er drückte sie an sich und küsste sie. Dann rannten sie Hand in Hand das letzte Stück zum Sportplatz.

Als er sie unter die Tribüne zog, fühlte sie sich wie ein ungezogenes Kind, das etwas Verbotenes tat, und wurde ganz aufgeregt. Dash nahm sie in die Arme. »Ist mein braves Mädchen bereit, etwas Unartiges zu tun?«

»Darauf kannst du wetten.« Dass die Vorstellung sie so kribbelig machte, war fast ein bisschen lächerlich.

Seine Lippen legten sich auf ihre, und als ihre Zungen immer wilder tanzten, er sie an sich presste und die freie Hand wieder mal so herrlich in ihrem Haar vergrub, war es, als würden sie einander ganz neu entdecken. Sie wusste nicht, ob es das Gefühl war, etwas Verbotenes zu tun, oder ob es an dem Mann lag, bei dem sie sich geborgen und wie etwas ganz Besonderes fühlte, doch die sowieso schon magischen Küsse wurden gleich noch ein bisschen verzauberter. Was immer es sein mochte, sie wollte nicht, dass es je wieder aufhörte. Er küsste sie noch fordernder, nahm und gab. Und dann nahm er noch mehr und das Verlangen baute sich in ihr auf wie Wolkenberge vor einem heftigen Gewittersturm. Die Spannung erhöhte sich mit jeder Berührung seiner Zunge. Unter der Heftigkeit seiner Küsse strauchelte Amber rückwärts gegen einen der Metallträger und war froh über die Stütze. So konnte sie sich leichter auf die Zehenspitzen stellen, die Hände in sein Haar wühlen und sich in voller Länge an seinen wunderbar harten Körper pressen. Noch viel lieber hätte sie Lust und Hitze Haut an Haut gespürt. Sie erforschten einander mit gierigen Händen und der Rest der Welt versank. Nur ein einziger Gedanke ließ Amber nicht los: dass die wilde, ungezähmte Leidenschaft zwischen ihnen so viel stärker war als alles, womit sie je gerechnet hatte. Wie konnte es sein, dass sie einander erst seit gut einer Woche kannten, wo sie doch im Herzen genau wusste, wie recht er hatte, wenn er sagte, sie hätte ihr Leben lang auf ihn gewartet?

Nach unzähligen Küssen hoben sie schwer atmend die Köpfe und hielten sich aneinander fest, als müssten sie sonst untergehen.

»Großer Gott«, stieß er hervor. »Ich will dich einfach immer weiter küssen.«

»Gute Idee.« Sie zog seinen Mund zu sich zurück.

Sie überließen sich ihrem betörend langsamen, sinnlichen Rhythmus und dann bald wieder viel wilderen, drängenden Küssen. So etwas wie Zeit gab es für sie nicht mehr, und als sie schließlich zum Wagen zurückgingen, waren sie wie betrunken voneinander.

Dash ließ den Motor an und griff nach Ambers Hand. »Was geht dir durch deinen schönen Kopf?«

»Ich glaube, du hast mich für jeden anderen Mann verdorben.«

»Mein finsterer Plan scheint aufzugehen. Schnall dich an, heißes Wesen, wir fangen gerade erst an.«

»Nicht zu fassen, dass Brindle und Morgyn dir verraten haben, dass ich noch nie zum Knutschen in einem Kino war.« Amber warf sich eine Pommes in den Mund. »Ich muss mich wohl bei ihnen bedanken.«

Dash küsste sie auf die lächelnden Lippen.

Sie waren ins Kino gegangen und hatten ganz hinten in dem fast leeren Saal gesessen. Nachdem sie sich mit ihren Küssen gegenseitig an den Rand des Wahnsinns getrieben hatten, war er noch einen Schritt weiter gegangen und hatte ihr den Orgasmus bereitet, den sie so dringend gebraucht hatte. Gegen die gewaltige Beule in seiner Hose hatte das natürlich nicht geholfen. Aber zu sehen, wie diese zurückhaltende Frau immer freier und lockerer wurde, war Entschädigung genug. Doch nicht nur für sie war vieles ganz neu. Auch er erlebte heute viele erste Male und konnte sich nicht erinnern, wann er das Leben zuletzt so sehr genossen hatte wie in diesen wenigen Tagen mit Amber. Im Moment ließen sie sich die letzten Bissen ihres Abendessens im Stardust Café schmecken.

Sie stibitzte sich noch eine von seinen Pommes und sah in dem sonnengelben Pulli, der die goldenen Sprenkel in ihren Augen zum Leuchten brachte, einfach zum Anbeißen aus. »Was haben die blonden Vögelein dir denn sonst noch gezwitschert?«

»Wart's ab. Ich will dir die Überraschung nicht verderben.«

Sie musterte ihn neugierig. »Ich muss dringend deine Geschwister kennenlernen, damit ich deine Geheimnisse auch erfahre. Verrate mir etwas, was ich noch nicht über dich weiß.«

Er trank seinen Milchshake aus und stellte das leere Glas beiseite. »Heute habe ich zum ersten Mal unter einer Tribüne auf dem Sportplatz und dann im Kino mit einem Mädchen rumgemacht.«

»Das kann gar nicht sein.«

»Stimmt aber. Ich habe dir ja erzählt, dass ich als Teenager immer ziemlich viel um die Ohren hatte, und wenn, dann war ich der Typ auf dem Spielfeld, nicht der unter der Tribüne.« Er stahl ihr einen Kuss. »Und du bist auch die erste Frau, nach der ich verrückt bin.«

Sie errötete. »Es ist schwer, sich das vorzustellen. Du bist so warmherzig und so lebendig. Dass es dir nicht leichtfällt, einer Frau zu vertrauen, hast du mir schon gesagt, und das glaube ich dir auch. Und doch …«

Er nahm ihre Hand und schaute ihr in die Augen. Er wollte alles mit ihr teilen und ihr auch erklären, woher das Problem mit dem Vertrauen kam. Aber für dieses Gespräch war das Café nicht der richtige Ort. »Du bringst das Beste in mir zum Vorschein. Deshalb siehst du Dinge in mir, die andere nie zu sehen bekommen. Aber was ist mit dir? Du bist der hellste Stern am Himmel, und ich frage mich ständig, weshalb du nicht längst einen Ring am Finger trägst und ein Baby in den Armen hältst.«

Sie schüttelte den Kopf, als würde sie ihm das nicht abnehmen. Aber ihre Augen blitzten schelmisch. »Du weißt, warum.«

»Ach ja?«

Sie senkte die Stimme. »Weil ich auf dich gewartet habe.«

Er war erledigt. Ins Herz getroffen. Durchbohrt von einem Pfeil. »Ja, ganz genau. Vergiss das nie.« Er zog sie zu einem Kuss an sich und versuchte, die Gefühle im Griff zu behalten, die ihn durchjagten. »Willst du noch ein Geheimnis wissen?«

»Jedes einzelne.«

»Ein Kerl muss immer ein kleines bisschen mysteriös bleiben. Aber wenn du mir versprichst, es für dich zu behalten, verrate ich dir noch was.«

Sie malte mit dem Finger ein X über ihr Herz.

Er beugte sich zu ihr und sprach ganz leise. »Ursprünglich habe ich nicht von einer Footballkarriere geträumt.«

»Wirklich? In den Interviews, die ich gelesen habe, sagst du, du hättest von klein auf immer spielen wollen. Dass du dafür geboren seist.«

»War ich auch. Nur wenige Wide Receiver wurden je zum Spieler des Jahres gekürt, und ich liebe das Spiel und die Kameradschaft im Team. Ich bin mit ein paar guten Sportgenen geboren, habe trainiert, meine Technik verfeinert und etwas getan, was ich gerne tue. Aber das ist nicht dasselbe, wie seine Träume zu leben. Bei den Interviews habe ich gesagt, was die Leute gerne hören.«

»Du bist gerade noch ein bisschen interessanter geworden, Pennington. Was wolltest du denn lieber tun?«

»Das, was ich derzeit morgens mit den Frauen mache. Nur

in größerem Stil, in einer Art Trainingslager oder Boot Camp. Ich fand es immer toll, für meine Geschwister Hindernisse in den Garten zu bauen. Ich musste kreativ sein, um sie zu motivieren und in Schwung zu bringen, und das war genau mein Ding. Aber das Leben hat etwas anderes von mir gefordert. Und als ich fünfzehn war, war wegen meiner athletischen Spielweise schon ein ganzer Trupp Footballscouts hinter mir her. Wie gesagt, ich habe Football geliebt. Und als mir klar geworden ist, dass ich mit meinem Können meiner Familie helfen kann, war das kein Opfer für mich. Stattdessen habe ich zwei Dinge gleichzeitig getan. Ich habe Kinesiologie, Sportphysiologie und Sportpsychologie studiert und bin damit meinem Herzen gefolgt. Gleichzeitig habe ich auf dem Spielfeld alles gegeben, um meine Familie unterstützen zu können. Das war genau richtig so. Wir können nun alle sorgenfrei leben, ich hatte eine tolle Karriere und habe dabei die besten Freunde gefunden, die man sich nur wünschen kann.«

Jetzt hatte sie wieder diesen verträumten Gesichtsausdruck. »Das zu hören, macht mich richtig froh.«

»Ich habe noch nie mit jemandem darüber gesprochen, aber ich möchte, dass du den echten Dash kennst. Innen und außen.«

»Ich glaube, damit, uns innen und außen eingehend kennenzulernen, kommen wir ganz gut voran.«

Er lachte. »Allerdings. Und ein paar von meinen Geheimnissen habe ich dir jetzt anvertraut.«

»Oh ja. Und bitte sag mir, dass es noch eine Fortsetzung gibt.«

»Wie meinst du das?«

»Du hast deine Footballkarriere beendet, um an deinem Buch arbeiten zu können, und bist als Motivationsredner gefragt. Aber wann willst du tatsächlich deinem Herzen folgen und dein eigenes Trainingscamp eröffnen?«

»Das steht noch in den Sternen. Aber meinem Herzen folge ich ja bereits und es wird Zeit für die nächste Überraschung.« Er nahm ihre Hand, stand auf und zog sie mit sich hoch. »Kürzlich hat mir ein Trupp älterer Damen von einer gewissen *Let-it-out*-Wall erzählt, der Wand, auf der man seine Gefühle zeigt.«

Mit strahlenden Augen folgte sie ihm zu der Graffitiwand hinten im Café. Sie war mit Herzen, ineinander verschlungenen Anfangsbuchstaben und süßen Sprüchen über Paare, Liebe und Freundschaft übersät. Davor stand ein kleines Tischchen mit einem Behälter voller dicker Filzstifte. Dash fischte einen heraus.

»Angeblich fehlt der Name einer ganz bestimmten Schönheit auf diesem epischen Monument der Paarbeziehungen. Und wenn ich Ansprüche auf sie erhebe, dann soll es verdammt noch mal auch jeder wissen.«

Mit einem immer breiter werdenden Grinsen schaute sie zu, wie er ein Herz mit ihren Anfangsbuchstaben an eine freie Stelle malte. Dann zeichnete er einen Pfeil, der das Herz durchbohrte. Um die Pfeilspitze malte er drei Sterne.

»Die Frühsportladys behaupten, ich würde nach den Sternen greifen«, erklärte er, ließ den Stift in den Behälter fallen, legte ihr den Arm um die Schultern und wandte sich mit ihr zum Gehen. »Jetzt kannst du mir nicht mehr weglaufen, Amber Montgomery. Unsere Namen stehen zusammen auf dieser Wand und jeder kann es sehen.«

»Mit seinen Wünschen sollte man vorsichtig sein.« Das klang mehr nach einer Warnung für sie selbst als für ihn.

»Vertrau mir, mein Herz. Bis jetzt sind meine Wünsche immer in Erfüllung gegangen.«

Er hielt ihr die Tür auf. Beim Hinausgehen sagte sie: »Nur zur Erinnerung – am nächsten Wochenende musst du abreisen.«

»Ja. Und du hast mir tausend Gründe gegeben wiederzukommen.« Im warmen Licht der untergehenden Sonne öffnete er ihr die Beifahrertür und gab ihr beim Einsteigen einen Klaps auf den Hintern. »Rein mit dir, schöne Frau. Die nächste Überraschung wartet schon.«

»Es gibt noch mehr?«

»Du bist mein Mädchen. Es wird immer noch mehr geben.«

Eine Viertelstunde später parkten sie am Fuß der Kuppe namens Jericho Ridge. Die Männer hatten ihm gestern Abend erzählt, dass hier immer die besten Partys von Oak Falls stiegen.

»Woher weißt du überhaupt von dieser Stelle?«, fragte Amber beim Aussteigen.

»Ich bin ein ziemlich findiges Kerlchen und sehr einfallsreich.« Er öffnete den Kofferraum und nahm eine Kühlbox, eine Decke und eine prall gefüllte Tasche heraus.

»Wow. Eindeutig. Soll ich dir helfen?«

»Nein, nicht nötig. Aber wir müssen jetzt dort runter. Sonst verpassen wir die Party am Fluss.«

»Oh Dash, was für eine schöne Idee. Aber heute gibt es keine Party«, sagte sie bedauernd. »Sonst würden wir die Musik hören und ein großes Feuer brennen sehen.«

»Verflixt.« Er gab sich enttäuscht. »Lass uns einfach das Beste daraus machen.«

Umweht vom Duft von Tannennadeln und feuchter Erde stiegen sie den Hügel hinunter. »Was für ein schöner Platz für alle möglichen ersten Male.«

»Ja, wirklich. Reed und Grace haben sich mitten im Fluss zum ersten Mal geküsst, als sie einander nach zehn Jahren wiedergesehen haben.«

»Ich wette, viele Leute haben Erinnerungen an erste Küsse hier unten.« Er breitete die Decke aus. »Wie fandest du denn die Flusspartys?«

»Ich war nur selten dabei. Als ich noch jünger war, haben mich Partys immer ein bisschen gestresst.« Sie schaute aufs Wasser und sprach mit dem Rücken zu ihm weiter. »Ich hatte Angst, es könnte zu wild und zu ausgelassen werden. Und wenn bei jemandem zu Hause gefeiert wurde, hatte ich Bedenken wegen der Lichteffekte. Zuckende Lichter können Anfälle auslösen.«

Er hatte nun alles vorbereitet und goss perlenden Cider in zwei Weingläser. Aus zwei kleinen, mit seinem Smartphone verbundenen Lautsprechern klang leise Musik. Er trat zu Amber. »Ich wünschte, ich wäre damals bei dir gewesen. Dann hättest du dich sicherer fühlen können.«

»Was für ein schöner Gedanke.« Sie wandte sich um und betrachtete überrascht das knisternde Feuer und die Laternen, die er in die Bäume gehängt und um die Decke verteilt hatte.

»Willkommen zu unserer ganz privaten Flussparty.« Er reichte ihr ein Weinglas. »Cider. Ohne Alkohol.«

»Du hast gewusst, dass hier heute keine Party steigt?«

»Eigentlich hatte ich zusammen mit deiner Familie und deinen Freunden eine geplant. Sogar Nana, Hellie und ihre Gang hatte ich eingeladen. Aber als wir zu Sin gefahren sind und du gesagt hast, dir wäre nicht wohl dabei, wenn dein Privatleben so öffentlich ist, ist mir klar geworden, dass das ein Fehler war. Du möchtest gerne ein paar Dinge nachholen oder auch zum ersten Mal tun. Aber eben ohne Zuschauer.« Er liebte das an ihr. Sie war viel mehr als die stille, zurückhaltende junge Frau, für die man sie auf den ersten Blick halten konnte. »Also habe ich Brindle, Nana und Sin Textnachrichten geschrieben, die Party abgesagt und sie gebeten, alle zu informieren. Sin konnte ich das ja schlecht sagen, während du dabeigestanden hast.«

Sie blinzelte ein paarmal, als müsste sie gegen Tränen ankämpfen. »Du hast eine Party geplant und gleich wieder abgesagt? Du musst mich für ziemlich gaga halten.«

»Nein, mein Herz. Es gibt kaum jemand, der weniger gaga ist als du. Und ich fühle mich geehrt, bei so vielen von deinen ersten Malen dabei sein zu können.« Er hob sein Glas. »Auf wilde Küsse bei einer Flussparty.«

»Auf die beste Flussparty aller Zeiten.«

Gerade als sie anstießen, klang »Wanted« von Hunter Haynes aus den Lautsprecherboxen. »Ich glaube, das ist unser Lied.«

Sie lächelte und senkte den Blick, und ihre süße Unschuld zog ihn noch tiefer in ihren Bann. Er stellte die Gläser neben die Decke und nahm Amber zu einem Tanz in seine Arme. Mondlicht schimmerte in ihren Augen, als er sie am plätschernden Fluss herumwirbelte und dazu sang, dass sie begehrt wurde und dass die Welt nur mit ihr einen Sinn hatte. Die Worte waren so echt wie die tiefen Gefühle, die in ihm immer stärker wurden.

Sie tanzten zu mehreren Liedern, küssten sich, redeten und lachten mehr, als Dash je zuvor bei einem Date gelacht hatte. Später machten sie es sich auf der Decke gemütlich und erzählten einander lustige Geschichten vom Football, von der Buchhandlung und ihren Familien. Still und nachdenklich wurde Amber erst wieder, als sie später Hand in Hand am Fluss entlangspazierten.

»Woran denkst du?«

»An das Leben.« Sie schob sich das Haar hinter ein Ohr. »Das klingt vielleicht albern, weil du ein so aufregendes Leben voller Reisen und immer neuer Menschen hast. Aber ich hätte nie geglaubt, dass ich mal einen Tag wie diesen erleben oder solche Gefühle für jemanden entwickeln könnte. Irgendwie dachte ich wohl, es würde immer nur Reno und mich geben.«

»Aber warum denn?«

»Weil ich eine Buchhandlung in einem kleinen Provinznest betreibe. Weil ich zwar in der Nähe von New York an der Uni war, aber außer zu Verwandtenbesuchen oder hin und wieder mal zu einer Hochzeit eigentlich nie aus Oak Falls rauskomme. Online-Dating ist nichts für mich und ich gehe auch nicht gerne in Bars. Das war zumindest bis gestern so. Den Abend in JJ's Pub werde ich nie vergessen.«

»Das freut mich. Ich nämlich auch nicht.«

»Du hast sicher schon tausend unvergessliche Abende gehabt und die gönne ich dir. Aber für mich war das ein völlig neues Erlebnis. Und dann dieser ganze Tag heute, die Zeit, die wir zusammen verbringen. Sogar unsere Telefongespräche sind etwas Besonderes. Und es ist spannend, Schicht um Schicht tiefer zu dringen und mehr über dich und deine Wünsche zu erfahren. Und über meine natürlich auch. Dabei kommt das alles völlig unerwartet, und du bist so viel mehr, als ich gedacht habe. Dank dir fühle ich jetzt Dinge, vor denen ich mich lange gefürchtet habe. Und ich bin überrascht von den Wünschen, die ich plötzlich habe. Sogar neugierig zu sein traue ich mich jetzt. Unglaublich, dass ich dich mal für jemanden gehalten habe, der bloß immer im Mittelpunkt stehen will und den nur Schickimicki-Frauen und One-Night-Stands interessieren.«

Er zog eine Braue hoch. »Ach, ich will bloß im Mittelpunkt stehen?«

Sie hob die Schultern und lachte leise. »Sorry.«

»Ich will nur für dich der Mittelpunkt sein.« Er küsste sie.

»Du glaubst, ich hatte ein aufregendes Leben, und in vielerlei Hinsicht hast du auch recht. Aber Menschen wirklich kennenlernen und echte Beziehungen knüpfen ...« Er schüttelte den Kopf. »So ein Leben hat auch Nachteile. Dass es mir schwerfällt, Frauen zu vertrauen, weißt du ja schon.«

»Ja.« Sie hob interessiert den Kopf.

»Dafür gibt es einen Grund. Außer Hawk habe ich noch nie jemandem davon erzählt. Noch nicht mal meiner Mutter. Aber wie schon gesagt, ich will, dass du den ganzen Dash kennst. Die guten und die schlechten Seiten.«

»Muss ich Angst haben vor dem, was jetzt kommt?«

»Stolz bin ich nicht darauf. Aber mir ist wichtig, dass du es weißt. Ich war nie einer von denen, die mit jeder Frau ins Bett hüpfen, die nicht bei drei auf den Bäumen ist. Aber ein Heiliger war ich auch nicht. Etwa im dritten Jahr meiner Footballkarriere hat eine Frau, mit der ich was hatte, behauptet, sie wäre von mir schwanger, und gedroht, damit an die Öffentlichkeit zu gehen. Dabei war ich mir sicher, dass das Kind nicht von mir sein konnte. Frag mich nicht warum. Es war einfach so ein Gefühl, und ich hätte mein Leben dafür verwettet. Ich habe absolut immer Kondome benutzt und gerissen ist mir nie eines. Ich weiß, das ist kein hundertprozentiger Schutz, und nach dem, was mein Vater uns angetan hatte, hätte ich niemals ein Kind im Stich gelassen. Wenn es wirklich von mir gewesen wäre, hätte ich das Richtige getan. Aber die Frau hat einen Vaterschaftstest vor der Geburt abgelehnt. Schon das war für mich ein klarer Hinweis, dass sie lügt. Aber das hätte mir wenig geholfen. Denn wenn sie mit der Geschichte zu ein paar Klatschblättern gegangen wäre, hätte das Wellen geschlagen, unter denen auch meine Familie gelitten hätte. Ich wäre dann entweder ein Footballstar gewesen, der einen One-Night-Stand geschwängert hat, oder einer, dem man ein Baby anhängen wollte. Meine Mutter war wegen meinem Vater schon einmal durch die Hölle gegangen und ich wollte ihr das Leben nicht zusätzlich schwermachen.«

»Über eine Vaterschaftsstreitigkeit habe ich im Netz kein Wort gelesen.«

»Weil ich der Frau Geld gegeben und sie eine Verschwiegenheitsverpflichtung habe unterschreiben lassen. Und wie vermutet war das Kind tatsächlich nicht von mir. Sie war wirklich nur auf Geld aus gewesen. Ob sie meinen Ruf ruiniert oder meiner Familie schadet, war ihr egal.«

»Wie grauenhaft. Wer macht denn so was?«

»Darauf kann ich nicht antworten, ohne ziemlich üble Worte in den Mund zu nehmen. Von da an war ich viel vorsichtiger und viel weniger vertrauensselig. Eine Zeit lang habe ich mich ganz von Frauen ferngehalten. Aber ...« Er hob die Achseln. »Auf Dauer wollte ich nicht leben wie ein Mönch und habe mich ab und an doch wieder auf kurze Abenteuer eingelassen. Die Frauen waren jetzt allerdings meist Bekannte guter Freude oder die Freundinnen ihrer Freundinnen. Weil meine Freunde sie kannten, war es für mich leichter, ihnen zumindest weit genug zu vertrauen, um mich auf sie einzulassen. Aber dieses Vertrauen war oberflächlich, nicht tief und bedingungslos. Nicht wie mein Vertrauen zu dir, zu Sin oder meinen anderen engen Freunden. Es hat gerade ausgereicht, um ein wenig Spaß zu haben. Für jemanden, der so zurückhaltend und vorsichtig ist wie du, muss das schrecklich klingen. Aber ich will ehrlich zu dir sein.«

Sie blieb stehen und schaute ihn mit mehr Mitgefühl an, als er vermutlich verdient hatte. »Wie traurig, dass du so etwas erleben musstest. Sicher warst du sehr gestresst und angespannt.«

»Oh ja.« Er spürte, wie die Last dieses Geheimnisses langsam von ihm abglitt. »Während ihrer Schwangerschaft musste ich ständig daran denken, was werden würde, falls das Kind doch von mir wäre. Ich war stinksauer auf mich, weil ich mich in eine solche Situation gebracht hatte. Mit einer Frau, die mir nichts bedeutet hat. Im nächsten Moment war ich dann wieder wütend auf sie, weil ich mir sicher war, dass sie lügt. Meine Freunde habe ich nicht eingeweiht, weil ich davon ausgegangen bin, dass sie niemals eine Frau für ihr Schweigen bezahlen würden. Sie hätten sich hocherhobenen Hauptes vor ein paar Mikrofone gestellt und alles dementiert. Aber ich musste immer an meine Mom denken. Zu wissen, dass dein Sohn tut, was ungebundene junge Kerle nun mal tun, ist eine Sache. Aber irgendwelche üblen erfundenen Geschichten über ihn in Zeitschriften und im Internet zu lesen, wäre etwas ganz anderes gewesen.«

»Klingt, als hättest du eine gute Entscheidung getroffen. Aber du hast gesagt, für jemanden, der so vorsichtig ist wie ich, würde sich das furchtbar anhören. Dabei kann ich dir gar nicht sagen, ob ich wegen der Epilepsie so vorsichtig bin oder ob das einfach mein Charakter ist.«

»Baby, ich weiß nicht, mit wie vielen Männern du zusammen warst. Und das ist auch nicht wichtig. Aber ganz sicher haben sie dir etwas bedeutet. Das meine ich mit *vorsichtig*. Du bist einfach nicht von der Sorte, die unverbindliche Abenteuer sucht.«

»Ich war wirklich nur mit sehr wenigen Männern zusammen. Und stimmt, unverbindliche Abenteuer sind nichts für mich. Trotzdem wäre ich ohne die Epilepsie vielleicht lockerer gewesen und hätte mich auf mehr Männer eingelassen. Die

Anfälle in meiner Kindheit haben mich sehr geprägt. Sie haben mich unsicher gemacht. Ich schäme mich nicht für die Krankheit, aber es wäre gelogen, wenn ich behaupten würde, dass ich sie nicht andauernd im Hinterkopf hatte, wenn ich mit jemandem zusammen war. Beim ersten Mal hatte ich furchtbare Angst, ich könnte mittendrin einen Anfall bekommen. Und bis zu dir war diese Angst auch nie ganz weg. Du bist der Erste, mit dem ich mich ganz fallenlassen kann und keine Sekunde lang daran denke. Vielleicht auch, weil ich sowieso nicht denken kann, wenn wir so zusammen sind.« Ihre Stimme wurde weicher. »Ja, und trotz aller Neugier auf Sex hatte ich selbst in der Collegezeit kein echtes Interesse daran. Lange dachte ich, das läge vielleicht an meinen Medikamenten. Aber als ich mit den Recherchen über dich begonnen habe, ist mir bei jedem Foto von dir gleich richtig heiß geworden. Dann hast du plötzlich vor mir gestanden, und es war sonnenklar, dass ich nicht wegen meiner Medikamente so wenig Lust auf Sex hatte. Mir war einfach noch nicht der richtige Mann begegnet.«

»Du hast ja tatsächlich auf mich gewartet.« Er legte die Arme um sie und küsste sie. »Aber dass du auf manche Erfahrungen verzichten musstest, tut mir leid.«

»Ich sage das nicht, damit du mich bemitleidest. Alle halten mich für die Unschuld und Reinheit in Person. Aber das bin ich gar nicht. Schön, ich rede nicht so offen und unbefangen über Intimes wie Sable und Brindle. Aber mit dir zusammen entdecke ich, wie viel Spaß ich im Bett haben kann.«

»Und mit dir zusammen auf Entdeckungsreise zu gehen, ist der Himmel auf Erden. Aber in einem hast du Unrecht. Rein bist du nämlich tatsächlich, denn Reinheit wohnt genau wie Güte im Herzen einer Person. Mit sexuellen Erfahrungen oder verborgenen Gelüsten hat das nichts zu tun.«

»Von denen habe ich so einige«, flüsterte sie.

»Mal sehen. Vielleicht kann ich dir zuliebe mal ein bisschen weniger prüde sein und dir helfen, ein paar Fantasien auszuleben.«

»Das ist wirklich ungeheuer selbstlos von dir.«

»Wenn ich nicht gerade versuche, im Mittelpunkt zu stehen, bin ich selbstlos ohne Ende.« Sie lachten, er legte den Arm um sie und küsste sie auf die Schläfe. »Siehst du, mein Herz? Wir sind füreinander bestimmt. Wir mussten uns einfach begegnen.«

Sie lehnte den Kopf an seine Schulter und sie spazierten langsam weiter durchs Gras. Er war immer viel zu beschäftigt gewesen, um von perfekten Momenten in irgendeiner fernen Zukunft zu träumen. Doch jetzt und hier mit Amber hatte er das Gefühl, dass das Leben tatsächlich verdammt perfekt sein konnte. Er malte sich sogar schon aus, wie er sie seiner Familie vorstellte und wie ihr schönes Gesicht unter dem Weihnachtsbaum strahlte.

Als sie den Waldrand erreichten, zeigte sie auf die Eicheln, die dort auf der Erde verstreut lagen. »Schau mal. Sicher ein Zeichen.«

Dash hob eine auf. »Die hier kommt in unser gemeinsames Glas. Als Symbol für den Anfang von etwas Wunderbarem.« Er steckte die Eichel ein und zog Amber an sich.

»Wie herrlich romantisch.« Sie schlang die Arme um ihn. »Wir müssen eine Erinnerung aufschreiben und sie mit in das Glas legen. Und ich weiß auch schon, was ich schreiben werde: *Der beste Tag meines Lebens.*«

»Und auf die Rückseite schreibe ich: *Die Nacht, von der ich mir gewünscht habe, sie würde niemals enden.*«

Er legte die Lippen auf ihre. Sie schmeckte nach süßen

Nachmittagen und sündigen Nächten, und bis er die Stadt verlassen musste, wollte er jede einzelne mit ihr teilen.

Nach dem zärtlichen Kuss murmelte sie: »Der Abend muss noch nicht enden. Du könntest einfach wieder mit zu mir kommen.«

Sie sagte das so zögernd, als würde er womöglich ablehnen, und sofort schloss er sie noch tiefer in sein Herz. Er liebte ihre stille Stärke und auch, dass sie sich traute, etwas vorzuschlagen, was sie sich wünschte. Doch er musste sie einfach ein bisschen aufziehen, denn eine verlegene Amber war umwerfend sexy. »Das heißt, du hast gerne *ziemlich viel Mann* in deinem Bett?«

Er war sicher gewesen, dass sie wegschauen und rot anlaufen würde. Doch sie zuckte nicht mit der Wimper. »Und in meiner Dusche«, setzte sie hinzu.

Dieses Geständnis fachte das Feuer an, das den ganzen Tag in ihm geglüht hatte. Er riss sie an sich und küsste ihre lächelnden Lippen. »Ich muss bei Sin ein paar Klamotten holen. Um den Walk of Shame zu vermeiden und meinen Ruf zu schützen. Oder soll ich vielleicht gleich alle meine Sachen mitnehmen? Wir wissen beide, dass ich bis zu meiner Abreise sowieso jede Nacht in deinem Bett verbringen werde.«

Nun fiel ihr Blick auf seine Brust, und sie atmete ein wenig schwerer, so als müsste sie darüber nachdenken. Doch als sie den Kopf wieder hob, hatte sie ein Grinsen im Gesicht. »Ich habe dir gerade den Ball zugeworfen. Das heißt nicht, dass du gleich einen Touchdown machen darfst.«

»Du weißt, das war lange mein Job. Ich musste den Ball in der Endzone fangen oder für einen Touchdown mit ihm dorthin sprinten.«

»Tja, wir sind aber nicht in der Endzone. Wir sind in der Mittelzone.«

Sie war so süß, dass er einfach lachen musste. »Für dich bewege ich mich in jeder Zone, die du haben willst. Aber am liebsten natürlich in den erogenen.« Jetzt wurde sie tatsächlich rot. »Süße, eine Nacht mit dir ist besser als jeder Touchdown. Aber wenn du weiterhin in Footballmetaphern sprichst, wirst du mich vielleicht nie wieder los.«

Erleichterung trat in ihren Blick. »Glaubst du, für Sin ist das okay?«

»Dass ich bei dir bleibe? Sin kann sich ja einen Neuen suchen«, scherzte er und sie lachte. »Er und ich sehen uns die ganze Woche über beim Footballtraining. Solange ich in Oak Falls bin, unterstütze ich ihn mit den Kids. Und er freut sich für uns.« Er küsste sie zärtlich. »Es gibt keinen Ort, an dem ich lieber wäre, als mit dir in meinen Armen in deinem Bett.«

Zwölf

Jetzt war es offiziell. Einen Walk of Shame zu vermeiden, gehörte nicht zu Dashs und Ambers Stärken. Seit dem Abend in JJ's Pub war sie jede Nacht von seinem nackten Körper umfangen eingeschlafen und hatte den Tag danach in einer Wolke aus Glück begonnen. Viermal hatte sie beim Aufwachen Dashs Herzschlag an ihrem Rücken gespürt, und seine starken Arme hatten sie festgehalten, als würde er sie niemals wieder loslassen. *Guten Morgen, Schlafmütze* oder *meine Schöne* oder *wildes Ding* hatte er ihr ins Ohr geflüstert. Normalerweise wachte er schon mit den ersten Sonnenstrahlen auf, aber heute lag sie bereits seit der Morgendämmerung wach und versuchte, ihre kreisenden Gedanken zu beruhigen, während er immer noch tief und fest schlief. Sie fragte sich, was wohl der Grund dafür war. Sonst war er immer voller Energie und kaum zu bremsen. Hatte sie ihn in der vergangenen Nacht etwa überstrapaziert? Ihr Liebesspiel war ein bisschen wilder geraten als in den Nächten zuvor. Bei der prickelnden Erinnerung daran überlief sie ein wohliger Schauer. Sie sah schon die Schlagzeilen der Klatschmagazine vor sich. *Scheue Buchhändlerin macht heißen Spitzensportler schlapp.* Sie kicherte leise, doch dann holte die Realität sie wieder ein. Nur noch viermal würden sie gemeinsam so aufwachen, dann musste er zu seiner Buchtour aufbrechen.

Der Gedanke, ihn nicht jeden Tag um sich zu haben, tat ihr körperlich weh. Die Zeit mit ihm war einfach unvergleichlich. Am Montagabend hatte er sie überredet, mit in JJ's Pub zu kommen und sich dort zusammen mit Sin ein Giants-Spiel anzusehen. Und es war ein toller Abend geworden. Sie hatte seine Mannschaft genauso begeistert angefeuert wie er und zwischendurch hatten sie es sogar ein paarmal auf die Tanzfläche geschafft. Gestern hatten sie zusammen mit ihrer Familie gefrühstückt, am Nachmittag hatte sie zugeschaut, wie er den Footballnachwuchs trainierte. Und heute Abend waren sie bei Morgyn und Graham zum Essen eingeladen. Eigentlich musste sie ihr Herz beschützen, aber trotz aller Ängste und Bedenken wollte ihr das nicht gelingen. Im Gegenteil, was immer Dash tat, machte ihre Gefühle für ihn nur noch intensiver. Beim Training hatte er jeden der kleinen Sportler mit Namen gekannt. Die Kids zu motivieren und zu Höchstleistungen anzuspornen, fiel ihm leicht. Und sie liebten ihn. Am meisten hatte es Amber fasziniert, wenn er einen Spieler beiseitegenommen und eine Weile allein mit ihm geübt hatte. Dash hatte sichtbar Interesse daran, den jungen Talenten zu helfen und ihnen ein gutes Gefühl zu geben. Voller Bewunderung hatte sie mit angesehen, wie er scheuere Kinder aus ihrem Schneckenhaus gelockt und die geborenen Anführer ermutigt hatte, die anderen zu unterstützen.

Im Grunde machte er mit ihr dasselbe. Er gab ihr Sicherheit und stärkte ihr Selbstvertrauen. Mit der Folge, dass sie sich fast schon für sexbesessen hielt. Jedenfalls hatte sie in den letzten vier Nächten mehr Sex gehabt als bisher in ihrem ganzen Leben. Und zwar nicht bloß netten kuscheligen, sondern ziemlich viel

Wir-reißen-uns-die-Kleider-runter-und-schaffen-es-kaum-ins-Schlafzimmer-Sex. Bislang hatte sie geglaubt, so etwas gäbe es bloß in Filmen oder Romanen. Aber jetzt stand sie schon unter Strom, wenn sie nur an seinen Mund auf ihrem dachte. Oder noch besser, an seinen Mund auf ihrem Körper. Oder an seine großen rauen Hände, die tasteten, zupackten und streichelten. Oder sich in ihrem Haar vergruben. Und, Himmel, wie sein Prachtstück mit traumwandlerischer Sicherheit jedes Mal ihren G-Punkt fand! All das machte sie zu einer Süchtigen, die für den nächsten Rausch ihre Seele verkaufen würde.

Sie hatte keine Ahnung, wie sich die Nachricht, dass Dash praktisch bei ihr eingezogen war, so schnell verbreitet hatte. Aber binnen kürzester Zeit hatte sie nicht nur von ihren Freundinnen und ihren Eltern Nachrichten bekommen, sondern auch von ihren sechs Geschwistern. Selbst Freunde von weiter weg hatten sich gemeldet. Vermutlich, weil Grace und Trixie geplaudert hatten. Alle wirkten ein kleines bisschen schockiert, freuten sich aber für sie. Auch sie selbst hätte nie geglaubt, dass sie einmal jemanden so sehr wollen könnte. Und jetzt war es ihr sogar egal, wenn sich die ganze Stadt darüber den Mund zerriss, dass Dash Pennington in ihrer Einfahrt parkte. Jedenfalls hatte sie nicht das geringste Bedürfnis, die Zügel anzuziehen und das Tempo zu drosseln.

Und offenbar war der Tratsch sogar gut fürs Geschäft. Dashs Bücher verkauften sich so reißend, dass sie mit den Nachbestellungen kaum hinterherkam. Für die Signierstunde hatte sie zusätzlich eine Expresslieferung bestellt. Ganz sicher interessierten sich die Leute für ihn und die geplante Veranstaltung. Aber manche kamen vermutlich auch deshalb in die Buchhandlung, weil sie auf Neuigkeiten über Dash und sie aus erster Hand hofften. Und nicht nur die Leute im Ort verfolgten die Entwicklungen gespannt, auch an sich selbst stellte sie interessante Veränderungen fest. Sie fand es zum Beispiel nicht mehr peinlich, wenn andere wussten, dass sie nicht alleine schlafen« ging. Sie war stolz, mit Dash zusammen zu sein, und dass die meisten Tratschmäuler in ihm vermutlich nur einen heißen Ex-Footballprofi sahen, kümmerte sie nicht. Sie kannte jetzt den echten Dash Pennington. Den Mann, dessen Herz größer war als der Mond. Dem die Familie über alles ging und dem die Kinder und die Frauen, die er in Oak Falls trainierte, wirklich wichtig waren. Und der in ihrem Herzen bereits fest verankert war.

Dashs Schaft zuckte und wurde an ihrem Hintern härter. Ihr Körper reagierte sofort. Sie wusste nicht, wovon er träumte, hoffte aber, dass sie in dem Traum eine Rolle spielte. Einen Moment lang überlegte sie, ob sie ihn in sich holen sollte, während er noch schlief. Sie war nie eine Frau gewesen, die im Bett die Führung übernahm. Noch nicht einmal Blickkontakt hatte sie bislang beim Sex halten können und immer geglaubt, ihr erotisches Talent wäre ein wenig unterentwickelt. Doch Dash hatte sie eines Besseren belehrt. Dank ihm wusste sie jetzt, dass sie sich bislang einfach noch mit keinem Mann sicher genug gefühlt hatte, keinem nahe genug gewesen war, um bestimmte Dinge tun zu wollen. Sie genoss die Entdeckungsreise, auf die sie sich mit ihm wagte, in vollen Zügen. Und als sie sich in seinen Armen drehte und sich über seine Brust küsste, verrieten ihr seine wohligen Laute, dass auch er viel Spaß daran hatte.

Er strich ihr mit den Fingern durchs Haar. »Guten Morgen, meine Schöne.«

»Guten Morgen.« Sie streichelte einen seiner Nippel mit der Zungenspitze, dann saugte sie daran.

Er zischte einen Fluch. »Du weißt, was dein Mund mit mir macht.« Er schloss die Hände in ihrem Haar zu Fäusten und das

Ziehen an ihrer Kopfhaut jagte kleine Lustpfeile durch ihren Körper.

»Oh ja.« Sie streifte den Nippel mit den Zähnen und hörte Dash aufstöhnen.

Ein paar Dinge hatte sie in den vergangenen wilden Nächten bereits gelernt. Zum Beispiel, wie sehr es ihn anmachte, wenn sie einander zuschauten, und dass seine Erregung ihr das Gefühl gab, wild und sexy zu sein. Mit ihm ließ sie sich fallen, wurde frech und frei.

Sie schaute zu, wie er ihr zusah, wie sie sich über seinen Bauch küsste. Die Flammen in seinem Blick machten sie noch mutiger. Aber erst einmal widmete sie seinen Bauchmuskeln die zärtliche Aufmerksamkeit, die sie verdienten. Mit der Zunge zeichnete sie die herrlich definierten Erhöhungen und Vertiefungen nach und arbeitete sich dann mit festen, feuchten Küssen tiefer. Dabei schaute sie ihm unerschrocken in die Augen. Sie neckte ihn mit Küssen rings um seine Erektion, ohne sie zu berühren. Bei jedem Kuss zuckte sein Schaft. Bislang hatte sie diesen Bereich des männlichen Körpers nie besonders attraktiv gefunden. Aber an Dash war einfach alles schön. Sicher lag das auch an ihrer engen Verbundenheit miteinander, die schon jetzt viel tiefer und echter war als alles, was sie bisher gekannt hatte.

Als sein Atem nur noch in kurzen Stößen kam, strich sie mit der Zunge an seiner Härte entlang. Diesmal stieß er mit zusammengebissenen Zähnen ein Knurren aus. Sie drehte die Hitze ein wenig hoch, hielt den Blickkontakt aufrecht und leckte ihn weiter. Lustvoll stöhnend schloss sie schließlich die Finger um seinen Schaft und rieb ihn fest.

»Großer Gott, Baby. Du bringst mich um den Verstand.«

»Wer? Ich?« Sie leckte die pralle Spitze und er stieß hungrige Laute aus.

»Wenn das immer so ist, wenn du so früh wach wirst, stelle ich in Zukunft einen Wecker.«

Die Idee gefiel ihr. Sie küsste und leckte ihn weiter, spielte mit ihm, bis er mit bebenden Muskeln um Kontrolle rang. Die Zähne biss er so fest zusammen, dass sie schon fürchtete, sie könnten zerspringen. Sie spürte, wie er noch härter wurde und sog ihn tief in ihren Mund. Fest und langsam bearbeitete sie ihn mit den Fingern und Lippen. Seine gierigen Laute stachelten auch ihre Lust weiter an. Wie unglaublich erotisch es sein konnte, es mit dem Mund zu machen, war ihr nicht bewusst gewesen. Und seine zum Zerreißen gespannten Muskeln und die Leidenschaft in seinem Blick machten alles noch viel aufregender. Jede seiner Reaktionen bewirkte auch etwas in ihr, bis das Verlangen sie durchjagte wie ein wilder Fluss.

Seine Hüften zuckten, und sie verlor sich so sehr in ihm, dass auch ihre Hüften unwillkürlich kleine stoßende Bewegungen machten. In seinem Blick lag nun etwas Animalisches und sie küsste und rieb ihn schneller.

»Fuck, Baby.« Das klang wie eine Warnung.

Seine Finger griffen fester in ihr Haar, seine Augen sagten, dass die Warnung ernst gemeint war. Doch Zurückhaltung war jetzt keine Option. Sie wollte alles von ihm, wollte das innere Tier von der Kette lassen, das er so eisern zurückhielt. Herausfordernd schaute sie ihn an und trieb ihn mit ihren leidenschaftlichen Zärtlichkeiten in einen Taumel aus Flüchen und festen Griffen in ihr Haar. Endlich verlor er den Kampf um die Kontrolle und schnellte aus den Kissen hoch. Ihr Name platzte von seinen Lippen, und sie nahm alles, was er ihr gab.

Als er zurück auf die Laken fiel, leckte sie noch einmal seine Länge, und er stieß erschauernd hervor: »Komm her.« Er zog sie neben sich, drückte den Mund auf ihren und atmete die Luft aus ihrer Lunge. »Wir kommen hier nie wieder raus.«

Sie kicherte. »Dein Morgen-Fanclub wäre sicher ziemlich enttäuscht.«

Er drehte sie auf den Rücken und hielt ihre Hände links und rechts neben ihrem Kopf fest. »Bist du etwa eifersüchtig auf meine Frühsport-Ladys?«

»Du meinst auf deine Frühstücksdates?«, frotzelte sie. Die Frauen, die er morgens trainierte, schleppten ihn danach jedes Mal zum Frühstück ins Diner. Und Nana hatte ihn sogar dazu gebracht, ihrem Mann Pete, den alle nur Poppi nannten, bei der Reparatur seiner Scheune zu helfen. Dash hatte Spaß an dieser Arbeit und Nana revanchierte sich mit allerlei hausgemachten Köstlichkeiten.

»Hey, wir wollen doch, dass die Grannys fit und gesund bleiben.« Er küsste sie auf die Nasenspitze und flüsterte: »Eifersüchtig?«

»Nach dem, was wir gerade gemacht haben, hoffe ich, dass ich keinen Grund dazu habe.«

Die Heiterkeit in seinem Blick verwandelte sich in etwas Wärmeres, Tieferes. »Mein Herz, du hattest schon keinen Grund zur Eifersucht, als ich dich beim Scheunenfest zum ersten Mal gesehen habe.« Sein Mund legte sich auf ihren und sein tiefer Kuss weckte in ihr die Sehnsucht nach mehr. Er konnte ihren Körper lesen, als wäre er ein Buch, und seine Hände und sein Mund wanderten tiefer und verwöhnten jeden Zentimeter von ihr lange und mit so viel Hingabe, dass sie bald zu satt und zu entspannt war, um sich noch rühren zu können.

Als sein schönes Gesicht wieder neben ihrem erschien, flüsterte sie: »Atme ich überhaupt noch?«

»Keine Ahnung. Ich mache vorsichtshalber ein bisschen Mund-zu-Mund-Beatmung.«

Er küsste sie, bis ihr vor Verlangen schwindelig war, und er an ihr wieder hart wurde und ihren Körper damit noch mal neu weckte. Dann schnappte er sich ein Kondom vom Nachttisch, stand auf, wie er war, nackt und erregt, und brachte sie damit ziemlich durcheinander.

Sie richtete sich ebenfalls auf und griff nach seiner Hand. »Wo willst du hin? Ich dachte, wir …«

»Oh ja, allerdings.« Er packte sie und warf sie sich über die Schulter.

Sie kreischte vergnügt auf. »Was soll das werden?«

»Ich bringe mein hübsches Fräulein dahin, wo sie es am liebsten mag.«

Er trug sie ins Badezimmer und drehte die Dusche auf. Das Kondom legte er auf das Regalbrett neben das Shampoo. Dann stellte er sie auf die Füße und verschlang ihren Mund mit einer so ansteckenden Leidenschaft, dass sie versuchte, an ihm hochzuklettern, als wäre er ein Baum. In einem Wirrwarr aus Küssen, tastenden Händen und ineinander verhedderten Gliedern stolperten sie in die Dusche. Dort drosselte er das Tempo, was all die lustvollen Zärtlichkeiten nur noch intensiver machte. Seine Hände glitten rau über ihre nasse Haut, bis sie beide vor Sehnsucht stöhnten. Er küsste sie so hingebungsvoll, dass ihre Knie nachgaben. Doch er hielt sie fest, schlang den Arm um ihre Taille und drückte sie mit dem Rücken gegen die Wand. Ihre nassen Körper rieben sich fiebrig aneinander.

»Ich will dich einfach immer weiter küssen«, stieß er hervor, als er die Lippen eine Sekunde lang von ihren löste. Dann küsste er sie langsamer und süßer denn je. Als er sich schließlich von ihr losmachte, um sich das Kondom überzuziehen, zitterte sie vor Verlangen. Eine Sekunde später war sein Mund wieder auf ihrem und küsste sie fordernder und drängender. Er hob sie hoch und senkte sie genauso langsam auf seinen Schaft, wie er sie zuvor geküsst hatte. Das verhaltene Tempo machte den Moment besonders sinnlich und erotisch. Keiner von ihnen sagte ein Wort, doch ihre Gefühle waren so laut hörbar wie das Pochen ihrer Herzen. Unter hungrigen Küssen fanden sie ihren Rhythmus. Ihn so tief in sich zu haben und ganz von ihm ausgefüllt zu werden, schickte Lustwellen von Ambers Mitte bis in ihre Fingerspitzen und Zehen. Sie klammerte sich an Dashs Schultern, seine Arme, an jede Stelle, an der sie Halt fand, und bewegte sich schneller. Er passte sich ihr an, verschlang ihren Mund und drückte sie fest an sich, während sie ihre Geschwindigkeit weiter steigerten. Ambers Höhepunkt kündigte sich mit einem unaufhaltsam anschwellenden Pulsieren an. Als die Welle über ihr zusammenschlug, grub sie die Fingernägel in seine Haut. Ihr Körper zog sich um ihn zusammen, ihre Hüften zuckten in fast schmerzhafter Ekstase.

Sie schrie seinen Namen. Seine Zähne gruben sich in ihre Halsbeuge und katapultierten sie endgültig auf den höchsten Gipfel. Dann kam auch er und war ganz bei ihr. Seine stahlharten Muskeln zuckten. Sie spürte seine Lust wie ihre eigene, war ganz und gar ausgefüllt davon, während sie gemeinsam die Welle ihrer Leidenschaft ritten, bis sie brach und langsam verebbte. Mit Küssen atmeten sie einander Luft in die Lungen, und Amber hätte geschworen, dass sie dabei Liebe in ihre Herzen atmeten.

Nach ein paar seligen Augenblicken lehnte er sie sanft mit dem Rücken an die Fliesen und ließ mit halb geschlossenen Augen den Kopf in den Nacken fallen. »Erst lockst du mich mit deiner süßen Unschuld an.« Er zwickte sie mit den Zähnen in die Unterlippe. »Und schwupp, schon hänge ich am Haken einer heimlichen Verführerin.« Mit einem gequälten Blick schaute er ihr in die Augen. »Wie soll ich bloß am Ende dieser Woche von hier weg?«

Und während sie sich noch einmal küssten, fragte sie sich, wie sie ihn je gehen lassen sollte.

Dreizehn

Dash warf die Bälle in einen Behälter. Nach dem Training am späten Donnerstagnachmittag räumten Sin und er zusammen auf. Dabei waren seine Gedanken meilenweit entfernt bei einer ganz bestimmten Brünetten, die es ihm furchtbar schwer machte, in ein paar Tagen von hier aufzubrechen. Am liebsten wollte er sie mitnehmen. Eigentlich Quatsch, denn eine Buchtour war keine Urlaubsreise und sie hatte in ihrem Geschäft alle Hände voll zu tun. Aber verdammt, er wollte sie wirklich jede Sekunde lang bei sich haben. Heute Morgen hatte er Hawk und Damon angerufen, ihnen von Amber erzählt und dabei vermutlich geklungen wie ein liebeskranker Trottel.

Sin schloss das Ausrüstungslager ab und sie machten sich auf den Weg zum Ausgang. »Wie läuft es denn mit der Entschleunigung?«

Dash hatte eine fantastische Woche mit viel Footballtraining und gemeinsamer Zeit mit Ambers Familie hinter sich. Und jeden Abend waren Amber und er sich in die Arme gefallen.

»Großartig. Ich habe eine tolle Frau gefunden, bin viel mit einem meiner besten Freunde zusammen, und verdammt, ich liebe diese Stadt. Derart lustige, liebenswerte Menschen sind mir noch nirgendwo begegnet. Du kümmerst dich doch um meine Ladys, wenn ich weg bin, nicht wahr? Pass auf, dass sie sich nicht vor lauter Übereifer verletzen. Nana und Hellie übertreiben es manchmal ein bisschen. Ich könnte schwören, sie glauben, sie wären noch dreißig.«

»*Deine Ladys* nennst du sie? Find ich süß. Keine Sorge, ich habe ein Auge auf sie. Allerdings wollen sie sicher lieber von dir hören. Die ganze Stadt redet von dem Kraftpaket, das allen Beine macht und sie motiviert. Aber ich glaube ja, in Wahrheit schauen sie dir einfach gerne dabei zu, wenn du die Muskeln spielen lässt.«

»Wenn es ihrer Gesundheit dient, soll es mir recht sein. Für die Zeit, in der ich nicht da bin, habe ich für die Frühsport-gruppe einen Trainingsplan mit Bildern von verschiedenen Übungen und mit täglichen Trainingszielen zum Abhaken zusammengestellt. Damit müssten meine Damen ganz gut über die Runden kommen. Ich möchte bloß nicht, dass sie sich zu viel zumuten. Heute Morgen beim Frühstück haben wir ausprobiert, wie wir mit unseren Smartphones einen Videochat hinbekommen. Ich werde mich von unterwegs also öfter bei ihnen melden.«

»Kein Wunder, dass dir alle zu Füßen liegen. Heute Morgen bei meinem späten Frühstück im Stardust Café hat Winona mir einen *Pennington Spielmacher* angeboten.« Sin schüttelte den Kopf. »Ich lebe schon seit Jahren hier. Und nach mir hat noch keiner ein Frühstück benannt.«

Ein *Pennington Spielmacher* bestand aus Hot Cross Buns, Eiern mit Speck und Würstchen. Winona Hanson vom Stardust Café hatte Dash die neueste Kreation auf der Speisekarte bei seinem Frühstück mit Nana und Hellie heute Morgen präsen-tiert.

»Winona ist ein Schatz. Ich werde ein gutes Wort für dich einlegen. *Sins sündiger Sonntagsbrunch* würde sich auf ihrer Speisekarte sicher gut machen.«

»Was Amber wohl davon hält, wenn sämtliche Frauen der Stadt sich auf deine Hot Cross Buns stürzen?«

Sie lachten.

»Als ich ihr heute Morgen davon geschrieben habe, meinte sie, die Idee sei vermutlich auf Nanas und Hellies Mist gewachsen. Und die beiden wollten in Wahrheit sicher kein Gramm abnehmen, damit ich immer weiter mit ihnen trainieren muss.«

»Nicht auszuschließen.« Gemeinsam gingen sie hinaus zum Parkplatz. »Du sagst, Nana verwöhnt dich mit hausgemachten Leckereien?«

»Nicht nur Nana. Auch die anderen Großmütter schauen vorbei, wenn ich an der Scheune arbeite. Sie setzen sich ins Gras, versorgen uns mit leckeren Snacks und bewundern unsere Arbeit. Natürlich habe ich sie längst durchschaut. Sie wollen nur rausfinden, wie es zwischen Amber und mir so läuft.«

Sin blieb vor seinem Pick-up stehen und schaute Dash ernst ins Gesicht. »Das interessiert uns alle hier brennend.«

»Dich auch? Ich habe dir doch gesagt, dass ich es ernst meine mit ihr.«

»Und das glaube ich dir auch. Du wirkst jedenfalls tausendmal glücklicher, als ich dich je gesehen habe. Aber die anderen kennen dich nicht so gut wie ich. Ich mache mir Gedanken, weil du das mit dem Entschleunigen offenbar nicht richtig verstanden hast. Du bist hergekommen, um endlich mal ein bisschen runterzufahren. Und ein paar Tage später leitest du schon eine Sportgruppe, gehst jeden Tag mit deinen Granny-Fans frühstücken und reparierst eine alte Scheune. Von deiner

Mithilfe beim Footballtraining und der Beziehung mit Amber mal ganz zu schweigen. Du hast dir noch keine Auszeit gegönnt und dir steht ein harter Monat auf deiner Buchtour quer durchs Land bevor.«

»Das Frühstück mit den Großmüttern macht mir Spaß. Sie erinnern mich an meine eigene Grandma. Und du weißt, ich arbeite gerne mit den Händen. Poppi ist ein super Typ. Er kennt mich noch aus den Zeiten, in denen wir für die Virginia State Uni gespielt haben, und wir unterhalten uns über die Spiele von damals.« Er zuckte die Achseln. »Vermutlich war für mich eine Veränderung viel wichtiger als eine Auszeit.« Er zog seine Schlüssel aus der Tasche. »Und ich glaube, dass ich vor allem Amber gebraucht habe. Sie ist wie ein strahlendes Licht in mir drin. Solange ich weiß, dass ich sie am Ende des Tages sehe, könnte ich noch zweimal so viel arbeiten. Aber sag mal, kannst du etwas für dich behalten?«

»Klar doch.«

»Ich überlege gerade, ob ich so was wie ein Online-Trainingscamp starte. Mit personalisierten Trainingsplänen für die Teilnehmer. Ich könnte mir sogar vorstellen, etwas Größeres aufzuziehen und ein echtes Bootcamp aufzumachen, kein virtuelles. Aber mal sehen. Bislang ist es nur so eine Idee.«

»Junge, noch mehr Pläne? Was ist mit deinen Auftritten als Redner?«

»Was soll damit sein? Ich habe Shea gesagt, dass ich damit etwas kürzertreten will. Nach der Buchtour mache ich nur noch eine Handvoll Auftritte pro Jahr. Und wir wissen beide, dass ich nicht einfach auf meinem Hintern sitzen und gar nichts tun kann. Was hältst du von meinem Plan?«

»Alles, was du anfasst, verwandelt sich in Gold. Aber pass auf, dass du dir keinen Burn-out holst.«

Dash schnaubte. »Du weißt schon, mit wem du gerade redest?«

»Jap, mit dem Kerl, der am College immer schon vor Sonnenaufgang auf den Beinen war, nie ein Seminar oder ein Training verpasst und trotzdem Zeit gefunden hat, zu Hause anzurufen und seinen Geschwistern auf den Sack zu gehen, damit sie in der Spur blieben.«

»Nenn mich einfach Superman.« Dash wölbte die Brust vor und setzte ein hochmütiges Grinsen auf. »Und jetzt muss ich losfliegen. Ich habe Pläne für heute Abend und möchte noch ein bisschen was vorbereiten.« Heute war Hellies Hochzeitstag, und er hatte sich für sie und Amber eine Überraschung ausgedacht. Amber hatte er gesagt, er würde sie um fünf abholen. Doch was sie tun würden, hatte er ihr nicht verraten.

»Bitte keine Details. Mich interessiert nur, warum zum Teufel du immer noch Sachen bei mir hast, wenn du jede Nacht bei Amber verbringst.«

»Weil sie in diesem Spiel der Quarterback ist. Sie bestimmt die Spielzüge. Wenn es nach mir ginge, hätte ich mein Zeug gleich nach meiner Rückkehr aus L. A. zu ihr gebracht.« Aber für Amber war es wichtig, die Zügel in der Hand zu haben, und er würde alles tun, was nötig war, damit sie sich sicher fühlte. »Macht es dir was aus, dass ich quasi bei ihr wohne?«

»Natürlich nicht. Schließlich sehe ich deinen schlaffen Hintern tagtäglich hier beim Training. Abends habe ich dann gerne mal eine Pause.« Sin stieg lachend in seinen Pick-up. »Du steckst wirklich schon ganz tief drin, Kumpel.«

»Was du nicht sagst.« Und genau so wollte er es haben.

Um Punkt fünf Uhr spazierte Dash in die Buchhandlung, um Amber abzuholen. Sie lehnte neben der Kasse an der Theke und schrieb etwas. Phoenix und eine andere junge Frau räumten Bücher in die Regale. Er legte einen Finger an die Lippen, damit die beiden ihn nicht verrieten, schlich sich hinter Amber, schlang die Arme um sie und küsste sie auf den Nacken.

»Nimm dich lieber in acht«, raunte sie. »Mein Freund kann ziemlich ungemütlich werden, wenn er eifersüchtig ist.«

»Wo ist der Idiot? Der kann was erleben.« Er freute sich, wie locker sie inzwischen mit ihm in der Öffentlichkeit war. »Schreibst du mir eine Geburtstagskarte?«

Mit schreckensweiten Augen wandte sie sich zu ihm um. »Du hast heute Geburtstag?«

»Nein. Aber eine Karte von der schönsten Frau in Oak Falls wäre trotzdem nett.«

»Erschreck mich doch nicht so. Ich dachte wirklich, ich hätte deinen Geburtstag verschusselt. Die Karte ist für Mr. Sanderson. Er wird in ein paar Tagen achtundsiebzig. Ich schreibe ihm jedes Jahr, aber diese Woche geht es bei mir drunter und drüber. Alle anderen Karten habe ich am Montag eingeworfen, aber seine habe ich vergessen.«

»Verschickst du jede Woche Karten?«

»Normalerweise schon. Aber ein energiegeladener Ex-Footballspieler hat mich an dem Abend, an dem ich sonst die Post erledige, ziemlich abgelenkt. Ich konnte die Liste nicht ganz abarbeiten.«

»Ich wette, das war es wert.« Er küsste sie. »Und sicher wird der gute alte Mr. Sanderson dir eine kleine Verspätung verzeihen. Wir können die Karte gleich unterwegs einwerfen. Bist du schon fertig? Wir haben es leider ein bisschen eilig.«

»Ich muss nur noch meine Handtasche holen. Willst du mir

nicht doch verraten, wohin wir gehen? Können wir Reno mitnehmen?«

»Wir haben eine geheime Mission. Und ja, mein Kumpel kann mit. Ich habe sogar Proviant für ihn eingepackt.« Er zwinkerte Reno zu, der an Ambers Seite tappte.

»Eine geheime Mission? Wie spannend. Bin gleich wieder da.« Sie strich Reno über den Kopf. »Reno, Freizeit.«

Reno drängte sich schwanzwedelnd an Dash. Dash knuddelte und kraulte ihn, und ein paar Minuten später machten die drei sich auf den Weg. Amber legte die Karte in den Briefkasten, wo der Postbote sie finden und mitnehmen würde, und sie stiegen in seinen Wagen. Beim Losfahren sagte sie: »Shea macht bei der Werbung für deine Buchtour echt keine halben Sachen. Es ist jetzt schon ziemlich was los. Ich hab einen Benachrichtigungsdienst für die Signierstunde eingerichtet, der mir anzeigt, wenn online irgendwas darüber erscheint. Bislang ist das nur ein paarmal die Woche passiert. Aber heute brennt das Netz regelrecht. Sogar Leute, die ein oder zwei Stunden von hier weg wohnen, rufen deswegen im Buchladen an. Ich befürchte fast, dass uns die Bücher ausgehen werden.«

Er zuckte die Achseln. »Meinst du? Dann ist es eben so.«

»Wie kannst du das so lässig sagen? Ich bin jetzt schon ein absolutes Nervenbündel. Ich hatte keinen Schimmer, dass das so ein großes Event wird. Lindsay und ich sind heute noch mal die Planung durchgegangen. Lindsay hast du bei der Jamsession kennengelernt, erinnerst du dich? Nanas Enkelin. Hübsch. Blond.«

»Ja, ich weiß. Als du weggelaufen bist, hat sie etwas von einem Flirttraining gesagt.«

»Das sieht ihr ähnlich. Und nein, darüber werden wir uns jetzt nicht unterhalten. Sie ist Eventplanerin und hat mir von der Verlobungsparty eines College-Footballspielers in Maryland erzählt, die sie organisiert hat. Es ging wohl ziemlich hoch her dabei. Dass du in Footballkreisen ein Star bist, wusste ich ja. Aber mit so viel Andrang habe ich trotzdem nicht gerechnet. Lindsay meint, mit ein paar kleinen Änderungen würden wir die Lage sicher in den Griff bekommen. Trotzdem bin ich furchtbar nervös.«

»Das musst du nicht sein. Die Leute stellen sich an, ich signiere ihre Bücher und Hawk macht ein paar Fotos. Dann ist alles vorbei und wir gehen essen.«

Sie schaute ihn an, als hätte er den Verstand verloren, während er in aller Ruhe durch die Stadt in Richtung Hemlock Park fuhr. »Bist du schon mal bei einer Signierstunde gewesen?«

»Nein. Aber wir sprechen von Leseratten, nicht von Footballfans, die mit Kriegsbemalung und gut vorgeglüht im Stadion einfallen.«

»Schön wär's. Bis heute habe ich das auch gedacht. Aber wir haben es mit ganz anderen Leuten zu tun. Mit deinen Fans, die dich schon als Spieler großartig fanden und jetzt von deinen Motivationsreden begeistert sind. Sicher werden auch ein paar Bücherwürmer auftauchen, die unbedingt deinen Bestseller lesen wollen. Allerdings auch Fangirls, die mit Lesen vielleicht nicht viel am Hut haben, aber um jeden Preis in deiner Nähe sein wollen. Die machen mir die größten Sorgen. Sie können wild und laut, vielleicht sogar aggressiv werden. Und wehe, es drängelt sich jemand vor.«

»Du machst dir deswegen wirklich Gedanken?«

»Alles andere wäre naiv. Mein Telefon ist heute heißgelaufen und Lindsay hat recht. Ich muss umräumen, damit die Leute mehr Platz haben und irgendwo warten können, bis sie an der Reihe sind. Heute Nachmittag habe ich mich schon mal bei den anderen Geschäftsleuten in der Straße entschuldigt. Nur für den Fall, dass sich die Warteschlange ein Stück den Gehweg entlangzieht und ihre Eingänge blockiert.«

Ihm war nicht klar gewesen, wie viel Arbeit eine Signierstunde machen konnte. Sie fuhren bereits an dem weitläufigen hügeligen Parkgelände mit seinen Rasenflächen, kleinen Wäldchen und Büschen entlang. Dash lenkte den Wagen an den Straßenrand, stellte den Motor ab und schaute in Ambers besorgte Augen. Dann nahm er ihre Hand. »Shea wird auch da sein und darauf achten, dass alles nach Plan geht. Und du weißt, ich lasse nicht zu, dass irgendwas aus dem Ruder läuft. Hawk kommt ebenfalls, und ich werde ihm von deinen Befürchtungen erzählen. Und ich könnte Sin zum Helfen in die Buchhandlung bestellen, wenn du magst.«

»Das wird nicht nötig sein und Hawk muss fotografieren. Er kann sich nicht auch noch um andere Dinge kümmern.«

»Vor allem ist er mein Bruder. Er wird sich um alles kümmern, worum ich ihn bitte, und dazu beitragen, dass die Veranstaltung geordnet über die Bühne geht.«

»Du bist so unheimlich süß, und es ist lieb, dass du mir so viel abnehmen willst. Aber das ist nicht dein Job und auch nicht der von Hawk oder Shea. Die Verantwortung liegt bei mir. Ich rede mir nur den Druck von der Seele. Ich sage dir, was auf uns zukommt und dass ich im Augenblick gefühlt fünfzehn Bälle in der Luft habe. Ich will eben, dass die Auftaktveranstaltung für deine Tour perfekt wird. Aber keine Sorge, Signierstunden habe ich schon öfter veranstaltet. Wenn auch in viel kleinerem Rahmen. Ich kriege das hin.« Sie beugte sich über die Mittelkonsole und küsste ihn. »Verrätst du mir jetzt, zu welcher geheimen Mission wir in den Park müssen?«

»Wir werden Hellie ihren Hochzeitstag verschönen. Mit

einer Überraschung.« Er angelte eine Tasche vom Rücksitz, zog zwei schwarze Strickmützen heraus und drückte ihr eine davon in die Hand. »Aufsetzen, bitte.«

»Warum denn?«

Er zog sich seine Mütze über die Ohren, dann nahm er ihre und setzte sie ihr auf. »Weil wir gut getarnt sein und umherschleichen müssen wie Ninjas, wenn es funktionieren soll.« Er drückte die Lippen auf ihre. »Außerdem siehst du mit der Mütze unglaublich niedlich aus. Und jetzt runter mit deinem Pulli.«

»Ich soll meinen Pulli ausziehen? Für Hellie?« Ihre Wangen färbten sich rot, aber ihre Augen blitzten frech. »Und wozu brauche ich die Mütze, wenn du mir doch bloß an die Wäsche willst? Ich weiß nicht, ob ich eine Ninja sein möchte, wenn die das Vorspiel auslassen und ahnungslose Freunde als Vorwand benutzen.«

»Dieser Ninja hier würde sich niemals ein Vorspiel mit dir entgehen lassen, wildes Ding.« Er zuckte mit den Brauen. »Und jetzt los, ausziehen.«

»Wir parken an einer öffentlichen Straße. Auf keinen Fall ziehe ich hier meinen Pulli aus.« Sie schaute sich nervös um.

»Glaubst du wirklich, ich würde hier irgendwas mit dir anstellen? Dass andere Kerle dich nackt sehen, kann ich unmöglich wollen. Aber ich war dabei, als du dich heute Morgen angezogen hast. Schon vergessen? Und ich erinnere mich, dass du unter dem Pulli so ein seidenes Hemdchen trägst.« Er erinnerte sich sogar ziemlich genau, denn als er sie darin und in ihren knappen Spitzenpanties gesehen hatte, war er im Schlafzimmer hinter ihr hergejagt, und hatte versucht, sie wieder auszuziehen. Am Ende waren sie lachend zusammen auf die Matratze gefallen.

Er nahm das schwarze Sweatshirt, das er ihr gekauft hatte, aus der Tasche und warf es ihr zu. »Für eine Geheimmission braucht man die richtigen Klamotten. Und jetzt runter mit dem hübschen rosa Pulli. Wir haben nicht mehr viel Zeit.«

Sie tat ihm den Gefallen. Als sie das schwarze Sweatshirt anhatte, stiegen sie aus dem Wagen. Während Amber für Reno die hintere Tür öffnete, holte Dash ein paar Schachteln aus dem Kofferraum.

Amber schaute interessiert zu. »Was ist das alles?«

»Das sind Solarlichter. Die Lichterketten wickeln wir um die Stützen des Pavillons im Park. Die anderen Lampen stecken wir in die Erde und beleuchten damit den Weg von dem Wäldchen, durch das Hellie immer in den Park kommt, bis zum Pavillon. Und im Wäldchen hängen wir am Pfad entlang Solarlaternen in die Bäume. Ich habe sie in Sins Garten aufgeladen, seit Hellie mir von Edgar erzählt hat und dass sie jedes Jahr an ihrem Hochzeitstag hierherkommt. Die hier ist auch für den Pavillon.« Er hielt eine Lichterkette mit herzförmigen Lämpchen in die Höhe. »Nana und ihre Freundinnen habe ich gebeten, Papierherzen zu basteln und etwas über Edgar und Hellie draufzuschreiben.« Er öffnete eine Schachtel und zeigte ihr die pinkfarbenen und weißen Herzen. Eines hob er an dem roten Band, das Nana daran befestigt hatte, hoch. »Die hängen wir ans Geländer. Im Stardust Café habe ich vorhin einen Hamburger ohne Ketchup und eine Flasche Cola mit zwei Strohhalmen gekauft. Mehr konnte sich Edgar fürs erste Date nicht leisten. Bis Hellie hier ankommt, ist der Hamburger natürlich kalt. Aber so haben sie ihn auch damals gegessen.«

Amber schaute ihn fassungslos an. »Das hast du alles besorgt und organisiert? Hellie wird absolut überwältigt sein. Wie bist du bloß auf diese Idee gekommen?«

»So ähnliche Sachen lässt sich mein Großvater manchmal für meine Großmutter einfallen. Und nachdem sich mein Vater aus dem Staub gemacht hatte, haben mein Großvater und ich manchmal meine Mom auf diese Art überrascht, um sie ein bisschen aufzuheitern. Und wenn es meinen Schwestern mal nicht gut ging oder wenn sich ein Verehrer als Vollpfosten entpuppt hat, habe ich so was auch für sie gemacht.« Er zog sie in seine Arme. »Bist du enttäuscht, dass die Mission nicht nur für uns beide ist?«

Sie musterte ihn kopfschüttelnd. »Wie könnte ein Mann, der so aufmerksam ist und immer nur an andere denkt, mich jemals enttäuschen? Du weißt, wie viel mir die Menschen hier bedeuten. Ich freue mich so für Hellie. Du kennst sie noch nicht mal zwei Wochen und wirst ihr den schönsten Hochzeitstag bescheren, seit sie ihren Edgar verloren hat. Hiermit erkläre ich dich offiziell zum romantischsten Mann, der mir je begegnet ist.«

»Ich weiß gar nicht, ob ich wirklich so romantisch bin. Aber der größte Glückspilz aller Zeiten bin ich auf jeden Fall.«

Der Pavillon erstrahlte vor dem dunklen Abendhimmel in festlichem Glanz. Lichterketten wanden sich um die Pfosten, die Lämpchen in Herzform funkelten an der Decke. Eilig befestigten Amber und Dash die Papierherzen am Geländer. Zusammen mit dem beleuchteten Weg zu dem Wäldchen war der Anblick einfach märchenhaft. Die Laternen in den Ästen der Bäume wiegten sich wie riesige Glühwürmchen entlang des Pfades, den Hellie nehmen würde. Den Burger und die Cola mit den beiden Strohhalmen hatten« sie auf die Bank im Pavillon gestellt und Dash hatte noch eine einzelne Rose für Hellie dazugelegt. Ambers Herz quoll fast über, während sie zuschaute, wie er in seinem schwarzen Sweatshirt und der Ninjamütze die Schachteln einsammelte und ineinander stellte. Sie hatte das Gefühl, dass es nichts gab, was er nicht konnte. Oder was er nicht tun würde. Denn eines hatte sie längst über Dash Pennington gelernt: Er ließ sich von seinem Herzen leiten. Und wenn sein Herz sich für etwas entschieden hatte, setzte er es auch in die Tat um.

»Das wird eine Punktlandung.«

Er stellte die Schachteln ab, warf ihr ein sexy Lächeln zu und kam zu ihr. »Ganz fertig sind wir noch nicht.« Er reichte ihr einen Stift und ein Papierherz. Ein zweites Papierherz behielt er für sich selbst. »Sie kommt sicher gleich. Wenn du also etwas für sie aufschreiben möchtest, tu es schnell.«

Er hatte wirklich an alles gedacht. Wie war sie je auf den Gedanken gekommen, er könnte zu viel Mann für sie sein? Kein anderer konnte ihm das Wasser reichen. Sie legte das Herz auf die Bank und schrieb. *Liebe Hellie, ich glaube, wahre Liebe kann man in den Augen einer Person lesen. Und jedes Mal, wenn Edgar dich angeschaut hat, habe ich sie gesehen. Alles Gute zum Hochzeitstag! Liebe Grüße, Amber.* Aus dem Augenwinkel sah sie, wie Dash sein Papierherz aufhängte. Er konnte Edgar Camden mühelos das Wasser reichen.

»Fertig?« Dash nahm ihr Papierherz und band es fest. In der Zwischenzeit las sie, was er geschrieben hatte. *Sie sehen hinreißend aus, Mylady.*

»Wie kommst du denn darauf?«

»Das hat Edgar bei jedem einzelnen Date zu ihr gesagt. Bis zum allerletzten.«

»Woher weißt du das?«

»Als ich sie mal nach dem Frühstück zu Fuß nach Hause begleitet habe, habe ich sie gefragt, was ihr am meisten fehlt. Und das war eines von mehreren Dingen.«

Du hast Hellie zu Fuß nach Hause begleitet? Dieser Mann war voller Überraschungen, aber eines stand fest: Die englische Sprache hatte nicht genügend Worte, um seine Aufmerksamkeit und Einfühlsamkeit zu beschreiben. »Auf dem Herz fehlt dein Name.«

»Das ist Absicht. Als ich noch ein kleiner Junge war, hat mein Großvater mir gesagt, ich sollte bei Geschenken nie auf ein Dankeschön hoffen. Er meinte, jemanden glücklich zu machen, sei genug. Und er hatte recht. Es ist schön, wenn Hellie weiß, dass viele Leute an sie denken. Wer den Stein ins Rollen gebracht hat, muss sie nicht unbedingt erfahren.« Er schnappte sich die große Schachtel, in der all die kleineren steckten, und nahm mit der freien Hand ihre. »Wir müssen los. Sie kann jeden Augenblick hier sein. Ist es okay, wenn wir ein Stück rennen?«

»Absolut. Komm, Reno.«

Sie rannten einen Hügel hinauf und versteckten sich hinter einem Gebüsch. Dash zog eine Tasche zwischen den Zweigen hervor. »Hier oben kann Hellie uns nicht reden hören.«

»Die Ninja-Rolle passt zu dir. Was ist in der Tasche?«

Er nahm eine Decke heraus und breitete sie aus. »Ich dachte, du möchtest vielleicht in der ersten Reihe sitzen und sehen, wie sie reagiert.« Sie ließen sich nieder und Reno legte sich neben die Decke und bettete die Schnauze auf die Pfoten. Dash schlang einen Arm um Amber und küsste sie auf die Schläfe. »Hinterher werden wir den Sternenhimmel bewundern, uns etwas wünschen und einander geheime Gedanken anvertrauen.«

Ihr wurde gleich noch wärmer ums Herz. »Du hast es nicht vergessen.«

»Warum überrascht es dich jedes Mal, wenn ich mir etwas merke, was du sagst?«

»Weil vieles nur Highschool-Kram war.«

»Du redest keinen Kram.« Er beugte sich zu einem Kuss zu ihr und im selben Moment trat Hellie aus dem Wäldchen.

»Schau.« Amber zeigte den Hügel hinab. Hellie trug ein langes, fließendes Kleid, darüber eine bunte Strickjacke und um die Schultern ein seidig schimmerndes blaues Tuch. Das silberne Haar hatte sie sich zu einem Knoten aufgesteckt. Eine Hand auf ihr Herz gedrückt betrachtete sie die Lichter im Gras und am Pavillon.

Amber wurde ganz kribbelig vor Aufregung, als Hellie zögernd den beleuchteten Weg entlangging und sich dabei immer wieder umschaute. »Ich wette, sie glaubt, der ganze Schmuck ist für jemand anderen.«

»Dafür haben wir die Herzen. Wenn sie liest, was darauf steht, weiß sie, dass das alles für sie ist.«

Sie schauten zu, wie Hellie zögernd die Stufen zum Pavillon hinaufstieg und sich immer wieder umsah. Mit den Fingerspitzen am Geländer machte sie bedächtig ein paar Schritte unter das geschmückte Dach. Sie las eines der Papierherzen und drehte sich ein paarmal im Kreis, als könnte sie nicht glauben, was sie da sah.

»Ich habe eine Gänsehaut«, flüsterte Amber.

Hellie entdeckte den Hamburger auf der Bank, sah ihn lange an und las dann weitere Herzen.

»Kannst du dir vorstellen, jemanden so sehr zu lieben, dass du jede Kleinigkeit, die derjenige einmal gesagt oder getan hat, für immer festhalten willst?« Schon während Amber die Frage stellte, wurde ihr bewusst, dass sie genau das bei Dash tat.

»Ja. Ich glaube schon.«

Er sagte das mit so viel Gefühl, dass ihre Nerven in Aufruhr gerieten. Sie wollte sein Gesicht sehen, traute sich aber nicht hinzuschauen. Sie hatte Angst davor, was der Anblick so tiefer, unverstellter Emotionen in ihr auslösen würde. Deshalb heftete sie den Blick fest auf Hellie. »Das war ein genialer Einfall. Sie so glücklich zu sehen, ist wunderschön.«

»Du bist wunderschön.« Dashs Stimme klang tief und rau.

Verstohlen schaute sie ihn aus dem Augenwinkel an und stellte fest, dass er nur Augen für sie hatte. Seine Gefühle waren so echt wie die Schmetterlinge, die in ihrem Bauch tanzten. »Warum schaust du mich an? Nach all der Mühe, die du dir gemacht hast, müsstest du doch gespannt sein, was Hellie tut.«

»Weil dir zuzuschauen, wie du dich für jemanden freust, noch zehnmal schöner ist. Ich liebe diesen verträumten Gesichtsausdruck. Den hattest du auch, als sich deine Freunde in der Scheune verlobt haben. Ihn innerhalb von zwei Wochen gleich zweimal zu sehen zu kriegen, ist unschlagbar.«

»Du bist einfach zu viel. Wo ist der Haken?«

»Wie kommst du darauf, dass es einen Haken gibt?«

»Du bist viel zu perfekt.«

»Ach was. Denk doch nur mal an mein Riesenbabylächeln.« Er grinste und zeigte dabei auf sein Gesicht.

»Dein Lächeln ist kein Haken.«

»Dich interessieren meine Makel und Fehler? Wie wär's damit: Ich war mehr als ein Jahrzehnt lang so sehr mit meiner Karriere beschäftigt, dass ich meine Familie oft wochenlang nicht gesehen habe. Und was hat mir das gebracht? Geld? Einen gewissen Promistatus? Was hat das denn schon zu bedeuten? Von den etwas wilderen Jahren zu Anfang meiner Karriere habe ich dir ja erzählt. Aber habe ich dir auch schon gesagt, dass ich mir inzwischen ein bisschen wie ein Heuchler vorkomme? Ich habe ein Buch geschrieben und beim Schreiben tatsächlich geglaubt, was ich da aufs Papier bringe. Ich ermutige die Leute, sich für ihre Ziele den Hintern aufzureißen. Dabei hatte ich bis vor Kurzem selbst noch keinen Schimmer, wie meine nächsten Schritte aussehen sollen. Von einem Ziel für die kommenden fünfzig Jahre meines Lebens ganz zu schweigen. Ich wusste, dass mir etwas fehlt, aber erst jetzt wird mir klar, was es war.« Er schaute ihr tief in die Augen. »Das warst du, Amber. Es waren Augenblicke wie dieser. Nächte wie die, die wir zusammen verbringen.«

Mir hat dasselbe gefehlt, flüsterte ihr Herz zurück.

»Aber das ist längst nicht alles. Ich hätte nie geglaubt, einmal einem anderen Menschen so tief vertrauen zu können, dass ich wirklich alles mit ihm teilen möchte. Auch meine Ängste und Fehler. Ich hätte nie geglaubt, dass es einen Menschen gibt, bei dem ich einfach ein Typ aus Port Hudson sein kann, der seine Familie liebt. Einer, der gerne mit den Leuten hier zusammen ist und mit älteren Damen Frühsport macht. Nicht der Footballspieler, nicht der Motivationsredner und auch nicht der Bestsellerautor. Mit dir wechsle ich wie von selbst vom öffentlichen Dash zum echten. Vielleicht bin ich ein Trottel, aber falls es so ist, will ich gern immer einer bleiben. Ich habe endlich das Gefühl, der Mann zu werden, der ich ursprünglich werden sollte. Und das liegt an dir.«

Ihr Herz wurde zu groß für ihre Brust. »Mir geht es mit dir ganz genauso. Mit dir kann ich immer ich selbst sein, und das macht mir ein bisschen Angst. Ich vergucke mich gerade heftig in einen Kerl mit einem großen Leben. Dabei weiß ich nicht mal, wie es weitergeht, wenn du in ein paar Tagen von hier wegmusst.«

»Ich komme zurück. So geht es weiter. Und alles andere finden wir dann raus. Denn ich vergucke mich gerade heftig in eine wunderbare Frau mit einem großen Leben in einer kleinen Stadt, und ich möchte ihr immer einen Grund geben, mich so anzuschauen wie jetzt gerade.« Er beugte sich näher, sein Atem strich federleicht über ihre Lippen. »Hab keine Angst. Ich lasse dich nicht im Stich.«

Er besiegelte sein Versprechen mit einem so süßen, zärtlichen Kuss, dass sie darin verschwinden wollte.

»Ich weiß, das Timing für die Tour ist Mist. Wochenlang voneinander getrennt zu sein, wird hart. Aber wir telefonieren jeden Abend.«

»Furchtbar hart. Aber ohne deine Tour hätten wir uns vielleicht nie kennengelernt.«

»Ja, das könnte sein. Also hat die Tour auch ihr Gutes. Wie danach mein Terminplan aussieht, steht noch nicht fest. Ich habe Verpflichtungen gegenüber Sponsoren und eine Handvoll Redeauftritte sind bereits vereinbart. Ein paar neue Ideen habe ich auch, aber ich will mit dir zusammen Pläne machen und nicht ohne dich. In vierzehn Tagen fliege ich übers Wochenende nach New York, um meine Familie zu besuchen und zu der Spendengala zu gehen, von der ich dir erzählt habe. Hast du Lust mitzukommen? Ich würde mich freuen.«

»Zu der Spendengala?«

»Und zu meiner Familie. Falls du dir frei nehmen kannst. Wir könnten den Freitagabend mit ihnen in Port Hudson verbringen, dann nach New York City fahren und bei mir übernachten. Am Samstag schauen wir uns die Stadt an. Und abends geht's dann zum Spendensammeln. Von meinen Freunden werden auch einige bei der Gala sein, und ich möchte gerne, dass du sie kennenlernst. Am Sonntag muss ich an die Westküste aufbrechen, weil dort am Montag die Buchtour weitergeht. Aber immerhin könnten wir einen großen Teil des Wochenendes zusammen verbringen, und danach sind es nur noch zwei Wochen bis zum Ende der Tour.«

Sofort war sie ganz aufgeregt. Ihre Gedanken jagten von einem Treffen mit seiner Familie zu der Arbeit, die in der Buchhandlung anlag, sprang zurück zu *Du willst mich deiner Familie vorstellen!* und von dort zu der Frage, was sie bei der Samstagabendveranstaltung tragen sollte. »Das klingt alles ganz wunderbar. Und ja, ich kann mir sicher freinehmen.«

»Ja?« Sein Lächeln wurde so breit, dass ihr Herz gleich noch ein bisschen mehr schmolz.

Sie nickte energisch. »Deine Familie würde ich sehr gerne kennenlernen, aber ich habe keine Ahnung, was ich am Samstagabend anziehen soll. Geht es bei der Gala eher vornehm zu?«

»Ja, und es gibt ein Motto. *Casinonacht im alten Hollywood.* Aber mach dir keine Gedanken. Ganz gleich was du anhast, du wirst die schönste Frau des Abends sein. Wenn du möchtest, können wir dir am Samstag in der Stadt ein Kleid kaufen.«

Die Aufregung sprudelte aus ihr heraus. »Machst du Witze? Das kann ich doch nicht bis zur letzten Minute aufschieben. Ich bin jetzt schon ein Nervenbündel. Aber ich finde sicher was Passendes, keine Sorge.«

»Warum bist du nervös?«

»Weil ich aus Oak Falls weg sein werde, deine Familie und deine Freunde treffe und mit dir zu einer Gala gehe. Das wird das Aufregendste, was ich seit Jahren getan habe.«

Er zog sie zu einem festen Kuss an sich. »Das wird ein wunderbares Wochenende. Und meine Familie wirst du lieben.

Meine Mutter kennst du ja schon und meine Brüder sind einfach die Besten. Meine Schwestern werden hin und weg sein von dir und ich werde mir von ihnen jede Menge Sprüche anhören müssen. Und …« Ein weiterer Gänsehautkuss, der die Luft um sie elektrisch auflud. »Ich bin im siebten Himmel, weil du Ja gesagt hast.«

Lachend küssten sie sich gleich noch einmal.

»Das wird unser bis dahin schönstes Wochenende. Zumindest hoffe ich das. Wir lernen auch den Freund meiner Mutter kennen, was sich für mich ein bisschen merkwürdig anfühlt. Aber egal, ich bin verdammt glücklich, dass du mitkommst.«

»Ich auch! Und nach allem, was du mir über deine Mom erzählt hast, freue ich mich, dass sie mit jemandem zusammen ist.«

»Ja, ich eigentlich auch. Es ist bloß seltsam, sich seine Mutter und einen Mann in der heißen Phase einer neuen Beziehung vorzustellen, so wie bei uns.«

»Nicht halb so seltsam, wie seine Eltern bei einer Jamsession hinter der Scheune in einer eindeutigen Situation zu ertappen.«

Er lachte. »Jetzt mag ich deine Eltern gleich noch viel mehr. Ich buche dir einen Flug und hole dich dann am Flughafen ab.«

»Wenn es dir nichts ausmacht, fahre ich lieber mit dem Auto. Ich bin erst zweimal geflogen und im Fußraum ist es für Reno ziemlich eng. Er hat mir leidgetan. Einige andere Passagiere haben mir wegen ihm auch ziemlich kritische Blicke zugeworfen und das war zusätzlich stressig für mich. Am Samstagabend muss Reno nicht dabei sein, aber wenn ich verreise, brauche ich ihn. Fahren wäre unkomplizierter für mich.«

»Kein Problem. Und wenn du möchtest, können wir ihn auch mit zu der Spendengala nehmen. Was immer du brauchst, wir kriegen das hin. Du hast den Abend für mich gerade noch schöner gemacht.«

»Und du für mich. Und für Hellie sowieso. Schau.« Sie nickte zu Hellie hin, die mit einem Stapel Papierherzen im Schoß auf der Bank saß. Ein weiterer Stapel lag neben ihr und ein Herz hatte sie in der Hand und las, was darauf geschrieben stand.

In einer Wolke aus purem Glück genossen sie diesen perfekten Abend. Als Hellie nach einer Weile mit den Armen voller Papierherzen wieder im Wäldchen verschwand, legten sich Dash und Amber auf die Decke und schauten hinauf in den Sternenhimmel. Ihre Hände waren ineinander verschlungen, ihre Herzen voller Hoffnung.

»Ich glaube, ich habe mir noch nie die Zeit genommen, einfach dazuliegen und mir die Sterne anzuschauen.«

Amber sah nur sein zum Himmel gerichtetes Profil. Ahnte er, dass ihre Gefühle für ihn in diesem Augenblick noch intensiver wurden? Dass sie ihn vermissen würde wie verrückt und jeden Tag die Stunden bis zu ihrem Telefongespräch am Abend zählen würde?

Sie schaute hinauf in den Nachthimmel und dachte dabei an ihn. Er hatte ihr so viel über sich erzählt, doch sie wollte unbedingt noch mehr über seine Vorstellungen von der Zukunft wissen. »Wenn du in ein oder zwei Sätzen zusammenfassen müsstest, was du dir vom Leben wünschst, was würdest du dann sagen?« Er ließ sich Zeit mit der Antwort, und sie drängte ihn nicht. Denn auch sie selbst überlegte, wie sie diese Frage beantworten würde. Ihre ineinander verflochtenen Hände lagen zwischen ihnen, und sein Daumen begann, in einem ruhigen Rhythmus über ihren Finger zu streichen.

»Ich habe lange wie in einem Strudel aus unendlich vielen

aufregenden Momenten, aber auch mit riesigem Druck gelebt. Ich denke, davon hätte ich gerne deutlich weniger und dafür viel mehr von dem hier.« Er drückte ihre Hand. »Und dazu vielleicht ein Trip nach Maui und dort im warmen Sand liegen. Mit meinem wilden Ding in einem süßen Bikini.« Er stützte sich auf einen Ellbogen und lächelte sie an. »Wie wär's, mein Herz? Lust auf einen sonnigen Strand in Hawaii?«

»Ich weiß nicht. Das wäre ein furchtbar langer Flug. Aber vielleicht kannst du mir ja ein paar Fotos schicken.«

»Und wo wäre da der Spaß?« Er küsste sie und kitzelte sie dabei zwischen den Rippen.

Sie zappelte. »Virginia Beach liegt praktisch um die Ecke.«

»Virginia Beach?« Er kitzelte sie noch einmal und sie kreischte ausgelassen. »Du verdienst es, die ganze Welt zu sehen. Zusammen mit einem Kerl mit einem Riesenbabylächeln.« Er küsste sie und strich mit den Fingern durch ihr Haar. »Die Sterne zu sehen, an wundervollen Orten.«

»Aber ich mag meine sichere kleine Welt.«

»Ich weiß. Und ich mag sie auch.« Er legte sich wieder auf den Rücken. »Willst du noch ein Geheimnis hören?«

»Aber immer.«

»Ich habe mir noch nie zusammen mit einem besonderen Menschen bei einer Sternschnuppe etwas gewünscht.«

Sie drehte den Kopf zur Seite, damit sie ihn ansehen konnte, und stellte fest, dass er sie auch jetzt wieder angeschaut hatte. In seinem Blick lagen unendlich viele Gefühle. »Wie schön, dass das ein erstes Mal für uns beide ist.«

»Oh ja. Und ich muss dich nicht mal fragen, was du dir wünschen wirst.«

»Wirklich? Warum?«

»Weil ich es schon weiß.« Er schaute ihr tief in die Augen,

so ruhig und so sicher, dass sie den Blick nicht senken konnte, selbst wenn sie es gewollt hätte. »Einen Mann, dessen erster Gedanke am Morgen und dessen letzter Gedanke am Abend dir gilt. Einen magischen Antrag, der noch bewegender ist als der deiner Freunde. Und ein ganzes Leben voller tiefer Blicke in jeden Moment, um darin die Samen für all die wundervollen Dinge zu erkennen, die noch kommen.«

Sie hatte keine Worte.

Er blickte wieder in den Himmel. »Und wenn das alles noch mit einem sexy, muskelbepackten Ex-Footballspieler garniert wäre, der grinst wie ein Riesenbaby und schmutzige Fantasien über dich hat, wäre dein Glück perfekt. Stimmt's?«

Sie lachte. »Und du wirst dir ganz einfach wünschen, dass die schmutzigen Fantasien wahr werden. Richtig?«

»Du hast mich durchschaut. Schließ die Augen, Baby. Es wird Zeit, unsere schmutzigen Fantasien, ich meine *romantischen Wünsche*, in die Tat umzusetzen.«

Sie schloss die Augen, und als ihre Hände wieder zusammenfanden, wusste sie eines ganz sicher. Selbst wenn sich keiner ihrer Wünsche für die Zukunft erfüllte, würde ein Leben voller solcher Augenblicke sie unendlich glücklich machen.

Vierzehn

»Bin gleich wieder da.« Zum fünften Mal in gefühlt fünf Minuten sprang Amber am frühen Samstagmorgen aus dem Bett.

Dash packte sie hinten an dem T-Shirt, das er gestern Abend beim Essen mit ihrer Familie getragen und das sie sich übergeworfen hatte. Er zog sie zurück ins Bett und schlang von hinten die Arme um sie. »Und was musst du jetzt wieder ganz dringend erledigen?«

»Ich muss den großen Glaskrug aus der Küche holen. Für die Verlosung.« Ihr war die Idee gekommen, dass jeder, der zur Signierstunde kam, sich für ihren Newsletter anmelden und damit an der Verlosung eines Gutscheins teilnehmen konnte.

»Und dazu musst du jetzt aus dem Bett springen? Wir fangen um zehn an und es ist noch nicht mal sechs.«

»Ich will den Krug eben nicht vergessen.«

»Babe, vor lauter Aufregung über das geplante Treffen mit meiner Familie, der Suche nach einem Kleid für die Spendengala und wegen der Signierstunde heute hast du in den letzten beiden Nächten kaum geschlafen.« Er machte sich Sorgen um sie. Als sie sich in der vergangenen Nacht geliebt hatten, hatten plötzlich Tränen in ihren Augen geglänzt. Und als er gefragt hatte, was los sei, hatte sie nur den Kopf geschüttelt. Er hatte nicht nachgehakt, vermutete aber, dass ihre Anspannung auch etwas mit seiner bevorstehenden Abreise zu tun hatte. Auch für ihn war der Gedanke alles andere als prickelnd.

»Du kannst mir schlecht vorwerfen, dass ich aufgeregt bin, oder?«

»Stimmt, kann ich nicht. Aufregung gehört nun mal dazu. Aber spring nicht aus dem Bett. Bleib bei mir. Ich verspreche dir auch, an den Glaskrug zu denken.« Er drückte sie auf den Rücken und schob sich auf sie. »Du bist sämtliche Details für heute zigmal haarklein durchgegangen. Jetzt musst du nur noch da sein und Bücher verkaufen, während ich Widmungen schreibe. Also, was ist los?«

»Ich bin bloß nervös wegen heute. Für dich ist das ein ganz großer Tag. Einer, an den du dich für immer erinnern wirst, von dem du mal deinen Kindern und Enkeln erzählst. Es ist dein Debüt. Der Anfang deines Lebens als erfolgreicher Autor.« Sie redete in Schallgeschwindigkeit und ihr Herz trommelte an seiner Brust. »Hawks Fotos werden überall im Netz auftauchen, und ich will, dass alles perfekt ist. Für dich, für Shea, für StoryTime.«

Er schaute ihr in die Augen und streichelte ihre Wange. »Bist du sicher, dass es nichts damit zu tun hat, dass ich morgen aufbreche?«

»Hm-hm.« Ihr Blick driftete von seinen Augen zu seinem Mund. »Ich werde dich vermissen, aber wir werden ganz oft telefonieren, und es ist ja nur für ein paar Wochen. Halb so schlimm. Ich habe in der Buchhandlung und mit dem Buchclub jede Menge zu tun. Ich muss den Roman für den Club noch zu Ende lesen, und dann kommt auch bald Halloween und ich brauche dringend ein Kostüm …«

Sie war so süß, wenn sie aufgeregt war, und er war versucht, sie einfach weiterreden zu lassen.

»Mir wird es furchtbar schwerfallen, von dir weg zu sein und ohne dich in Hotels zu schlafen.« Er holte ihren Blick zurück zu sich. »Auch weil hier in der Zwischenzeit sämtliche Cowboys versuchen werden, dich zu einem gemeinsamen Ritt in den Sonnenuntergang zu überreden.« Damit entlockte er ihr ein kleines Lachen. »Sogar mein Kumpel wird mir fehlen, der sich heimlich einen Platz im Bett sucht, wenn wir eingeschlafen sind.« Mit dem Kopf deutete er auf Reno, der sich am Fußende ausgestreckt hatte. »Aber am meisten werde ich das hier vermissen: dich festhalten und deine Gedanken in deinen schönen Augen lesen zu können. Ich glaube nämlich, dass meine bevorstehende Reise dich doch sehr beschäftigt. Aber vielleicht liege ich ja komplett daneben und die Trennung macht dir gar nichts aus. Dann bin ich im Gedankenlesen wohl doch nicht so gut, wie ich dachte.« Er fing an, sich von ihr herunterzuschieben.

»Warte.« Sie packte ihn an den Armen. »Dass du gehst, macht mich tatsächlich nervös. Ich werde dich schrecklich vermissen und weiß nicht, wohin mit diesen Gefühlen. Ich bin schon so daran gewöhnt, dass du hier bist und wir uns jeden Tag sehen. Mit so einem Abschied musste ich noch nie klarkommen. Außer bei meinen Schwestern und bei Axsel, natürlich. Aber das ist was anderes. Ich weiß, ich plappere und plappere und steigere mich da in etwas hinein. Dabei bist du ja noch hier, und ich will lieber nicht daran denken, dass du wegmusst, sonst geht die Signierstunde heute in die Hose. Und mich zu beschäftigen, ist die beste Möglichkeit, meine Gedanken auszuschalten.«

»Ich kenne eine viel bessere.« Er drückte die Lippen auf ihre und wühlte die Finger in ihr Haar. Nichts wünschte er sich mehr, als ihr die Traurigkeit zu nehmen und die Leere zu füllen, die er offenbar hinterlassen würde. Mit etwas Glück würde das Echo ihrer Zweisamkeit auch für ihn die Leere erträglicher machen, die er ohne sie ganz sicher empfinden würde.

Nach einem Morgen voller zärtlicher Leidenschaft und einer sinnlichen Dusche kamen sie gut gelaunt in der Buchhandlung an. Bis zum Beginn der Signierstunde hatten sie noch reichlich Zeit, und Dash schaute Amber dabei zu, wie sie aufgeregt hin- und herflitzte. In ihrem hübschen Paisleykleid, das ihre Taille betonte und ihre Oberschenkel locker umspielte, sah sie zum Anbeißen aus. Die Kombination aus Gold und verschiedenen Grüntönen brachte ihre Augenfarbe wunderbar zur Geltung, und er wusste, selbst wenn er sie morgens, mittags und die ganze Nacht lang liebte – genug bekommen würde er von ihr nie.

»Wo soll ich den Krug für die Verlosung hinstellen?«

»Auf den Tisch direkt am Eingang. Ach, da fällt mir ein, ich muss noch die Teilnahmescheine kopieren. Bin gleich wieder da.« Sie sauste in ihr Büro.

Gerade als Dash den Krug zum Tisch brachte, kamen die Blumen, die er bestellt hatte. Der Lieferant schob einen Wagen mit zwei großen Sträußen aus Ambers Lieblingsblumen und ein mit einem rosa Band verziertes leeres Einmachglas herein. Einen Strauß stellte Dash neben die Kasse, den anderen an den Tisch, an dem er sitzen würde.

Nachdem der Lieferant weg war, schloss er die Ladentür ab

und brachte das Glas in Ambers Büro. »Hey, Babe?«

»Ich habe gerade noch mal nachgedacht. Glaubst du, der Platz um deinen Tisch herum reicht aus?« Sie stand mit dem Rücken zu ihm am Drucker und drehte sich zu ihm um. »Wo hast du das denn her?«

»Ich habe einen Blumenlieferanten k. o. geschlagen und es ihm abgenommen.« Er stellte das Glas auf ihren Schreibtisch.

»K. o. geschlagen. So, so.«

»Jap. Wir brauchen schließlich hierfür einen Behälter.« Er zog die Eichel, die sie unten am Fluss aufgesammelt hatten, aus der Hosentasche und legte sie in das Glas.

»Dash«, hauchte sie ungläubig. »Du hast sie aufbewahrt.«

»Selbstverständlich. Schließlich markiert sie den Anfang unserer vielen wunderbaren Dinge.« Er zog Amber in seine Arme und küsste sie. »Und wenn ich mich recht erinnere, müssen wir noch Zettel dazu schreiben. Leider hatte der Kerl, den ich k. o. geschlagen habe, kein Papier bei sich.«

»Ich glaube, da kann ich helfen.« Sie zog einen rosafarbenen Notizblock aus der Schreibtischschublade, schnitt zwei Herzen aus und gab ihm eines davon.

»Ich liebe deinen Stil, wildes Ding.« Sie schrieben ihre Zettelchen, falteten sie zusammen und legten sie zu der Eichel ins Glas. Im selben Moment klingelte sein Telefon. Er zog es aus der Tasche und sah Dawns Namen auf dem Display. »Meine Schwester.« Und offenbar ein Videoanruf.

Amber ging zurück zum Drucker. »Sprich mit ihr. Ich bringe so lange die Teilnahmescheine raus.«

Er nahm den Anruf an und folgte Amber aus dem Büro. Gerade, als sie sagte: »Oh, Dash! Die sind wunderschön!«, erschienen die Gesichter seiner Schwestern auf dem Display.

»Schau mal, Andi. Das Riesenbabylächeln«, frotzelte Dawn.

»Wer spricht denn da? Shea?«, fragte Andi.

Dash schaute zu, wie Amber den Tisch für die Verlosung herrichtete. »Nein. Shea und Hawk kommen sicher gleich. Das war die schönste Frau von Oak Falls, die unvergleichliche Amber Montgomery.«

Amber blickte auf, ihre Wangen waren gerötet.

»Klingt, als wäre sie dir ziemlich wichtig«, stellte Andi fest.

»Ich wusste, dass die Torte was zu bedeuten hat!«, rief Dawn.

Dash schaute Amber in die Augen und ging zu ihr. »Oh ja, allerdings.«

»Hallo? Dash! Hier sind wir«, spöttelte Andi.

Er schaute in die Telefonkamera, griff nach Ambers Hand und zog sie mit ins Bild. »Sorry. Dawn, Andi, das ist Amber. Amber, meine Schwestern.«

»Hi, Amber«, sagten beide und lächelten sie neugierig an.

»Hi! Dash hat mir viel von euch erzählt.«

»Schön, dass er nicht *alle* im Dunkeln lässt.« Dawn warf Dash ihren finstersten Blick zu, was ihn jedes Mal zum Lachen brachte.

»Cool bleiben, Schwesterherz.« Er legte den Arm um Amber und küsste sie auf die Schläfe. »Ihr lernt sie ja jetzt kennen.«

»Fast hätte ich es vergessen«, sagte Amber erschrocken. »Dawn, vielen Dank für die Tiramisu-Crêpe-Torte. Die war ein Traum. Ich bin ein großer Fan deiner Sendung.«

Andi zog die Brauen zusammen. »Du hast ihr eine Crêpe-Torte gemacht? Ich habe noch nie eine bekommen.«

»Dafür kriegst du alles andere, was ich backe«, gab Dawn zurück.

»Stimmt. Die Reste von der Show«, beklagte sich Andi.

»Pfft.« Dawn verdrehte die Augen. »Du willst eine Crêpe-

Torte? Ich mache dir eine. Dafür musst du mir aber ein Date mit Suttons Boss besorgen.« Sutton arbeitete für Clay Bradens jüngeren Bruder Flynn.

Andi blieb der Mund offenstehen. »Auf gar keinen Fall werde ich …«

»Hey!«, blaffte Dash und die beiden verstummten. »Habt ihr mich angerufen, um aufeinander einzuhacken?«

»Sorry«, sagte Andi mit echtem Bedauern, während Dawn ihm einen schnippischen Blick zuwarf.

Er starrte mit zusammengekniffenen Augen zurück. »Du wirst dich nicht mit Flynn treffen. Der Alptraum wäre vorprogrammiert, wenn er dich nach zwei Dates langweilt.«

»Spaßbremse.« Dawn verdrehte die Augen. »Clay sieht in dieser Saison auch verdammt gut aus.«

»Dawn«, warnte Dash.

»War ein Scherz. Eigentlich wollten wir dir nur viel Erfolg für die Signierstunde wünschen. Aber jetzt, wo wir von Amber wissen, könntest du doch schon mal ein paar Bücher signieren und ihr dein Telefon geben, damit wir uns unterhalten können.« Dawn wedelte mit den Händen, wie um Dash zu verscheuchen.

»Wie lange seid ihr denn schon zusammen?«, fragte Andi.

Bevor Amber und Dash antworten konnten, sagte Dawn: »Hat er dich mit seinem Riesenbabygrinsen rumgekriegt?«

»Ich liebe sein Grinsen«, erklärte Amber lachend.

»Das musst du jetzt sagen, weil er neben dir steht«, gab Dawn zurück. »Wir wissen alle, dass er dabei grässlich viele Zähne zeigt.«

»Herrje.« Dash schüttelte den Kopf. »Amber kommt mit zu der Spendengala in New York in ein paar Wochen. Dann sehen wir uns und ihr könnt sie verhören.«

»Sie kommt mit?« Dawns Aufregung strahlte regelrecht aus dem Display. »Ich kann es kaum erwarten, dich persönlich kennenzulernen!«

»Ich auch nicht«, versicherte Andi. »Es muss was Ernstes sein mit euch beiden. Dash hat noch nie eine Frau mit nach Hause gebracht.«

»Weil er noch nie eine richtige Freundin gehabt hat. Ist doch klar.« Dawn kniff die Augen zusammen. »Moment mal. Oder hattest du heimliche richtige Freundinnen?«

Großer Gott. »Natürlich nicht. Wir müssen hier weitermachen. Es geht bald los.«

»In Ordnung«, lenkte Dawn ein. »Vermutlich hast du die einzige Frau auf der ganzen Welt gefunden, die hübscher ist als du. Was bedeutet, sie könnte zu hübsch für dich sein.«

Amber merkte, wie sie schon wieder rot wurde.

»Da ist was dran«, antwortete Dash. »Aber wenn ich ihr weiterhin Torten von dir schenke, bleibt sie vielleicht trotzdem bei mir.«

»Viel Erfolg heute. Und drück Hawk von mir«, sagte Andi. »Amber, ich freue mich darauf, dich bald richtig kennenzulernen.«

»Ich freue mich auch«, sagte Amber. »Mit euch wird es sicher lustig. So wie mit meinen Schwestern.«

»Wie viele Schwestern hast du denn?«, fragte Andi.

»Hast du auch irgendwelche heißen Brüder?«, fragte Dawn.

»Fünf Schwestern und einen sehr heißen, sehr schwulen Bruder«, sagte Amber. »An dem Abend, an dem Dash und ich uns kennengelernt haben, hat Axsel ihn gleich angebaggert.«

»Dein Bruder ist heiß, schwul und hat einen schlechten Geschmack?« Dawn grinste.

Dash fluchte leise. »Wir legen jetzt auf. Hab euch lieb.

Danke für den Anruf.«

»Wir dich auch«, riefen seine Schwestern. »Bis bald, Amber.«

Er beendete den Anruf und steckte das Telefon weg. »Tut mir leid.«

»Aber warum denn? Es war nett, dass sie angerufen haben. Die beiden sind ganz vernarrt in dich.« Sie stellte sich auf die Zehenspitzen und küsste ihn. »Und du musst ganz vernarrt in mich sein. Du hast mir Blumen gekauft und sogar an ein Glas für die Eicheln gedacht. Danke.«

»Süße, wenn jemand Dank verdient, dann du. Dafür, dass ich hier signieren darf, und dass du mir zeigst, worum es im Leben wirklich gehen sollte.«

»Ums Küssen zum Beispiel?« Sie küsste ihn noch einmal.

»Darum, *dich* zu küssen.« Schwungvoll beugte er sie über seinen Arm nach hinten und küsste sie halb um den Verstand.

Ein kräftiges Klopfen an der Ladentür ließ sie auseinander-fahren. Shea winkte ihnen von draußen zu. Ihr langes blondes Haar fiel offen über die Schultern ihres taillierten marineblauen Hosenanzugs. Hawk stand grinsend neben ihr, trendy wie immer in bleigrauen Jeans, einem schicken weißen Hemd und Hosenträgern. Das dichte braune Haar hatte er sich nach hinten frisiert, sein bärtiges Gesicht war hinter der Kamera versteckt.

»Shea und Hawk sind da.«

»Gott, wie peinlich«, sagte Amber atemlos.

»Kein bisschen. Komm, du wirst sie mögen.« Er nahm sie an der Hand und ließ die zwei herein. »Hi.« Dash küsste Shea auf die Wange. »Shea, das ist Amber Montgomery. Amber, das ist Shea Steele.« Während Shea Amber und Reno begrüßte und bewundernd einen Blick in die Buchhandlung warf, umarmten sich Dash und Hawk herzhaft. »Wie geht's dir, Mann?«

»Prima. Und reich bin ich bald auch. Ich verkaufe die Fotos, die ich durchs Schaufenster gemacht habe, an ein paar Klatschzeitschriften.« Hawk lachte.

»Das lässt du schön bleiben«, warnte ihn Shea. Sie zwinkerte Amber zu. »Er hat den Vertrag mit seinem Blut unterschrieben. Mit den Fotos von der Signierstunde kann er machen, was er will. Aber falls persönliche Aufnahmen von Dash in die falschen Kanäle gelangen, habe ich Hawk am Arsch.«

Hawk grinste. »Hey, vielleicht gebe ich sie ja genau deshalb weiter.«

Shea verdrehte die Augen.

»Hawk, das ist Amber, und das Reno, ihr Assistenzhund.« Dash hatte ihm von Ambers Epilepsie erzählt.

»Schön, dich kennenzulernen«, sagte Amber. »Offenbar bist du genauso charmant wie dein Bruder.«

Hawk schnaubte. »Ich bin viel charmanter als Dashell.«

Ambers Augen blitzten amüsiert. »Dashell?«

»Besten Dank, Mann. Das war der Todesstoß für meinen Coolnessfaktor.« Dash schüttelte den Kopf. »Dashell ist der Mädchenname unserer Mutter.«

»Gefällt mir, klingt hübsch.« Amber warf Hawk einen herausfordernden Blick zu. »Bei einem echten Kerl wirkt so ein hübscher Name nur noch männlicher.«

Dash wölbte die Brust vor und feixte seinen Bruder triumphierend an.

»Jetzt hast du was angerichtet«, scherzte Shea. »Sie werden den ganzen Tag lang versuchen, sich gegenseitig zu übertrumpfen.«

»Nein, nein. Heute ist mal Dash der Star. Ihn zu überstrahlen, wäre unhöflich. Aber kein Wunder, dass mein Bruder mit seinen Anrufen und Nachrichten mein Handy sprengt und

meint, ich müsste seine Traumfrau kennenlernen. Freut mich!«
Hawk umarmte Amber.

»Mich auch«, antwortete Amber herzlich. »Dash hat mir viel
Gutes über dich erzählt.«

»Vorwiegend Lügen«, scherzte Dash.

Shea verschränkte die Arme und fixierte ihn. »Traumfrau?
Warum weiß ich davon nichts?«

»Weil du mir gesagt hättest, ich soll Arbeit und Vergnügen
voneinander getrennt halten. Ich dachte, deshalb hättest du
behauptet, Amber sei nicht mein Typ.«

»Arbeit und Vergnügen zu trennen, ist immer ein guter
Rat«, sagte Shea. »Aber meine Einschätzung hatte einen anderen
Grund. Als ich vor ein paar Monaten mit Amber telefoniert
habe, war sie sehr freundlich und zurückhaltend und wollte
lieber keine Signierstunde für einen Sportstar abhalten. Weißt
du noch, Amber? Du hast gesagt, er und dein kleines, sehr
familiäres Geschäft würden wohl kaum zusammenpassen.
Deshalb dachte ich, *er* wäre nicht *dein* Typ.« Sie schaute Dash
an. »Du bist weder ruhig noch zurückhaltend und außerdem
immer auf der Suche nach dem nächsten Gipfel, den du
erstürmen kannst. Ich würde mich nicht wundern, wenn du
nach deiner Buchtour ein Football-Comeback startest und
wieder einem Ball nachjagst.«

»Keine Chance.« Dash tauschte einen wissenden Blick mit
seinem Bruder.

»Dass er nicht mein Typ ist, dachte ich ehrlich gesagt am
Anfang auch.« Amber warf Dash den scheuen und unendlich
süßen Blick zu, den er so liebte.

Hawk lachte auf. »Du meinst, er hat mit seinem Riesenbabylächeln nicht sofort dein Herz entflammt?«

»Ich musste einiges mehr tun als lächeln, um bei ihr landen

zu können.« Dash zog Amber an seine Seite und ein sexy Hauch von Röte überzog ihre Wangen.

»Da bin ich aber froh«, sagte Shea. »Ich dachte schon, mein Gespür hätte mich im Stich gelassen.«

Hawk warf ihr einen betont unschuldigen Blick zu. »Vielleicht gehen wir später zusammen was trinken, ich teste dein Gespür und gebe dir meine Expertenmeinung dazu.«

Bevor Shea darauf antworten konnte, klingelten die Glöckchen über der Tür und Ambers Mutter, ihre Schwestern und Lindsay stoben zusammen mit Phoenix und zwei weiteren jungen Frauen ins Geschäft. Marilynn schleppte ein großes Tablett. Morgyn und Brindle hatten Ballons mitgebracht. Lindsay kam mit leeren Händen, doch sie schaute sich sofort in dem Bereich um, wo der Signiertisch stand. Sable schwang eine Flasche Champagner über dem Kopf und rief: »Die Kavallerie ist da!«

Phoenix schloss die Tür hinter ihnen ab. »Ich wusste nicht, dass du Hilfstruppen angefordert hast.«

»Hat sie auch nicht«, sagte Brindle. »Aber hast du die Warteschlange draußen gesehen? Die reicht fast bis zur nächsten Straßenecke. Gut, dass wir da sind.«

»Was? Jetzt schon?« Mit Panik im Blick beugte sich Amber zu Reno und streichelte ihn. »Wir machen doch erst in einer knappen Dreiviertelstunde auf.«

»Wofür sind die Ballons?«, fragte Dash.

»Für die Schilder, die Amber vors Geschäft stellen wollte«, antwortete Morgyn. »Lindsay meinte, Ballons wären eine gute Idee.«

»Wo sind die Schilder? Die können wir gleich aufstellen«, schlug Lindsay vor. »Wir sollten sowieso loslegen und dafür sorgen, dass draußen alles geordnet abläuft.«

»Ich sollte dich einstellen.« Shea nickte ihr zu.

Amber zog eine Grimasse. »Oh je. Die Schilder rauszubringen habe ich völlig vergessen.«

»Wundert dich das?« Morgyn legte den Arm um sie. »Du fährst bald mit Dash zu seiner Familie, gehst zu einer todschicken Promiveranstaltung in New York City und wirst gleich die größte Signierstunde aller Zeiten veranstalten. Dass du überhaupt noch denken kannst, ist ein Wunder.«

Lindsays Zeigefinger schoss in die Luft. »Keine Sorge. Die Hilfstruppe ist einsatzbereit!«

»Ich hole die Schilder«, rief Phoenix und Lindsay folgte ihr zum Lagerraum.

Marilynn stützte ihr Tablett voller Kekse an einem Tisch ab. »Ich dachte, die verteile ich draußen, damit die Leseratten beim Warten nicht ungeduldig werden. Im Auto sind noch mehr. Aber bei den vielen Leuten reichen die vielleicht gar nicht.«

»Schon gut.« Ambers Blick flog nervös zu dem Tablett. »Kekse bedeuten Krümelfinger auf den Büchern. Aber ich habe Servietten in der Küche. Ich hole sie.«

»*Ich* hole sie«, bot Brindle an und sauste davon.

»Ich kann gar nicht glauben, dass schon so viele Leute da sind«, schnaufte Amber.

»Atmen, wildes Ding«, scherzte Sable. »Ich habe was für später mitgebracht, damit du mit Dash feiern kannst.« Sie drückte Amber die Champagnerflasche in die Hand. »Ich weiß, du wirst nur daran nippen. Aber du kannst Dash abfüllen und die Situation dann schamlos ausnutzen. Win-Win.«

»Danke. Aber an so was kann ich gerade nicht mal denken.« Amber stellte die Flasche ab und schaute Dash an. »Was, wenn uns die Bücher ausgehen?«

»Was da ist, wird eben reichen müssen«, antwortete er gelassen.

»Kunden enttäuschen zu müssen, finde ich schlimm. Aber du hast recht.« Amber atmete tief durch und straffte die Schultern. Vor seinen Augen verwandelte sie sich von der leicht panischen Gastgeberin in eine professionelle Buchhändlerin. Die Fingerspitzen auf Renos Kopf gelegt, stellte sie alle einander kurz vor und gab dann Anweisungen.

Dash schaute fasziniert zu, wie sie ihre perfekte Planung für die Abläufe und ihre Checkliste auseinandernahm, neu ordnete und Aufgaben verteilte, sodass ihre Schwestern und ihre Mutter bald wussten, wo sie anpacken konnten. Rein äußerlich hatte sie alles unter Kontrolle. Doch er spürte, dass sie unter ihrer effizienten Fassade so nervös war wie eine Maus in einer Schlangengrube. Nicht weil sie mit einer Signierstunde überfordert gewesen wäre, sondern weil nun in letzter Minute neue Spieler aufs Feld kamen und etwas tun wollten. Das hätte jeden aus der Ruhe gebracht. Zudem machte sie sich einen riesigen Druck, weil sie ihm eine reibungslose und unvergessliche Auftaktveranstaltung bieten wollte.

Kurz vor Beginn schob sich Hawk neben ihn. Er hatte Fotos von den letzten Vorbereitungen gemacht und auch von der Warteschlange draußen, von der Brindle gerade berichtete, dass sie inzwischen beinahe um den ganzen Block reichte.

Hawk hob die Kamera und fotografierte, wie Amber mit Shea etwas besprach. »Amber ist wirklich umwerfend. Kein Wunder, dass du sie mit nach Hause bringen und der Familie vorstellen willst. Aber bei der Spendengala behältst du sie besser im Auge. Ich weiß, du machst dir über Konkurrenz keine Sorgen. Aber sie hat das gewisse Etwas und du kennst ja uns Kerle.«

Das gewisse Etwas beschrieb ihre Ausstrahlung nur im Ansatz. »Ich mache mir keine Gedanken.« Amber drehte sich zu ihm und wie immer trafen sich ihre Blicke wie Blitze bei einem Sommergewitter. Machtvoll und glutheiß. »Aber wenn ich auf Tour bin, wird sie mir höllisch fehlen.«

»Gut. Vielleicht fährst du dann danach wirklich ein bisschen runter und gönnst dir eine Pause. Shea fragt sich mit Recht, in welches große Abenteuer du dich als Nächstes stürzen willst. Entschleunigung ist wirklich nicht dein Ding.«

»Ich hatte auch noch nie einen Grund dafür. Tust du mir einen Gefallen? Schieß noch ein paar Fotos von Amber und mir.«

»Klar, gerne. Einige habe ich ja schon gemacht. Wie du sie anschaust! Oh Mann.« Hawk schüttelte den Kopf. »Das ist eine ganze Fotoserie wert.«

»Und wie sie mich anschaut, haut mich um.«

Hawk machte rasch ein paar Aufnahmen von Dash und Amber, dann rief Shea: »Noch drei Minuten!«

Alle eilten an die zugewiesenen Plätze. Knisternde Aufregung lag in der Luft und Dash zog Amber noch einmal an sich.

»Es geht gleich los«, sagte sie angespannt.

Er nahm ihr Gesicht zwischen die Hände und schaute tief in die Augen der Frau, der sein Herz gehörte. Er liebte sie, und diese Erkenntnis durchjagte ihn wie ein Sturmwind, füllte seine Brust und schnürte ihm die Kehle zu.

»Dash, wir müssen uns beeilen«, drängte Amber und riss ihn aus seiner Trance.

Für den Augenblick verbannte er all die großen Gefühle in einen Winkel seiner Seele. Er brauchte Zeit, sie zu verarbeiten. Der Moment, in dem er ihr seine Liebe gestand, sollte so magisch werden, wie sie es verdiente.

Getragen von einem völlig neuen Glücksgefühl sagte er:

»Ich bin so froh, dass du nicht sofort zugesagt hast, als Shea wegen der Signierstunde angefragt hat. Dass wir das hier zusammen machen, bedeutet mir alles. Ich bin immer tief beeindruckt von dir, aber zu sehen, wie du hier den Laden zum Laufen bringst, war ein Erlebnis. Danke, dass du diesen Tag für uns beide so einzigartig machst.«

Sie fächelte sich mit der Hand Luft zu. »Oh, Dash. Mir kommen gleich die Tränen.«

Er drückte sie fest an sich. »Das will ich nicht. Ich will dir nur sagen, wie sehr ich das schätze, was du tust.«

»Danke. Ich bin so aufgeregt und freue mich so für dich. Ich hoffe, alles läuft glatt.«

»Pass auf, mein Herz. Wenn ich in meiner Footballkarriere eines gelernt habe, dann dass in einem Spiel selten alles glatt läuft. Falls uns die Bücher ausgehen oder die Fans ein bisschen über die Stränge schlagen, ändert das nichts daran, dass du mir einen wunderbaren Tag schenkst. Das glaubst du mir, oder?«

Sie nickte.

»Bist du bereit für eine Oak-Falls-Episode von *Fangirls außer Rand und Band*?«

Sie lachte. »Von mir aus kann's losgehen. Und was ist mit dir?«

»Mit dir an meiner Seite bin ich zu allem bereit.«

Er küsste sie noch einmal, dann scheuchte Shea ihn zum Signiertisch, und er sah, wie Amber alle Befürchtungen beiseiteschob und ihre heimelige Buchhandlung mit warmer Gastfreundschaft einer Horde lauter, aufgeregter Frauen öffnete, die direkt zu seinem Tisch stürzten.

Zwei Stunden vergingen mit einer endlosen Parade von Männern, Frauen und Kindern, die Bücher signiert haben wollten, mit Dash Selfies machten und sich in der Buchhandlung umsahen. Shea blieb am Tisch und koordinierte die Abläufe. Sie achtete darauf, dass die einzelnen Fans Dash nicht endlos mit Beschlag belegten, während Amber und Lindsay Kunden berieten und Fragen beantworteten. Hawk bewegte sich geschmeidig durchs Getümmel und fotografierte. Es war gut, dass Ambers Familie zum Helfen gekommen war, denn sie und ihre Angestellten hatten alle Hände voll zu tun. Marilynn und Brindle lasen den Kindern vor, deren Eltern in der Schlange warteten, Morgyn half Phoenix an der Kasse und Sable betätigte sich als Türsteherin. Sie sorgte für Ordnung in der Warteschlange und erstickte jedweden Ärger im Keim.

Dash war glücklich, wie reibungslos alles lief, und dass Amber gute Geschäfte machte und ihre Buchhandlung noch bekannter wurde. Dass Nana, ihre Freundinnen, Poppi, Cade, Sin, Trace und Graham und fast der ganze Rest der Stadt irgendwann ebenfalls vor seinem Tisch standen, überraschte ihn nicht. Der Zusammenhalt hier war enorm, und ihm war völlig klar, dass es diesen Leuten nicht unbedingt um ihn ging. Sie kamen vor allem wegen Amber. Er stand heute allerhöchstens an zweiter Stelle.

Gerade trat ein Teenager an den Tisch. Amber brachte einen neuen Stapel Bücher. Sie wirkte nervös und Reno hielt sich dicht an ihren Fersen. Dash zwinkerte ihr zu und hätte sie am liebsten zu einem Kuss auf seinen Schoß gezogen. Sie warf ihm ein sexy Lächeln zu, dann zog eine Kundin sie beiseite, und der Junge hielt Dash ein Buch hin und bat um eine Widmung für Mike.

Dash gab ihm das signierte Buch zurück. »Bitte schön, Mike. Ich hoffe, es gefällt dir und gibt dir vielleicht ein paar Anstöße.«

»Ganz bestimmt. Kann ich ein Selfie mit dir machen? Ich

will es gern meinem Dad zeigen.« Er zog sein Smartphone aus der Tasche.

»Klar.« Dash stellte sich neben ihn.

Mike hielt das Telefon in die Höhe und Dash lächelte zusammen mit ihm in die Kamera. Plötzlich hörte er Reno erst winseln, dann bellen. Er fuhr herum, sah, wie Amber mit leerem Blick in die Ferne starrte und schon in der nächsten Sekunde zur Seite auf die Frau neben ihr kippte. Er sprang auf, jagte quer durchs Geschäft zu ihr und hörte die Leute nach Luft schnappen. Von Angst gepackt nahm er die starre Amber aus den Armen der Frau. Der Anblick seiner Liebsten zerriss ihm fast das Herz. Vorsichtig legte er sie auf den Boden, da begann sie auch schon zu zucken.

»Bitte macht Platz!« Mit wild pochendem Herzen drehte er Amber auf die Seite. Ihre Schwestern drängten die Umstehenden weg und erklärten, dass Amber einen epileptischen Anfall hatte.

Reno umkreiste sie winselnd und versuchte, an den Notknopf an ihrer Signalkette zu kommen.

»Schon gut, Kumpel. Wir wissen Bescheid.« Dash hatte eine Hand unter Ambers Gesicht geschoben, damit sie sich nicht verletzte. Sie stieß erstickte Laute aus, während ihr Körper unkontrolliert zitterte und zuckte. »Keine Angst, Baby. Ich bin bei dir.« Fieberhaft versuchte er, sich zu erinnern, was jetzt zu tun war. *Darauf achten, dass sie atmen kann. Die Zeit im Auge behalten.* »Zeit! Kann irgendwer auf die Uhr schauen?«

»Schon dabei.« Marilynn ging mit ihrem Smartphone in der Hand neben ihm in die Hocke. Sie wirkte ganz ruhig. »Kommst du klar?«

»Ja. Nein. Ich meine, ja. Aber ich fühle mich so hilflos. Mein armes Mädchen.« Speichel sickerte aus Ambers Mundwinkel, und Dash bemerkte, wie Urin an ihrem Bein entlangrann und unter ihr eine kleine Pfütze bildete. Sein Herz wollte brechen. »Marilynn, schütz ihr Gesicht.«

Sie legte ihre Hand unter Ambers Wange, und Dash riss sich das Hemd so hektisch herunter, dass die Knöpfe in alle Richtungen spritzten. Er breitete es über Ambers Beine, und die Erinnerung daran, was Amber ihm über die Anfälle in ihrer Kindheit erzählt hatte, kam mit voller Härte zurück. Von einer Sekunde zur anderen erschlafften ihre Muskeln und ihr fielen die Augen zu. »Alles ist gut, Baby. Einfach nur atmen, mein Herz.« Ein paar weitere ruckartige Bewegungen, dann lag sie mit geschlossenen Augen still, ihr Kopf fiel zurück, ihr Mund stand offen. Dash nahm an, dass sie sich jetzt in der letzten oder auch postiktalen Phase befand, in der sich ihr Körper wieder beruhigte.

»Zweieinhalb Minuten«, sagte Marilynn. »Gut.«

Gott sei Dank. Wenn ein Anfall länger als fünf Minuten dauerte, war das ein Fall für den Notarzt. Dash sank hinter Amber auf den Boden, streckte die Beine links und rechts von ihr aus, zog ihren Rücken an seine Brust und hielt ihren schlafenden Körper fest. Mit der Hand wischte er ihr Spucke von der Wange und hauchte ihr einen Kuss auf die Stirn. »Ich bin bei dir, Baby. Alles ist gut.«

»Du machst das prima, Dash«, versicherte ihm Marilynn.

»Ich?«, stieß er verwirrt hervor.

»Ich weiß, wie schwer es auszuhalten ist, wenn jemand, den man liebt, einen Anfall hat.« Marilynn schaute an ihm vorbei und lächelte. »Ich glaube, ein paar von den Frauen hier sind vor allem dankbar, dass du dir das Hemd runtergerissen hast.«

Er schaute an sich hinunter und war beim Anblick seiner nackten Brust fast überrascht. Sein Blick fiel auf sein Hemd und er spürte einen Stich im Herzen. Es bedeckte Amber dort, wo sie sich nass gemacht hatte. Die letzten Minuten erschienen ihm seltsam unwirklich. Dann hob er den Kopf. Sable stand mit dem Rücken zu ihnen, hatte die Arme ausgebreitet und schirmte ihre Schwester mit ihrem Körper ab. Viele mitfühlende oder verschreckte Gesichter starrten ihm entgegen und machten ihm die Situation bewusst. Hawk hatte Shea beruhigend einen Arm um die Schultern gelegt. Sie drückte eine Hand an ihre Brust und hatte Tränen in den Augen. *Verflucht.* Die Signierstunde und die vielen Leute hatte er völlig ausgeblendet.

Wichtig war nur die Frau, die er liebte, und die nun langsam in seinen Armen zu sich kam.

Amber war in einem dichten Nebel gefangen. Verwirrt. Geräusche drangen zu ihr durch wie aus weiter Entfernung, blieben zu undeutlich, um sie einordnen zu können. Sie war müde. So unglaublich müde. Trotzdem versuchte sie, sich an die Oberfläche zu kämpfen, doch die überwältigende Erschöpfung sog sie immer wieder zurück in die Tiefe. Etwas raues Warmes strich über ihr Gesicht. Sie wollte herausfinden, was es war, doch die Laute und Stimmen im Hintergrund brachten sie durcheinander.

»Alles ist gut, Baby. Ich bin bei dir.«

Die vertraute tiefe Stimme voller Angst, aber auch voll Wärme, erreichte sie und zog sie aus dem Dunst. Sie kämpfte gegen die Müdigkeit an und zwang sich, die Augen zu öffnen. Doch ihre Lider waren zu schwer und flatterten wieder zu. Sie versuchte es noch einmal und blinzelte gegen das grelle Licht an.

Dann erkannte sie Dashs besorgte Augen. Doch wo waren sie? Und warum war ihr Hintern nass?

»Dash?«, presste sie zittrig hervor.

»Ich bin bei dir, mein Herz. Du hast einen Anfall gehabt, aber es geht dir gut. Deine Mom und deine Schwestern sind auch hier.«

Das Gesicht ihrer Mutter rückte in ihr Blickfeld. »Wir sind bei dir, Liebes.«

»Wo sind wir?«

»In der Buchhandlung«, antwortete Dash. »Deine Schwestern bringen gerade die Leute raus.«

Panik breitete sich in ihr aus. Die Erinnerung kam zurück und sie wollte sich aufsetzen. »Die Signierstunde.«

Dash zog sie sanft wieder an sich. »Die ist vorbei.«

»Nein!« Sie drückte sich von seiner Brust ab und setzte sich schwankend auf.

Er legte seinen Arm um sie und stützte sie. »Es ist alles in Ordnung. In einer Stunde wäre sie sowieso vorbei gewesen.«

»Nein. Nichts ist in Ordnung«, widersprach sie benommen und versuchte, ihre Gedanken zu sortieren. »Deine Fans haben geduldig gewartet.« Ihr war, als müsste sie gegen eine starke Strömung anschwimmen. »Mom?«

»Ja, Liebes?«

»Du darfst das nicht zulassen.« Amber versuchte aufzustehen, schaffte es aber nur bis auf die Knie. Dann spürte sie wieder die kalte Nässe an ihrem Hintern, und ein Hemd rutschte von ihrem Schoß. Es dauerte einen Moment, bis sie die Puzzleteile zusammengesetzt hatte. Dann kam die Verlegenheit als mächtige Welle, wurde zu einem Schmerz, den sie nicht abschütteln konnte. Doch wie damals als Teenager darin unterzugehen, kam nicht infrage. Adrenalin floss in ihre Adern.

»Bringt die Signierstunde zu Ende.«

»Auf keinen Fall weiche ich dir von der Seite, Baby.«

»Aber ich von deiner.« Amber schluckte.

Dash zog verwirrt die Brauen zusammen. »Wovon redest du?«

Sie schaute sich um, kämpfte gegen bleischwere Augenlider an. »Wo ist Sable? Jemand muss mich nach Hause fahren.«

»Das mache ich«, beharrte Dash und legte die Arme noch fester um sie.

»Ich bin hier.« Sable stellte sich vor sie hin und stemmte die Hände in die Hüfte. »Ich habe ihm schon gesagt, dass du ganz bestimmt möchtest, dass er hier weitermacht. Aber ich glaube, er hat mich nicht gehört. Lindsay und Shea werden sich um alles kümmern.«

Lindsay schob sich neben Sable. »Wir halten hier die Stellung, Amber.«

»Großer Gott«, knirschte Dash. »Sie hatte gerade einen Anfall. Wen interessieren jetzt ein paar verdammte Autogramme?«

»Mich!«, fauchte Amber. »Meine Krankheit darf dir nicht im Weg stehen.« Jedes Wort verbrauchte viel zu viel Kraft, aber er musste das kapieren. »Du hast hart für deinen Erfolg gearbeitet und du musst dranbleiben.« Tränen brannten in ihren Augen. »Es ist schon schlimm genug, dass ich mich nass gemacht habe. Also bitte, zieh die Sache durch. Tu es für mich.«

Sein Kiefer spannte sich so sehr an, dass die Muskeln hervortraten. Er sah aus, als würde er gleich explodieren. Seine Finger gruben sich in ihre Haut. »Ich liebe dich«, schleuderte er ihr grimmig entgegen. »Wie kannst du mich drängen, hier einen Auftritt abzuziehen, anstatt mich um dich zu kümmern?«

Einen Moment lang blieb ihr die Luft weg, sie war fast

sicher, dass sie sich verhört hatte.

Er packte ihr Gesicht mit beiden Händen. »Ich liebe dich. Hörst du? Ich werde nicht auf meinem Hintern sitzen und meinen Namen in Bücher schreiben, wenn ich bei dir sein sollte.«

»Oh Shit. Den hübschen Hintern wird die Sportskanone gleich gehörig versohlt bekommen, und alles nur für die Liebe«, blaffte Sable.

»Du liebst mich?« presste Amber mühsam hervor. Seine Worte rannten in ihrem benebelten Kopf im Kreis.

Ein gequältes Lächeln spielte um seine Lippen. »Mit allem, was ich habe, und allem, was ich bin.«

Tränen glitten über Ambers Wangen. Sie wollte ihm ebenfalls ihre Liebe gestehen, doch im Moment war das völlig unmöglich. Sie wusste, was sie zu tun hatte, und das hatte Vorrang. Für beides hatte sie gerade nicht genügend Kraft. »Wenn du mich liebst, signierst du jetzt weiter.«

»Zieh es durch, Pennington.« Sable verschränkte die Arme. »Wenn du jetzt aufhörst, waren ihre riesige Mühe und der ganze Aufwand umsonst. Ich kümmere mich um sie.«

Dash wirkte nicht überzeugt.

Ambers Mutter legte ihre Hand auf seinen Arm. »Ich weiß, wie schwer das ist. Aber Amber hat recht. Ihr ist völlig klar, dass du lieber bei ihr bleiben würdest. Und Sable macht das schon. Versprochen.«

Dash schaute Amber lange an. Seine Kiefermuskeln arbeiteten, tiefe Falten auf seiner Stirn und um seinen Mund verrieten seine Anspannung. Sein Herz hämmerte gegen ihren Körper. »Du willst, dass ich Bücher signiere? Ohne Hemd?«

»Ich habe noch eins zum Wechseln in meiner Tasche«, rief Hawk ihm zu.

Amber brachte ein Lächeln zustande. »Bitte sag Ja, damit ich nach Hause gehen, mich umziehen und hinlegen kann.«

Er lehnte die Stirn an ihre und drückte sie so fest an sich, dass seine Liebe unter ihre Haut kroch. »Alles in mir sträubt sich dagegen. Aber ich tue es. Für dich.« Er atmete schwer. »Verdammt, Amber. Heute Abend werde ich dich nach Strich und Faden verwöhnen und beglucken. Und du musst es über dich ergehen lassen.«

Gott, sie liebte ihn. »Ich würde es gar nicht anders wollen.«

Fünfzehn

Nach dem härtesten verdammten Belastungstest aller Zeiten stellte Dash vor Ambers Haus den Motor ab. Anstatt eine weitere Stunde hatte die Veranstaltung noch ganze zweieinhalb Stunden gedauert. *Ambers Engel* – Lindsay, Brindle, Morgyn und Phoenix – hatten ihn daran gehindert, früher abzubrechen. Zusammen waren diese vier standfester als jede Verteidigungslinie, mit der er es beim Football je zu tun gehabt hatte. Sie hatten kurzerhand erklärt, dass Amber so lange weitermachen würde, bis jede Frau, jeder Mann und jedes Kind, restlos alle Fans, ein Autogramm bekommen hatten. Als ihnen die Bücher ausgegangen waren, hatten sie ihm andere Gegenstände aus dem Geschäft zum Signieren gegeben. Beutel und Notizbücher zum Beispiel. Von Amber getrennt zu sein, war die Hölle gewesen. Ihr Zusammenbruch, und wie sie von Krämpfen geschüttelt auf dem Boden gelegen hatte, geisterten wie ein schlechter Film als Endlosschleife durch sein Gehirn. Von den Schuldgefühlen, die in quälten, weil er der Grund für ihre Erschöpfung war, ganz zu schweigen. Wie zum Teufel sollte er morgen abreisen, wo so etwas doch jederzeit wieder passieren konnte?

Hastig schnappte er sich das Essen, das Patty Ann vom benachbarten Catch Up Diner ihm mitgegeben hatte, und eilte zur Haustür. Er stieß sie auf und stapfte hinein. Marilynn sprang von der Couch. Sable, die am Kamin stand, steckte lässig ihr Smartphone weg.

»Wie geht es ihr?«, fragte er im selben Moment, in dem Marilynn sagte: »Sie schläft.«

»Ihr geht's gut. Aber du siehst aus, als bräuchtest du ein Beruhigungsmittel.« Sable machte ein paar Schritte auf ihn zu, betrachtete amüsiert Hawks senfgelbes Hemd und nahm ihm das Essen aus den Händen. »Die Ladys vom Diner muss man einfach lieben.«

»Patty Ann hat gesagt, das alles hier wäre Ambers liebstes Trostfutter.« Und sie hatte eine verdammte halbe Ewigkeit gebraucht, um ihm alle Speisen ausführlich zu erklären. Rasend schnell hatte sich dagegen die Nachricht von Ambers Anfall verbreitet, und die halbe Stadt war noch einmal zur Buchhandlung gekommen, um sich nach ihr zu erkundigen. Sein Mädchen war hier mehr als nur beliebt. Amber wurde geradezu verehrt. Und langsam verstand er immer besser, was das Wort *sicher* für sie tatsächlich bedeutete. Auch wie stark sie war, wurde ihm immer klarer. Und wie schwach die Liebe jemanden machen konnte. Selbst in ihrem benommenen Zustand war Amber stärker gewesen als er, fähig, von seiner Seite zu weichen, während er einfach nur um jeden Preis bei ihr hatte bleiben wollen.

»Sie wird noch eine Weile schlafen«, erklärte Marilynn. »Komm in die Küche, dann können wir reden.«

»Ich muss sie sehen.« Das klang so verzweifelt, wie er sich fühlte.

Sable musterte ihn skeptisch. »Weck sie bloß nicht auf, so wie du aussiehst. Schmerzverzerrt und schuldbewusst.«

»Sable!«, schimpfte Marilynn.

»Schon gut, sie hat ja recht. Und zwar mit beidem. Wie sollte ich mich sonst fühlen? Amber hatte einen Anfall und das ist meine Schuld. Gleich als ich sie kennengelernt habe, habe ich mich über Epilepsie informiert. Ich habe gewusst, dass Stress und Erschöpfung die Wahrscheinlichkeit für einen Anfall erhöhen. Trotzdem habe ich sie die ganze Woche über immer viel zu lange wachgehalten.« Die Worte brachen aus ihm heraus wie tollwütige Tiere, die er in sich eingesperrt hatte, seit Sable mit Amber nach Hause gefahren war. Die scharfen Zähne dieser Bestien gruben sich in sein Fleisch und rissen klaffende Wunden, die vielleicht niemals heilen würden. »Ich war egoistisch und total darin versunken, wie phänomenal es ist, mit ihr zusammen zu sein. An die Folgen habe ich nicht gedacht. Ich hätte dafür sorgen müssen, dass sie genug Schlaf bekommt.«

»Unsinn, mein lieber Junge.« Marilynn nahm ihn am Arm und sie folgten Sable in die Küche. »Du hast Freude und Liebe in Ambers Leben gebracht. Und so was kann man am Ende des Tages nicht einfach ausknipsen. Schon gar nicht, wenn alles noch ganz frisch ist.«

»Damit will sie sagen, es ist völlig okay, zu rammeln wie die Kaninchen.« Sable fing an, das Essen auszupacken.

»Sable, bitte«, schimpfte Marilynn.

»Ich fasse es nur in klare Worte.« Sie stibitzte sich ein paar Pommes und warf sie sich in den Mund. »Amber wird erst morgen wieder Hunger haben. Hast du was gegessen? Willst du auch welche?«

Dash schüttelte den Kopf und tigerte in der Küche auf und ab.

Marilynn half Sable, die Sachen wegzupacken. »Ich hätte es etwas vornehmer ausgedrückt. Aber was Sable sagt, ist richtig. Amber lebt seit langer Zeit mit dieser Krankheit. Sie kennt ihre

Grenzen und ist gut in der Lage, sich zu bremsen und Ruhepausen einzulegen.«

Sable schnaubte. »Wenn du das sagst. Ich finde, gegen diese beiden wirkt ein Waldbrand wie ein kleines Lagerfeuer.«

Dash spürte, wie sich ein Lächeln auf seine Lippen schleichen wollte. An Sables Bemerkung war was dran. Um keinen Preis der Welt hätten sich Amber und er in den letzten paar Nächten voneinander losreißen können.

»Wie schön für die beiden.« Marilynn zwinkerte Dash zu. »Wurde Zeit, dass Amber mal fünfe gerade sein lässt.«

»Sie lässt noch ganz andere …«

Marilynn brachte Sable mit einem Blick zum Schweigen.

Dash setzte seine Wanderung durch die Küche fort. »Ich hätte noch ein paar Fragen.«

»Nur zu, mein Lieber.« Marilynn schloss die Kühlschranktür und schaute ihn aufmerksam an.

Er fing mit dem an, was ihn am meisten beschäftigte. »Was, wenn wir nicht dort gewesen wären? Was, wenn sie gegen ein Regal gestürzt wäre und sich verletzt hätte?«

»Phoenix und die anderen Angestellten wissen, was zu tun ist«, antwortete Marilynn. »Und wenn sie allein gewesen wäre, hätte Reno den Knopf gedrückt. Dann wäre der Rettungsdienst gekommen, und ihr Vater und ich hätten uns auch sofort auf den Weg gemacht.«

Er schüttelte den Kopf, die Brust wurde ihm eng. *Das reicht mir nicht.* Was würde überhaupt reichen? »Hätte ich irgendwas anders machen sollen?«

»Nein. Du bist ruhig geblieben und hast alles genau richtig gemacht«, versicherte ihm Marilynn. »Du hast dafür gesorgt, dass sie sich nicht verletzt, und darauf geachtet, wie lange der Anfall dauert. Das sind erst mal die wichtigsten Dinge.«

Er schaute Sable an, die sicher kein Blatt vor den Mund nehmen würde.

»Es war alles okay, Pennington. Nur die Diskussion mit ihr hättest du dir sparen können.« Sable lehnte sich an die Arbeitsplatte und verschränkte die Arme. »Ich weiß, du willst sie beschützen. Das wollen wir alle, aber sie ist kein hilfloses Häschen.« Bedauern trat in ihren Blick. »Das sagt dir eine, die das auch erst lernen musste. Wenn du sie wirklich liebst …«

»Ich liebe sie von ganzem Herzen. Eigentlich wollte ich es ihr nicht auf diese Art sagen. Ich wollte, dass es ein unvergesslicher, magischer Moment wird. Schöner als alles, was sie sich erträumt hat. Aber es ist mir einfach rausgerutscht.«

»Das zeigt nur, dass es echt ist«, sagte Marilynn.

»Und es wird tatsächlich unvergesslich bleiben.« Sable lachte kurz auf, dann schaute sie ihn durchdringend an. »Aber noch mal. Wenn du sie liebst, dann nimm sie ernst, wenn sie dir sagt, was sie braucht. Wenn sie auch nur einen Moment lang das Gefühl hat, ein Klotz an deinem Bein zu sein, verlierst du sie für immer. Daran solltest du von jetzt an denken, wenn du dich mit ihr streiten willst.«

Bei der Vorstellung, Amber zu verlieren, wurde ihm übel. »Denken, bevor ich den Mund aufmache, gehört nicht zu meinen Stärken. Besonders, wenn es um Amber geht. Aber daran muss ich wohl arbeiten.«

»Du wirst es lernen«, sagte Marilynn. »Mehr auf deinen Kopf zu hören als auf dein Herz, ist schwer. Aber in dem Fall ist es sehr wichtig.«

»Ja. Und ich werde es versuchen. Was muss ich sonst noch wissen? Sollen wir Ambers Arzt anrufen? Wie lange soll ich sie schlafen lassen? Was kann ich heute Abend noch tun, um ihr zu helfen?«

»Bei ihrem Arzt habe ich für Montag einen Termin für eine Untersuchung gemacht«, antwortete Marilynn. »Der letzte Anfall ist viele Jahre her, und Durchbruchanfälle – so nennt man die, die nach einer langen Phase ohne Anfälle kommen – gibt es leider hin und wieder. Vielleicht müssen ihre Medikamente ein bisschen umgestellt werden. Heute lässt du sie am besten einfach schlafen. Ihre Muskeln werden schmerzen wie nach viel zu viel Sport und sie wird ziemlich groggy sein. Ihr Körper muss sich erst erholen. Sei einfach der liebevolle Kerl, der du sowieso bist. Sie zeigt dir sicher, was sie braucht.«

Sable grinste vielsagend und handelte sich damit ein Augenrollen von Marilynn ein.

»Mit Phoenix habe ich schon gesprochen. Sie springt morgen in der Buchhandlung ein, dann kann Amber sich ausruhen. Möchtest du, dass wir bleiben? Brauchst du Unterstützung?«, fragte Marilynn.

»Nein. Aber danke für alles.«

Marilynn umarmte ihn. Dann berührte sie seine Wange, wie auch seine Mutter es manchmal machte. »Unser Morgenplausch wird mir fehlen, wenn du auf Tour bist. Aber wir werden uns gut um unser Mädchen kümmern.«

Ob er wirklich morgen abreisen würde, stand noch nicht fest. Aber das behielt er für sich. Er brachte Marilynn und Sable zur Tür. Als sie sich verabschiedet hatten, ging er leise ins Schlafzimmer. Amber lag auf der Seite und schlief. Das Haar war ihr über die Wange gefallen, sie hielt ein Kissen an den Bauch gedrückt und Reno lag ausgestreckt an ihrem Rücken. Sie trug schwarze Leggings, das Sweatshirt, das sie ihm vor ein paar Tagen abgeluchst hatte, und pinkfarbene Rüschensöckchen. Er hätte schwören können, dass sein Herz bei ihrem Anblick dreimal größer wurde.

Reno hob den Kopf.

»Pssst. Alles in Ordnung, Kumpel. Schlaf weiter.« Dash streifte die Schuhe ab und schob sich zu Amber aufs Bett. Nase an Nase, das Kissen zwischen ihnen, legte er den Arm um sie und wünschte sich aus ganzer Seele, er könnte ihr die Epilepsie abnehmen und sich an ihrer Stelle damit herumschlagen. Sanft küsste er sie auf die Stirn, dann schloss er die Augen. Ihre Nähe rückte alles, was in ihm durcheinandergeraten war, zurück an seinen Platz.

Dashs vertrauter Geruch lockte Amber aus dem Schlaf. Sein warmer Atem strich über ihre Lippen, das Gewicht seines Arms auf ihrer Seite gab ihr ein Gefühl von Sicherheit. Im Zimmer war es dunkel, im Haus ganz still. Er war immer noch da und er liebte sie. *Mit allem, was ich habe, und allem, was ich bin.* Beim Verlassen der Buchhandlung war sie zu benommen gewesen, um ihrer Erinnerung zu trauen. Ihre Mutter hatte die Worte so oft für sie wiederholen müssen, dass Sable schließlich angeboten hatte, sie sich auf die Brust tätowieren zu lassen, damit Amber nicht dauernd nachfragen musste. Ihre Mutter hatte ihr auch berichtet, wie besonnen Dash bei dem Anfall reagiert hatte. Sable, ihre großherzige Beschützerschwester ohne Hang zu warmen, kuscheligen Worten, hatte erklärt, sie hätte Dashs Angst gespürt. *Aber nicht die Angst eines Waschlappens*, hatte sie versichert. *Es war die Angst eines Kerls, der eine Frau so sehr liebt, dass er den Verstand verlieren würde, wenn ihr etwas zustößt.*

Dash öffnete die Augen und berührte ihr Gesicht. »Hey, meine Schöne. Wie fühlst du dich?«

»Als hätte ich einen ganzen Monat lang geschlafen und müsste gleich noch mal einen Monat dranhängen. Muskelkater habe ich auch und ich bin ein bisschen benebelt. Wie lange habe ich geschlafen? Und wo ist meine Hose?«

»Ein paar Stunden.« Er schaute auf die Uhr. »Es ist Mitternacht. Vor etwa einer Stunde hast du angefangen zu schwitzen und dir die Leggings ausgezogen.«

»Es tut mir furchtbar leid, dass ich die Signierstunde ruiniert und dich in Verlegenheit gebracht habe.«

»Du könntest mich niemals in Verlegenheit bringen und ruiniert hast du überhaupt nichts. Selbst nachdem alle Bücher verkauft waren, ist es noch eineinhalb Stunden lang weitergegangen. Deine erbarmungslosen Hilfstruppen haben mich gezwungen, zu bleiben und Autogramme auf jedes Buch, jeden Beutel und jeden auffindbaren Notizblock zu kritzeln.«

Meine Hilfstruppen. Ihr wurde warm ums Herz. »Das hast du gut gemacht. Aber solltest du nicht mit deinem Bruder und Shea beim Dinner sein?«

»Fragst du mich das jetzt wirklich? Sie sind mit deinen Schwestern und deren Männern beim Essen, danach reisen sie ab.«

»Du solltest …«

Er schnitt ihr mit einem Kuss das Wort ab. »Du hast mir nicht erlaubt, dich nach Hause zu bringen, sondern darauf bestanden, dass ich weiter signiere. Auf gar keinen Fall wirst du mich jetzt rausschmeißen.«

»Okay, Boss.« Sie legte ihm eine Hand an die Wange, seine Stoppeln kitzelten ihre Finger. Klammheimlich schlich sich eine leichte Unsicherheit an. Amber hoffte, dass Dash seine Liebeserklärung nicht inzwischen bereute. Eigentlich klang er nicht danach. Aber das waren drei sehr große Worte. Sie konnte ihm durchaus wichtig sein, aber vielleicht hatte er das gar nicht sagen wollen. »Und du? Wie fühlst du dich jetzt?«

»Als hätte ich an die Ersatzbank gekettet der Frau, die ich liebe, hilflos zuschauen müssen, wie sie sich ohne Schutzausrüstung quer durch die gegnerischen Reihen über ein Footballfeld kämpft.«

Ihr stiegen Tränen in die Augen, denn sie wusste, dass er die Wahrheit sagte, dass er sie liebte und sich hilflos fühlte.

»Und als wollte ich dir nie wieder von der Seite weichen. Aber ich weiß, das wirst du mir nicht erlauben.« Er schob ihr eine Haarsträhne hinters Ohr und drückte seine warme, raue Handfläche an ihre Wange. Sie legte eine Hand über seine und hielt sie dort fest. »Aber vor allem bin ich froh, dass dir nichts passiert ist. Und es tut mir leid, dass ich nicht besser auf dich aufgepasst habe, dass ich dir den Schlaf geraubt habe und dass du wegen meiner Signierstunde so viel Stress gehabt hast.«

Die verschiedensten Gefühle wallten in ihr auf. Sie wusste sehr gut, dass sie sich nicht zu sehr verausgaben durfte, und würde nicht zulassen, dass er sich Vorwürfe machte, wenn sie nicht auf sich achtete. »Es ist nicht deine Schuld, selbst wenn du das jetzt denkst.«

»Oh doch, meine Süße. Und ich lerne daraus. Von jetzt an werde ich besser auf dich aufpassen.«

Eine Träne glitt über ihre Wange, seine Liebe zu ihr war wirklich grenzenlos.

Er wischte die Träne mit dem Daumen weg und zog die Brauen zusammen. »Weshalb bist du so traurig?«

»Ich bin nicht traurig. Ich bin glücklich. Du hast mich bei einem Anfall erlebt und du bist immer noch da. Wenn ich gewusst hätte, dass du dich in mich verliebst, wenn ich in die Hose mache, hätte ich es vielleicht schon früher getan.«

Er nahm das Kissen zwischen ihnen weg und rückte näher. Zärtlich zog er sie zu einem Kuss an sich. Dann flocht er die Finger in ihr Haar, hielt sie ganz nahe bei sich und flüsterte: »Wie soll ich bloß morgen von hier loskommen?«

»Hoffentlich glücklich und befriedigt.« Für Sex war sie nicht in der Verfassung, aber sie zog ihn einfach zu gerne auf.

Er knurrte und küsste sie danach so behutsam, als hätte er Angst, ihr wehzutun.

»Welche Regeln gibt es zu Sex und Anfällen?«

»Während eines Anfalls ist Sex wohl eher nicht zu empfehlen.«

Er lachte leise. »Scherzkeks.«

»Ich sehe dich einfach gerne lächeln.« Ihr Puls beschleunigte sich, ihr Herz quoll über. »Ich liebe dein Lächeln und ich liebe dich.«

Er schloss die Augen und atmete aus, als hätte er den ganzen Tag über die Luft angehalten. Eine gigantische Anspannung schien von ihm abzufallen und seine Stirn kippte nach vorn. Er öffnete die Augen, schaute tief in ihre und sagte: »Wie können drei so kleine Worte meine ganze Welt verändern?«

Sechzehn

Dash schreckte aus dem Schlaf. Seine Stirn war schweißbedeckt und er rang nach Luft. Er hatte von gestern geträumt, war in einer Endlosschleife gefangen gewesen, die mit der Angst begann, die ihn beim Anblick von Ambers glasigem Blick gepackt hatte, und ihm immer wieder vorspielte, wie sie zusammengesackt war. Doch in dem Traum hatte es keine geistesgegenwärtige Kundin gegeben, die sie auffing. In dem Traum stürzte er zu ihr, so schnell er konnte, und kam doch zu spät. Sie krachte in das Bücherregal und schlug auf dem Boden auf. Wieder und wieder.

Mit klopfendem Herzen wischte er sich den Schweiß weg. Er lag allein im Bett, gerade krochen die ersten Lichtstrahlen durch die Gardinen. »Amber?« In seinen Boxershorts sprang er aus dem Bett. Im Badezimmer brannte kein Licht. Mit jagendem Herzen hastete er ins Wohnzimmer. Wenn sie einen weiteren Anfall gehabt hätte, hätte Reno doch sicher gebellt. »Babe?«

Er fand sie mit einem halb gegessenen Zimtbrötchen in der Küche. Gerade leckte sie sich den Zuckerguss von den Fingern. Da stand sie in seinem Sweatshirt und den Rüschensöckchen, die er an ihr so liebte. Sie hatte wieder ein bisschen Farbe im

Gesicht und ihre Augen funkelten so grün, braun und golden. Ambers süßes Lächeln traf ihn mitten in die Brust und die Erleichterung war grenzenlos.

Reno lag neben ihren Füßen und hob den Kopf.

»Sorry. Ich hatte einen Bärenhunger.«

Er legte den Arm um ihre Taille und küsste sie auf die Wange. »Prima. Bärenhunger ist ein gutes Zeichen, oder?«

»Ja. Ich fühle mich schon viel besser, nur die Muskeln tun mir noch weh. Tut mir leid, dass ich heute Nacht wie ausgeknipst war.«

»Dafür musst du dich doch nicht entschuldigen. Ich bin froh, dass es dir besser geht.«

»Unglaublich, wie viel Essen Patty Ann für mich eingepackt hat. Erzähl mir noch mal alles über den Teil der Signierstunde, den ich verpasst habe. Dass ich nicht zu dem Dinner mit Hawk und Shea konnte, ist jammerschade. Hast du schon mit ihnen gesprochen? Ich muss mich bei ihnen entschuldigen. Hast du gestern Abend noch was gegessen? Das hier schmeckt köstlich. Probier mal.« Sie hielt ihm das Zimtbrötchen hin.

Wenn sie so wild drauflos plapperte, war sie nervös. Das wusste er inzwischen. Nach dem Grund musste er sie nicht erst fragen, denn er kannte ihn längst, und auch er war beklommen. Er würde bald aufbrechen, und obwohl sie sich in knapp zwei Wochen wiedersehen, seine Familie besuchen und zu der Spendengala gehen würden, wollte er die Tour am liebsten absagen und einfach bei ihr bleiben. Er zeigte auf das Zimtbrötchen. »Sicher süß. Aber nicht süß genug.«

Er legte das Brötchen auf einen Teller, zog den Zeigefinger durch den Zuckerguss und bemalte damit ihre Unterlippe. Dann küsste er sie sinnlich und tief. Sie war der süße Himmel und die gütige Erde, glutheißes Verlangen und seelentiefe Liebe.

Und er war so verdammt froh, dass es ihr besser ging. Er brauchte sie mehr als je zuvor irgendetwas in seinem Leben, musste sich mit ihrem Geschmack füllen, darin schwelgen, wie sie sich anfühlte, und in der Süße namens Amber Montgomery ertrinken. Nach dem Kuss seufzten sie beide. Ambers Lider öffneten sich flatternd, und ihr Blick war so voller Hitze, dass alle mühsam in Schach gehaltenen Gefühle aus ihm herausdrängten.

Er flocht die Finger in ihr Haar. Mit den Lippen an ihren flüsterte er: »Ich will bleiben.«

»Das kannst du mir nicht antun«, flüsterte sie fast flehentlich zurück.

Er biss die Zähne zusammen. »Gott, ich werde dich unsagbar vermissen. Bis New York sind es nur zwölf Tage, aber verdammt, ich werde jeden einzelnen davon hassen.«

»Ich auch.« Sie schnappte nach Luft. »Oh nein, Dash!«

»Was ist denn?« Ihr gequälter Ton erschreckte ihn.

»Ich kann nicht nach New York fahren. Ans Steuer darf ich erst wieder, wenn ich sechs Monate lang keinen Anfall gehabt habe.«

»Verstehe. Kannst du fliegen? *Wirst* du fliegen?«

Sie nickte zögernd. »Ja. Anders wird es nicht gehen. Und die Trennung von dir wird ganz furchtbar sein.«

»Dass du fliegen musst, tut mir leid. Aber ich besorge dir ein Ticket für die erste Klasse. Dann hast du mehr Platz für Reno. Verdammt, ich chartere einen Privatjet für dich.«

»Sei nicht albern. Ich kann ganz normal Economy fliegen.«

»Nicht nach dem, was du mir über deinen letzten Flug erzählt hast. Ein Erste-Klasse-Flug ist das Mindeste.« Er küsste sie fest. »Und für die nächsten sechs Monate besorge ich dir einen Fahrer.«

»Kommt gar nicht infrage.«

»Du hast recht. Einen Fahrer brauchst du nur, während ich auf der Buchtour bin. Danach weiche ich dir nicht mehr von der Seite. Zu meinen Redeauftritten und den Presseevents können wir gemeinsam reisen. Solche Trips dauern meistens nur zwei oder drei Tage.« Er grinste. »Und über Maui reden wir noch mal.«

»Du bist total verrückt.« Leise lachend schlang sie die Arme um ihn. »Ich brauche keine Sonderbehandlung. Ich brauche nur dich.«

»Und mich hast du, solange du mich haben willst.« Zärtlich drückte er die Lippen auf ihre, und sie drängte sich an ihn und machte ihn hart. Mit einem Knurren hob er den Kopf. »Bist du zu erschlagen, um …?«

»Nein. Aber lassen wir es ruhig angehen. Die Vorstellung, die Kontrolle zu verlieren, macht mich ein bisschen nervös.«

Sie zog seinen Mund zu ihrem, doch kurz vor ihren Lippen hielt er inne. »Wir müssen nichts machen.«

Ihre Augen verdunkelten sich und blitzten verführerisch. »Oh doch. Alles.«

Anfangs küssten sie sich behutsam und zärtlich, doch bald verschlangen sie einander hemmungslos. Seine Gedanken kamen ins Schlingern, und er gab sich Mühe, sich zu bremsen. Er wollte sehen, ob es ihr auch wirklich gut ging. Doch sie klammerte sich an ihn und küsste ihn fordernder, sagte ihm auf ihre eigene sexy Art, dass alles in Ordnung war. Er hob sie auf die Küchentheke, schob sich zwischen ihre Schenkel und zog ihr sein Sweatshirt über den Kopf. Hungrig wanderte sein Blick über ihren herrlichen Körper bis hinab zu ihren knappen Spitzenpanties. Irgendein Teil mit Spitze oder Rüschen trug sie immer, mal waren es Söckchen, mal der BH oder die Panties oder ihre Shirts. Nie zuvor hatte er derart auf ein Stück Stoff reagiert. Doch jedes Mal, wenn er Spitze oder Rüschen an ihr sah, stand er in Flammen. Dieses zarte Wesen hatte die Macht, ihn in die Knie zu zwingen. »Du bist so unbeschreiblich weiblich. Du bringst mich um.«

Er nahm ihren Mund in Besitz, küsste sie langsam und tief. Seine Hände wanderten über ihre Hüften, packten ihren Hintern und drückten sie gegen seine Erektion. Sie stöhnte in seinen Mund und rieb sich an ihm. Atemlos beendete er den Kuss, legte die Lippen auf ihre Brust, küsste, neckte und saugte sie. Amber antwortete mit sündigen Lauten.

»Oh … ja«, seufzte sie. Sie grub die Hände in sein Haar, hielt ihn dort fest, wo er war, und reckte sich ihm entgegen. »So gut. So schön.«

Dann zog sie sein Gesicht zurück zu ihrem, küsste ihn und drängte fiebrig ihre Zunge in seinen Mund. Verdammt, er liebte diesen Mund. Er brauchte mehr, wollte alles. Ohne die Lippen von ihren zu nehmen, hob er sie hoch und trug sie ins Schlafzimmer. Hinter sich hörte er Renos Pfoten über die Dielen tappen. Er legte Amber behutsam aufs Bett und zog ihr die Panties aus. Während er seine Boxershorts abstreifte, verschlang er sie mit den Augen. Er schloss die Hand um seinen harten Schaft und rieb ihn ein paarmal fest. Sie schaute ihm zu, und er liebte das versengende Verlangen in ihrem Blick, die Feuchtigkeit, die zwischen ihren Beinen schimmerte.

Sie setzte sich auf und streckte die Hand nach ihm aus. »Ich will dich lieben.«

Ihre Zunge huschte über ihre Lippen und er wurde in seiner Hand noch härter. Er schob sich näher zu ihr, sie schaute ihm in die Augen und legte ihre zarten Finger um ihn. Die Liebe in ihrem Blick nahm ihm den Atem, ihr Mund war das Paradies.

Sie liebte ihn langsam und so verdammt perfekt, dass er alle Mühe hatte, nicht sofort zu kommen. Dann schloss sie die Lider, er vergrub die Finger in ihrem Haar und stieß langsam und tief in sie hinein. Sie öffnete die Augen wieder, fesselte ihn mit ihrem Blick, legte die Hände auf seine und spornte ihn zu schnelleren Bewegungen an. Auf ihre ganz eigene Art gab sie ihm damit grünes Licht, die Kontrolle zu übernehmen. Ihr Vertrauen und ihre Liebe waren überwältigend, und ihr Mund und ihre Zunge brachten ihn um den Verstand. »Großer Gott, Baby«, presste er hervor.

Er wich zurück, beugte sich zu ihr und drückte die Lippen auf ihre. Mit der Zunge liebte er jetzt ihren Mund. Die Lust staute sich in ihm auf wie glühende Lava und er riss den Kopf hoch. »Du kommst an meinem Mund, damit ich deinen Geschmack mitnehmen kann, und danach liebe ich dich, bis wir beide unsere Namen vergessen.«

»Himmel, ja«, antwortete sie atemlos.

Er fiel auf die Knie und setzte seine Ankündigung voller Hingabe in die Tat um. Sie schrie seinen Namen und rieb sich an seinem Mund, während er sich nahm, was er brauchte. Noch während der letzten kleinen Nachbeben nach ihrem Höhepunkt wanderten seine Lippen an ihrem Bauch und ihren Brüsten nach oben. Dann küsste er sie lange und ohne Hast. Niemals wandte sie sich ab, wenn er nach ihr schmeckte. Sie küsste ihn nur noch tiefer und besitzergreifender. So als würde alles, was sie taten, ihn genauso zu dem Ihren machen wie sie zu der Seinen. Er schwelgte in dem Gefühl, ihr zu gehören, wollte in sie hineinstoßen und spüren, wie ihn ihre Hitze umschloss, ohne dass etwas zwischen ihnen war.

Irgendwann …

»Ich will nicht aufhören, dich zu küssen. Nicht eine Sekunde lang.« Hemmungslos und fordernd verschlang er ihren Mund und versuchte, genug Willenskraft aufzubringen, um sich von ihr zu lösen und ein Kondom zu schnappen. Sie klammerte sich an ihn, rieb sich stöhnend an seiner Erektion und erwiderte fieberhaft seine Zärtlichkeiten. Sie zu küssen, bedeutete alles. Es war die Einstiegsdroge, der erste Schritt in ihr gemeinsames Nirwana. Er zwang sich, sich aufzurichten, bevor sie beide den Verstand verloren. Hastig nahm er ein Kondom vom Nachttisch, zog es über und legte sich auf sie.

Er nahm ihr schönes Gesicht zwischen seine Hände. An die Stelle des fiebrigen Verlangens trat der Wunsch, sie zu lieben, sie auf Händen zu tragen und ihr so viel von sich zu schenken, dass sie sich nie wieder einsam fühlte. Als ihre Körper zusammenkamen, schaute er ihr tief in die vertrauensvollen Augen, und das Gefühl war so perfekt, dass er es in jeder Pore spürte.

Ambers Brauen zogen sich zusammen und plötzlich schimmerten Tränen in ihren Augen. Sie flüsterte seinen Namen so süß, so zärtlich und doch durchdrungen von Schmerz, dass er sicher war, dass er ihn von nun an so in seinen Träumen hören würde. Er hielt inne.

»Tut es weh?« Die Vorstellung, ihr Schmerzen zuzufügen, war unerträglich, und er wollte sich zurückziehen.

»Nein.« Sie hielt ihn noch fester, aus ihren Augenwinkeln perlten Tränen und zerrissen ihm das Herz. »Ich habe nur nicht gewusst, dass man jemanden so sehr lieben kann.«

Eine Welle der Erleichterung erfasste ihn, und sein Herz schrie vor Glück. »Bei uns beiden ist alles möglich.«

Er legte den Mund auf ihren und fand in den Rhythmus, der sie fest verband. Sie stießen, rieben, drängten, tasteten und streichelten und ließen ihrer Leidenschaft freien Lauf. Bald füllten sie mit ihren lustvollen Lauten den Raum, ihre Küsse waren ungezügelt und zugleich quälend süß. Als Amber seinen Namen schrie und ihr Körper sich fest um ihn zusammenzog, bäumte er sich auf und stieß tiefer. Während er sich mit jeder Faser mit ihr verband, blieb die Welt um sie herum stehen.

Hinterher fielen sie ermattet und nach Luft ringend auf die Laken zurück. Er nahm Amber in die Arme, spürte ihr wild klopfendes Herz. Ihr Atem strich in kurzen, warmen Stößen über seine schweißbedeckte Haut.

»Alles in Ordnung, Baby?«

»Hm-hm«, stieß sie hervor. »So viel zu dem Vorsatz, nicht die Kontrolle zu verlieren.«

Er legte die Lippen an ihre. »Das ist auch ein Grund, weshalb ich dich liebe.«

»Weil ich die Kontrolle verliere?«

»Nein. Weil du es einfach nicht schaffst, die Kontrolle zu behalten, wenn wir zusammen sind. Genauso wenig wie ich. Aber keine Sorge, mein Herz. Ich halte dich fest.« Er schloss sie in die Arme und küsste sie zärtlich. »Immer.«

»Und ich halte *dich* immer fest.« Sie schmiegte sich an ihn. »In der Dusche zum Beispiel, sobald ich wieder genug Luft kriege.«

Er schaute ihr in die Augen und spürte, wie die Hitze zwischen ihnen erneut aufflammte. »Du willst mir den Abschied so schwer wie nur möglich machen, was?«

»Das ist mein finsterer Plan.« Sie klimperte unschuldig mit den Wimpern. »Was hast du mal zu mir gesagt? *Schnall dich an, heißes Wesen. Wir fangen gerade erst an.*«

Die Zeit verging viel zu schnell, doch als Dash seine Sachen im Kofferraum des Mietwagens verstaute, wusste Amber, dass auch ein ganzer Tag nicht gereicht hätte. In den letzten Stunden hatten sie einander wieder und wieder gesagt, wie sehr sie sich vermissen würden. Sie waren Dashs Terminplan durchgegangen, hatten die Zeitverschiebungen berechnet und überlegt, wie sie es hinbekommen konnten, jeden Abend zu telefonieren. Weshalb dieser Abschied sie so traurig machte, war ihr ein Rätsel. Bislang hatte sie zum Glücklichsein nie einen Mann gebraucht. Nicht mal einen so wunderbaren wie Dash. Dabei wusste sie, dass es ums *Brauchen* gar nicht ging. Sie *wollte* ihn ganz einfach bei sich haben. Den Unterschied zwischen *Brauchen* und *Wollen* hatten ihre Eltern ihr und ihren Geschwistern schon sehr früh erklärt. Damals, als sie noch klein gewesen waren und das Geld oft knapp gewesen war.

Doch jetzt verlief die Grenze zwischen *Wollen* und *Brauchen* plötzlich fließend. Sie *brauchte* Dash nicht im engsten Sinne des Wortes. Sie würde ohne ihn nicht sterben. Aber wenn die düstere Leere, die sich schon jetzt in ihr ausbreitete, ein schmerzlicher Vorgeschmack auf die nächsten Wochen war und wenn Dash diese Leere füllen konnte, war *Wollen* dann nicht fast dasselbe wie *Brauchen*?

Als Dash den Kofferraum schloss, zog sich ihre Kehle zu. Plötzlich fühlten sich zwölf Tage an wie ein ganzes Leben, was absolut albern war. Schnell tätschelte sie Renos Kopf und versuchte, diese Gefühle wegzuschieben. Dash drehte sich zu ihr und umarmte sie.

Seine sexy dunklen Augen strahlten sie an. »Wirst du klarkommen?«

»Ja, kein Problem.«

Er musterte ihre Züge, als würde er ihr das nicht abkaufen.

»Hör auf, mich so anzuschauen. Alles wird gut. Natürlich werde ich dich unendlich vermissen. Aber jetzt küss mich und geh. Je länger unser Abschied dauert, desto schlimmer wird es.«

»Du schmeißt mich mal wieder raus, was?« Er küsste sie langsam und zärtlich. »Sin kommt heute Abend vorbei und stellt vor deinem Haus ein paar Schilder auf. Auf denen steht dann: *Verschwindet, Cowboys! Diese Frau ist in festen Händen.*«

Gott, sie liebte seinen Humor. »Ich weiß gar nicht, warum du dir immer Sorgen wegen irgendwelcher Cowboys machst. Wo ich doch bloß auf Zac Efron stehe.«

Er fixierte sie düster. »Im Ernst? Du würdest auf all das hier verzichten …« Er wölbte die Brust vor und spannte den Bizeps. »Für Efron?«

Gütiger Himmel. Sie müsste verrückt sein. »Schwierige Entscheidung«, seufzte sie.

»Ich sage die Tour ab.« Er griff nach seinem Telefon.

Sie warf die Arme um ihn und drückte ihm einen Kuss mitten auf die Brust. Dass er alles absagen würde, um bei ihr bleiben zu können, glaubte sie ihm sofort. »Ich würde dich niemals gegen jemanden eintauschen. Und jetzt verschwinde, sonst verpasst du deinen Flug.«

»Du schmeißt mich wirklich gerne raus.«

»Nicht halb so gerne, wie ich dich in mein Schlafzimmer zerre.«

»Die Idee, die Tour abzusagen, wird immer verlockender.«

»Ich will dich morgen früh bei Good Morning America sehen. Du ziehst das jetzt durch.« Sie stellte sich auf die Zehenspitzen und er drückte die Lippen zu einem seiner unvergleichlichen Küsse auf ihre. Am Ende hatte sie weiche Knie und ihr Körper kribbelte vom Kopf bis zu den Zehen.

Er gab ihr einen braven Kuss auf die Stirn. »Du könntest

immer noch mitkommen.«

»Ich wünschte, das wäre möglich. Aber wir wissen beide, dass das leider nicht geht.«

»Einen Versuch war es wert. Sobald ich in meiner Wohnung in New York bin, melde ich mich.« Er küsste sie noch einmal. »Und ich werde dich jede Sekunde vermissen.«

»Ich dich auch.« Mit Tränen in den Augen schob sie ihn zu seinem Wagen. »Und jetzt geh, bevor ich losheule.«

Er wuschelte Reno durchs Fell. »Pass gut auf unser Mädchen auf, Kumpel.«

Während Dash einstieg und den Motor anließ, streichelte Amber ihren treuen Hund. Dash ließ das Fenster herunter und griff nach ihrer Hand. »Und wehe, wenn ich rausfinde, dass Efron hier war. Ich habe keine Lust, in den Knast zu wandern, weil ich einen Promi abgemurkst habe.«

Sie las zwischen den Zeilen und antwortete: »Ich liebe dich auch.«

Er zog sie zu einem allerletzten Abschiedskuss zu sich, zwinkerte ihr zu, winkte und fuhr los. *Zwölf Tage. Es sind nur zwölf Tage.* Als sein Wagen um die Ecke bog, winselte Reno leise auf. Sie strich ihm über den Kopf. »Ja, allerdings. Das werden die längsten zwölf Tage unseres Lebens.«

Siebzehn

»Jetzt sei nicht so stur! Er liebt dich. Er weiß nur nicht, wie er es dir sagen soll!«, schimpfte Amber ungeduldig mit Keira Knightley. *Stolz und Vorurteil*, einer ihrer Lieblingsfilme, lief gerade wieder einmal im Fernsehen. Und wie schon so oft blaffte sie Keira Knightley genervt an.

Reno hob den Kopf.

»Er ist *nicht* der Falsche für sie. Denk doch bloß an Dash und mich.«

Bei dem Namen Dash legte Reno den Kopf schief.

Die Sehnsucht nach Dash verdoppelte sich. Ihr Körper kämpfte noch mit den Nachwirkungen des Anfalls, trotzdem hatte sie am Nachmittag zum Arbeiten in die Buchhandlung gehen wollen, um nicht ständig an Dash und den verflixten Durchbruch ihrer Krankheit zu denken, den sie erst einmal verarbeiten musste. Aber Phoenix hatte mit Kündigung gedroht, falls sie heute im Geschäft auftauchte. Deshalb saß sie jetzt mit einem Picknick hier auf dem Wohnzimmerboden und schaute sich einen Film an, den sie längst auswendig kannte. Sie betrachtete die vielen angeknabberten Leckereien aus dem Diner, die um sie verteilt auf der Decke lagen. Dash war erst seit zwei Stunden weg, und sie versuchte, gegen den Kummer anzuessen.

Aber kein Trostfutter der Welt machte so glücklich, wie wenn er sie in seine Arme nahm.

Sie häufte Käsemakkaroni auf den Rest eines Hamburgers und verschlang die seltsame Kreation. Während sie noch mit vollen Backen kaute, klopfte es an der Haustür, und im nächsten Moment stürzten Brindle, Sable, Morgyn und Lindsay herein.

Brindle setzte Emma auf ihrem Arm zurecht und blieb wie angewurzelt stehen. Sie riss die Augen sperrangelweit auf. »Holla! Houston, wir haben ein Problem.«

»Wenn du so weiterfutterst, kann Dash dich bald hier rausrollen.« Lindsay betrachtete die Reste auf der Picknickdecke.

»Sie ins Schlafzimmer rollen, meinst du wohl.« Sable schob sich den Cowgirlhut in den Nacken. »Weshalb glaube ich, dass ihm das nicht viel ausmachen würde?«

»Seid nicht so hart mit ihr, Mädels. Ihr seht doch, wie sehr sie ihn vermisst. Sie trägt sogar sein Sweatshirt.« Morgyn eilte näher, der Saum ihrer Schlaghosen wischte über den Boden, an ihren Handgelenken klimperten die Armreifen. Sie kniete sich zu Amber auf die Decke und warf sich das lange blonde Haar über die Schulter. »Alles in Ordnung, Schwesterlein?«

»Ja.« Keiner sollte glauben, sie wäre ohne Dash verloren, selbst wenn sie das Gefühl hatte, dass ein großer Teil von ihr fehlte. »Ich hatte bloß Hunger. Was macht ihr denn alle hier?«

»Hallo?«, schnaufte Brindle sarkastisch. »Du hattest gestern einen Anfall, dein Freund hat dir eine Liebeserklärung gemacht und heute ist er abgereist. Wir machen uns Gedanken um dich. Und so wie es aussieht, haben wir auch allen Grund.«

Amber schaltete den Fernseher aus. »Mir fehlt nichts. Wirklich.«

»Habt ihr das gehört?« Sable hob die Brauen. »Mein Bullshit-Detektor ist gerade auf Rot gesprungen.«

»Ihr habt schon so viel für mich getan. Gestern habt ihr euch um mich gekümmert und dafür gesorgt, dass die Signierstunde weitergeht. Morgyn und Brindle sind sogar mit Shea und Hawk zum Essen gegangen.«

»Das war nun wirklich kein Opfer«, erklärte Morgyn. »Wir hatten einen schönen Abend.«

»An dem ihr euch wegen Hawk regelrecht besabbert habt. Der Mann ist heißer als ein Föhn in der Hölle«, steuerte Lindsay bei.

»Das kannst du laut sagen.« Brindle nickte. »Er und Shea sind beim Essen beinahe in Flammen aufgegangen.«

»Freut mich, dass es euch gefallen hat.« Amber beugte sich vor und umarmte Morgyn. Dann rappelte sie sich hoch und umarmte auch alle anderen.

Sable verdrehte die Augen. »Warum werden wir immer alle gedrückt?«

»Weil ich euch liebe.« Amber drückte sie besonders fest. »Dash hat gesagt, ihr alle wärt gestern einfach super gewesen.«

»Sind wir das nicht immer?«, fragte Brindle. »Er war übrigens auch nicht schlecht. Mal abgesehen davon, dass er mich etwa hundertmal gefragt hat, ob Mom oder Sable sich gemeldet hätten und ob ich wüsste, wie es dir geht.«

»Als er hier angekommen ist, war er komplett durch den Wind«, sagte Sable. »Er hatte Angst, dass er den Anfall verursacht hat.«

»Es war nicht seine Schuld, das wisst ihr.« Amber versuchte zu übersehen, wie die anderen einander zugrinsten, und streckte die Hände nach Emma aus. In ihren gestreiften Leggings und dem Langarmshirt mit dem Aufdruck *Meine Tante ist die Beste,* das Sable ihr geschenkt hatte, sah sie einfach zu süß aus.

»Er kann nichts dafür«, bestätigte Morgyn.

»Stimmt. Sein Torpfosten ist schuld.« Lindsay lachte.

»Amber ist an nächtliche Touchdowns nun mal nicht gewöhnt«, fügte Brindle hinzu.

»Sagst du deiner Mama bitte, sie soll aufhören?« Amber drückte die Nase an Emmas Wange und die Kleine antwortete mit feuchten Motorgeräuschen. Dann quietschte sie und streckte die Patschhändchen nach dem Essen aus. »Hat sie Hunger? Darf ich ihr was geben?«

»Sie hat immer Hunger. Dieses Kind isst seinen Daddy unter den Tisch.« Brindle kitzelte Emmas Bäuchlein und Emma kicherte fröhlich.

Lindsay stieß Amber an. »Wie ich höre, isst Daddy unter dem Tisch gerne Mommy.«

Jetzt lachten alle.

»Was soll ich sagen? Mein Mann ist unschlagbar, wenn er auf den Knien liegt.« Brindle grinste. »Ich habe kein Lätzchen dabei, aber du kannst Emmie ein paar Makkaroni geben.«

»Wie mühelos du zwischen dem Sexy-Modus und dem Mommy-Modus hin- und herschaltest, ist fast ein bisschen beängstigend.« Amber gab Emma eine Nudel, und die Kleine stopfte sie sich strahlend in den Mund.

»Warte nur, bis du selbst Kinder hast«, antwortete Brindle. »Dann lernst du ziemlich schnell, in den Sexy-Modus zu wechseln, wann immer du die Chance dazu kriegst. Bloß gut, dass Babys in dem Alter noch keine Erinnerung haben. Sonst könnte unsere kleine Maus allerhand Geschichten erzählen.«

»Die Geschichten behältst du lieber für dich. Nicht dass uns hier der Appetit vergeht«, sagte Sable. Sie und Lindsay ließen sich auf der Picknickdecke nieder.

Brindle nahm Ambers Laptop vom Beistelltisch und setzte sich zu ihnen. Ihre Finger flogen über die Tastatur. »Ich habe Pepper und Grace einen Videoanruf versprochen, sobald wir bei dir sind. Axsel ist gerade beim Proben, er ruft dich morgen an.«

»Hol Trixie und Jilly dazu«, sagte Lindsay.

Brindle warf ihr einen langen Blick zu. »Als würde ich die beiden vergessen. Sie haben mir den ganzen Morgen über eine Textnachricht nach der anderen geschickt.« Trixie Jericho und Jillian Braden, die jüngere Schwester von Graham und Nick, wohnten in Pleasant Hill, Maryland.

Amber gab Emma noch ein paar Nudeln, die die Kleine prompt an Reno verfütterte. Amber strich ihr über das seidige Haar und schaute in die Runde. Diese Frauen hielten fest zu ihr, hatten es immer getan. In guten wie in schlechten Zeiten. Sie weinten, lachten und feierten mit ihr, und sie fühlte sich reich beschenkt. »Mein letzter Anfall liegt so lange zurück, dass ich vergessen habe, wie sich danach alle um mich scharen. Es ist schön, dass ihr hier seid.«

»Das ist mehr als die übliche Nachsorge nach einem Anfall, Süße. Dein Kerl hat dir gesagt, dass er dich liebt, als du noch völlig benommen warst.« Lindsay rieb sich die Hände. »Und jetzt wollen wir alle saftigen Details hören.«

»*Nachdem* wir über den Anfall gesprochen haben.« Peppers Stimme tönte aus dem Laptop. Brindle stellte das Gerät auf den Couchtisch, damit alle in die Kamera schauen konnten. Pepper war Sables Zwillingsschwester, dabei aber so korrekt und zurückhaltend wie Sable direkt und draufgängerisch.

Amber machte sich auf ein Verhör gefasst, während Pepper, Grace, Trixie und Jillian erst einmal alle begrüßten und sich über Emma freuten. Grace, Sable, Amber und Axsel waren brünett wie ihre Mutter, Morgyn und Brindle blond wie ihr

Vater und Pepper eine gelungene Mischung aus beiden.

»Wie geht es dir jetzt, Amber?«, fragte Grace. Plötzlich wurden alle sehr ernst.

»Recht gut, eigentlich. Ich bin ein bisschen müde und ich spüre meine Muskeln. Aber das war zu erwarten.« Amber gab Emma eine Nudel und küsste sie auf den Kopf.

Pepper zog die Brauen zusammen. »In den letzten Wochen ist bei dir so viel passiert. Kein Wunder, dass es einen Durchbruchanfall gab.«

»In einer neuen Beziehung ist Schlaf nun mal Mangelware«, sagte Trixie. »Wenn man sich nicht gerade in den Armen liegt, wünscht man sich, dass es so wäre, oder denkt an alles, was man zusammen getan oder zueinander gesagt hat. Schlaf steht nicht ganz oben auf der Prioritätenliste.«

Die Antwort war zustimmendes Gemurmel.

»Und dann auch noch die Signierstunde.« Jillian schob sich das mahagonibraune Haar hinters Ohr und beugte sich näher zum Bildschirm. »Ein ziemlich straffes Programm.«

»Hast du Angst, dass noch weitere Anfälle kommen?«, fragte Grace.

Amber musste ihren ganzen Mut zusammennehmen, um die Wahrheit zu sagen, denn es laut auszusprechen, machte es sehr real. »Ja. Weil ich schon so lange keinen mehr hatte, habe ich mich an diesen schönen Zustand gewöhnt. Jetzt bin ich ziemlich verunsichert. Und dass es ausgerechnet bei der Signierstunde passiert ist, ist einfach grauenhaft. Noch dazu nicht bei irgendeiner Signierstunde, sondern bei der allerersten in Dashs Karriere als Autor. Habt ihr irgendeine Vorstellung, wie es ist, nach einem Anfall zu sich zu kommen und nicht zu wissen, was passiert ist? Wenn alle einen ganz besorgt und ängstlich mustern? Oder wie es sich anfühlt, wenn man vor den

Augen seines Freundes und hundert Fremden in die Hose gepinkelt hat? Plötzlich war ich wieder dreizehn.« In ihr war ein Damm gebrochen und die Worte quollen nur so aus ihr heraus. Sie war so wütend und frustriert. »Erzählt mir jetzt bitte nicht, ich müsste mich wegen meiner Krankheit nicht schämen. Wer täte das denn nicht, wenn ihm so was passiert?« Sie schnaubte. »Klar kann man versuchen, seine Krankheit anzunehmen und über den Dingen zu stehen. In der Theorie funktioniert das auch prächtig. Aber wenn du dann mit dem Hemd deines Freundes über deinen bepissten Klamotten daliegst und das Gefühl hast, dich hätte ein Pick-up überfahren – wo nimmst du dann die Kraft her, dich nicht zu schämen? Es passiert einfach. Wie atmen. Und jetzt darf ich monatelang nicht ans Steuer und brauche immer entweder ein Taxi oder eine von euch, die mich durch die Gegend chauffiert.«

»Wir fahren dich gerne«, versicherte ihr Brindle.

»Das weiß ich doch. Aber darum geht es nicht. Bis gerade eben wusste ich noch gar nicht, wie wütend ich bin. Tut mir leid, dass ich euch meinen Frust vor die Füße knalle.«

»Bitte knall uns alles hin, was du willst. Deshalb sind wir doch hier. Und du hast jedes Recht, wütend zu sein.« Morgyn legte den Arm um sie. »Dass es wieder passiert ist, tut mir so leid.«

»Das ist eine Riesenkacke«, kommentierte Sable unverblümt. »Wenn Epilepsie eine Person wäre, würde ich sie so was von verdreschen.«

»Ich auch«, sagte Brindle und alle anderen nickten.

Amber kämpfte gegen den Kloß in ihrer Kehle an.

»Bedeutet ein Durchbruchanfall denn auf jeden Fall, dass jetzt wieder öfter Anfälle kommen?«, fragte Trixie.

»Nicht unbedingt«, antwortete Pepper an Ambers Stelle.

»Amber, Mom sagt, du gehst morgen zum Arzt. Vielleicht muss er einfach nur deine Medikamente umstellen.«

»Schon möglich. Aber selbst in dem Fall bleiben Stress oder Schlafmangel ein Problem. Deshalb lebe ich ja so, wie ich lebe. Normalerweise bin ich um zehn im Bett, aber seit Dash und ich zusammen sind, bin ich sicher nie vor zwei Uhr morgens eingeschlafen.«

»Verdammt, der Mann hat Kondition«, stellte Jillian fest.

»Amber offenbar auch.« Sable streckte die Hände nach Emma aus, die Kleine kreischte fröhlich und ließ sich von ihr nehmen.

»Kein Wunder, dass sich Dash am letzten Wochenende im JJ's ›Wild Thing‹ gewünscht hat«, fügte Brindle hinzu.

»Ich finde, Amber verdient es, geliebt zu werden, bis ihr vor Erschöpfung die Augen zufallen«, erklärte Morgyn. »Wir brauchen also dringend eine Lösung.«

»Eindeutig.« Grace nickte.

»Das weiß ich«, sagte Amber ungeduldig. »Aber wir sind nicht bloß so lange wach, weil wir die Finger nicht voneinander lassen können. Manchmal liegen wir einfach nur eng umschlungen da und sprechen leise über alles, was uns so durch den Kopf geht.« Sie lachte auf. »Das kann ziemlich albernes Zeug sein. Zum Beispiel, dass die Farbe Blau ihn zum Frösteln bringt. Oder dass er bei Apricot immer an mich denkt, weil ich bei unserer ersten Begegnung meinen apricotfarbenen Pulli anhatte. Und seinen linken Schuh muss er immer als Erstes anziehen, weil ihm das Glück bringt. Vor seinem ersten Touch-Football-Spiel mit sechs hat sein Großvater ihm nämlich gesagt, er soll gut beobachten, was die anderen Jungs tun, und es dann anders und besser machen. Natürlich hat sein Großvater die Spieltechnik gemeint, aber schon der Grundschul-Dash war sehr ehrgeizig und hat die Sache ein bisschen zu wörtlich genommen. Es ist herrlich, solche kleinen Dinge über ihn zu erfahren und so viel Zeit miteinander zu verbringen. Wenn wir nachts beieinanderliegen und reden, fühlt es sich an, als würde es nur uns beide geben. Und als würden unsere Herzen im selben Takt schlagen. Das ist eine ganz magische Stimmung und ich fühle mich ihm dann noch näher. Am liebsten möchte ich dann gar nicht mehr schlafen, weil ich keine gemeinsame Sekunde verpassen will.«

»Das kenne ich«, sagte Morgyn. »Für mich sind das auch meine Lieblingsmomente mit Graham.«

»So etwas habe ich mir immer erträumt«, gab Amber zu. »Endlich bin ich mal an der Reihe und habe Dates mit einem absoluten Traummann. Dash hat mehr als Liebe und Zuneigung in mein Leben gebracht. Er bringt die Aufregung, die ich immer vermieden habe. Aber mit ihm zusammen will ich mehr davon. Ich möchte mehr Abende in JJ's Pub verbringen, wo er meine Hand hält und mit mir tanzt. Wo er auch mal was tut, was mich verlegen macht, und mir gleichzeitig das Gefühl gibt, eine Prinzessin zu sein. Das ist einfach himmlisch. Ich möchte noch ganz oft am Fluss spazieren gehen und dort eng umschlungen tanzen, Eicheln sammeln und später unsere Erinnerungen aufschreiben. Ich will noch mehr so schöne Dinge mit ihm tun wie neulich für Hellie im Park. Mit ihm zusammen will ich einfach alles.«

»Dass du dich von diesem Mann an der Hand nehmen und aus deiner Komfortzone führen lässt, kann ich sehr gut verstehen«, sagte Morgyn und nickte dabei. »Mir hat mein Liebster auch eine Welt gezeigt, von der ich bis dahin nichts geahnt hatte, und jetzt bin ich glücklicher, als ich es je für möglich gehalten hätte.«

Brindle schnappte sich ein Zimtbrötchen. »Ist es nicht witzig, dass ich immer die Welt sehen wollte und schon nach einer einzigen Reise wusste, dass alles, was ich wirklich will, hier bei Trace in Oak Falls ist? Wer hätte je geglaubt, dass ich mal heirate, ein Baby kriege und gemütliche Abende zu Hause mich glücklich machen?«

»Oder dass ich bis über beide Ohren in Reed verliebt und mit ihm verheiratet wieder hier in Oak Falls landen würde?«, steuerte Grace bei.

»Ich habe immer gewusst, dass es für Brindle und Trace eines Tages ein Happy End gibt«, sagte Amber. »Und als ich dich und Reed zusammen gesehen habe, habe ich sofort gespürt, dass er dein Seelenmensch ist. Aber dass ich irgendwann mal für irgendwen oder irgendwas aus meinem sicheren kleinen Nest raus will, hätte ich nie gedacht. Dash redet sogar von einem Urlaub auf Maui. *Maui!* Ist das nicht verrückt? Ihr wisst, wie stressig ich fliegen finde. Aber jetzt will ich die Frau sein, die mit dem Mann, den sie liebt, einfach abhebt. Ich will auf die Zeit mit Dash nicht verzichten. Auf keine einzige Minute.«

»Dann pack das Glück bei den Hörnern«, antwortete Sable.

»Aber damit riskiere ich vielleicht weitere Anfälle.« Amber schaute in ihren Schoß. Die Wahrheit schnitt ihr ins Herz wie ein Messer. Dann sah sie in die Gesichter der Frauen, die alles getan hätten, um ihre Probleme für sie zu lösen. »Was mein Herz will und was man Körper braucht, sind völlig unterschiedliche Dinge. Diesen Kampf kann ich nicht gewinnen.«

»Ach Amber, sag doch so was nicht.« Peppers warmer Blick fühlte sich an wie eine Umarmung.

»Hast du das mit Dash schon mal richtig besprochen?«, fragte Jillian.

»Noch nicht. Er ist ungeheuer rücksichtsvoll, und wenn ich

ihm von meinen Befürchtungen erzähle, sorgt er sicher dafür, dass ich jeden Abend pünktlich ins Bett komme. Er würde alles ändern, und das, was er selbst braucht und will, einfach wegschieben. Aber würde irgendeine von euch dem heißesten, liebsten, wunderbarsten Kerl auf der ganzen Welt, dem Mann eurer Träume, sagen wollen, dass ihr es ruhiger angehen müsst? Würdet ihr ihm und euch den Spaß verderben und auf Sex verzichten, wenn es euch spätnachts überkommt?«

»Nein. Aber schauen wir doch mal genauer hin.« Grace beugte sich näher zum Bildschirm. »Du sagst ja nicht, dass du *nicht* mit ihm zusammen sein willst. Du sagst nur, dass du auf deine Gesundheit achten musst. Hast du insgeheim Angst, ihn deshalb zu verlieren? Vielleicht nur ein kleines bisschen? Wenn das der Fall ist, ist das ein Problem für sich.«

»Nein, keine Sorge, Gracie. Ich weiß, er liebt mich, wie ich bin, mit allem, was zu mir gehört. In zwei Wochen stellt er mich seiner Familie vor und gleich danach bei einer Spendengala in New York City auch noch seinen Freunden. Überlegt doch mal. Dieser Mann hat mir eine Liebeserklärung gemacht. Direkt nach einem Anfall und als ich buchstäblich in meinem Urin gelegen habe.«

»Ja, das war ziemlich beeindruckend«, sagte Lindsay. »Und jeder, der dabei war, hat gespürt, wie ernst es ihm ist.«

»Und er war richtig traurig, weil er dir die drei großen Worte eigentlich in einem absolut magischen und unvergesslichen Moment sagen wollte«, fügte Sable hinzu. »Mit so viel romantischem Gedöns kann ich nichts anfangen, aber ich war gerührt.«

Amber schaute sie neugierig an. »Magisch und unvergesslich? Das hat er gesagt?«

»Jap. Als er nach der Signierstunde hier angekommen ist und ausgesehen hat, als hätte er seit deinem Anfall das Atmen vergessen.«

»Wie berührend ist das denn?« Morgyn seufzte.

»Irgendwie komme ich nicht ganz mit«, sagte Jillian. »Wenn er wirklich so verrückt nach dir ist, warum kannst du ihm dann nicht sagen, dass du einen Gang runterschalten musst? Geht es nicht genau darum, wenn man ein Paar wird? Kompromisse zu machen? Zu tun, was für beide am besten ist?«

»Stimmt. Aber wenn ich ihm erkläre, dass ich es ruhiger angehen will, wäre das gelogen«, hielt Amber dagegen. »Wenn wir uns weniger süße Zweisamkeit gönnen, würde ich mit Sicherheit wachliegen und mit offenen Augen sehnsüchtig davon träumen. Den gewünschten Erholungseffekt hätte das sicher nicht. Aber auch sonst ist Dash immer in Aktion. Und genau wie ich tut er gerne Dinge für andere. Ich liebe das an ihm, und ich möchte nicht, dass er weniger macht. Ich will ihn nicht einschränken, sondern all die großen und kleinen Dinge mit ihm gemeinsam angehen.«

»Er setzt sich tatsächlich sehr für andere ein. Mom hat erzählt, dass er mit ihr und einer ganzen Gruppe ihrer Freundinnen und Bekannten morgens walkt und Gymnastik macht«, sagte Pepper. »Sie ist mächtig stolz, dass sie inzwischen schon zwei Klimmzüge hintereinander schafft.«

Damit brachte sie die anderen zum Lachen.

»Das sind zwei mehr, als ich hinkriegen würde«, sagte Amber. »Hat sie dir auch erzählt, dass Dash für die Wochen, in denen er auf Tour ist, für die Frauen einen Trainingsplan aufgestellt hat und sich sogar Zeit für Videochats nimmt?« Die Antwort war überraschtes Gemurmel. »Versteht ihr jetzt, warum ich lieber von einer Klippe springen als diesem Mann irgendwelche Limits setzen würde?«

»Was richtig Schlaues fällt mir dazu auf die Schnelle nicht

ein«, gab Brindle zu. »Aber wenn es darum geht, in einem eng getakteten Alltag Zeit für Sex zu finden, bin ich Expertin. Vielleicht solltet ihr hin und wieder aufs Abendessen verzichten und stattdessen gleich ins Bett gehen. Bei uns geht Sex immer vor Essen.«

»Ihr müsst ja nicht gleich fasten. Geht eben früher ins Bett, wenn ihr es dort länger schön haben wollt«, schlug Morgyn vor. »Graham und ich tauchen manchmal schon um sechs Uhr abends zusammen ab.«

»Und vor dem nächsten Mittag braucht niemand mit euch zu rechnen«, fügte Lindsay hinzu. »Das ist längst stadtbekannt.«

»Hör mal, Amber«, sagte Pepper. Ihr ernster Ton ließ alle aufhorchen. »Was dich beschäftigt, ist nicht gerade wenig und würde jeden stressen. Du solltest das alles mit deinem Arzt besprechen. Sicher bist du nicht die Erste mit solchen Problemen.«

»Da könntest du recht haben. Ich spreche mit ihm. Vielleicht gibt es ja eine einfache Lösung. Und gleich nach der Buchtour rede ich auch mit Dash. Im Moment ist sein Terminplan viel zu chaotisch. Zusätzlichen Beziehungsstress braucht er derzeit wirklich nicht. Und falls meine Medikamente umgestellt werden müssen, habe ich jetzt ein bisschen Zeit, mich daran zu gewöhnen. Dann können wir das Wochenende bei seiner Familie und die Spendengala unbeschwert genießen. Danach ist er noch mal zwei Wochen lang unterwegs, und wenn er wieder zu Atem gekommen ist, gehen wir die Sache gemeinsam an.«

Diesen Plan fanden alle ziemlich vernünftig.

»Danke, ihr Lieben. Das Reden hat gutgetan. Jetzt ist mir ein bisschen leichter ums Herz.«

»Ich hatte keine Ahnung, dass es zwischen euch schon so

ernst ist«, sagte Grace. »Ich freue mich für dich.«

»Ich mich auch«, sagte Pepper. »Dass er dich seiner Familie vorstellt, ist eine große Sache.«

»Und wie.« Amber erzählte ihnen von dem kurzen Gespräch mit seinen Schwestern, und dass sie seine Mutter schon von der Uni kannte. »Sicher wird alles gut gehen. Trotzdem macht es mich ein bisschen kribbelig, erst seine Familie und dann auch gleich seine Freunde zu treffen. Außerdem weiß ich noch gar nicht, was ich anziehen soll.«

Jillians Hand schoss in die Luft. »Style-Expertin einsatzbereit.« Sie war eine gesuchte Modedesignerin mit einer eigenen schicken Boutique. »Ich habe mehrere perfekte Erster-Besuch-bei-der-Familie-Kleider, in denen du großartig aussehen würdest. Aber über die Spendengala musst du mir erst mehr erzählen.«

»Sie wird von Brett Bads Familie veranstaltet. Zugunsten der Ronald-McDonald-Haus-Stiftung. Und es gibt ein Motto: Casinonacht im alten Hollywood.«

»Jetzt bin ich ein bisschen neidisch. Du wirst dort Sophie und Brett sehen«, sagte Lindsay. Sophie war ihre große Schwester. »Ich wünschte, ich könnte auch hin. Aber an dem Wochenende habe ich ein Event.«

»Und du wirst Harlow Bad kennenlernen, Amber«, sagte Grace aufgeregt. Harlow spielte die weibliche Hauptrolle in *Alles für die Liebe*, dem Film, der auf dem Buch ihrer Freundin Charlotte Sterling basierte. Das Drehbuch dafür hatte Grace geschrieben. Charlotte war eine von Ambers LWW-Schwestern und mit Grahams und Nicks ältestem Bruder Beau verheiratet. »Du wirst Harlow sicher mögen. Sie ist eine tolle Frau und wirklich sehr nett. Seit zwei Wochen entschuldigt sie sich ununterbrochen beim Regisseur, weil sie sich für das Wochenende mit der Spendengala freinimmt.«

Jillian schnaubte. »Wenigstens eine von den Bads, die ihre Karriere ordentlich plant. Falls Johnny auch zu der Gala geht, lässt er dafür vermutlich ein Konzert platzen.« Harlows Bruder Johnny war ein gefeierter Rockstar und sogar noch bekannter als Axsel. Er hatte Jillian mit dem Design seiner Garderobe für eine Tour beauftragt. Sie hatte dafür die Vorstellung ihrer neuen Kollektion verschoben, und dann hatte Johnny die Tour abgesagt.

»Es gibt mindestens zwei Bads, die sich für ihre Karriere ins Zeug legen. Ihrem Bruder Kane gehört die halbe Ostküste«, warf Grace ein.

Jillian seufzte. »Okay, schön. Vergessen wir Johnny Butthead. Ich habe tatsächlich ein paar wunderbare Kleider im alten Hollywoodstil. Komm doch einfach nächstes Wochenende nach Maryland und schau sie dir an.«

»Oh ja, bitte«, rief Trixie. »Ich würde euch alle so gerne sehen.«

Amber seufzte erleichtert auf. »Danke, Jilly. Klingt großartig. Ich kann Phoenix bitten, in der Buchhandlung für mich einzuspringen.«

»Ich komme auch mit«, verkündete Lindsay.

»Ich auch«, erklärten Brindle und Morgyn wie aus einem Mund.

»Viel Spaß dabei«, sagte Sable.

Sie machten Pläne fürs Wochenende, dann erzählte Grace ihnen von den Filmarbeiten zu Charlottes Buch und schließlich redeten sie über die Kostüme für die Halloweenparty in der Scheune der Jerichos. Zum allerersten Mal zählte Amber nicht die Tage bis zu einem Scheunenfest. Jetzt, wo sie Dash in ihrem Leben hatte, würde sie sicher ununterbrochen daran denken, um wie viel schöner der Abend mit ihm zusammen wäre.

Lindsay beugte sich zu ihr. »Du kannst mein Date fürs Scheunenfest sein. Und du darfst mich sogar Dash nennen.«

»Lasst uns viele gemeinsame Unternehmungen planen, damit Amber ihn nicht so schrecklich vermisst«, schlug Morgyn vor und stieß damit auf allgemeine Zustimmung.

Alle zückten ihre Smartphones und planten ihre Abende um Ambers feste Termine wie die Buchclubtreffen und den Rat der Frauen herum. Amber war ihren Schwestern und Freundinnen zutiefst dankbar. Ganz gleich, was gerade im Leben jeder Einzelnen vorging oder was sie beschäftigte – wenn eine von ihnen Unterstützung brauchte, waren alle zur Stelle. Ambers Gedanken wanderten zurück zu Dash und dass er sich schon als Junge um seine Familie gekümmert hatte. Sie dachte an den Videoanruf seiner Schwestern vor der Signierstunde, bei dem sie die Liebe zwischen den Geschwistern deutlich gespürt hatte. Was für ein unglaubliches Glück, einen Mann zu finden, dem die Familie genauso wichtig war wie ihr. Sie konnte es kaum erwarten, in viereinhalb Stunden seine Stimme zu hören.

Nicht, dass sie die Minuten zählte. Nein, kein bisschen.

Dash stieg aus dem Fahrstuhl zu seiner luxuriösen Penthouse-Wohnung direkt am Hudson River im Herzen von Tribeca. Diese hippe Gegend im südlichen Manhattan war bislang zum Glück von Touristenhorden verschont geblieben. Auch einer der Gründe dafür, dass er gerne hier wohnte. Zudem erinnerten ihn der etwas gemächlichere Rhythmus und die gepflasterten Straßen in Tribeca ein wenig an Port Hudson. Die trendigen

Boutiquen, kleinen Restaurants und alten Industriebauten des Viertels gefielen ihm besser als die Wolkenkratzer, die Neonreklamen und das atemlose Tempo in vielen anderen Teilen der City.

Hinter der Wohnungstür ließ er sein Gepäck fallen und kreiste die Schultern. Die mehr als sechsstündige Fahrt war kein Vergnügen gewesen. Noch dazu hatte er während der ersten Stunde ständig überlegt, ob er nicht umkehren und auf dem schnellsten Weg zurück zu Amber fahren sollte. Er nahm die Post mit ins Wohnzimmer und legte sie auf den gläsernen Couchtisch. Einen Moment lang ließ er den Blick durch den fast unverschämt großen Raum schweifen. Mit seinen zehn Metern Länge bot er beinahe so viel Fläche wie Ambers gesamtes Haus. Die Größe hatte ihn beim Kauf des Apartments weniger interessiert. Vielmehr hatte es ihm der atemberaubende Ausblick auf den Hudson River angetan, der ihn ebenfalls an zu Hause erinnerte. Er schaute hinaus auf den Fluss, doch heute weckte er keine heimatlichen Gefühle in ihm, sondern machte ihm vor allem deutlich, wie weit er von Amber weg war.

Er zog sein Smartphone aus der Tasche, um ihr eine Nachricht zu schreiben, und sah, dass zwei Nachrichten von ihr und eine von Damon eingegangen waren. Die von Amber öffnete er auf dem Weg zur Couch als Erstes. Es war ein Foto von ihr mit drei ihrer Schwestern und Lindsay mit einem Laptop. Vom Bildschirm winkten ihre beiden anderen Schwestern, Trixie, die Freundin, die sich bei der Jamsession verlobt hatte, und eine Brünette, die er nicht kannte. Amber trug sein Sweatshirt, ihr Haar war süß zerzaust. Mit leicht schief gelegtem Kopf schaute sie mit dem bezaubernden Lächeln in die Kamera, in das er sich so rettungslos verliebt hatte. Es durchdrang ihn wie ein wärmendes Licht. Er dachte an die erste Begegnung mit ihr beim Scheunenfest, bei der sie auf den ersten Blick gewirkt hatte wie das nette Mädchen von nebenan. Jetzt, wo er sie besser kannte, wo er sie liebte, wusste er, dass sie viel mehr war als das. Er las, was sie zu dem Foto geschrieben hatte. *Womöglich reden wir gerade von dir.* Gefolgt von zwei Küsschen-Emojis.

»Darauf würde ich wetten.« Er machte ein Selfie und grinste dabei breit. Wenn er an Amber dachte, passierte das ganz von selbst. *Ich denke definitiv an dich,* schrieb er unter die Aufnahme. Das Pfirsich-Emoji, das er zuerst hinzugefügt hatte, löschte er wieder. Nur für den Fall, dass ihre Schwestern noch bei ihr waren. Stattdessen schrieb er: *Bin gerade angekommen. Melde mich gleich.*

Dann las er Damons Nachricht. *Malst du immer noch DP liebt AM auf jeden Zettel?*

Dash antwortete mit: *Verdammt, ja. Nennst du deine rechte Hand immer noch Natascha?*

Er schaute die Post durch und sein Blick blieb an einem pinkfarbenen Umschlag hängen. Im selben Moment vibrierte sein Telefon. Damon hatte geantwortet. *Nein. Die heißt jetzt Amber.* Dash stieß einen leisen Fluch aus, doch Damons nächste Nachricht ging bereits ein. *Ich setze Good Morning America auf die Tagesordnung meines Meetings morgen früh, damit alle meinen berühmten Bruder sehen können. Hau rein!*

Danke! Bis bald!, schrieb er zurück, legte das Telefon weg und zog den pinkfarbenen Umschlag zu sich. Ambers schnörkelige Handschrift erkannte er sofort. *Du süße kleine Verführerin.* Er lehnte sich zurück, riss den Umschlag auf und nahm die Karte heraus. Quer über das Foto einer verlockenden Portion Tiramisu mit einem lachenden Gesicht darauf stand geschrieben: *I Tira-Miss U.* Glückliche Gefühle durchrieselten ihn. Er schlug die Karte auf und las, was Amber geschrieben hatte.

Lieber Dash,

es ist Dienstagmorgen und wir haben gerade unser erstes Frühstück als Paar mit meiner Familie überstanden. Ich habe noch nie einen Mann mit zum Frühstück gebracht, deshalb war das etwas ganz Besonderes. Ich muss immer an den Morgen nach unserer ersten Begegnung denken, als du mit der kleinen Emma auf dem Schoß am Frühstückstisch meiner Eltern gesessen hast. Außer Sable und mir waren vermutlich alle überzeugt, dass wir zusammenkommen. Aber dass es so schnell geht und etwas so Großes wird, hat sicher niemand geahnt. Außer dir vielleicht. Hast du es gleich von Anfang an gewusst?

Er hatte nie daran gezweifelt.

Obwohl wir bis zu deiner Tour noch ein paar gemeinsame Tage haben, weiß ich jetzt schon, dass ich dich wahnsinnig vermissen werde. Wenn unsere restlichen Tage so werden wie die vergangenen, wird mein Herz bei unserem Abschied tausend Risse kriegen. Aber daran will ich jetzt noch nicht denken. Es gibt Wichtigeres, zum Beispiel deine Buchtour. Reno und ich wünschen dir ganz viel Glück und Erfolg. Ich bin schon unglaublich gespannt, wie es wird. Viel Spaß, und vergiss das Mädchen in Oak Falls nicht, dem du das Herz gestohlen hast.

xox Amber

Dash las die Zeilen gleich noch einmal. Dass sie ihm schon vor Tagen einen solchen Brief geschrieben hatte, verschlug ihm die Sprache. Der letzte Dienstag schien ein halbes Leben lang zurückzuliegen und er war nicht mehr derselbe Mann wie an dem Tag. Seither war Amber zu einem immer größeren Teil seines Lebens geworden. Ihre Beziehung hatte sich rasant entwickelt und war längst wichtiger als alles andere.

Er griff zum Smartphone und tippte auf Videoanruf. Sofort strahlte ihr schönes Gesicht vom Display und füllte ein wenig von der Leere, die er seit dem Abschied von ihr empfand.

»Hi, Süße. Ich Tira-Miss U auch«, begrüßte er sie und wusste dabei, dass der gemeinsame Weg von Amber und Dash gerade erst begonnen hatte.

Achtzehn

Amber schaute aus dem Flugzeugfenster in den Himmel über der Stadt. Es war Anfang November und später Nachmittag, hier und da durchzogen verwaschene blaue und pinkfarbene Schleier die kühle Mischung aus Weiß- und Grautönen. Unter ihr lag das Häusermeer wie verzaubert im dunstigen Licht. Die letzten zwölf Tage waren geschäftig an ihr vorbeigerauscht. Sie hatte viel zu tun gehabt, und gefühlt hatte die ganze Stadt bei ihr hereingeschaut und sich erkundigt, wie es ihr ging. Trotzdem hatten viele Stunden sich zu einer Ewigkeit gedehnt. Denn obwohl sie sich mit Textnachrichten über die Tage gerettet hatten, hatte sie es kaum erwarten können, abends endlich Dashs Stimme zu hören. Ihr Arzt hatte sie untersucht, an ihren Medikamenten allerdings nichts geändert. Offenbar hatten tatsächlich Stress und Schlafmangel den Durchbruchanfall ausgelöst. Zur Stressbewältigung hatte der Arzt ihr Yoga und Meditation vorgeschlagen und ihr ein leichtes Schlafmittel verordnet, das sie allerdings noch nicht gebraucht hatte. Zwar hatte die Anspannung direkt vor der Signierstunde ihr etliche Stunden Schlaf geraubt, aber normalerweise schlief sie recht gut. Wenn Dash bei ihr war, hatten sie einfach Besseres zu tun. Seit seiner Abreise hatte sie viel Schlaf nachgeholt und es gab keinerlei Warnzeichen für einen weiteren Anfall. Ein paar wenige lange Nächte würde sie jetzt sicher gut wegstecken, und ihr liebevoller Freund würde ganz bestimmt darauf achten, dass sie sich nicht zu sehr verausgabte.

Die Flugbegleiterin blieb bei ihr stehen. »Wir landen gleich. Möchten Sie Ihren Saft noch austrinken? Dann nehme ich das Glas gleich mit.«

Wegen des bevorstehenden Wiedersehens mit Dash und weil sie nun bald seine Familie kennenlernen würde, war Amber so kribbelig, dass sie keinen Schluck mehr trinken konnte. »Nein, vielen Dank.« Sie gab der Frau das Glas.

»Bitte stellen Sie jetzt die Rückenlehne aufrecht und schließen Sie den Sitzgurt.«

Amber nickte. An den Luxus und den aufmerksamen Service in der ersten Klasse konnte sie sich gewöhnen. Dash hatte darauf bestanden, ihr das Ticket zu spendieren. Für sie und Reno war die Reise tatsächlich ziemlich angenehm. Vor ihren Füßen war viel Platz für den Hund. Doch allein die Vorfreude auf Dash hätte jeden Flug erträglicher gemacht.

Während der Tage, in denen sie voneinander getrennt gewesen waren, hatte er sie immer wieder ganz wunderbar überrascht. Zum Beispiel hatte sie auf ihrem Nachttisch eine Ausgabe des Buchclubromans von letztem Monat vorgefunden. Die Seitenränder quollen über vor Notizen und Überarbeitungen, die noch viel prickelnder waren als die Originalszenen. Aber besonders schön waren seine Anmerkungen dazu, was der Held noch besser hätte machen oder sagen können. Dash hatte nicht bloß das Buch gelesen, sondern sich sogar heimlich mit Hilfe ihrer blonden Schwester, die nur allzu gerne Leute miteinander verkuppelte, ein Profil bei ihrem Buchclub angelegt. Während der Online-Diskussion über den Roman war er überraschend in den Video-Chat geplatzt. Amber hatte Glückstränen vergossen und die anderen Frauen waren völlig zu Recht neidisch gewesen.

Und dann die nächste Überraschung, dank der die Halloweenparty in der Jericho-Scheune ihr unvergesslich bleiben würde. Sie hatte sich als Sandy aus dem Film Grease verkleidet. Und wie versprochen war Lindsay als Dash gegangen. Sie hatte sich ein Footballtrikot mit seinem Namen auf dem Rücken besorgt, eine Männerperücke getragen und ununterbrochen sehr breit gegrinst. Dash hatte sich per Video-Chat bei Amber gemeldet – als Danny aus Grease verkleidet. Er war den ganzen Abend über online geblieben und hatte ihr das Gefühl gegeben, gemeinsam mit ihr in der Scheune zu sein. Darüber hatten sich alle gefreut, aber am meisten natürlich Amber.

Von jeder Signierstunde, von jedem Presseauftritt hatte er ihr Selfies geschickt. Nach der Aufzeichnung für die Jimmy-Kimmel-Show hatte er sie angerufen und damit erschreckt, dass er sie Jimmy vorgestellt hatte. Auch die Sendung selbst hatte sie beinahe umgehauen. Denn als Jimmy Dash nach seinem Privatleben gefragt hatte, hatte ihr wie immer energiestrotzender Freund nicht nur ihre Privatsphäre geschützt, sondern auch kurzerhand erklärt, er sei inzwischen offiziell vom Markt und verliebt bis über beide Ohren. Sie war ziemlich sicher, dass Dash vierundzwanzig Stunden am Tag an sie dachte, und das war gut. Denn wenn es nur ihr so ergangen wäre, wäre sie sich vermutlich ziemlich blöd vorgekommen.

Nach der Landung musste sie sich mit aller Macht beherrschen, um nicht im Laufschritt zum Ausgang zu sprinten. Ihr Puls hämmerte wie wild. Sie legte den schnellsten Powerwalk ihres Lebens hin, und in der Sekunde, in der sie ihn mit einem Blumenstrauß und seinem Traumlächeln, das sogar seine Augen strahlen ließ, draußen stehen sah, war es mit ihrer Beherrschung vorbei. Mit Reno an ihrer Seite rannte sie zu ihm und sprang aufgeregt und außer sich vor Glück in seine Arme. Lachend küssten sie einander, strahlten sich an und küssten sich dann wieder.

»Ich lasse dich nie wieder los, mein Herz. Auf diesen Moment habe ich viel zu lange gewartet.«

Was sollte sie darauf antworten? Auch sie hatte keine Eile, sich aus seinen Armen zu lösen. Also drückte sie mitten in dem geschäftigen Flughafen die Lippen auf seine und zeigte ihm mit ihrem Kuss, wie sehr sie ihn zwölf Tage lang vermisst hatte. Irgendwann stellte er sie wieder auf die Füße, ging in die Hocke und wuschelte Reno zur Begrüßung kräftig durchs Fell. Reno revanchierte sich mit feuchten Hundeküssen.

Dash drückte den Retriever an sich. »Du hast mir fast genauso gefehlt wie deine Mami.« Er richtete sich auf, zog Amber zu sich und küsste sie. »Wie hast du es bloß geschafft, seit gestern Abend noch schöner zu werden?«

Ihre Wangen glühten. Gestern Abend hatte sie ihn damit überrascht, ihm eine seiner schmutzigen Video-Chat-Fantasien zu erfüllen. »Psst. Über das, was gestern war, reden wir auf keinen Fall.« Sie stellte sich auf die Zehenspitzen und drückte die Lippen auf seine. »Deine Schwestern werden mich wahrscheinlich damit aufziehen, dass ich jetzt auch ein Riesenbabylächeln habe. Mit dem werde ich vermutlich das ganze Wochenende über rumlaufen.«

»Ich liebe dein Lächeln. Wie fühlst du dich? Bist du müde? War der Flug okay?«

»Mir geht's prima. Und mit der ersten Klasse hattest du recht. Bloß gut, dass ich nicht regelmäßig um die Welt jette. Sonst wäre ich in kürzester Zeit pleite.«

»Vielleicht wecke ich ja doch noch die Reiselust in dir, wildes Ding. Und keine Sorge, meine Taschen sind prall gefüllt.«

Sie holten ihr Gepäck und fuhren angeregt plaudernd nach Port Hudson. Auf dem Weg durch die Stadt sagte Amber: »Dieser Ort hat mir gefehlt. Dabei hatte ich eine Heidenangst, als ich hier vor vielen Jahren mit dem Studium angefangen habe. Meine Eltern haben mich hergebracht, und ich dachte, der Umzug wäre der größte Fehler meines Lebens.«

Er drückte ihre Hand. »Du liebst eben deinen Heimatort sehr. Warum hast du überhaupt so weit weg von zu Hause studiert?«

»Grace und Pepper haben mich dazu überredet. Sie meinten, ich müsste mal raus und Erfahrungen sammeln. Dem Rat der beiden habe ich immer vertraut, und letzten Endes war ja auch alles richtig. Es ist gut, dass ich nicht bloß mein eigenes kleines Zuhause kenne. Anfangs war das Heimweh furchtbar schlimm. Aber dann hat meine Wohnheim-Patin mich auf die LWW-Schwesternschaft aufmerksam gemacht. So habe ich Charlotte Sterling und Aubrey Stewart kennengelernt. Die beiden waren schon fast mit dem Studium fertig, aber sie haben sich sehr lieb um mich gekümmert und mich den anderen schreibenden Ladys vorgestellt. Trotz aller Unterschiede zwischen uns hat es in der Gruppe doch genügend Bücherwürmer gegeben, die so wie ich Lust auf eher ruhigere Aktivitäten hatten. Und genau das habe ich gebraucht. Die LWW-Schwesternschaft war damals meine Rettung.«

»Moment mal. Du kennst Aubrey Stewart und Charlotte Sterling?«

»Ja. Warum? Kennst du die beiden etwa auch? Aubrey ist mit Grahams Geschäftspartner Knox Bentley verlobt und Charlotte mit Grahams Bruder Beau verheiratet.«

»Ja, ich kenne sie. Sie sind wie ich in Port Hudson aufgewachsen. Mit Charlotte hatte ich nicht so viel zu tun wie mit Aubrey. Aber die zwei waren dicke Freundinnen. Die Stewarts wohnen neben meiner Mom, und Mrs. Stewart ist die Nachbarin, die auf meine Schwestern aufgepasst hat. Aubreys ältere Brüder, Troy und Joey, sind zwei meiner besten Freunde. Troy und ich waren Mannschaftskameraden bei den Giants.« Er warf ihr ein verschmitztes Lächeln zu. »Mit sechzehn war ich ziemlich in Aubrey verknallt. Sie war ein hübscher kleiner Wildfang mit einer großen Klappe.«

»Verrückt, dass ihr euch tatsächlich auch kennt. Bitte sag mir, dass du nicht mit Aubrey geschlafen hast. Das würde sich irgendwie seltsam anfühlen.«

»Habe ich nicht. Keine Sorge. Meine Gefühle für sie sind schlagartig erloschen, als sie einem Kerl, der zwei Jahre älter war als sie, die Hölle heiß gemacht hat, weil er sie abgecheckt hatte. In dem Moment habe ich zwei Dinge kapiert. Erstens, dass sie mich nie eines Blickes würdigen würde, und zweitens, dass so ein burschikoser Wildfang nicht mein Fall ist.« Er nahm ihre Hand und drückte sie. »Du kannst jetzt weiteratmen.«

Offenbar hatte sie tatsächlich die Luft angehalten. Langsam stieß sie sie wieder aus. Sie lachten beide darüber und bald hielt er vor dem unauffälligen zweigeschossigen Haus seiner Mutter an. In der Einfahrt standen vier Fahrzeuge, zwei weitere parkten am Straßenrand. Ambers Nerven standen schlagartig unter Strom.

Dash stellte den Motor ab und nahm ihre Hand. »Aufgeregt?«

»Ein bisschen.« Sie schaute an sich hinunter. Heute trug sie einen rostfarbenen Pulli, Skinny Jeans und Wildlederstiefeletten. Sie fragte sich, ob ein Kleid nicht doch passender gewesen wäre.

Er hob ihr Kinn und sah ihr aufmunternd ins Gesicht. »Ich liebe dich und sie werden dich auch lieben. Außerdem hast du das Schlimmste schon hinter dir. Bis auf Damon und meine Großeltern kennst du bereits alle.«

»Deine Großeltern sind auch hier?« *Herrje. Bloß kein Druck.*

»Dachtest du, ich bringe dich mit nach Hause, ohne dich dem wichtigsten Mann in meinem Leben und der Frau, die mir alles über Eicheln beigebracht hat, vorzustellen?« Er zog sie an sich, küsste sie und legte eine Hand in ihren Nacken. »Ich kenne ein gutes Mittel, um dich ein bisschen lockerer zu machen.«

Schon drückte er die Lippen auf ihre und küsste alle Nervosität einfach weg. Am Ende seufzte sie atemlos: »Falls ich doch wieder kribbelig werde, zerr mich einfach in eine dunkle Ecke und mach das noch mal.«

»Kein Problem.« Nach einem weiteren Kuss ging er um den Wagen herum, öffnete ihr die Tür und ließ auch Reno herausspringen. Er war froh, dass sie den Flug so gut weggesteckt hatte. Nachdem er nun wusste, dass der Anfall durch Stress und Schlafmangel ausgelöst worden war, hatte er die Pläne für morgen ein wenig abgeändert, um Amber nicht zu sehr zu ermüden.

Sie griff nach Renos Leine und tätschelte den Kopf des Retrievers.

Dash legte ihr eine Hand ins Kreuz. »Vielleicht hilft es ja, wenn ich dir sage, dass ich auch nervös bin.«

»Aber warum denn? Es ist doch deine Familie.«

»Ich werde gleich dem Freund meiner Mutter gegenüberstehen. Und habe außerdem keine Ahnung, wie ich den ganzen Abend lang die Finger von dir lassen soll.« Er küsste sie wieder.

»Möchtest du Amber den ganzen Abend lang hier draußen abknutschen oder sie uns heute doch noch vorstellen?« Dawns Stimme ließ sie auseinanderfahren.

Dawn kam durch den Garten auf sie zu. Das goldene Haar floss ihr über die Schultern. Ihr tannengrüner Pulli brachte es regelrecht zum Leuchten.

»Ein toller erster Eindruck«, flüsterte Amber.

Andi erschien an der Haustür. »Mom! Sie sind da!«

Dash nahm Ambers Gesicht zwischen die Hände und war froh, sie lächeln zu sehen. »Wir haben gerade zwölf unendlich lange, einsame Tage hinter uns und müssen nach dem Sonntag noch vierzehn weitere überstehen. Also schnall dich an, heißes Wesen. Wir fangen gerade erst an.«

Er küsste sie zärtlich. Als er den Kopf wieder hob, sah er seine Mutter beschwingt die Stufen der Veranda herunterlaufen. Sie sah hübsch aus in ihren Jeans und dem schwarz-weißen Sweatshirt. Und sie war nicht allein. An der Hand hielt sie einen dunkelhaarigen Mann, ihren Freund offenbar. Dash hatte geglaubt, es würde sich seltsam anfühlen, seine Mutter mit einem Mann anzutreffen. Doch selbst aus ein paar Schritten Entfernung war nicht zu übersehen, wie sehr sie sich verändert hatte. Sie sah glücklicher aus und sogar jünger. Er musste sich einfach für sie freuen.

»Das wird ja ein lustiger Abend«, frotzelte Dawn, während sie Dash umarmte. »Erst Mom und Mitch und jetzt auch noch ihr beide. Demnächst brauche ich eine kalte Dusche.«

Ambers Wangen färbten sich rot.

»Hör am besten gar nicht hin. Wir freuen uns, dass ihr hier seid.« Andi umarmte Amber.

»Ich freue mich auch.« Dawn tauschte den Platz mit Andi und umarmte Amber ebenfalls. »Wir werden eine Menge Spaß haben.«

Dashs tierliebe Schwestern warfen sehnsüchtige Blicke auf Reno. Hawk hatte Ambers Anfall der Familie gegenüber erwähnt, und als sie Dash angerufen und sich nach ihr erkundigt hatten, hatte er ihnen auch von Reno erzählt.

»Das ist Reno, oder?«, sagte Andi. »Der ist wunderschön. Ich weiß, wir dürfen ihn nicht streicheln. Aber am liebsten würde ich es trotzdem tun.«

»Kein Problem«, sagte Amber. »Nur zu. Reno, Freizeit.«

Reno wedelte mit dem Schwanz und die jungen Frauen streichelten und kraulten ihn, während ihre Mutter zu Dash eilte und ihn an sich drückte. Sie brachte den vertrauten Duft nach zu Hause mit. »Ich freue mich so, Honey.«

»Hi, Mom.« Dash griff nach Ambers Hand. »Du erinnerst dich an Amber?«

»Sehr gut sogar. Wie schön, dich wiederzusehen.« Sie umarmte Amber.

»Ich freue mich auch«, sagte Amber. »Danke, dass Dash mich mitbringen durfte.«

»Wir danken dir fürs Kommen«, antwortete seine Mutter. »Seit Dash mir erzählt hat, dass ihr beide zusammen seid, schwelge ich in schönen Erinnerungen.«

»Das kann man wohl sagen. Man hätte glauben können, Moms lange verschollene Tochter käme wieder heim.« Dawn beugte sich näher und senkte die Stimme. »Sie ist neidisch, weil du ein LWW-Girl warst.«

»Sie wollte immer, dass wir auch mitmachen«, fügte Andi

hinzu. »Aber Dawn war zu wild und schreibt nur ungern irgendwas, was länger ist als ein Tweet, und ich bin so gar nicht gruppentauglich. Mom selbst hätte sicher gut dazu gepasst.«

»Danke, Sweetie«, sagte seine Mutter. »Ich wäre wirklich gerne bei den LWW dabei gewesen. Aber bevor wir uns hier festquatschen, möchte ich Amber und Dash gerne Mitch vorstellen.« Sie warf dem Mann neben ihr einen verliebten Blick zu. »Mitch, das sind mein Sohn Dash und seine Freundin Amber.«

Mitch streckte Dash die Hand hin. »Ihre Mutter hat mir viel von Ihnen erzählt. Ich freue mich, Sie kennenzulernen.« Er war ein gut aussehender Mann mit offenen, freundlichen Zügen. Mit seinen grau melierten Schläfen glich er einer älteren Version von Clark Kent. Die Brille mit dem schwarzen Gestell und das blau-weiß karierte, bis oben hin zugeknöpfte Hemd gaben ihm einen typischen Professorenlook.

Dash schüttelte ihm die Hand. »Ich habe auch viel von Ihnen gehört. Freut mich, dass wir uns nun persönlich sehen.«

»Ganz meinerseits, wirklich.« Dann lächelte Mitch Amber an und nickte ihr zu. »Amber Montgomery, wie schön, Sie wiederzutreffen.«

»Danke, Professor. Unsere Gespräche haben mir gefehlt. Aber zum Glück ist die Welt ja so klein.«

»Allerdings. Aber bitte, nennen Sie beide mich einfach Mitch.«

»Okay.« Amber drehte sich zu Dash. »Prof... Mitch ... war mein Lieblingsprofessor in Anglistik. Am liebsten hätte ich immer ewig in seinen Seminaren gesessen.«

»Klingt, als hättest du bei Amber einen Stein im Brett.« Dash nahm Amber an der Hand und seine Mutter und Mitch begrüßten Reno.

»Bei deiner Mutter hat das länger gedauert.« Mitch nahm ihre Hand. »Ich musste mindestens zwanzig Mal mit ihr Kaffee trinken, bis ich sie zu einem richtigen Date überreden konnte.«

Seine Mutter lächelte Mitch strahlend an. »Weil wir so gute Freunde geworden waren, und weil du mich so sehr unterstützt hast, als ich angefangen habe zu unterrichten. Ich wollte unsere Freundschaft nicht aufs Spiel setzen.«

»Ich dagegen war mir von Anfang an sicher, dass wir prima zusammenpassen.«

»Okay. Ihr habt mich überzeugt«, sagte Dawn. »Ich brauche einen Freund.«

Während sie alle noch lachten, entdeckte Dash seine Großmutter auf den Stufen der Veranda. Schon solange er denken konnte, trug sie ihr Haar in einem flotten kurzen Stufenschnitt. Die schicke weiße Bluse unter dem anthrazitfarbenen Cardigan unterstrich zusammen mit der dunklen Hose ihre zurückhaltende Eleganz. Dash winkte ihr zu und bemerkte, dass Hawk seitlich am Haus stand und Fotos von ihnen machte. »Da sind Hawk und Grandma.«

Sein Bruder ließ die Kamera sinken, winkte ihnen zu, ging zu seiner Großmutter und nahm ihren Arm.

»Kommt, lasst uns Amber auch dem Rest der Familie vorstellen«, sagte seine Mutter. »Damon und Grandpa sind hinten im Garten. Sicher diskutieren sie schon heiß, wie man das Fleisch korrekt grillt.«

»Reno, hier«, sagte Amber und Reno trabte an ihre Seite. Gemeinsam gingen sie über den Rasen.

»Könntest du auch einen Kerl so für mich trainieren?«, fragte Dawn.

»Ich nicht, aber meine Mutter vielleicht«, sagte Amber. »Sie bildet Assistenzhunde aus und hat auch Reno alles beigebracht.«

Dawn grinste. »Ich brauche dringend ihre Nummer.«

Dash schüttelte den Kopf.

»Ich habe ein paar schöne Fotos geschossen«, sagte Hawk auf dem Weg in den Garten. »Hey, Amber, toll, dich wiederzusehen.« Er umarmte sie.

»Ich freue mich auch«, sagte sie. »Dass wir nach der Signierstunde nicht mit dir und Shea zum Dinner kommen konnten, tut mir wirklich sehr leid.«

»Mach dir keine Gedanken«, antwortete Hawk. »Ich bin froh, dass es dir wieder gut geht. Deine Schwestern und ihre Männer haben uns Gesellschaft geleistet. Wir haben uns prima unterhalten.«

Dash legte Amber die Hand ins Kreuz. »Babe, das ist meine Großmutter, Harriet. Grandma, das ist meine Freundin, Amber.«

Ambers Züge wurden weicher. »Wie schön, dass wir uns kennenlernen. Dash hat mir erzählt, wie sehr du Eicheln magst. Das haben wir beide wohl gemeinsam.«

»Wirklich? Jetzt freue ich mich gleich noch mehr.« Seine Großmutter umarmte sie und warf Dash einen Blick zu. »Dass sie ein Eichel-Fan ist, hast du mir gar nicht gesagt.«

Dash drückte Amber an sich. »Stimmt. Dabei hätte ich ohne Eicheln vermutlich nie ein erstes Date bei ihr gekriegt.«

»Wirklich?«, fragte Andi.

»Ja, richtig. Ich hatte Dash vollkommen falsch eingeschätzt.« Amber griff nach seiner Hand und schaute ihm in die Augen, ohne dass sich das kleinste bisschen Rot auf ihren Wangen zeigte. »Die Eicheln waren der Türöffner, aber das erste Date hat er dank seines großen Herzens bekommen. Genau wie alle anderen Dates danach.«

»Oooh«, seufzten seine Schwestern wie aus einem Mund.

Er zog Amber an sich und drückte sie. »Ich werde einen ganzen Eichenwald pflanzen, damit sie bei mir bleibt. Habe ich euch schon erzählt, dass sie mir an jeden Stopp auf meiner Tour eine Karte geschickt hat? Fast jeden Tag in einem anderen Hotel zu schlafen, war deshalb viel weniger nervig. Ich hatte nämlich immer etwas, worauf ich mich freuen konnte.«

»Ich wollte nicht, dass du dich allein fühlst«, sagte Amber leise.

Hawk knuffte Dash in die Seite. »Falls du sie jemals wieder gehen lässt, werde ich versuchen, sie für mich einzufangen.«

»Da kannst du lange warten.« Gemeinsam bogen sie um die Hausecke. Der Garten sah noch aus wie in Dashs Kindheit. Die Kletterwand mit der Feuerwehrstange zum Runterrutschen hatte schon bessere Zeiten gesehen. Doch das dicke Tau hing noch immer wie eine große Schlange über einem stabilen Ast und in der äußersten linken Ecke des Gartens stand wie eh und je der alte Geräteschuppen. Damon und sein Großvater unterhielten sich auf der Terrasse am Grill. Ihr lautes Lachen und der verlockende Duft von Grandpas berühmten gegrillten Rippchen wehten durch die Luft. Es tat gut, die beiden zu sehen. »Was brütet ihr denn aus?«, fragte Dash.

Damon schaute über die Schulter. Das schwarze Henley-Shirt und seine Stoppeln ließen seine markanten Züge noch kantiger wirken, und seine braunen Augen, die im Moment auf Amber gerichtet waren, noch dunkler. Er grinste Dash herausfordernd an. »Wir haben gerade gewettet, wie lange es wohl dauert, bis Amber deinem hässlichen Hintern wegen mir einen Tritt gibt.«

Ihr Großvater, ein stattlicher Mann Anfang siebzig mit schneeweißem Haar, freundlichen dunklen Augen und dem besten Geschäftssinn, den Dash sich vorstellen konnte, schüttelte den Kopf. »Bei den vielen Frauen, die du jonglierst, *Big D*, müsstest du eigentlich mehr als ausgelastet sein.« Er nickte Dash und Amber zu und zeigte mit dem Daumen auf Damon. »Unfassbar, dass eine dieser Frauen ihn tatsächlich so nennt, oder?« Sein Großvater trug wie üblich eine dunkle Hose und einen blauen Pullover. Er kam auf sie zu, um sie zu begrüßen, und umarmte Dash herzlich. »Schön, dich zu sehen, mein Junge.«

»Schön, *dich* zu sehen, Grandpa. Danke für die Schützenhilfe.« Er legte einen Arm um Amber. »Amber, mein Großvater George und mein Bruder Damon.«

»Es ist schön, den romantischen Mann kennenzulernen, der Dash beigebracht hat, wie man andere Menschen mit Freude beschenkt«, sagte Amber.

Bevor sein Großvater etwas antworten konnte, sagte Damon: »Tja, ich bin nun mal ein sehr romantischer Typ.« Er ließ die Schultern kreisen und grinste selbstsicher.

Amber neigte den Kopf und lächelte ihn freundlich an. »Wirklich? Für wen hast du denn als Letztes romantische Lichter aufgestellt?«

»Für sich selbst«, sagte Dawn sofort und gab damit den Startschuss für weiteren gutmütigen Spott.

»Zählen die im Schlafzimmer auch?« Damon grinste.

Amber schaute Dash an. »Ja. Aber was außerhalb des Schlafzimmers passiert, ist eigentlich viel wichtiger.«

Alle lachten.

»Ich sehe schon, du wirst gut zu uns passen.« Ihr Großvater umarmte Amber.

Amber nickte Damon zu. »Ich bin sicher, du bist auf deine eigene Art romantisch. Du bist mir doch nicht böse?«

»Um mich zu kränken, muss schon mehr passieren.« Damon zog sie für eine Umarmung zu sich. *Sie ist zu heiß für dich*, formte er dabei Richtung Dash mit den Lippen.

Dash schüttelte den Kopf. »Hier duftet es schon köstlich.«

»In einer halben Stunde können wir essen«, sagte seine Mutter. »Ich habe noch kurz in der Küche zu tun. Kann ich dir und Amber etwas zu trinken bringen? Oder Wasser für Reno?«

»Für mich im Moment nichts, Mom. Danke.«

»Danke, für mich auch nicht. Aber Wasser für Reno wäre prima. Kann ich etwas helfen?«, fragte Amber.

»Nein, Liebes. Mach es dir einfach gemütlich.« Dashs Mutter und seine Großmutter verschwanden im Haus.

Amber schaute sich um. »Hier hat also das Familien-Bootcamp stattgefunden.«

»Wenn du damit den Hindernisparcours meinst, über den uns unser Drill Sergeant von einem Bruder gejagt hat, dann ja«, antwortete Hawk.

»Du hast ihr davon erzählt?«, fragte Damon.

»Ja, warum nicht?« Dash war sicher, dass Amber gleich noch einiges mehr zu hören bekommen würde.

»Weiß sie auch, wie du uns immer die Kletterwand hochgescheucht hast?« Andi senkte die Stimme um eine Oktave. »*Los, los, los! Bewegt die müden Knochen oder könnt ihr mich schon schlagen?*, hat Dash dabei immer geblafft.«

»Wirklich?« Amber warf ihm einen forschenden Blick zu. »So hart hast du deine Geschwister angepackt?«

»Keine Sorge, Babe. Sie hat sich nur dieses eine Beispiel rausgepickt. Viel öfter haben sie von mir gehört, wie gut sie schon waren. Schließlich wollte ich sie ja motivieren.«

»Ja, er hat uns immer gelobt.« Dawn legte die Hände wie ein Sprachrohr an den Mund und rief: »Gut gemacht! Du bist ein Garten-Champion! Und jetzt weitertrainieren für Olympia!«

Amber lachte.

»Manchmal war er sehr streng mit ihnen. Aber dank ihm sind sie geworden, was sie heute sind«, sagte sein Großvater.

Dawn zog eine Braue hoch. »Neurotisch?«

»Jetzt kommt schon, Leute.« Dash fuhr sich mit der Hand durchs Haar. »Manchmal hat es doch auch Spaß gemacht.«

Alle redeten durcheinander.

»Von Spaß würde ich nicht unbedingt sprechen«, erklärte Hawk.

»Es war mehr Quälerei mit einer Dosis Therapie«, stimmte Andi ihm zu. »Dabei wollte ich einfach nur in Ruhe gelassen werden.«

»Genau darum ging es ja. Jemand musste euch aus dem Gedankensumpf in euren Köpfen holen«, erklärte Dash.

»In meinem Kopf war es eigentlich immer ganz nett«, gab Damon zurück.

»Für einen Zirkus«, frotzelte Hawk.

Dawn verschränkte die Arme und hob trotzig das Kinn. »Ich wette, heute könnte ich dich schlagen, Dash.«

»Verdammt, das könnten wir alle«, sagte Damon.

»Klingt wie eine Herausforderung«, stellte Mitch fest.

Alle grinsten, nickten und tauschten Blicke.

»Das ganze alte Zeug ist noch im Schuppen«, sagte Andi.

Damon musterte Dash von oben bis unten. »Hast du es überhaupt noch drauf, alter Mann?«

»Du meinst, dich in einer Staubwolke stehen zu lassen?« Dash schnaubte. »Verdammt, ja.«

»Das testen wir jetzt!«, verkündete Damon und machte sich zusammen mit Dawn und Hawk auf den Weg, um das Equipment zu holen. Dash berührte Ambers Hand. »Kann ich dich für ein paar Minuten hier alleinlassen?«

Andi nahm Amber am Arm. »Wovon redest du? Sie macht natürlich mit. Nicht wahr, Amber?«

»Ich bin nicht sehr sportlich«, sagte Amber entschuldigend, während die anderen bereits ein paar alte Autoreifen aus dem Schuppen rollten. »Aber es hört sich an, als würde es Spaß machen.«

»Tut es.« Dash beugte sich näher. »Aber wenn du lieber zuschauen willst, ist das okay.«

»Ich möchte schon gerne mitmachen«, versicherte sie ihm. »Leider habe ich keine Sneaker dabei.«

»Ich hole dir welche!«, rief Andi. »Das wird lustig. Aber vielleicht bringst du Reno zuvor aus der Action-Zone.«

»Er kann bei mir bleiben«, bot Mitch an.

Gemeinsam bauten sie den Parcours auf. Reifen zum Durchrennen, Stangen mit Flaggen für den Slalomlauf und Bälle, die in Eimer geworfen werden mussten. Dashs Mutter lieh Amber ein Paar Sneaker und kam dann mit Grandma in den Garten, um zuzuschauen.

»Okay. Wir machen es so«, verkündete Dash. »Es gibt zwei Teams und zwei Leute starten immer gleichzeitig. Team eins beginnt mit den Reifen, dann Slalom um die Flaggen, das Tau raufklettern, wieder runter, anschließend die Kletterwand hoch, die Stange runterrutschen und am Ende drei Bälle in die Eimer werfen. Team zwei fängt mit dem Werfen an und arbeitet sich in umgekehrter Reihenfolge durch die Hindernisse.«

»Mädchen gegen Jungs!«, rief Dawn. »Man startet, sobald die Person vor einem am ersten Hindernis fertig ist. Dann sind wir uns nicht gegenseitig im Weg.«

Amber beugte sich zu Dash. »Wir müssen an dem Tau hochklettern *und* irgendwie auch die Kletterwand raufkommen?«

Dash zog sie an sich und küsste sie auf die Schläfe. »Ich helfe dir, keine Sorge.«

Sie sah nicht überzeugt aus. »Ich habe so was noch nie gemacht und wir sind in gegnerischen Teams.«

»Ich bin immer in deinem Team, Babe. Ich halte zu dir, vertrau mir.« Er küsste sie, dann klatschte er in die Hände. »Also los! Grandpa, willst du unser Starter sein?«

»Aber klar doch!« Sein Großvater stellte sich mitten in den Garten, während die Teams an den gegenüberliegenden Enden des Hindernisparcours' Stellung bezogen, johlten und zum Scherz Schmähungen und Herausforderungen schrien.

»Das muss ich filmen.« Dashs Mutter zog ihr Smartphone aus der Tasche.

Dash bekam mit, wie Amber mit seinen Schwestern absprach, dass sie als Letzte starten würde. Er stellte sich zwischen seine Brüder.

Damon fixierte ihn. »Eigentlich blöd, dass es jetzt Jungs gegen Mädels ist. Ich wollte es dir mal so richtig zeigen.«

Dash klopfte ihm auf die Schulter. »Du startest gegen Dawn. Da sind deine Gewinnchancen minimal besser.«

»Ich könnte es locker mit dir aufnehmen«, beharrte Damon.

Hawk beugte sich zwischen sie. »Könnt ihr Mädels mal mit dem Gekeife aufhören und euch startbereit machen? Du bist gleich dran, Damon.«

»Woo-hoo! Girlpower!«, rief Dawn und gab Amber und Andi High Fives.

Ihr Großvater hielt eine Serviette in die Höhe wie eine Flagge. »Auf die Plätze. Fertig. Los!«

Dawn und Damon stürzten zu den Hindernissen. Alle feuerten sie an und klatschten. »Go, go, go!« Damon jagte wie ein Blitz durch die Reifen, während Dawn die Bälle nur so in die

Eimer pfefferte. Gleich nach Damon startete Dash. Er hörte, wie Amber lautstark Andi anfeuerte, die nun ebenfalls unterwegs war.

Dash hatte den Parcours in Rekordzeit überwunden und feuerte nun seinerseits Amber an. »Ja, genau so, Baby! Du machst das klasse!« Sie brauchte sieben Versuche, um die Bälle in die Eimer zu bekommen, aber sie lachte dabei. Dann sauste sie durch die Reifen und schlug Haken um die Flaggen. Kreischend vor Aufregung packte sie das Tau wie ein Profi. Er brachte es nicht fertig, ihr zu sagen, dass sie in der falschen Reihenfolge unterwegs war, und außer ihm schien das niemandem aufzufallen. Sie sprang hoch und versuchte, die Beine um das Tau zu schlingen, rutschte aber ab und bog sich vor Lachen. Erneut packte sie zu, angelte mit den Beinen nach dem Tau, und alle feuerten sie an.

Als sie wieder abrutschte, rannte Dash zu ihr und hob sie an der Taille hoch. »Pack zu!« Er legte die Hände an ihren Hintern und schob sie hoch, so weit er konnte, während Reno bellte und alle klatschten und jubelten.

»Und jetzt?«, rief Amber nervös von oben.

»Loslassen!«

Sie schloss die Augen, öffnete die Hände und stürzte kreischend in die Tiefe. Er fing sie auf, stahl sich einen schnellen Kuss, und dann rannten sie Hand in Hand zur Kletterwand. Zusammen kletterten sie nach oben. »Super gemacht! Das ist mein Mädel!«

Sie packte die Stange, und während sie hinunterrutschte, wurde der Jubel noch größer. Schon standen sie wieder auf sicherem Boden. Dash umarmte sie und wirbelte sie herum. Dann waren Dawn und Andi bei ihnen und erdrückten Amber fast in einer Gruppenumarmung. Aufgeregt sprangen alle drei

Frauen auf der Stelle, kreischten und lachten. Hawk machte Fotos, Damon drängte sich zu einer Umarmung dazu und seine Großeltern, seine Mutter und Mitch machten gleich mit. Während alle noch lachten und durcheinanderredeten, schaute Amber über die Köpfe hinweg direkt in Dashs Augen. Sein Herz schlug plötzlich in dreifachem Tempo.

Sein Großvater legte seinen Arm um Dashs Schultern. »Ich glaube, so glücklich habe ich dich noch nie gesehen.«

Dash schaute den Mann an, der ihm beigebracht hatte, was es wirklich bedeutete, ein Mann zu sein. Und er sah den Mann, der er sein wollte. »Ich möchte ihr die Sterne vom Himmel holen, Grandpa.«

»Also, wenn irgendwer das fertigbringt, dann sicher du, mein Junge.«

Beim Abendessen ging es so lebhaft und lustig zu wie immer, es wurde gescherzt, gefrotzelt und gelacht. Dash hatte Amber noch nie so viel lachen gehört. Sie und seine Familie verstanden sich bestens. Er bekam mit, wie sie mit seinem Großvater und Damon übers Geschäft redete und mit Hawk über den Motorradclub Dark Knights, bei dem er Mitglied war. Seine Mutter sagte ihm sicher ein Dutzend Mal, wie sehr sie Amber mochte. Und ihm ging es mit Mitch genauso. Es war wunderbar, dass der Mann im Leben seiner Mom sie so liebevoll anschaute und ganz offensichtlich zu schätzen wusste, was für eine großartige Frau sie war. Amber sprach mit den beiden über ihre Buchhandlung, und seine Mutter versuchte sogar, sie zu einem Umzug nach Port Hudson zu überreden, um dort eine

Filiale zu eröffnen. Dash sah Interesse in Ambers Augen aufglimmen, doch er wusste, dass sie niemals von Oak Falls wegziehen würde. Und so wie sich ihre Familie und der ganze Ort nach ihrem Anfall um sie gekümmert hatten, würde er sie auch niemals darum bitten.

Während der Fahrt in die City ließ Amber den Besuch bei seiner Familie begeistert noch einmal Revue passieren. Noch im Fahrstuhl zu seiner Wohnung überschlug sie sich fast beim Reden. »Es ist so lieb von deiner Mom, mich zu Thanksgiving einzuladen. Bist du denn sicher, dass du das Fest mit meiner Familie verbringen willst? Das wäre ja direkt nach deiner Tour. Wir könnten Thanksgiving auch zusammen mit deiner Familie feiern und mit meiner dann Weihnachten. Grahams Bruder Zev heiratet während der Feiertage. In Maryland. Wenn wir zu Weihnachten in Oak Falls sind, könnten wir zusammen zu der Hochzeit fahren. Aber natürlich nur, wenn du willst. Ach, herrje. Hast du etwa nur aus Höflichkeit zugesagt und weil du so nett bist? Möchtest du an den Feiertagen lieber ohne mich bei deinen Lieben sein?«

Die Gefühle, die er den ganzen Abend über im Zaum gehalten hatte, brachen sich Bahn. »Hast du irgendeine Ahnung, wie süß du bist, wenn du so wild drauflosplapperst?« Er küsste sie auf die empfindliche Stelle direkt unter ihrem Ohr, drückte sie mit dem Rücken an die Wand des Fahrstuhls und sah, wie ihre Augen sich verdunkelten. »Ich möchte während der Feiertage unbedingt mit dir zusammen sein, wollte aber nicht, dass du dich gedrängt fühlst, sie mit meiner Familie zu verbringen.« Er strich mit der Nasenspitze über ihre Wange, sog ihren betörenden Duft ein und ließ damit das zwölf Tage lang aufgestaute Verlangen von der Kette. Dann packte er sie an den Hüften und küsste ihre Mundwinkel. Sie antwortete mit einem langen, verführerischen Seufzen. Ihre weichen Kurven schmiegten sich an ihn. Er brauchte sie nackt in seinen Armen und küsste sich hastig an ihrem Hals entlang zu ihrem Ohr. »Wir tun, was immer du willst.«

Ambers Finger gruben sich in seine Seiten und sie rieb sich an ihm wie eine Katze. »Küss mich.«

Härter und gieriger, als er es gewollt hatte, presste er den Mund auf ihren. Doch sie erwiderte den Kuss genauso fieberhaft, krallte sich an seine Arme und seinen Rücken und drängte sich an seine Härte. Gegen den Strudel ihrer Leidenschaft waren sie beide machtlos. Ausgehungert, wie sie waren, ließen sie sich davon mitreißen. Dash schob die Hände unter Ambers Pulli, spürte die versengende Hitze ihrer Haut und grub die Zähne in ihren Hals.

»Ja!« Sie stellte sich auf die Zehenspitzen und hielt seinen Mund fest, wo er war, bis der Fahrstuhl zum Stehen kam und sie in einem Gewirr aus Küssen und tastenden Händen stöhnend in seine Wohnung stolperten. Mühsam riss sie den Mund weg. »Meine Sachen«, stieß sie atemlos hervor.

Mist. Sein Arm schnellte zwischen die sich schließenden Fahrstuhltüren und er zerrte ihre Taschen heraus. Aus dem Augenwinkel nahm er wahr, wie Reno sie beide mit wachem Blick beobachtete.

»Keine Sorge. Für ihn ist das okay.« Sie zog Dashs Mund zurück zu ihrem.

Flammen jagten durch seine Adern, die Lust pulsierte in ihm, schwoll an und übernahm das Kommando. Er küsste sie härter, tiefer, und sie strauchelte rückwärts. Mit einem dumpfen Geräusch prallte ihr Rücken gegen die Wohnungstür. Erschrocken hob er den Kopf, schaute ihr forschend ins Gesicht und suchte nach Anzeichen von Schmerz. »Alles in Ordnung?«

Wortlos riss sie ihn zu sich zurück und saugte seine Zunge in ihren Mund. *Heilige verdammte Hölle.* Seine Härte sehnte sich nach demselben sinnlichen Ort. Aber fast noch mehr wollte er tief in ihr versinken und spüren, wie ihre Körper eins wurden. Mit fliegenden Fingern machte er sich am Knopf ihrer Jeans zu schaffen, während sie dasselbe bei ihm tat. Schuhe und Kleidung flogen in alle Richtungen, die Halskette mit dem Notrufknopf wurde unter hungrigen Küssen, atemlosen lüsternen Bitten und Kommandos beiseitegelegt. Als sie endlich beide nackt waren, hob er sie hoch und senkte sie auf seinen harten Schaft. Sie war so eng, so heiß und perfekt. Er konnte kaum noch denken, und sie bewegte sich, rieb sich an ihm und brachte ihn an den Rand des Wahnsinns. Er packte ihre Hüften und ließ seinen Körper jede ihrer Bewegungen beantworten. Dann fand sein Mund zu ihrem und er stieß tiefer in sie hinein. Er würde sterben, jetzt und hier, während er in ihr versunken war. Und es machte ihm nichts aus, denn nichts hatte sich je so großartig angefühlt. Die Realität traf ihn wie ein Schlag in die Magengrube und er erstarrte. »Fuck. Kondom. Sorry, Baby. Sorry.«

Zitternd vor Anstrengung brachte er seine Lust unter Kontrolle und wollte sie von sich herunterheben. Doch sie schlang die Beine noch fester um ihn, ihre Nägel gruben sich in seine Schultern. »Ich nehme die Pille. Wirklich. Ich würde dir nie eine Falle stellen wie diese andere Frau. Wir müssen nicht aufhören.«

Die Herzattacke war abgewendet, ein erleichtertes Lachen brach aus ihm heraus. »Das weiß ich doch. Das ist meine kleinste Sorge. Bist du sicher?«

Ein verführerisches Lächeln glitt über ihr Gesicht. »Ich bin doch dein wildes Ding, oder?«

»Zum Teufel, ja. Das bist du«, presste er hervor und verschlang ihren Mund.

Sie tauchten ein in ihre Liebe und füllten den Raum mit lustvollen Geräuschen. Fleisch gegen Fleisch, Seufzen und Stöhnen und hastige Atemzüge. Bald bedeckte ein Schweißfilm ihre heiße Haut. Dash hielt Amber noch fester, stieß schneller und härter zu. Ihre Herzen jagten im selben Takt dahin.

»Weiter«, flehte sie. Ihr Verlangen fachte seines noch an.

Wieder nahm er ihren Mund in Besitz, ihre Fingernägel gruben sich tiefer in seine Haut. Die Mischung aus Schmerz und sinnlichem Prickeln durchjagte ihn wie ein Stromstoß. Er spürte, wie Ambers Muskeln sich spannten und wusste, dass sie gleich kommen würde. Sein eigener Orgasmus baute sich auf wie ein Zyklon. Wie Donnergrollen, wie wilde Wellen. Sie riss ihren Mund weg, stammelte zusammenhangslose Worte. Ihre feuchte Hitze zog sich um ihn zusammen und jede Bewegung brachte ihn dem Abgrund näher. Er biss die Zähne zusammen, seine Muskeln bebten, sein Becken pumpte. Gerade, als er die Kontrolle aufgeben wollte, packte sie seine Schultern, nahm einen weiteren Anlauf und ritt ihn noch härter, bis sie schließlich gemeinsam in die mächtige Welle eintauchten, die über ihnen zusammenschlug. Er stöhnte an ihrem Hals, fluchte und flehte, während sie sich von der Welle tragen ließen, bis sie langsam verebbte.

Hinterher wurde Amber in seinen Armen ganz weich, bettete die Wange an seine Schulter und kicherte. »Wir haben unsere Socken noch an.«

Socken? Mit der Hand strich er an ihrem Bein entlang bis hinunter zu einem der Rüschensöckchen. »Du weißt ja, wie sehr ich Rüschen an dir liebe«, scherzte er. Ihr Kichern schwoll zu einem hellen Lachen und er ließ sich davon anstecken.

»Wir haben es ja kaum aus dem Fahrstuhl geschafft.« Sie hob den Kopf und schaute sich um. »Hübsche Diele hast du übrigens.« Noch mehr fröhliches Lachen. »Dein wildes Ding hat sich gerade in ein Sexmonster verwandelt.«

So verdammt süß. »Wenn das so ist, dann lass uns jetzt mein Schlafzimmer besichtigen.«

Neunzehn

Während Dash telefonierte, genoss Amber den herrlichen Ausblick von den Wohnzimmerfenstern aus. Hinter ihnen lag ein wunderbarer Morgen. Sie hatten ausgeschlafen, sich gemeinsam unter der Dusche vergnügt und waren mit Reno Gassi gegangen. Als sie danach das Frühstück zubereiteten, hatte Dash sie zu einem Tanz in seine Arme gezogen. Sie hatte ihm einen Line Dance beibringen wollen, was mit Gelächter und vielen Küssen geendet hatte.

Wenn sie doch nur eine ganze Woche gehabt hätten anstatt eines kurzen Wochenendes.

Hier in seinem luxuriösen Penthouse, wo die Sonnenstrahlen von den Fenstern der umliegenden Gebäude reflektiert wurden und auf dem Wasser des Hudson River glitzerten wie Diamanten, konnte man den Lärm und die Hektik der Großstadt leicht vergessen. Zu gerne hätte sie sich mit Dash auf die Couch gekuschelt und den Rest der Welt einfach ausgesperrt. Aber sie hatten nun mal wenig Zeit, und sie war schon gespannt darauf, den Big Apple mit seinen Augen zu sehen. Während ihres Studiums an der Boyer University war sie nur einmal in New York City gewesen. Charlotte und Aubrey hatten sie hergeschleppt, an diesen lauten, aufregenden und etwas beängstigenden Ort, der mit Dash sicher ganz anders aussehen und sich auch anders anfühlen würde.

Als sie sich zu Reno beugte und ihn streichelte, schlang Dash von hinten die Arme um sie. Sie war überrascht gewesen, dass er nicht nur Hundefutter, sondern auch Näpfe mit Renos Namen und Hundespielzeug besorgt hatte. Und er hatte einen Hundesitter mit besten Empfehlungen engagiert, der mit Reno Gassi gehen würde, wenn sie unterwegs waren. Seine Pläne hatte er ihr noch immer nicht verraten, aber sie trug ihre bequemsten Stiefel mit flachen Absätzen.

»Wie geht's meinem Mädchen?« Sein minzfrischer Atem strich über ihre Haut.

Amber drehte sich in seinen Armen. »Großartig. Wie könnte es anders sein, solange ich mit dir hier bin?«

»Genau dieselbe Frage habe ich mir auch gerade gestellt.« Er küsste sie. »Können wir los?«

»Hm-hm.« Als sie sich hinhockte, um Reno zu kraulen, fiel ihr Blick auf die Signalkette. Eigentlich brauchte sie sie nicht, wenn sie mit Dash zusammen war. Aber sie fühlte sich damit einfach sicherer. »Sei ein braver Junge. Hab dich lieb.«

Dash streichelte Reno ebenfalls, dann schnappten sie sich ihre Jacken und machten sich auf den Weg nach unten. »Wir werden abgeholt«, sagte er draußen vor dem Haus. Er legte ihr eine Hand ins Kreuz und führte sie zu einem eleganten schwarzen Wagen. Ein Mann in einem Anzug stand an der hinteren Tür.

»Wir werden chauffiert? Geht man hier denn nicht zu Fuß oder fährt mit der U-Bahn?«

»Ein bisschen laufen wir heute schon herum. Aber der Abend wird lang und ich möchte dich nicht vorher schon müde machen.« Er beugte sich näher und senkte die Stimme. »Das tue ich lieber, wenn du später nackt in meinem Bett liegst.«

Bei den prickelnden Erinnerungen an die vergangene Nacht durchlief sie ein wohliger kleiner Schauer.

»Guten Morgen, Mr. Pennington, Ms. Montgomery.« Der Mann im Anzug öffnete ihnen die hintere Wagentür.

»Guten Morgen.« Amber fand es merkwürdig, einen Fahrer zu haben. »Sagen Sie einfach Amber zu mir. Wie heißen Sie denn?«

Der Fahrer schaute Dash an und Dash nickte. »Chuck Marx, Ma'am.«

»Schön, Sie kennenzulernen, Chuck. Aber wenn Sie mich Ma'am nennen, fühle ich mich steinalt.«

»Sorry, Ma'… Amber.«

Sie stieg in den Wagen und rutschte zur Seite, damit Dash sich neben sie setzen konnte. Während Chuck zur Fahrertür ging, flüsterte sie: »Wir brauchen doch keinen Chauffeur.«

»Einfach zurücklehnen und genießen.« Dash nahm ihre Hand und küsste ihren Handrücken.

Je näher sie dem Zentrum von Manhattan kamen, desto belebter wurden die Straßen und Gehsteige. Vor dem berühmten »Strand Bookstore« hielt der Fahrer an und öffnete ihnen die Tür. »Ein Besuch im Strand?« Amber kannte die bewegte Geschichte dieses Buchladens. Früher hatte es hier in der City im Umkreis von nur fünf Blocks entlang der damaligen Fourth Avenue stolze achtundvierzig Buchhandlungen gegeben. Book Row hatte man diesen Straßenabschnitt deshalb genannt. Der Strand Bookstore, im Jahr 1927 von einem litauischen Einwanderer gegründet, war als einziges Geschäft noch übrig, allerdings schon in den 1950er Jahren an seine jetzige Adresse am Broadway, Ecke Twelfth Street, umgezogen.

»Überraschung für dich, Baby. Das ist eine der zehn berühmtesten Buchhandlungen der Welt. Irgendwann reise ich mit dir auch zu den anderen in Paris, San Francisco, Venedig ...«

»Dash!« Sie warf die Arme um ihn, das Herz trommelte in ihrer Brust. Sie bestaunte die berühmte rote Markise mit dem Schriftzug *18 Miles Of Books*, der versprach, dass hier endlos lange Regalreihen voller Bücher auf die Leseratten warteten. »Willst du wirklich mit mir da reingehen? Möglicherweise kriegst du mich nie wieder raus.«

»Wenn du glücklich bist, bin ich auch glücklich, mein Herz. Wir haben den ganzen Tag Zeit.«

Auf dem Weg durch die Eingangstür sagte sie: »Ich meine das ernst. Die haben eine gigantische Auswahl an Secondhandbüchern und Raritäten.«

Sie versuchte wirklich, beim Stöbern die Zeit im Auge zu behalten. Aber sie und Dash hatten einfach zu viel Spaß. Als er hörte, dass sie keine ledergebundene Ausgabe ihres Lieblingsbuchs *Stolz und Vorurteil* besaß, bestand er darauf, ihr eine exquisite Handelsausgabe aus dem Jahr 1894 zu schenken. Mit allen einhundertsechzig Hugh-Thomson-Illustrationen und dem kultigen Pfauenmotiv auf dem Buchdeckel. Nachdem sie viel zu viel Zeit damit verbracht hatten, jede Ecke des riesigen Geschäfts zu erkunden, suchten sie ein paar Kinderbücher für Emma aus, und Amber kaufte einen von Hawks großen Bildbänden, obwohl Dash ihr versicherte, sein Bruder würde ihr bestimmt gerne ein Buch schenken. Doch Hawks Fotos waren großartig und sie wollte ihn unterstützen.

Als sie die Buchhandlung schließlich verließen, stand Chuck schon bereit und hielt ihnen die Wagentür auf. Er fuhr sie direkt zum Times Square, wo sie Hand in Hand den Gehsteig entlangschlenderten und die festlichen Dekorationen bewunderten. Sie kauften für Emma einen niedlichen Overall mit rosafarbenen Rüschen an den Arm- und Beinbündchen und ließen sich in einem Café eine warme Suppe schmecken. Dazu teilten sie sich ein Sandwich. Beim Hinausgehen kauften sie zwei Becher heiße Schokolade und Chuck chauffierte sie zum nächsten Programmpunkt.

Als sie dieses Mal ausstiegen, entdeckte Amber eine wunderschöne weiße Kutsche am Ende der Straße. »Oh, Dash! Schau doch mal!«

»Ihre Karosse erwartet Sie, Mylady.«

»*Meine* Karosse?« Ungläubig fixierte sie erst das Gefährt und dann Dash. Ihr Herz machte einen Sprung. »Wirklich?«

»Gelaufen sind wir ja schon ein Stück. Und jetzt ruhen wir uns aus und lassen uns ganz entspannt durch den Central Park kutschieren.« Mit einer Hand zog er sie an sich und küsste sie. In der anderen hielt er seine heiße Schokolade. »Ich habe doch gesagt, ich werde gut auf dich achtgeben.«

»Du bist der beste, romantischste und liebevollste Mann, der mir je begegnet ist. Und du verwöhnst mich über alle Maßen.« Sie stellte sich auf die Zehenspitzen und küsste ihn, war aber zu aufgeregt, um stillzustehen. An der Hand zog sie ihn den Gehsteig entlang. »Komm schnell!«

Die Hände mit den Bechern voller heißer Schokolade weit von sich gestreckt rannten sie zu der Kutsche. Dem Himmel sei Dank für Deckel. Auf der Sitzbank schmiegten sie sich eng aneinander, schlürften warmen Kakao und lauschten dem Hufgeklapper und den Stimmen der Menschen im Park. Amber legte den Kopf an Dashs Schulter und hatte das Gefühl, meilenweit von der echten Welt entfernt zu sein. Heute hatte die Stadt so gar nichts Beängstigendes. Sie war aufregend und voller Überraschungen, und Dash achtete wirklich rührend darauf, dass sie sich nicht zu sehr verausgabte. Sie stellte sich vor, wie sie mit ihm zu all den anderen berühmten Buchhandlungen reiste. Oh, wie gerne sie mit dem Mann, den sie liebte, das Leben bei den Hörnern packen und Orte entdecken wollte, von denen sie geglaubt hatte, sie würde sie niemals sehen.

Sie schaute ihn von der Seite an und sah noch einmal vor sich, wie sie in einem der Geschäfte am Times Square lustige Hüte anprobiert und Emmas Overall entdeckt hatten. Es war so leicht, sich eine gemeinsame Zukunft auszumalen, eine Familie, und wie sie Outfits für ihre eigenen Kinder aussuchten und mit ihnen eine Kutschfahrt machten. Ihre Gedanken galoppierten viel zu weit voraus. Aber es fühlte sich so richtig an, dass sie noch ein bisschen in diesen Tagträumen schwelgen wollte.

»Woran denkst du, meine Schöne?«

Ach, nur ans Heiraten. Weiter nichts. »Dass ich bei allem, was wir gemeinsam machen, immer glaube, das wäre der schönste Moment in meinem Leben. Und dann fällt dir noch etwas Schöneres ein.«

»Wart's ab, mein Herz. Wir gehen später noch zu einem Ball.« Er küsste sie. »Ich würde dich ja Cinderella nennen. Aber dein Leben hat mit ihrem nichts zu tun.«

»Ich könnte Belle sein. Die mochte doch Bücher.«

»Dann wäre ich das böse Biest, das dich in einem Schloss einsperrt. Keine Chance.«

Sie lachte. »Wie wär's, wenn wir unser eigenes Märchen schreiben?«

»Wie zum Beispiel *Dash und das wildeste Ding?* Oder *Dash und die lesende Verführerin?*«

»Ich weiß nicht, ob es mir gefallen würde, wenn alle lesen könnten, dass ich wild bin oder eine Verführerin. Wie wäre es mit *Amberella und Dash Traumprinz* oder *Dash Traumprinz und*

Belle Bücherwurm?«

»Baby, du kannst uns nennen, wie du willst. Solange ich nur dich die Meine nennen kann.«

Nach der Rückkehr zu Dashs Penthouse machten sie einen kurzen Spaziergang mit Reno. Dann schauten sie sich die Sachen an, die sie gekauft hatten. Amber hielt den Overall für Emma in die Höhe. »Darin wird sie unglaublich niedlich aussehen.«

»Sie würde in allem niedlich aussehen, aber inzwischen habe ich eine Schwäche für Rüschen.«

Dank Dash mochte sie Rüschen seit Kurzem auch noch ein bisschen lieber. Sie hatte sich sogar Panties mit winzigen Rüschen besorgt, die sie heute Abend bei der Spendengala unter dem eleganten Ballkleid im Hollywoodstil aus Jillians Kollektion tragen wollte. »Ich hoffe, Brindle kann mit den Rüschen leben. Ihr Geschmack ist nicht so verspielt wie meiner.« Amber faltete den kleinen Overall zusammen und steckte ihn zurück in die Tüte. »Ich kann es kaum erwarten, selbst Babys zu haben und ihnen so süße Sachen zu kaufen. Ich stelle mir kleine Mädchen in hübschen Kleidchen und Jungs in winzigen Jeans und Stiefeln vor. Oder die Mädchen sind kleine Wildfänge und die Jungs wollen lieber mit Puppen spielen. Ganz gleich, wie sie sind, ich werde sie abgöttisch lieben.«

Dash strich mit der Hand über ihren Rücken. »Du wirst eine wunderbare Mutter sein. Wie viele Kinder wünschst du dir denn?«

»Gerne ein ganzes Haus voll. Fünf oder sechs vielleicht.«

»Du wirst jahrelang schwanger sein.«

»Nein, eher nicht. Vermutlich werde ich Kinder adoptieren oder mir eine Leihmutter suchen.«

Seine Züge wurden ernst. »Du möchtest deine Babys nicht selbst zur Welt bringen?«

»Nichts möchte ich lieber. Aber während einer Schwangerschaft wären Anfälle ein großes Risiko. Sie könnten bei dem Ungeborenen zu Sauerstoffmangel führen oder seinen Herzrhythmus verlangsamen. Ich könnte eine Fehlgeburt erleiden oder das Baby verletzen, wenn ich einen Anfall habe und dabei stürze. Ich glaube, ich könnte mir niemals verzeihen, wenn meinem ungeborenen Kind etwas zustoßen würde.«

»An so etwas habe ich noch gar nicht gedacht.«

»Wie denn auch?« Sie zog die Bücher, die sie gekauft hatten, zu sich. »Viele Frauen mit Epilepsie werden schwanger, haben keinerlei Probleme und bringen kerngesunde Kinder zur Welt. Aber du kennst mich ja. Ich bin lieber vorsichtig. Dieses Risiko einzugehen, wäre so gar nicht mein Ding.« Sie legte die Bücher beiseite. Beim Anblick der Falten, die jetzt auf seiner Stirn standen, sank ihr das Herz in die Hose. »Was ist denn?«

»Ich …« Er hob die Schultern. »Seit gestern Nacht habe ich mich gefragt, wie es wohl wäre, wenn du schwanger werden würdest. Diese Vorstellung war plötzlich da, und ich fand sie schön.«

»Wirklich?« Ihr Pulsschlag beschleunigte sich. Dass er an eine gemeinsame Zukunft dachte, machte sie glücklich. Gleichzeitig machte sie sich Sorgen, was ihre Vorsicht für sie beide bedeutete.

»Ich habe mir das nicht bewusst vorgestellt. Aber du weißt, was ich für dich empfinde. Meine Gedanken haben sich einfach selbstständig gemacht.«

»Ist es schlimm für dich, dass ich lieber kein Risiko eingehen möchte?«

»Nein. Mir war nur nicht klar, dass es überhaupt eines gibt.«

Die Enttäuschung in seiner Stimme gab ihr einen Stich. »Du klingst bedrückt.«

Er zog sie in seine Arme und schaute sie mit seinen unvergleichlichen Augen an. »Ich will ehrlich sein. Das Bild, wie du unser Baby im Bauch hast, ist gerade erst in mir entstanden. Und du hast es mit ein paar Sätzen wieder ausradiert. Ich brauche einen Moment, um das zu verdauen.«

Ihre Kehle zog sich zusammen und sie senkte den Blick. Sie kämpfte gegen die Traurigkeit an, die sich wie ein schwerer Mantel um ihre Schultern legte. »Ich glaube, wir sollten uns langsam fertig machen.«

Er zog sie noch ein wenig fester an sich, und sie zwang sich, seinem durchdringenden Blick standzuhalten. »Amber, dass ich Zeit brauche, um es zu verdauen, bedeutet nicht, dass ich dich nicht verstehe. Es bedeutet nur, dass ich mich an den Gedanken gewöhnen muss, dich niemals kugelrund mit unserem Baby im Bauch zu sehen und gemeinsam mit dir eine Schwangerschaft zu erleben.«

»Okay. Das tut mir leid«, sagte sie ein bisschen zittrig.

»Das muss es nicht. Es ist dein Körper, und du musst tun, was für dich und das Baby richtig ist. Ich hatte nur keinen Schimmer, was ein Anfall für ein ungeborenes Kind bedeuten kann, und schon ein bisschen davon geträumt, wie süß du schwanger aussehen würdest. Und wie ich mit deinem runden Bauch spreche wie ein Idiot.«

»Dash.« Ihre Augen füllten sich mit Tränen. Sie konnte sich ihn so gut dabei vorstellen und idiotisch fand sie das gar nicht. Er würde einfach nur ein liebevoller Vater sein. War es fair, wenn sie ihm diese Dinge vorenthielt, falls sie zusammenblieben?

Die Sprechanlage summte und eine tiefe Stimme sagte: »Mr. Pennington? Eine Miss Oliver für Sie.«

»Besuch für dich, mein schöner Bücherwurm.« Dash ging zur Sprechanlage und sagte dem Portier, er solle Miss Oliver heraufschicken.

»Für mich?« Sie wünschte, sie wären nicht gerade jetzt unterbrochen worden, und versuchte, die schweren Gedanken für den Moment wegzuschieben.

»Könnte sein, dass ich Sheas Freundin Indi Oliver hergebeten habe. Sie ist eine gesuchte Stylistin und hilft dir mit deinem Haar und deinem Make-up für die Gala.« Er hob die Hände. »Nicht, dass du das nötig hättest. Aber ich habe gehört, wie du meinen Schwestern gesagt hast, du würdest dir fieberhaft überlegen, was du mit deinem Haar anstellen und wie du dich schminken sollst, damit du aussiehst wie eine Diva aus Hollywoods goldenen Zeiten. Also habe ich ein paar Leute angerufen.«

Heiliger Bimbam. »Dash! Das hast du wirklich getan?«

»Ich habe dir doch gesagt, dass ich nicht möchte, dass du wegen heute Abend Stress hast.«

Er gab ihr einen schnellen Kuss und ging zur Tür, als hätte er sie nicht gerade mal wieder aus den Rüschensöckchen gehauen.

<h1 style="text-align:center">Zwanzig</h1>

Dash rückte seine Fliege zurecht und ging in seinem Smoking mit dem weißen Jackett und der schwarzen Hose im Wohnzimmer auf und ab. Amber war zum Ankleiden und Schminken im Gästezimmer verschwunden, weil Indi fand, sie sollte den Abend gleich mit einem großen Auftritt beginnen. Aber Indi war vor einer halben Stunde gegangen und Amber noch immer nicht herausgekommen. Dash beschloss, nach ihr zu sehen, und ging in den Flur. Im selben Moment trat sie aus dem Zimmer. Er blieb wie angewurzelt stehen. Ambers Anblick verschlug ihm die Sprache. In einem bodenlangen, tief ausgeschnittenen Ballkleid in schimmerndem Mitternachtsblau schwebte sie auf ihn zu. Ihre Fingerspitzen lagen auf Renos Rücken. Das Haar hatte Indi ihr im klassischen Hollywood-Diva-Stil in weichen Wellen nach vorn über eine Schulter gelegt. Auch mit ganz wenig Schminke sah Amber umwerfend aus. Aber jetzt, mit dem hochgezogenen Eyeliner und dem roten Mund? Ihm fehlten die Worte.

»Muss ich dich heute Abend wirklich mit anderen Männern teilen?«

Um ihre geschwungenen Lippen spielte ein unschuldiges und zugleich sexy Lächeln. Ihre Finger strichen nervös über die nackte Haut zwischen ihren Brüsten. »Ist das ein bisschen zu gewagt? So was habe ich noch nie getragen.«

Dash nahm ihre Hand und küsste ihren Handrücken. »Mein Herz, du siehst immer großartig aus. Aber dieses Kleid verschlägt mir den Atem. Vielleicht sollte ich lieber meine Footballsachen anziehen, um die Männerhorden von dir fernzuhalten.«

Sie lachte. Der Klang war melodiös und doch angespannt.

»Nur eine Kleinigkeit fehlt noch.« Er zog eine längliche schwarze Schmuckschachtel aus der Tasche, öffnete sie und hielt ihr die goldene Kette mit dem diamantbesetzten Anhänger in Form einer Eichel hin.

Sie schnappte nach Luft. »Dash …?«

»Als Andenken an unseren ersten gemeinsamen Trip nach New York City. Ich habe mir gedacht, dass du dich ohne Reno und deine Halskette womöglich ein bisschen nackt fühlst. Vielleicht hilft das hier ja ein bisschen.«

Tränen stiegen ihr in die Augen. »Danke.« Sie fächelte sich mit der Hand Luft zu. »Ich werde noch mein Make-up ruinieren.«

»Und trotzdem die schönste Frau des Abends sein.« Er trat hinter sie, um ihr das Schmuckstück anzulegen, und küsste die sexy Sommersprossen auf ihrer Schulter. Während sie die Halskette noch fassungslos betastete, trat er neben sie. Eine einzelne Träne glitt über ihre Wange. Schnell zückte er ein Taschentuch. »Ein bisschen habe ich das befürchtet.« Er tupfte die Träne weg und küsste Amber auf die Schläfe. »Immer noch umwerfend.«

Sie blinzelte energisch gegen weitere Tränen an. »Was für ein absolut traumhafter Anhänger. Ich liebe ihn. Vielen, vielen Dank.«

»Und ich liebe dich.« Er beugte sich vor, um sie zu küssen, doch in letzter Sekunde fiel ihm ihr Lippenstift ein, und er hielt inne. »Wenn ich diese Lippen den ganzen Abend lang anschauen muss und sie nicht küssen darf, kannst du nach der Veranstaltung was erleben.«

»Klingt fantastisch, mein Traumprinz.« Sie tippte an ihre Wange und er küsste sie dorthin.

»Wollen wir?« Er hielt ihr den Arm hin. »Unsere Limousine wartet.«

»Unsere Limousine?« Sie umarmte ihn. »Jetzt fühle ich mich wirklich wie eine Ballkönigin.« Sie legte die Hand in seine Armbeuge und sie gingen zum Fahrstuhl. »Sag mal, hast du auch Footballsachen für mich? Die brauche ich heute sicher, denn in dem Smoking siehst du noch besser aus als Sean Connery in den alten Bond-Filmen.«

»Dieser 007 hat nur Augen für dich, Baby.«

Die Familie Bad hatte sich wieder einmal selbst übertroffen. Dash und Amber schritten über einen roten Teppich zum Eingang des Saals, vor dem sie erst einmal unter einem gigantischen Hollywood-Schild zwischen zwei roten Samtvorhängen fotografiert wurden. Dash konnte es kaum erwarten, dieses Foto zu sehen. Er hatte die Frau, die er liebte, an seinem Arm, und sie strahlte in die Kamera. Seine Geschwister würden sich über das Riesenbabylächeln kaputtlachen, das er einfach nicht mehr loswurde. Aber damit konnte er leben.

Er war ein verdammt glücklicher Mann.

Der Saal war bereits gut gefüllt. Gäste in Outfits, die an die

Glanzzeiten der Traumfabrik erinnerten, schlenderten umher und begrüßten Bekannte. Viele spielten Blackjack oder Roulette, versuchten ihr Glück an eigens aufgestellten Automaten und bei anderen Casinospielen. Von der Decke hingen glitzernde goldene und silberne Sterne, eine Band spielte und auf der Tanzfläche drehten sich bereits die ersten Paare. Davor standen die Tische fürs Abendessen. Sie waren ganz in schwarz gedeckt und mit aufwendigen Gestecken aus roten und weißen Rosen und Spielkarten geschmückt. Lebensgroße Papp-Silhouetten berühmter Hollywoodstars in festlichen Roben und Smokings boten zusätzliche Blickfänge. An den Wänden hingen Großaufnahmen von Lorelei Bad und anderen Kindern, die schon einmal in einem Ronald-McDonald-Haus gewohnt hatten.

»Da ist ja mein Lieblingskerl!« Tiffany eilte zu ihnen. Ihre ansehnliche Babykugel wölbte sich unter einem eleganten schwarzen Ballkleid, ihr blondes Haar war raffiniert aufgesteckt. Sie umarmte Dash herzlich. »Habe ich Halluzinationen oder hast du ein bildhübsches Date mitgebracht?«

Seine Gedanken flogen zurück zu dem Gespräch, das Amber und er vorhin geführt hatten. Aber dafür war jetzt nicht der passende Zeitpunkt und er schob die noch frische Erinnerung beiseite. »Du hast wirklich Halluzinationen, denn sie ist das *bildhübscheste Date von allen.* Darf ich dir meine Freundin Amber Montgomery vorstellen? Amber, das ist Tiffany Winters-Bad, die toughste Sportagentin der gesamten Liga.«

»Schön, dich kennenzulernen.« Amber streckte der Frau ihre Hand hin.

»Ich vertrete diesen Ballkünstler schon seit Jahren, aber nicht ein einziges Mal hat er ein Date mit zu einer Veranstaltung gebracht, geschweige denn das Wort *Freundin* in den

Mund genommen. Dieser Moment schreit geradezu nach einer umständlichen Schwangerschaftsumarmung.« Tiffany beugte sich über ihren Bauch hinweg, um Amber an sich zu drücken. »Sorry. Ich bin noch dabei herauszufinden, wie ich mich um dieses Ding herummanövriere. Du hättest mich bei den Anproben für diesen Abend erleben sollen. Ein absoluter Albtraum. Aber dein Kleid ist umwerfend. Von wem ist es denn?«

»Von Jillian Braden«, antwortete Amber lächelnd.

»Wusste ich's doch. Ich liebe ihre Sachen. Sie sollte unbedingt eine Umstandskollektion entwerfen.«

»Das richte ich ihr gerne aus«, antwortete Amber. »Aber dein Kleid ist auch wunderschön.«

»Du siehst toll aus, Tiff«, sagte Dash. »Ich wette, Dylan schwebt im siebten Himmel. Wisst ihr schon, was es wird?«

Tiffany rieb sich den Bauch. »Ein Linebacker, nehme ich an, so wie der kleine Kerl jetzt schon zutritt.«

»Ein Junge? Dann nennt ihr ihn sicher Dash«, scherzte Dash.

Tiffany hob eine Braue. »*Dashell?* Träum weiter.«

»Wann ist es denn so weit?«, fragte Amber.

»Nach dem Super Bowl. Dem Himmel sei Dank.«

»Wann ist das?«, flüsterte Amber.

»Anfang Februar.« Dash zog sie an sich.

»Ich nehme mal an, du bist kein Footballfan?«, fragte Tiffany.

»Eher ein Bücherwurm. Aber Dash bringt mir gerade viel über Football bei und ich schaue mir sehr gerne Spiele mit ihm an«, antwortete Amber.

»Amber gehört die Buchhandlung in Virginia, wo ich die Tour begonnen habe«, erklärte Dash.

»Ach, das erklärt den medizinischen Notfall, den es bei der Veranstaltung gegeben hat.« Tiffany zwinkerte Amber zu. »Dash hat dich gesehen, und sein Herz hat ausgesetzt, oder?«

Dash zog Amber noch ein wenig fester an sich. »Ja, so ähnlich.«

»Hey, Dash!«, rief Tiffanys Mann von der anderen Seite des Saals. Mit einem Winken forderte er Tiffany auf, zu ihm zu kommen.

»Das ist Dylan, Tiffanys Mann«, sagte Dash zu Amber. »Neben ihm stehen Johnny Bad und sein älterer Bruder Kane.«

»Ich gehe besser mal da rüber, bevor mein Mann Johnny dazu überredet, ein Lied für unser Baby zu schreiben«, sagte Tiffany. »Ich glaube, das Brat-Pack hat sich am Blackjack-Tisch niedergelassen. Viel Spaß euch beiden und gebt bitte viel Geld aus. Es ist schließlich für einen guten Zweck. Wir sehen uns später.«

Während Tiffany davoneilte, fragte Amber: »Glaubst du, wir können uns nachher mal mit Johnny unterhalten? Einen so berühmten Rockstar würde ich gerne kennenlernen.«

»Lass mich erst meine Footballausrüstung holen.« Dash beugte sich vor, um sie zu küssen, hielt aber kurz vor ihren sinnlichen roten Lippen inne und gab ihr einen Kuss auf die Wange. »Dieser Mund macht mich verrückt. Komm, lass uns meine Freunde begrüßen, bevor ich dich in eine dunkle Ecke zerre.«

Auf dem Weg zum Blackjack-Tisch raunte sie: »Dunkle Ecke? Klingt gut.«

Dash stieß ein leises Knurren aus. »Du willst wirklich meine Selbstbeherrschung testen, oder?«

»Das ist der Plan«, antwortete sie unschuldig.

»Amber?« Sophie, eine zierliche Brünette, und ihr Mann

Brett Bad, ein stattlicher Security-Experte, gesellten sich zu ihnen. Beide hatten sich mächtig in Schale geworfen.

»Sophie!« Amber umarmte die Frau, während Dash Brett begrüßte. »Du siehst toll aus. Wie geht's Baby Brenna?«

»Brenna geht's prima. Nur dass sie viel zu schnell groß wird.« Sophie deutete lächelnd mit dem Kinn auf Dash. »Das sind ja spannende Neuigkeiten. Ich wusste nicht mal, dass ihr beide euch kennt.«

»So neu sind wir gar nicht.« Dash griff nach Ambers Hand. »Vor dem Start meiner Buchtour habe ich einen Besuch in Oak Falls gemacht, um noch mal durchzuatmen. Das war vor etwa einem Monat, und dabei ist mir diese wunderschöne Frau begegnet, die meine Welt auf den Kopf stellt.«

Der anerkennende Blick, den Sophie und Amber tauschten, gab Dash ein verdammt gutes Gefühl.

»Gratulation zu deinem Buch. Wie ich gesehen habe, steht es auf der Bestsellerliste der New York Times.« Brett legte seinen Arm um Sophie. »Vor Oak Falls hätte ich dich eigentlich warnen müssen. Dieser Ort ist ein Bermudadreieck der Liebe. Er lullt einen mit seinem Kleinstadtcharme ein, aber dann ist es passiert und es gibt kein Zurück.«

»Ich kann mir Schlimmeres vorstellen.« Dash hauchte Amber einen Kuss auf die Wange. »Aber gut zu wissen. Bisher habe ich geglaubt, was passiert ist, hätte ich Marilynns speziellem Duschgel zu verdanken.«

Sophies Augen weiteten sich. »Sie hat dir etwas von Roxies Liebeselixier-Duschgel gegeben?«

»Ja. Und lass dir sagen, die Wirkung ist phänomenal«, erklärte Dash.

»Wovon redet ihr? Ich habe dort nie irgendwelches Duschgel gekriegt«, sagte Brett.

»Vielleicht hast du es nicht so dringend gebraucht wie ich.« Dash grinste. »Ich musste jede Menge Tricks anwenden, um bei Amber landen zu können. Ich habe das Duschgel, das Shampoo und die Lotion benutzt, und zwar an jedem einzelnen Tag. Nachschub für den Rest meines Lebens habe ich mir bereits bestellt.«

Damit brachte er alle zum Lachen.

»Wir wollen noch ein paar alte Bekannte begrüßen«, sagte Brett. »Sollen wir uns bald mal treffen?«

»Leider sind wir morgen schon wieder weg. Amber fliegt nach Hause und meine Buchtour geht noch bis zum Wochenende vor Thanksgiving. Aber wie wär's denn nach den Feiertagen?«, schlug Dash vor.

»Prima Idee«, antwortete Sophie.

»Ich kann es kaum erwarten, Brenna wiederzusehen.« Amber umarmte Sophie noch einmal.

Brett grinste. »Ihr könnt ja dafür sorgen, dass sie bald eine kleine Spielkameradin bekommt.«

»Brett«, schimpfte Sophie. »Gönn den beiden doch erst mal ein bisschen Spaß, bevor sie sich mit vollen Windeln herumschlagen und orgasmusfreie schlaflose Nächte haben. Hört einfach nicht auf ihn. Er ist so verliebt in unser Baby, dass er glaubt, jetzt müssten alle Kinder kriegen. Bis bald, ihr Lieben.«

Als Sophie und Brett weg waren, zog Dash Amber in seine Arme. »Alles in Ordnung?«

»Ja. Es ist schön, die zwei wiederzusehen.«

»Hat Bretts Kommentar dich getroffen?«

»Nein, keine Sorge. Sie sind ihm Baby-machen-Modus. Dass das für mich kompliziert sein könnte, ist ihm sicher nicht bewusst.«

Dash war erleichtert. »Okay. Komm, ich stelle dich meinen

Freunden vor. Darauf freue ich mich schon seit Wochen.«

Auf dem Weg zum Blackjack-Tisch fragte Amber: »Was ist denn das Brat-Pack?«

»So nennt Tiffany meine Freunde Troy Stewart, Clay Braden, Tyrell Thompson und mich. Sie vertritt uns alle und wir haben zusammen bei den Giants gespielt.«

»Der da ist Troy, richtig? Der mit dem Frack und der Ascot-Krawatte?«, fragte Amber beim Weitergehen. »Ich erkenne ihn an seinem schiefen Lächeln. Hm, ich glaube, seit ich ihn vor ein paar Jahren zum letzten Mal gesehen habe, ist er noch muskulöser geworden.«

Dash unterdrückte einen Anflug von Eifersucht auf seinen kräftigen dunkelhaarigen Freund. »Ja, genau. Das ist Troy. Der Dunkelhaarige in dem blau karierten Anzug neben ihm ist Clay und der Afroamerikaner im schwarzen Smoking Tyrell.«

»Langsam verstehe ich, warum sich so viele Frauen Football-spiele anschauen.«

Dash schob die Hand an ihrem Rücken nach unten und drückte ihren Hintern. »Du willst mich heute wirklich testen, stimmt's?«

Sie klimperte unschuldig mit den Wimpern. »Wer? Ich?«

»Hey, da ist ja unser Mann.« Clay umarmte Dash herzhaft und klopfte ihm dabei auf den Rücken. »Gut, dich zu sehen.«

»Ich freue mich auch.« Nach einer weiteren kurzen Umarmung wurde Dash an Troy weitergereicht. »Schön, dass du da bist.« Er umarmte auch Tyrell. »Wie läuft's bei dir, T?«

»Nicht ganz so gut wie bei dir.« Tyrell senkte die Stimme. »Danke, dass du mir ein Date mitgebracht hast.«

Dash lachte. »Träum weiter.«

»Amber? Wie lange ist das her?« Troy drückte sie kurz.

»Lass *Slick* lieber nicht aus den Augen«, scherzte Clay.

»Sonst klaut er dir dein Mädchen.«

»Schön, dich wiederzusehen. Wie geht es Dani?«, fragte Amber. Dani war Troys dreijährige Tochter.

»Die ist süßer denn je. Aber was willst du denn mit *dem*?« Troy deutete mit dem Daumen auf Dash.

»Nur kein Neid. Sie wollte eben keinen Trostpreis wie dich.« Dash legte den Arm um Ambers Taille. »Amber, darf ich vorstellen: Tyrell Thompson und Clay Braden.«

»Freut mich.« Tyrell streckte ihr die Hand hin. »Wenn ich einfach bloß mit dem Football aufhören muss, um eine so schöne Frau zu finden, schmeiß ich morgen die Footballschuhe in die Ecke.«

»Ich weiß nicht, womit sie euch Footballspieler füttern. Ihr seid schon eine spezielle Truppe.« Amber lächelte Clay an. »Du bist ein Cousin von Graham und Beau, richtig?«

»Richtig. Wir Bradens sind überall.« Clay umarmte sie und zog sie glucksend von Dash weg.

»Na, das kann ja ein anstrengender Abend werden«, sagte Dash, und brachte damit alle zum Lachen.

»Kommst du auch zur Hochzeit von Zev und Carly?«, fragte Amber Clay.

»Ja. Zev arbeitet mit meinem Bruder Noah für Real DEAL zusammen. Meine ganze Familie wird bei der Hochzeit sein. Und alle unsere Cousins und Cousinen aus Colorado«, antwortete Clay. »Du kommst doch sicher auch, oder?«

»Ja.« Sie strahlte Dash an. »Hoffentlich zusammen mit ihm.«

Dash zog sie in seine Arme. »Wenn du glaubst, ich würde dich irgendwo mit diesem Typen alleinlassen, bist du verrückt.« Er küsste sie auf die Schläfe, dann wandte er sich wieder seinen Freunden zu. »Die Saison läuft wirklich gut für euch.«

»Aber ohne dich ist es nicht dasselbe«, sagte Troy.

Tyrell nickte. »Du solltest in der nächsten Saison ein Comeback starten und es allen noch mal zeigen.«

Clay schaute Dash und Amber an und schüttelte den Kopf. »Ich glaube, er hat was Besseres zu tun.«

»Ja, allerdings.« Dash zog sie ein wenig dichter an seine Seite. »Ich habe ein paar Eisen im Feuer, um die ich mich unbedingt kümmern will.«

»Ach, so nennt man das jetzt«, scherzte Tyrell.

Eine Weile alberten sie noch herum und machten Witze, dann zogen sie von einem Spieltisch zum nächsten. Beim Pokern saß Amber auf Dashs Schoß und brachte ihn mit ihrem hoffnungslosen Pokerface in Bedrängnis. Wenn er drei gleiche Karten bekam, kreischte sie vor Aufregung auf, und bei einem Full House klatschte sie in die Hände. Doch sie war dabei so verdammt süß, dass sich alle am Tisch auf der Stelle in sie verliebten. An den Spielautomaten feuerten Dash und die Jungs sie an, und als sie den Jackpot knackte, johlten und jubelten sie so laut, dass der ganze Saal applaudierte. Amber wurde knallrot und selbstverständlich spendete sein großzügiges Mädchen ihren Gewinn für den guten Zweck der Veranstaltung. Seine Freunde verbrachten den ganzen Abend mit ihnen, und als Tiffany Amber Johnny Bad vorstellte, scherzte Johnny, sie hätte mehr Bodyguards als er.

Während des Essens unterhielt sie sich so angeregt und interessiert mit seinen Freunden, dass sie bald Tyrells und Clays Familiengeschichte kannte und Troy ihr Fotos von seiner Tochter zeigte. Sie lachten viel, und Tyrell fragte, ob sie irgendwelche noch nicht vergebenen Schwestern hätte. Sie antwortete, sie hätte eine, die quasi in ihrem Forschungslabor lebte, und eine andere, die vermutlich cooler und tougher war als sie alle zusammen.

Als Dash sie nach dem Essen auf die Tanzfläche führte, war er so verliebt in sie, dass es wehtat. Er schaute ihr in die Augen und wiegte sich mit ihr im Takt der Musik. »Ich bin so glücklich, dass du mit mir hier bist. Gefällt es dir?«

»Es ist absolut fantastisch. Deine Freunde sind unglaublich nett und lustig, und ihr seid wirklich eng miteinander. Ich wette, sie fehlen dir sehr.«

»Ja, schon. Aber wir sind ständig in Kontakt.«

Er zog sie ein wenig fester an sich. Tyrell und Clay schoben sich zu ihnen auf die Tanzfläche, umschlangen einander und tanzten Wange an Wange. Dash kniff die Augen zusammen. »Was soll das werden?«

»Oh, Tyrell«, seufzte Clay mit künstlich hoher Stimme. »Wenn du mich so anschaust, wird in mir alles ganz weich.«

Amber kicherte.

»Baby, ich werde dafür sorgen, dass du etwas in dir spürst. Aber weich wird es sich nicht anfühlen.« Tyrells tiefes Lachen folgte.

»Ich habe einen Bruder, der perfekt zu euch passen würde«, scherzte Amber.

»Hey, wenn er so süß ist wie du, könnte er mein Wingman werden«, sagte Tyrell.

»Tss.« Clay schüttelte scheinbar empört den Kopf. »Du willst doch nur, dass ich eifersüchtig werde.« Er machte auf dem Absatz kehrt und stelzte von der Tanzfläche.

»Jetzt haben wir den Salat. Ich laufe besser hinterher und kümmere mich um das Ego des Kleinen.« Tyrell zwinkerte und folgte Clay.

»Idioten.« Dash schüttelte den Kopf.

»Ich finde sie wunderbar, und sie haben dich ganz offensichtlich sehr lieb.«

»Sie finden dich auch wunderbar, mein Herz.« Jeder seiner Freunde hatte ihm im Vertrauen zugeraunt, wie großartig Amber war und wie sehr er sich für ihn freute.

Sie schaute hinauf zu den Lichtern und den Sternen, die von der Decke hingen. »Das ist der schönste Abend aller Zeiten«, seufzte sie verträumt. »Nach dem besten Tag aller Zeiten. Ich hoffe, ich war an den Kartentischen nicht allzu peinlich. Aber alles war so spannend und ich konnte meine Aufregung einfach nicht bezähmen.«

»Baby, was habe ich dir neulich gesagt? Du könntest mir niemals peinlich sein. Du überstrahlst alle anderen in diesem Saal. In diesem Staat. Verdammt, auf dem ganzen Planeten.«

»Siehst du? Schon wieder gibst du mir das Gefühl, eine Ballkönigin zu sein.«

»Du wirst immer meine Ballkönigin sein.« Er drückte die Lippen auf ihre und flüsterte: »Tut mir leid um deinen Lippenstift, aber es ging nicht anders.«

»Mehr, bitte.«

Das ließ er sich nicht zweimal sagen und küsste sie. Eng umschlungen tanzten sie zu den nächsten Liedern, küssten sich und hielten sich aneinander fest. Das Feuer zwischen ihnen brannte von Minute zu Minute heißer. »Meinst du, wir sollen langsam verschwinden?«

»Ich dachte schon, du würdest nie fragen.«

Amber versuchte, den Kopf bei der Sache zu behalten, während sie eine hastige Verabschiedungsrunde durch den Saal machten und Dashs Freunden versprachen, sich bald mit ihnen zu treffen. Doch ihre unzähmbare Leidenschaft lenkte sie ab. Eilig hetzten sie schließlich hinaus zu der Limousine. Sie konnte es gar nicht erwarten, Dashs Hände und seine Lippen zu spüren. Dem Himmel sei Dank für die Abtrennung zwischen dem Fahrer und ihnen. Dash hob sie auf seinen Schoß und sie bauschte das Kleid um ihre Oberschenkel. Rittlings saß sie auf ihm, während sie sich küssten und aneinander klammerten wie Liebende, die einander verloren geglaubt hatten. Seine Härte drängte sich verheißungsvoll an sie und Amber seufzte in ihre Küsse. Dashs Hand wanderte unter ihr Kleid zu ihren Panties.

»*Rüschen?*«, presste er zwischen zusammengebissenen Zähnen hervor. »Gott, ich liebe dich.«

Er küsste sie fordernd, schob die Hände in ihr Höschen und packte ihren nackten Hintern. Sie rieb sich fiebrig an ihm und selbst durch die Kleidung hindurch war das Gefühl überwältigend. Ihre Mitte schwoll an und pulsierte, die Hitze in ihr wurde zum Flächenbrand.

Mit fliegenden Fingern öffnete sie seine Hose. Sie war wild und hungrig, und die Vorstellung, ihn gleich jetzt und hier zu nehmen, setzte ihren ganzen Körper in Flammen. Nie im Leben hätte sie geglaubt, sie könnte jemals so hemmungslos und zupackend sein. Aber auf keinen Fall würde sie jetzt aufhören. Sie befreite seinen Schaft und Dash und sie schauten sich tief in die Augen. Dabei umschloss sie seine Härte mit der Hand und hob sich auf die Knie. Er zog ihre Panties zur Seite, und sie erwiderte seinen dunklen, sündigen Blick, während sie auf ihn niedersank und jeden Zentimeter von ihm in sich aufnahm. Sie spürte, wie sie sich für ihn dehnte und ihn voller Verlangen fest umschloss. Die Lust durchzuckte sie wie Blitze und sie stöhnte auf.

Er packte sie mit beiden Händen an den Haaren und zog ihren Mund zu sich. »Wie soll ich bloß morgen wieder von dir weg?«

Hart presste er die Lippen auf ihre und zerriss damit den letzten Faden Selbstbeherrschung, der sie noch hielt. Amber krallte die Hände in die Sitzlehne und ritt ihn hart und schnell. Seine lustvollen Laute machten sie noch heißer. Sie wollte, dass er sich in ihr verlor. So fest, wie seine Finger ihren Hintern umklammerten, würden sie vermutlich blaue Flecken hinterlassen. Es war ihr egal. Sie würde sie mit Stolz tragen und sich an jede überwältigende Sekunde erinnern, an die Gier, die sie antrieb, und an den Orgasmus, der sich fast schmerzhaft schön in ihr aufbaute. Dash schob eine Hand zwischen ihre Körper und rieb mit kundigen Fingern ihre empfindlichste Stelle. Ihr Kopf fiel in den Nacken, erstickte Stöhn- und Seufzlaute drangen zwischen ihren zusammengebissenen Zähnen hervor. Dann riss sie ihr Höhepunkt in wilden Wellen mit. Sie schloss die Augen und überließ sich der unbändigen Kraft. Gerade, als sie wieder zu Atem kam, packte sie die nächste gewaltige Welle, die in einem ganz neuen erotischen Rhythmus an- und abschwoll. Dash stemmte sich von den Polstern hoch und ergriff Besitz von ihrem Mund, während er sich seinem eigenen überwältigenden Orgasmus überließ. Er stöhnte in ihre Küsse und zog an Ambers Haar. Ihre Zähne prallten aufeinander, ihre Körper bäumten sich auf, und eine ganze Symphonie aus sinnlichen Geräuschen hüllte sie ein, bis Amber erschöpft auf ihn sank und sein Kopf an ihre Schulter fiel. Noch lange durchzuckten kleine Nachbeben ihre erhitzten Körper.

Als Amber langsam aus dem Reich der Sinne zurück auf die Erde fand, stellte sie erschrocken fest, dass sie bereits am Straßenrand vor seinem Gebäudekomplex parkten. »Omeingott.

Wir sind schon da.« Hektisch kletterte sie von seinem Schoß. Er brachte schnell seine Kleidung in Ordnung, machte aber keine Anstalten auszusteigen.

Sein Kopf fiel zurück auf die Sitzlehne. »Verdammt, Baby. Du machst mich fertig.«

Ein nervöses Kichern brodelte in ihr hoch, und dann lachte auch er und zog sie zu einem Kuss an sich.

Sie zeigte auf den Fahrer, der draußen mit dem Rücken zum Wagen auf dem Gehsteig stand. »Er weiß, was wir getan haben.«

Dash grinste wie beschwipst.

»Gütiger Himmel! Du hast das schon mal gemacht, nicht wahr? Und du lachst, weil mir wieder mal etwas furchtbar peinlich ist.«

Er schüttelte den Kopf. »Nein, Baby. Das war auch für mich das erste Mal. Mir ging bloß gerade durch den Kopf, wie wichtig mein guter Ruf mir immer war. Aber wenn wir beide zusammen sind, kann ich mich einfach nicht zurückhalten. Alles andere ist dann ganz egal. Es gibt nur uns zwei.«

»Schön und gut. Aber siehst du diese knallroten Wangen?« Sie zeigte auf ihr glühendes Gesicht. »Die sind mir nicht egal. Und was jetzt?«

Er zog sie zu sich und flüsterte: »Jetzt musst du einen ehrbaren Mann aus mir machen.«

»Hör auf mit den Witzen.« Sie musste lachen. Was sollte sie auch sonst tun? Vor Verlegenheit sterben?

»Du hast recht. Wir haben keine Wahl. Wir müssen ihn umbringen, damit unser Geheimnis sicher ist.«

Sie vergrub das Gesicht an seiner Schulter. »Dash.«

»Komm, mein wildes Ding. Ich schütze dich vor seinem entsetzlich wissenden Blick.«

Und genau das tat er. Er legte den Arm um sie und schirmte

sie mit seinem Körper gegen den Fahrer ab. So hasteten sie gemeinsam ins Gebäude und direkt in den Fahrstuhl, wo sie sich wünschte, sie könnte unter seine Haut schlüpfen und müsste nie wieder von ihm weg.

Ein paar Stunden später lauschte Amber in Dashs Bett dem ruhigen Rhythmus seiner Atemzüge. Friedlich schlafend lag er neben ihr, während ihre Gedanken sich überschlugen. In seinem Bett hatten sie sich noch einmal geliebt, aber ganz anders als zuvor in der Limousine. Sie konnte immer noch nicht glauben, was sie dort getan hatten, doch sie bereute keine Sekunde. Während sie sich nach den Ausschweifungen auf dem Rücksitz frisch gemacht hatte, war Dash mit Reno Gassi gegangen. Nach seiner Rückkehr hatte er sie ohne Hast ausgezogen. Als sie nur noch in den Panties mit den süßen Rüschen und den High Heels vor ihm gestanden hatte, hatte er sich mit einem langen verführerischen Blick an ihr geweidet. Beim Gedanken an sein Wolfsgrinsen und seine hungrigen Augen durchlief sie ein heißes Kribbeln.

Er hatte ihr die Heels ausgezogen, sie ins Bett getragen und dann langsam und zärtlich geliebt. Sie hatten beide gewollt, dass es niemals endete.

Amber warf einen Blick auf die Uhr. Es war viertel nach vier. In fünf Stunden mussten sie am Flughafen sein. Dash würde für den zweiten Teil seiner Tour einmal quer übers Land fliegen und sie würde nach Hause zurückkehren und ihn vermissen. Sie nahm den wunderschönen Eichelanhänger, den er ihr geschenkt hatte, zwischen Daumen und Zeigefinger, schloss die Augen und ließ den traumhaften Abend an sich vorbeiziehen. Fast wie in einem Film erlebte sie noch einmal, wie er sie zum ersten Mal in dem mitternachtsblauen Kleid gesehen hatte. Den Ausdruck in seinen Augen würde sie niemals vergessen. Und dann wie sie sich mit Johnny Bad mit seinem nach hinten gegelten dunklen Haar und der arroganten Ausstrahlung unterhalten hatten. Wie sie danach in Dashs Armen über die Tanzfläche geschwebt war, als wären sie die einzigen zwei Menschen auf der Welt. Und wie sie sich kurz darauf halb von Sinnen vor Verlangen hektisch von der Veranstaltung verabschiedet hatten. Doch es gab auch den schmerzhaften Moment, den sie gerne aus ihrer Erinnerung verbannt hätte. Den Moment, in dem sie ihm gesagt hatte, dass sie keine eigenen Kinder zur Welt bringen wollte.

Die Enttäuschung in seiner Stimme hallte ihr noch in den Ohren. *Das Bild, wie du unser Baby im Bauch hast, ist gerade erst in mir entstanden. Und du hast es mit ein paar Sätzen wieder ausradiert.*

Sie schlug die Augen auf und betrachtete den schönen Mann neben ihr, der alles dafür getan hatte, mit ihr zusammen sein zu können. Er lebte sein Leben wie ein offenes Buch und schenkte so vielen Menschen seine Kraft. Nie hatte er sie um irgendetwas gebeten, und in wenigen unbedachten Sekunden hatte sie ihm das Einzige genommen, was er wirklich haben wollte. Ohne nachzudenken, war sie damit herausgeplatzt, denn sie hatte nicht geahnt, dass er bereits so weit in eine gemeinsame Zukunft dachte. Doch jetzt wünschte sie sich von ganzem Herzen, sie wäre behutsamer vorgegangen.

Am Fußende des Bettes begann Reno, unruhig zu werden. Er schob sich zwischen ihnen nach oben.

»Ich muss mal kurz. Halt ihn warm«, flüsterte sie und küsste ihren treuen Hund auf den Kopf. Leise stieg sie aus dem Bett und griff nach dem Hemd, das Dash gestern Abend getragen hatte. Reno wollte ihr folgen, doch sie streckte abwehrend die Hand aus. »Bleib.«

Sie warf sich das Hemd über, das nach Dash roch, und ging zum Badezimmer. Dort benutzte sie die Toilette und wandte sich zum Waschbecken. Sie hörte gerade noch Renos Pfoten an der Tür kratzen, dann wurde die Welt um sie schwarz.

Reno bellte und kratzte an der Badezimmertür und Dash schnellte in die Höhe. »Amber!« Schlagartig wurde ihm klar, was gerade passierte. Er stürzte zu der Tür und riss sie auf.

»Nein!« schrie er und fiel neben Amber auf die Knie. Sie lag reglos auf dem Fußboden, unter ihrem Kopf eine Blutlache.

Einundzwanzig

Mit Reno an seiner Seite ging Dash im Wartebereich der Notaufnahme auf und ab. Er hatte das Telefon am Ohr und die Angst krallte sich in seine Brust, während er Ambers Eltern mit stockender Stimme erklärte, was passiert war. Noch immer hatte er das viele Blut vor Augen – auf dem Badezimmerboden, in Ambers Haar und verschmiert auf ihrer Wange. Dass es sich so verteilt hatte, lag an den Zuckungen während des Anfalls. Bei dem Gedanken, dass sie dabei ganz allein gewesen war, wurde ihm fast übel. Verdammt, er hasste die Epilepsie und alles, was sie mit sich brachte. »Die Wunde wird gerade genäht und es laufen Untersuchungen. MRT, EEG und Blut.« Amber war schon eine ganze Weile im Behandlungsraum, aber er hatte sich vor dem Anruf erst einmal in den Griff bekommen müssen. »Die Platzwunde ist lang, aber nicht tief. Anzeichen einer Gehirnerschütterung gibt es wohl nicht, und sie gehen auch nicht davon aus, dass Amber durch den Sturz ohnmächtig geworden ist. Sie sagen, als ich sie gefunden habe, war sie in der postiktalen Phase. Der heftigste Teil war also schon so gut wie vorbei.«

»Gott sei Dank«, sagte Marilynn gepresst.

Dashs Kiefermuskeln spannten sich. Ihn quälten furchtbare

Schuldgefühle. »Es tut mir so leid.« Doch das änderte nichts daran, dass die Frau, die er liebte, jetzt wegen ihm hinter diesen verschlossenen Türen lag. Er hatte Reno im Traum bellen gehört, sicher zwei oder dreimal, bevor er endlich gemerkt hatte, dass er gar nicht träumte. Dann war er sofort aus dem Bett gesprungen. Doch wie lang hatte es gedauert, bis er wach geworden war? Eine Minute? Drei? »Es ist alles meine Schuld. Ich hätte nicht vor der Spendengala mit ihr in die Stadt gehen dürfen und sie nicht so lange wachhalten sollen.«

»Du kannst nichts dafür, mein Junge«, widersprach Cade fest. »Du hättest diesen Anfall nicht verhindern können.«

»Aber ich hätte früher aufwachen und sie finden müssen. Vielleicht wäre sie dann auch nicht gestürzt. Ich hätte darauf achten sollen, dass die Halskette mit dem Notfallknopf im Schlafzimmer ist. Dann hätte Reno den Knopf sicher gedrückt.« Die Halskette lag noch im Gästezimmer, wo Amber sich für die Gala fertig gemacht hatte, und er hatte nicht weiter darüber nachgedacht. Dafür schnürte ihm ein Gedanke jetzt fast das Herz ab. Jahrelang hatte Amber ohne Anfälle gelebt, und jetzt hatte sie innerhalb von zwei Wochen gleich zwei gehabt. Ihr Alltag, ihr ganzer Zeitplan hatte sich radikal verändert. Sie reiste, sie blieb lange wach. Und das alles wegen ihm.

»Wichtig ist nur, dass es ihr bald wieder gut geht«, sagte Marilynn. »Aber wie geht es dir? Ist jemand bei dir und wartet mit dir?«

»Mir geht es gut«, log er. Außer Amber wollte er jetzt niemanden um sich haben. »Ich melde mich, sobald es etwas Neues gibt.«

Nach dem Anruf setzte Dash sich niedergeschlagen und mit schwerem Herzen auf einen Stuhl und stützte die Ellbogen auf die Knie. Stumm bot er sich den hohen Mächten im Tausch an.

Nur für was? Dafür, dass es Amber gut ging? Dafür, dass sie ihn nicht hasste?

Reno schob die Schnauze auf seinen Schoß und Dash legte den Arm um ihn und drückte die Stirn in das weiche Hundefell. »Sie ist sicher bald wieder fit, Kumpel. Das muss einfach so sein.«

Als endlich eine Schwester durch die Tür trat, stand er mit klopfendem Herzen auf. »Wie geht es ihr?«

»Ganz ordentlich. Wir haben ihr etwas gegen die Schmerzen gegeben, aber sie ist ziemlich mitgenommen und natürlich müde.«

»Und die Untersuchungen?«

»Das EEG hat nichts Auffälliges ergeben, und das MRT sieht gut aus. Ihre Medikamente passen so weit auch. Sie kann jetzt gehen, sollte aber unbedingt einen Termin bei ihrem Arzt in Virginia machen. Sie können gerne zu ihr.«

Er schnappte die Tasche mit Kleidern, die er mitgebracht hatte, und er und Reno folgten der Schwester durch den Flur zu Amber. Dash schob sich durch den Vorhang. Nur mit Mühe konnte er die Tränen zurückhalten, als er Amber in dem Krankenhausbett auf der Seite liegen sah.

»Mein Herz.« Seine Stimme brach. Er küsste sie zart auf die Stirn.

Flatternd hoben sich ihre Lider und Reno stützte die Vorderpfoten auf die Bettkante und leckte ihr die Wangen.

»Es tut mir so leid, Baby. Oh Gott, so furchtbar leid.« Dash legte den Arm um sie und schob sein Gesicht ganz nahe an ihres heran. Am liebsten hätte er sich zu ihr gelegt und sie an sich gedrückt.

»Kannst du meine Eltern anrufen?«, fragte sie mit zittriger Stimme. »Ich möchte nach Hause.«

»Das habe ich schon. Ich habe dir Kleider mitgebracht. Komm, ich helfe dir beim Anziehen, dann fahren wir zu mir und du kannst dich ausruhen.«

Er half ihr, sich aufzusetzen. »Ich möchte nach Hause. Nach Oak Falls.«

»Ich bringe dich gleich morgen früh hin. Aber jetzt musst du erst mal schlafen.«

Er wollte ihr den Krankenhauskittel ausziehen, doch sie legte eine Hand auf seine Brust und hielt ihn davon ab. Tränen stiegen ihr in die Augen. »Ich möchte gleich nach Hause. Bitte. Ich muss heim.«

»Okay, Baby. Ich fahre dich.«

»Nein. Du kannst nicht wegen mir deine Tour unterbrechen. Deine Fans warten auf dich.«

»Du glaubst doch nicht im Ernst, dass ich dich jetzt alleinlasse.« Auch dass sie stundenlang in einem verdammten Auto saß, anstatt schlafend in einem bequemen Bett zu liegen, während er über sie wachte, wollte er nicht. Und von ihrer Seite weichen schon gar nicht.

Ihre Unterlippe zitterte und sie grub die Finger vorn in sein Shirt. Doch sie tat es ganz zaghaft, so als bräuchte sie dafür ihre ganze Kraft. »Wenn du deine Tour unterbrichst, werde ich mir das niemals verzeihen. Bitte, tu mir das nicht an.«

Er biss die Zähne zusammen. Sables Stimme dröhnte in seinem Kopf. *Wenn sie auch nur einen Moment lang das Gefühl hat, ein Klotz an deinem Bein zu sein, verlierst du sie für immer.*

»Bitte?« Tränen quollen ihr aus den Augen. »Gib mir dein Telefon, dann rufe ich meine Eltern an und bitte sie, mich abzuholen.« Sie streckte die Hand aus und schaute ihn dabei so flehentlich an, dass sein Herz in zwei Teile zersprang.

»Nein«, sagte er fest. »Ich fahre dich nach Hause und fliege dann abends von Virginia aus weiter.«

»Versprochen?«

»Verdammt, Amber.« *Wie kannst du erwarten, dass ich dich jetzt allein lasse?*

Sie legte eine Hand an seine Wange, ihre stumme Bitte brachte ihn fast um. »Dash. Bitte mach dir keine Sorgen. Ich werde bei meiner Familie sein. Dort bin ich gut aufgehoben. Versprich es mir.«

Widerstrebend nickte er, dann nahm er sie sanft in die Arme und versuchte, das Gefühl loszuwerden, dass er gerade die Frau betrogen hatte, die er liebte.

Während der Fahrt nach Virginia schlief Amber fast die ganze Zeit. Wenn sie zwischendurch kurz aufwachte, vergewisserte sich Dash immer schnell, dass es ihr gut ging. Der Anfall hatte ihr furchtbare Angst gemacht, und sie hatte einfach nur bei ihrer Familie sein wollen, an dem vertrauten Ort, wo sie sich sicher fühlte. Ihr Schädel pochte und ihre Muskeln schmerzten, und jetzt, wo die Angst ein wenig abgeebbt war, hätte sie gerne in Dashs Armen geschlafen, bis der Tag anbrach. Doch als sie an seine Seite gelehnt zu ihrem Haus ging, war ihr klar, dass sie ihm das nicht sagen konnte. Denn er würde ihr diesen Wunsch erfüllen, ohne zu zögern, und damit konnte sie nicht leben.

Ihre Haustür ging auf und ihre Eltern traten hinaus auf die kleine Veranda. Hinter ihnen erschienen ihre Schwestern, Trace und Graham. Ambers Hilfstruppen standen bereit, und sie liebte sie bis zum Ende der Welt und zurück. Aber auch sie würden die klaffenden Wunden nicht heilen können, die sie nun reißen würde.

»Liebes.« Ihre Mutter eilte ihr entgegen und umarmte sie.

»Es ist alles in Ordnung«, versicherte Amber ihr, obwohl sogar sie selbst die Lüge in ihren Worten hörte. Ihre Schwestern scharten sich um sie.

»Ich hole deine Sachen, Babe.« Dash ging noch einmal zurück zum Wagen.

Sie war froh, dass ihr Vater, Trace und Graham ihm folgten, denn auch er brauchte jetzt Unterstützung. Sable zog Amber in ihre Arme und drückte sie ein wenig zu fest. Amber ließ die erstickende Umarmung über sich ergehen, denn sie wusste, dass Sable genau wie Dash den seelentiefen Wunsch hatte, sie zu beschützen. Und noch etwas hatten die beiden gemeinsam: Wenn ihnen das einmal nicht gelang, fraßen ihre Schuldgefühle sie auf. Sable sagte kein Wort, ließ sie los und wandte sich ab. Die Tränen in den Augen ihrer toughsten Schwester bemerkte Amber trotzdem.

»Wir wissen, dass du jetzt vor allem Ruhe brauchst. Aber wir wollten unbedingt sehen, wie es dir geht«, sagte Brindle auf dem Weg ins Haus.

Dash trug ihre Sachen ins Schlafzimmer, während die anderen sie begluckten, sie fragten, ob sie etwas brauchte, ob ihr etwas wehtat und wie sie ihr helfen konnten. Doch sie hatte Mühe, die Fassung zu bewahren, und als Dash aus dem Schlafzimmer kam und so bedrückt und niedergeschlagen aussah, wie sie sich fühlte, musste sie mit aller Kraft die Tränen zurückhalten. Der einzige Flug, den er heute noch kriegen konnte, ging von Charlottesville. Und wenn er sich hier noch länger um sie kümmerte, würde er ihn verpassen.

»Gebt ihr uns bitte eine Minute?«, bat Amber ihre Familie. Ein wenig widerstrebend verzogen sich alle in die Küche. Sie nahm Dashs Hand und ging mit ihm Richtung Haustür.

»Babe, bitte verlang jetzt nicht, dass ich gehe.«

»Du musst. Ich möchte kein Fräulein in Nöten sein, keine, die das Leben des Mannes ruiniert, den sie liebt.«

»Wovon redest du? Das Leben, das ich liebe, ist hier mit dir.«

Sie wollte sich nicht mit ihm streiten, und sie wollte nicht, dass ihre Familie sie hörte. Deshalb zog sie ihn hinaus auf die Veranda und schloss die Tür hinter ihnen. »Ich bin nur ein Teil deines Lebens. Ein Buch zu schreiben und zu veröffentlichen, ist harte Arbeit. Tausende von Menschen freuen sich darauf, dich bald zu sehen. Und du hast dir ihren Beifall verdient. Ich bin hier bei meiner Familie gut aufgehoben.«

Seine Kiefermuskeln spannten sich und er schüttelte den Kopf. »Du hast mich schon letztes Mal weggeschickt. Du kannst mich nicht immer aussperren und daran hindern, dir zu helfen.«

»Das tue ich doch gar nicht. Aber ich will dich auch nicht fesseln. Ich möchte nur, dass du jetzt gehst, damit du deine Tour abschließen kannst. Danach können wir uns Gedanken machen.«

»Gedanken machen?« Sein barscher Ton schmerzte. »Heißt das, du stellst unsere Beziehung infrage?«

»Nein. Aber irgendetwas muss passieren oder sich ändern oder …« Tränen glitten über ihre Wangen und sie schluckte gegen das Schluchzen an. »Du musst deine Tour zu Ende bringen, ich muss zum Arzt und herausfinden, ob ich je anders leben kann, als ich es bis vor Kurzem getan habe. Oder ob ich immer …« *Ein Klotz an deinem Bein sein werde.* »Ob ich immer Probleme kriegen werde, wenn ich mal etwas Neues tue.«

Er schaute zum Himmel hinauf, und als er sie in die Arme

nahm, spürte sie deutlich seine inneren Qualen. »Dann tun wir eben nichts Neues mehr. Das ist mir gleich, solange wir nur zusammen sind.«

»Ist es nicht, Dash. Du bist gerne unterwegs, du bist unternehmungslustig. Und ich liebe Unternehmungen mit dir.« Ihre Tränen sickerten in sein Shirt. »Aber ich will und werde dich nicht ersticken.«

»Du könntest mich niemals ersticken.« Er hob ihr Gesicht. Wut und Verletztheit starrten sie an. Er schluckte, dann kämpfte sich ein gequältes Lächeln auf seine Züge. »Ich pflanze für dich einen Eichenwald. Schon vergessen? Du und ich, Babe, und ein Haus voller Eicheln.«

Sie lachte durch die Tränen hindurch und wusste, dass er ein Dutzend Wälder pflanzen würde, wenn sie sich das wünschte. Aber war das ihm gegenüber wirklich fair? Was, wenn sie immer, wenn sie etwas Neues in Angriff nahmen, wieder Anfälle bekam? Im Moment schien er damit klarzukommen. Aber wie würde es ihm in einem Jahr ergehen? In zwei Jahren?

Sie nahm ihren ganzen Mut zusammen. Vielleicht konnte sie ihm ja begreiflich machen, welche Bedenken sie hatte. »Es gibt Samen, aus denen wird leider nichts Wunderbares. Sie schlagen Wurzeln und nähren damit auch hässliche Gefühle. So wie Zweifel und inneren Groll.«

»Ich könnte niemals an uns beiden zweifeln oder einen Groll auf dich hegen.«

»Woher willst du das wissen?«, fuhr sie ihn an. Frustration und Schmerz zerrissen ihr fast das Herz. »Es dauert seine Zeit, bis aus schlechten Samen etwas wächst und sichtbar wird. Aber nach und nach werden die Wurzeln tiefer, die Pflanze wird größer, und sie kann wieder schlechte Samen tragen. Vielleicht merkt man es am Anfang gar nicht, aber dann sitzen die Wurzeln plötzlich so fest, dass man sie nicht mehr loswird. Ich habe schon deine erste Signierstunde ruiniert. Wenn du jetzt den Rest deiner Tour absagst, sind das ein Dutzend weitere schlechte Samen, aus denen wer weiß was werden kann. Nimm noch all die Dinge dazu, die ich dir nicht geben kann, und du hast ein perfektes Rezept für jede Menge Groll.« Die Worte flogen von ihren Lippen wie scharfe Glassplitter. So hatte sie das eigentlich nicht haben wollen.

»Wovon redest du?« Er zog fragend die Brauen zusammen.

»Davon, dass du deine Frau gerne schwanger sehen möchtest.« Sie schluchzte. »Dass du mit dem Baby in ihrem Bauch sprechen willst. Ich will nicht diejenige sein, die dir diese ganz besonderen Momente stiehlt.«

Seine Nasenflügel bebten. Beim Anblick des Schmerzes in seinen Augen wurde ihr fast schlecht. »Ich habe dir gesagt, dass ich das nur erst mal verdauen muss. Und das habe ich getan. Warum fängst du gerade jetzt davon an?«

»Weil ich verhindern will, dass du in einem Jahr plötzlich aufwachst und merkst, dass ich dein Leben ruiniert habe«, schrie sie. So weit hatte sie gar nicht gehen wollen. Sie hatte nicht einmal gewusst, dass alles, was passiert war und worüber sie geredet hatten, ihr so große Angst machte. Doch jetzt lag die schmerzliche Realität vor ihnen ausgebreitet. Sie standen knietief in den unbarmherzigen Fakten, und sie drohte, darin zu versinken.

Er nahm ihr Gesicht zwischen die Hände und schaute sie so durchdringend an, dass sie spürte, wie er versuchte, ihre Gedanken zu entwirren. Er griff nach denen, die ihm Hoffnung gaben. Nur die wollte er festhalten und die anderen nicht gelten lassen. »Du wirst mein Leben nur ruinieren, wenn du dich daraus zurückziehst. Weglaufen ist keine Lösung. Wir kriegen das hin. Ich weiß, du liebst mich so sehr wie ich dich. Das spüre ich. Ich sehe es in deinen Augen.«

Sie schnappte nach Luft. Salzige Tränen sickerten zwischen ihre Lippen. »Ich liebe dich über alles.«

»Dann stoß mich nicht weg.«

»Ich muss es tun. Du kannst dein Leben nicht wegen meiner Epilepsie komplett herunterfahren. Du musst los.«

»Baby, bitte. Der Anfall ist erst ein paar Stunden her und du hast dir den Kopf aufgeschlagen. Du verlangst zu viel von mir. Zu viel von uns.«

Zitternd presste sie hervor: »Wenn ich es nicht tue, wer dann?«

»Amber, was ist los? Geht es dir nur um meine Tour, oder versuchst du, mit mir Schluss zu machen?«

Die Besorgnis und Angst in seiner Stimme zerschlugen ihr Herz in eine Million schmerzende Teile. Doch sie durfte nicht die Kette sein, die ihn zurückhielt. »Ich dachte, es wäre bloß die Tour. Aber jetzt bin ich mir nicht mehr sicher, und im Moment fehlt uns die Zeit, es herauszufinden.« Sie musste stark sein trotz des Abgrunds aus Trauer, in den sie zu stürzen drohten. »Du musst jetzt gehen, sonst verpasst du deinen Flug. Wir reden, wenn ich mich ein bisschen erholt habe. Wenn du zurück bist.« Sie stellte sich auf die Zehenspitzen und küsste ihn. Der Kuss war salzig von ihren Tränen. »Goodbye, Dash. Ich liebe dich.«

Sie brauchte ihre ganze Kraft, um ins Haus zurückzugehen. Die Tür fiel leise ins Schloss und sie brach in Schluchzen aus. Durch die Tränenschleier hindurch sah sie ihre Familie auf sich zustürzen.

Zweiundzwanzig

Amber schaute zu, wie der Zeiger auf eine Minute nach Mitternacht vorrückte und zog sich den Kragen von Dashs Sweatshirt, das sie trug, hoch zur Nase. Sie sog seinen Duft ein und sofort wollte die Trauer sie erneut überwältigen. In den letzten Stunden hatte sie viel geweint, war zwischendurch eingedöst und dann doch wieder aufgewacht. Sie hatte nach ihrem Telefon getastet, um Dash anzurufen, es dann aber gelassen. Ihr tat alles weh, ganz besonders ihr Herz.

Sie hörte, wie die Schlafzimmertür geöffnet wurde, lag ganz still und stellte sich schlafend. Ihre Schwestern hatten eigentlich bleiben wollen, doch irgendwann hatte sie sie überreden können zu gehen. Ihre Eltern waren noch hier. Sie hatten die Schlafzimmertür immer wieder einen Spalt breit geöffnet und leise nach ihr geschaut. Dann hatten sie sich flüsternd und auf Zehenspitzen wieder davongeschlichen.

Jetzt spürte sie, wie sich die Matratze neben ihr senkte. Ein Hauch vom Aftershave ihres Vaters hing in der Luft.

»Hey, Prinzessin«, flüsterte er und strich Reno über den Kopf. »Ich weiß, dass du wach bist.«

Mit schmerzenden Muskeln drehte sie sich zu ihm. »Und woher?«

»Deine Füße haben sich unter der Decke ein bisschen bewegt. Schon wenn du als kleines Mädchen versucht hast, dich schlafend zu stellen, hast du die Augen zugemacht – aber auch die Zehen eingerollt.«

»Stimmt. Daran habe ich gar nicht mehr gedacht.«

Er strich ihr das Haar aus den Augen. »Dass du nicht schläfst, habe ich schon vor einer ganzen Weile bemerkt. Aber ich musste warten, bis deine Mutter eingeschlafen war. Von dem, was wir gleich tun werden, wäre sie nämlich gar nicht begeistert.«

»Und was ist das?«

Er legte ihre Jogginghose und ein Sweatshirt aufs Bett. »Es ist ziemlich kühl draußen, aber ich glaube, wir könnten beide ein bisschen Mondscheinmagie vertragen.«

»Danke. Aber ich möchte lieber hier liegen und mir leidtun.«

»Haben die in deinem MRT etwa doch etwas übersehen? Ist bei dem Sturz vielleicht etwas verrutscht? Meine Prinzessin ist noch nie in ihrem Leben in Selbstmitleid versunken.«

»Vielleicht ja doch, und du weißt es nur nicht.«

Er schüttelte den Kopf. »Ein Vater weiß so was. Du warst manchmal wütend, bedrückt oder niedergeschlagen. Aber in Selbstmitleid gesuhlt hast du dich nie. Du bist eine Macherin, Darling. Eine, die immer nach Lösungen sucht. Wenn dich etwas belastet, findest du Wege, es abzustellen oder zu umgehen.«

»Ich war noch nie eine Macherin, und jetzt noch viel weniger.« Sie setzte sich auf. »Ich habe meine Beziehung mit Dash ruiniert.«

»Schon möglich«, antwortete er lässig.

»*Daddy*«, japste sie. »Solltest du nicht versuchen, mich zu trösten?«

»Keine Ahnung. Sollte ich? Hier drin kann ich nicht denken. Dieses ganze Gesuhle vernebelt mir das Hirn.«

»Du gibst einem Mädchen, das am Boden liegt, tatsächlich noch zusätzlich einen Tritt?«

»Ich gebe dir keinen Tritt, Prinzessin. Ich liebe dich, und ich weiß, wie schlecht es dir geht. Aber ich kenne mein Mädchen und glaube, du musst raus an die frische Luft, um ein bisschen von deinem Schmerz loszuwerden.« Er stand auf. »Falls du mich auf einen Spaziergang begleiten willst, ich warte draußen. Aber weck bloß deine Mutter nicht auf. Sonst dreht sie mir den Hals um, weil ich dich nicht so tun lasse, als würdest du schlafen.«

Damit brachte er sie zum Lächeln. Sie hatte nicht die geringste Lust aufzustehen. Aber eigentlich hatte ihr Vater ja recht. Während der Fahrt hatte sie im Wagen stundenlang geschlafen. Und jetzt kriegte sie sowieso kein Auge mehr zu. Ein bisschen frische Luft würde ihr vermutlich ganz guttun. Sie rappelte sich hoch und schlüpfte in die Kleider, die er ihr hingelegt hatte. Dashs Sweatshirt zog sie über ihr eigenes. Vermutlich sah sie aus wie das Teigmännchen von Pillsbury. Aber das war ihr egal. Sie suchte sich dicke Socken und steckte die Füße in ihre bequemsten Cowgirlstiefel. Und sofort fiel ihr ein, dass sie die auch bei ihrer ersten Begegnung mit Dash getragen hatte. Eine neue Welle von Trauer überrollte sie, doch sie schlich sich trotzdem mit Reno nach draußen. Die kalte Luft stach ihr in die Wangen und sie drückte die Hände ans Gesicht.

Ihr Vater drehte sich zu ihr und sah sie mit seinen klugen blauen Augen besorgt an. Dass er seine uralte braune Jacke mit dem Cordkragen trug, fand sie seltsam tröstlich. »Ich bin froh, dass du mitkommst. Heute Nacht wollte ich ungern alleine spazieren gehen. Bist du auch warm genug angezogen?«

Sie nickte, hob den Saum von Dashs Sweatshirt und zeigte ihm, dass sie noch eines darunter trug. Gemeinsam stiegen sie die Stufen der Veranda hinab, dann hängte sie sich bei ihm ein und sie gingen die stille Straße entlang. Die Häuser lagen im Dunkeln, nur die Straßenlaternen beleuchteten ihren Weg.

»Möchtest du über das reden, was bei dir und Dash gerade los ist?«, fragte ihr Vater vorsichtig.

»Ich weiß nicht. Ich habe keine Ahnung, ob ich es komplett vermasselt oder genau das Richtige getan habe.«

»In welcher Hinsicht?«

»In jeder. Er wollte nicht weg, aber ich habe ihn gedrängt, seine Tour fertig zu machen. Manches von dem, was ich gesagt habe, hätte ich vielleicht lieber nicht sagen sollen.«

»Das passiert uns allen hin und wieder.« Sie bogen um eine Ecke und nach kurzem Schweigen fragte er: »Von dem Anfall mal abgesehen ... war es schön in New York?«

»Oh ja. Es war großartig. Seine Familie und seine Freunde sind unglaublich nett, die Stadt zu erkunden war spannend und die Spendengala einfach unbeschreiblich. Trotzdem war mein Anfall ein Weckruf. Er hat mich wieder daran erinnert, dass ich anders bin als andere. Ich kann nicht einfach losziehen und alles tun, was ich will. Bei mir gibt es Grenzen.«

»Diese Grenzen setzt du dir selbst, Darling.«

»Das ist nicht wahr. Ich habe versucht, mal alle Vorsicht zu vergessen und Spaß zu haben wie jede andere Frau. Die Quittung waren zwei Anfälle in zwei Wochen, nachdem ich jahrelang keine hatte.«

»Ja, und das Risiko für weitere Anfälle wird leider immer bestehen. Trotzdem bestimmt die Epilepsie nicht dein Leben, Liebes. Dein Leben bestimmst du.«

»Das geht Hand in Hand.«

»Nicht immer. Als wir damals von der Krankheit erfahren haben, wollte ich dich nicht mehr aus den Augen lassen. Wenn es nach mir gegangen wäre und wir es uns hätten leisten können, hätte ich aufgehört zu arbeiten, dich von der Schule genommen und an mir festgebunden. Aber für dich wäre das nicht gut gewesen. Zum Glück hat deine Mutter das schnell begriffen und ein ernstes Wort mit mir geredet. So gerne ich dich rund um die Uhr im Auge behalten hätte, ich musste Geld verdienen, und wir hatten noch sechs andere Kinder, die spielen, Sport treiben und allerhand unternehmen wollten. Wir konnten unser Leben nicht einfach anhalten. Also sind wir weiterhin mit euch in den Park und zu Festen gegangen und haben Tante Roxie und den Rest der Verwandtschaft in New York besucht. Ihr alle seid weiterhin geritten und habt einander durch den Garten gejagt.«

»Ich glaube, Dash würde mich auch am liebsten an sich festbinden.«

»Wirklich? Will er dich in Watte packen? Lieber nichts mit dir unternehmen und nirgends mit dir hingehen?« Sein Ton wurde weicher. »Oder will er einfach nur ein Leben mit dir, in dem ihr zusammen so viel wie möglich macht und dabei auf deine Sicherheit achtet?«

»Schwer zu sagen. So genau weiß ich das gar nicht.« Aber es stimmte schon. Sie in Watte zu packen und von der Welt fernzuhalten, hatte Dash nie versucht. Im Gegenteil, er hatte sie ermutigt, das Leben auszukosten. »Ich möchte nicht, dass er für mich etwas aufgibt, Dad. Oder dass er sich wegen meiner Gesundheit enge Grenzen setzen muss.«

»Müsste er das wirklich? Bislang hattest du immer ein gutes Gespür dafür, was du brauchst. Du hast Ruhepausen in deinen

Alltag eingebaut und dir dadurch ein Gefühl von Kontrolle verschafft. Und wir haben dich machen lassen.« Sie bogen um die nächste Ecke Richtung Ortszentrum. »Aber manchmal befürchte ich, dass du dich ein wenig zu sehr daran gewöhnt hast, dich aus Angst vor den Anfällen selbst einzuschränken. Ein bisschen hast du verlernt, das Leben zu genießen und dich an Neues heranzuwagen.«

»Der Gedanke ist mir auch schon gekommen. Aber die Platzwunde mit den zwölf Stichen sagt mir, dass mein bisheriges Leben besser für mich war als das, was ich am Wochenende getan habe.«

»Glaubst du das wirklich? Warst du glücklicher, bevor du Dash kennengelernt hast?«

»Nein. Aber der Sturz sitzt mir ganz schön in den Knochen. Und das Einzige, was sich seit meiner Zeit ohne Anfälle geändert hat, ist, dass es nun Dash und all die neuen Seiten gibt, die er in mir ans Licht bringt.«

»Magst du diese neuen Seiten?«

»Oh ja«, gab sie zu. »Aber anscheinend tun sie mir nicht gut.«

»Da bin ich mir nicht so sicher. Dein Leben ist jetzt aufregender als je zuvor. Und ja, du hast leider zwei Anfälle gehabt. Trotzdem wirkst du in letzter Zeit glücklicher denn je. Deshalb ist es nicht ganz fair, wenn du denkst, das Neue in deinem Leben wäre nicht gut für dich.«

Eine Minute lang ging er schweigend neben ihr her, und sie nahm an, dass er seine Worte wirken lassen wollte.

»Du und Dash, ihr seid schon ein tolles Gespann.« Er lachte leise auf.

»Warum lachst du? Ich finde das nicht lustig.«

»Ich habe gerade an den Abend gedacht, an dem ihr versehentlich den Notknopf an deiner Halskette gedrückt habt.«

»Okay. Das war lustig. Aber auch peinlich.«

»Aber du hast es überlebt, und Dash hat dich vor möglichen Folgen geschützt. Als ich das gehört habe, war ich sofort sein Fan. Weißt du, dass deiner Mutter und mir mal was ganz Ähnliches passiert ist?«

»Oh Gott. Will ich das überhaupt hören?«

»Keine Ahnung. Aber ich erzähle es dir einfach. Als Sable und Pepper geboren wurden, war Grace erst etwa ein Jahr alt, und deine Mutter und ich hatten so gut wie nie Zeit füreinander. Eines Tages bin ich früher von der Arbeit nach Hause gekommen und wir hatten Glück. Die drei Babys haben gerade alle gleichzeitig selig geschlafen. Ein kleines Wunder. Ein Zeichen des Himmels. Zumindest habe ich das deiner Mutter gesagt und sie überzeugt, dass wir diese seltene Gelegenheit nutzen sollten. Dabei haben wir wohl ein bisschen die Welt vergessen und auch, dass sie das Essen im Backofen hatte. Es ist dermaßen angebrannt, dass die ganze Küche voller Rauch war. Als die Rauchmelder losgingen, sind die Mädchen aufgewacht und haben geschrien. In dem Moment war ich mir fast sicher, dass meine Frau mich nie wieder an sich ranlassen würde.«

»Offenbar hast du dich getäuscht, denn ihr habt sieben Kinder.«

»Sie wollte mich wirklich für alle Zeiten aus unserem Ehebett verbannen, glaub mir. Aber manchmal ist die Liebe eben stärker. Auf gestohlene Momente während eures Mittagsschlafs haben wir fortan verzichtet. Aber wir haben ein paar Babyfone gekauft und die Dinger überallhin mitgeschleppt.«

»Babyfone? Wäre es nicht viel logischer gewesen, von nun an darauf zu achten, dass der Ofen aus ist, bevor ihr euch mit anderen Dingen beschäftigt?«

»Ha.« Ihr Vater kratzte sich am Kopf. »Stimmt. Nützlich waren die Dinger trotzdem. Sobald wir gehört haben, dass ein Baby aufwacht, konnten wir zumindest dafür sorgen, dass es die anderen nicht weckt.«

»Dad.« Sie schüttelte den Kopf.

»Ja, okay. Eigentlich wollte ich dir nur ein paar Ratschläge geben und bin wohl ein wenig abgeschweift. Aber das ist kein Wunder. Ich bin heute ein bisschen durcheinander. Was ich dir eigentlich sagen wollte, ist, dass es im Leben nicht darum geht, Dinge bleiben zu lassen, weil man Schwierigkeiten befürchtet. Es geht darum, Wege zu finden, trotz aller Ängste zu tun, was man will. Vielleicht muss man dazu manchmal Kompromisse machen und die ein oder andere Anpassung vornehmen.«

Sie lehnte den Kopf an seine Schulter. Inzwischen hatten sie schon fast die Main Street erreicht. »Ich weiß nicht, wie mir das in dieser Situation gelingen soll. Ich möchte für Dash nicht zur Belastung werden.«

»Zur Belastung? Die Epilepsie gehört nun mal zu dir wie deine Haarfarbe und die Sommersprossen auf deinen Schultern. Nicht weniger, aber auch nicht mehr. Haben wir dir das nicht beigebracht?«

»Doch, das habt ihr. Und ich lebe danach. Ich zeige offen, wer und was ich bin. Und wenn jemand mich so nicht akzeptieren kann, ist das eben sein Problem.«

»Gut so, Darling. Aber hat Dash nicht denselben Respekt verdient?«

»Wie meinst du das?«

»Ich denke, er hat dir genauso offen gezeigt, wer er ist. Und anstatt ihm zuzutrauen, dass er weiß, was gut für ihn ist, versuchst du, für ihn zu entscheiden, wie er sein Leben leben soll. Was passiert ist, war für euch *beide* traumatisch. Du entlässt ihn nicht in die Freiheit, Prinzessin. Du steigst nur zurück in den Käfig, den du dir damals mit dreizehn gebaut hast. Und ihn scheuchst du mit gestutzten Flügeln davon.«

»Er wollte den Rest seiner Buchtour sausenlassen. Aber wofür? Um hier herumzusitzen und mir die Hand zu halten?«

»Darling, das nennt man Liebe. Man setzt den Menschen, den man liebt, an die erste Stelle. In guten wie in schlechten Tagen. Und ganz ehrlich, wenn er auf dem schnellsten Weg aus der Stadt hätte flüchten wollen, um mit seiner Tour weiterzumachen, hätte ich mich wirklich gefragt, ob er der Richtige für dich ist.«

Tränen stiegen ihr in die Augen. »Du meinst, ich bin keine Belastung für ihn? Ich ruiniere nicht sein Leben?«

»Nein.«

»Oh, Daddy.« Jetzt liefen ihr die Tränen über die Wangen. »Die Liebe ist so furchtbar verwirrend. Ich glaube, ich habe einen gigantischen Fehler gemacht. Ich muss ihn anrufen. Ich muss zu ihm. Ich wollte seine Flügel nicht stutzen. Was, wenn er mir nicht verzeiht?«

»Ich glaube, das hat er schon.« Ihr Vater zog sie an seine Seite und gemeinsam bogen sie in die Hauptstraße ein.

Amber hob den Kopf und sah in den Bäumen Laternen, die den Weg zu ihrer Buchhandlung beleuchteten. An einem Ast vor ihnen hing ein gelber Wimpel, der an eine Penalty Flagge beim Football erinnerte, und an den anderen Bäumen waren Papiersterne befestigt. Ihr Herz machte einen Sprung. Sie zog die gelbe Flagge vom Ast und las, was Dash darauf geschrieben hatte. *Penalty für Montgomery wegen unnötiger Härte.* Sie drehte die Flagge um. *Strafe: 15 Küsse und automatisches Vorrücken zur zweiten Base.*

Sie lachte durch die Tränen hindurch, rannte zum ersten

Stern und zog ihn von seinem Zweig. Auch ihn hatte Dash beschriftet. *Let's Rewrite The Stars! Was steht für Amber und Dash von nun an in den Sternen?*, las sie. Mit der Flagge und dem ersten Stern in der Hand eilte sie weiter zum nächsten und dann zum übernächsten. Nacheinander zupfte sie alle ab und las, was Dash geschrieben hatte.

Wir spielen im selben Team.

Regeln werden gemeinsam gemacht.

Vertrau auf deinen Teamkameraden, auch wenn du Angst hast.

Erweitere deinen Horizont behutsam. Schritt für Schritt.

Beim Reisen viele Nickerchen machen (manchmal prickelnde, manchmal echte).

Sie rannte zum nächsten Baum. Hoffnung und Glücksgefühle keimten in ihr auf. Tränenbäche strömten ihr über die Wangen.

Alles wird miteinander besprochen.

Weck deinen Mannschaftskameraden, wenn du nachts aufstehst.

Hab unsere (vielen) Babys lieb. Ganz gleich, ob sie per Leihmutter oder Adoption zu uns kommen.

Atemlos erreichte sie die Tür der Buchhandlung, riss den letzten Stern vom Türgriff und las.

Komm rein, bevor ich den Verstand verliere.

Sie stieß die Tür auf und Reno sprang an ihr vorbei einen weiteren Lichtpfad entlang auf Dash zu. Dash stand neben dem Sofa ganz hinten, zwischen Dutzenden Sträußen mit Ambers Lieblingsblumen, alle in Vasen voller Eicheln. Reno sprang an Dash hoch und wedelte freudig mit dem Schwanz. Dash wuschelte ihm liebevoll durchs Fell, doch sein Blick hing an Amber. Die Hände voll mit allem, was für sie beide in den

Sternen geschrieben stand, und mit tränennassen Augen rannte sie zu ihm. »Dash!«

Er schloss sie in seine Arme.

»Es tut mir so leid.«

»Du hast Angst gehabt.« Seine Hand glitt an ihrem Rücken nach unten. »Und ich auch, Baby.« Er lehnte sich zurück und schaute ihr in die Augen. »Angst, dich zu verlieren, weil du seltsamerweise glaubst, meine Buchtour oder irgendetwas anderes könnte wichtiger sein als du. Ich weiß, du befürchtest, wir müssten immer in Oak Falls bleiben, damit du keine Anfälle bekommst. Und dass ich dir das irgendwann übel nehmen könnte. Ich verstehe deine Ängste und Befürchtungen, Baby. Aber sie sind völlig unbegründet. Ich bin nach Oak Falls gekommen, um mal eine Pause zu machen. Und ich habe die wahrste, tiefste Liebe gefunden, die man sich nur vorstellen kann. Die Liebe zu dir, mein wildes Ding. Die Liebe zu einer Frau, die alles und jeden überstrahlt.«

Ihr Atem stockte, ihr Gesicht war nass von Tränen.

»Wenn du glaubst, ich verschwinde aus deinem Leben, bloß weil es ein paar Herausforderungen gibt, liegst du komplett daneben, Amber Montgomery. Dass ich nicht aufgewacht bin, als du ins Bad gegangen bist, war nicht gut. Aber das passiert mir nie wieder. Denn wir haben jetzt Regeln. Unsere eigenen. Bevor du aufstehst, musst du mich von nun an wecken. Und falls du diesen Ball fallen lässt, werfen wir ihn deiner Mutter zu. Dann muss sie einen zweiten Hund ausbilden. Und der hat nur die eine Aufgabe, mich zu wecken, wenn du nachts aus dem Bett steigst.«

Sie brachte kein Wort heraus, sie könnte nur nicken.

»Es gibt nichts, was wir gemeinsam nicht schaffen können.« Er nahm eine Handvoll Sterne vom Couchtisch und gab sie ihr.

Sie drehte sie in den Händen hin und her. »Da steht nichts drauf.«

»Wir sind ein Team, Baby. Auf die hier kannst *du* etwas schreiben. So funktioniert Liebe. Du kannst alle Regeln aufstellen, die du willst. Aber ich kann Einspruch erheben. Sonderrechte für Zac Efron kannst du also vergessen.«

Überwältigt von ihrer Liebe zu diesem unvergleichlichen Mann, konnte sie im Moment nur überlegen, wie man atmete.

»Ich möchte mit dir zu deinem Arzt gehen und herausfinden, wie wir weitere Anfälle verhindern können. Wenn er sagt, wir dürfen nie wieder reisen, dann lassen wir es eben. Aber ich hoffe, er sagt das nicht. Denn du verdienst es, die Welt zu sehen. Ich möchte dir die berühmten Buchhandlungen zeigen und alles andere, was du sehen möchtest. Bei entspannten Trips mit viel Zeit zum Ausruhen. Und falls wir dreißig Jahre brauchen, um uns neun Buchläden anzusehen, dann ist es eben so. Ich will einfach nur mit dir zusammen sein. Und wenn ich dir folgen muss wie ein Schatten, damit dir nichts passiert, bin ich da, Baby. Ich bin dein Mann.«

»Dash«, presste sie hervor.

»Lass mich ausreden, bitte. Du hast schließlich einen Penalty kassiert. Und ich habe den Ball.« Er nahm ihr sämtliche Sterne ab und legte sie auf den Tisch. Dann ergriff er ihre linke Hand und fiel vor ihr auf ein Knie.

Sie versuchte, den dicken Kloß hinunterzuschlucken, der ihr plötzlich im Hals saß. Neue Tränen rannen ihr über die Wangen.

»Amber Montgomery. Ich habe geglaubt, dass ich mich genau hier in deiner Buchhandlung in dich verliebt hätte. An unserem ersten gemeinsamen Abend, an dem wir deine heißen Bücher eingepackt haben. Aber ich habe mich getäuscht. Ich denke, es war Liebe auf den ersten Blick, gleich als ich dich bei der Jamsession gesehen habe. Und seither habe ich mich jeden Tag noch ein bisschen mehr in dich verliebt. Ich möchte hier in Oak Falls, wo wir uns zum ersten Mal geküsst und unter der Tribüne miteinander rumgemacht haben, ein gemeinsames Leben mit dir aufbauen. Ich liebe dein großes Leben in dieser kleinen Stadt, Baby, wo jeder deinen Namen kennt und die wilden Großmütter mich zum Frühstück schleppen.« Er lachte leise auf. »Ich möchte Babys mit dir, und wie sie zur Welt kommen, ist gar nicht so wichtig. Es zählt doch nur, wie sehr wir sie lieben. Wir werden ihnen alles über Eicheln und Football beibringen und sie von schmutzigen Buchclubromanen fernhalten.«

Amber lachte.

»Ich möchte mit dir im Mondschein spazieren gehen und dabei so viele Eicheln sammeln, dass wir dafür ein zweites Haus bauen müssen. Gestern Abend habe ich dir die falsche Schmuckschachtel gegeben, mein Herz. Die hier wäre besser gewesen.« Er zog eine Ringschachtel hinter einer Vase hervor und öffnete sie. Darin lag ein atemberaubender, funkelnder Verlobungsring, der schönste, den Amber je gesehen hatte. In der Mitte strahlte ein herrlicher Canary-Diamant, die Fassung war mit kleineren Diamanten besetzt. »Meine süße, heimliche sexy Leserin. Ich liebe dich mit allem, was ich habe, und allem, was ich bin. Willst du mich zum glücklichsten Mann der Welt machen und mich heiraten, damit du, ganz gleich wo wir sind, immer deine Familie um dich hast?«

Mit tränennassen Wangen und tanzendem Herzen rief sie: »Ja!«

»Ja?« Dash stand auf und sie warf die Arme um ihn.

»Ja!«, wiederholte sie, kurz bevor er die Lippen auf ihre

drückte.

Die Tür zu ihrem Büro flog auf, sie hörte Lachen und Johlen, und ihre ganze Familie – bis auf Axsel, der noch auf Tour war – und die drei Ehemänner ihrer Schwestern stürzten zu ihnen. Alle klatschten und gratulierten, während Dash Amber herumwirbelte, sie küsste und mit ihr lachte.

»Du hast sogar Pepper und Grace hergeholt! Was, wenn ich Nein gesagt hätte?«

Dash setzte ein hochmütiges Grinsen auf. »Hast du mal gesehen, wie du mich anschaust? Baby, wir sind füreinander bestimmt.« Er besiegelte diese Tatsache mit einem Kuss, der so süß und so ewig war wie ihre Liebe.

Dreiundzwanzig

Für Zevs und Carlys Hochzeitsfeier war die herrschaftliche Villa auf dem Weingut Hilltop Vineyards in ein Winterwunderland verwandelt worden. Von den hohen Decken hingen elegante Kronleuchter und zwischen den Dachbalken der offen gehaltenen Konstruktion spannten sich ganze Meilen weißer Seide und Lichterketten mit funkelnden kleinen Lämpchen und grünen Girlanden. In dem gigantischen, aus Naturstein gemauerten offenen Kamin flackerte ein Feuer, die raumhohen Fenster boten traumhafte Ausblicke auf die verschneiten Reben und die kleine Stadt Pleasant Hill in Maryland. Doch all diese Herrlichkeit verblasste neben der Frau, die ein paar Schritte von Dash entfernt stand.

Er konnte die Augen nicht von Amber lassen. Sie war so unfassbar schön, feminin und sexy in ihrem apricotfarbenen Spitzenkleid. Einen Moment lang stellte er sie sich in fünfzig Jahren vor, mit grauem Haar und einem von Falten durchzogenen Gesicht. Selbst dann würde sie noch alle anderen überstrahlen. Und ihre Anziehungskraft auf ihn wäre stärker denn je, denn ihr Heim würde mit Eicheln und kleinen, handgeschriebenen Zetteln voller großer Gefühle gefüllt sein, und ihre Herzen mit einem ganzen Leben voller warmer, zärtlicher Erinnerungen.

Sie stand mit Pepper und Trixie zusammen an der Tanzfläche, doch er sah ihr an, dass sie den beiden nur mit einem Ohr zuhörte. Mit dem verträumten Blick, den er so an ihr liebte, schaute sie zu, wie Zev und Carly ganz ineinander versunken langsam tanzten, während die Paare um sie herum im flotten Rhythmus der Musik die Hüften schwangen. Dachte sein Mädchen an den Weihnachtsabend, an dem sie draußen im Mondschein unter den herabsegelnden Schneeflocken miteinander getanzt hatten? Oder träumte sie von ihrer Hochzeit im kommenden Sommer? Dash hätte sie am liebsten gleich morgen geheiratet. Aber er wollte ihr das zauberhafteste Hochzeitsfest aller Zeiten bescheren, und so etwas wollte geplant sein. Lindsay würde sie dabei unterstützen. Und Amber war ganz hingerissen von Carlys figurbetontem Hochzeitskleid, das Jillians Zwillingsbruder Jax, ein gesuchter Designer für Brautmode, entworfen hatte. Auch so ein Kleid brauchte offenbar ein bisschen Planung.

Auf dem kurzen Weg zu Amber zogen die turbulenten Wochen seit seinem Antrag noch einmal an ihm vorbei. Er hatte seine Buchtour für fünf Tage unterbrochen. Sie hatten mit ihrem Arzt gesprochen und Pläne gemacht. Amber hatte darauf bestanden, dass er die verpassten Tage ans Ende der Tour anhängte. Und das war gut gewesen. Als er ihre Verlobung und den neuen Terminplan öffentlich gemacht hatte, hatten seine Fans begeistert und mit großem Verständnis reagiert. Der Arzt hatte Amber noch ein zusätzliches Medikament verschrieben, um weitere Anfälle möglichst zu verhindern. In den eineinhalb Monaten, die seither vergangen waren, hatte sie keinen mehr gehabt. Dash war bei ihr eingezogen und sie hatten ihren Tagesablauf ein wenig umgestellt. Sie hofften, dass Amber das neue Medikament bald wieder absetzen konnte. Zwar hatten sie ihr Leben nicht komplett umgekrempelt, aber sie gingen, wie Ambers Schwester es ihnen geraten hatte, nun etwas früher ins Bett. Mit ihren Freunden trafen sie sich weiterhin und sie gingen auch in JJ's Pub zum Tanzen, doch wenn ein vollgepacktes Wochenende vor ihnen lag, planten sie mehr Ruhepausen ein. So wie an diesem zum Beispiel. Sie waren schon gestern angereist, hatten ausgeschlafen und sich danach zum Brunch mit Ambers Familie und einigen von den Bradens getroffen. Vor der eigentlichen Hochzeitsfeier hatten sie sich noch einmal in ihrem Hotelzimmer entspannt. Mit einem Nickerchen und einer sexy Dusche.

Als er jetzt von hinten die Arme um Amber legte, konnte er es kaum erwarten, ihr das hübsche Kleid wieder auszuziehen. Er küsste sie auf die Wange. »Ziemlich magisch«, flüsterte er ihr leise ins Ohr, um Pepper und Trixie nicht zu unterbrechen.

»Oh ja«, hauchte sie.

»Aber nicht mal halb so magisch, wie unsere Hochzeit es sein wird. Rate mal, wer morgen mit Jax über sein Hochzeitskleid spricht?«

Amber drehte sich in seinen Armen. Sie riss die Augen weit auf. »Du machst Witze.«

»Würde ich über so etwas Witze machen?«

»Dash!« Sie drückte ihn aufgeregt.

Pepper warf ihnen einen forschenden Blick zu.

Er hatte Ambers ernste, kluge Schwester kennengelernt, als er sie angerufen und gebeten hatte, für den Heiratsantrag nach Hause zu kommen. Sie hatten lange geredet. Auch mit Grace, Reed und Axsel hatte er sich lange unterhalten. Bei seinem Antrag hatte Axsel leider nicht dabei sein können, aber bei der kleinen Feier danach hatten sie ihn per Video-Chat dazugeschaltet. Thanksgiving hatten sie mit der Pennington-Familie verbracht, Weihnachten mit Ambers. Sie und seine Schwestern waren inzwischen so eng befreundet, dass sie sich ständig Textnachrichten schrieben. Und er hatte nicht nur ihre Familie noch besser kennengelernt, sondern auch Trixie, Jillian und Ambers andere Freundinnen und Freunde, die praktisch zur Familie gehörten. Er hatte schon über Besuchspläne nachgedacht, damit Amber möglichst oft von vertrauten, geliebten Menschen umgeben war. Aber jetzt, wo sie bereits ihre Hochzeit planten und Nicks und Trixies Hochzeit ebenfalls bevorstand, würden alle Schwestern und Freundinnen sowieso in ständigem Kontakt miteinander stehen.

»Haben wir irgendwas verpasst?«, fragte Pepper.

»Wir treffen uns morgen mit Jax, um mein Hochzeitskleid zu besprechen!«, rief Amber, und sofort waren sich alle einig, wie sehr sie zu beneiden war.

Morgyn und Jillian stießen zu ihnen und auch sie waren begeistert. Dash trat ein paar Schritte zur Seite, um die Mädelsgespräche nicht zu stören, und war glücklich, wie sehr sich alle für seine Liebste freuten.

Eine schwere Hand landete auf seiner Schulter, dann stand Cade mit Reed und Graham neben ihm. Er und die anderen jungen Männer waren inzwischen gute Freunde, und Cade wurde immer mehr zu dem Vater, den er sich sein Leben lang gewünscht hatte. Am Abend nach Ambers letztem Anfall, als er Cade und Marilynn in seinen Plan eingeweiht hatte, Amber einen Heiratsantrag zu machen, hatte er befürchtet, sie würden sagen, er wäre einfach zu viel für sie. Er hatte sich schon für diesen Kampf gewappnet. Doch sie hatten ihm versichert, sie wüssten, dass er für Amber Himmel und Erde in Bewegung setzen würde und dass sie füreinander bestimmt waren. Und sie hatten ihm gesagt, wie stolz sie waren, ihn zum Schwiegersohn zu bekommen.

»Und ich dachte immer, bei einem Football-Huddle wird es laut«, scherzte Dash.

»Gewöhn dich dran, mein Junge«, sagte Cade. »Frauen sind eine eigene Spezies.«

»Sie haben sensible Detektoren für Neuigkeiten jeder Art«, pflichtete Graham bei.

»Apropos Neuigkeiten. Sin und Clay meinten, du denkst daran, eine eigene Fitness-App herauszubringen und suchst nach Räumlichkeiten für ein Studio«, sagte Reed.

»Bitte sag jetzt nicht, dass Dashs Darlings ihren Morgenmotivator verlieren.« So hatte Nana inzwischen die morgendliche Sportgruppe getauft. Cade senkte die Stimme. »Der Frühsport sorgt für mehr Energie am Abend. Ihr wisst, was ich meine. Darauf möchte ich ungern verzichten.«

Sie glucksten gemeinsam.

»Keine Sorge, Cade. Ich werde die Darlings trainieren, bis sie die Nase voll von mir haben. Wegen der App führe ich bereits Gespräche, und ich hätte gerne bessere Trainingsmöglichkeiten näher bei mir zu Hause. Aber im Augenblick konzentriere ich mich wohl am besten darauf, ein eins a Verlobter zu sein. Den nächsten Schritt unternehme ich vielleicht, wenn wir von Maui zurück sind.« Amber und er hatten beschlossen, die Flitterwochen auf Hawaii zu verbringen. Wenn sie das ohne einen weiteren Anfall schafften, würden sie Pläne für die Reise zur nächsten legendären Buchhandlung machen.

Er schaute zu Amber hinüber, die sich weiter mit ihren Schwestern und Freundinnen unterhielt. Ihre Blicke trafen sich und ihr Lächeln wurde noch strahlender. Es traf ihn mitten in die Brust. Sich eine Auszeit zu nehmen und sie in Oak Falls zu verbringen, war das Beste, was er je getan hatte. Mal abgesehen davon, seiner bücherverrückten Schönheit einen Antrag zu machen.

»Ich freue mich unheimlich für Zev und Carly«, sagte Trixie. Die beiden gingen Hand in Hand durch den Saal, unterhielten sich mit ihren Gästen und stahlen sich immer wieder Küsse.

Vor einer Stunde hatten sie die Torte angeschnitten, dann hatte Ambers Vater ihr den Verlobten entführt. *Ihren Verlobten.* Sie liebte den Klang dieses Wortes und betrachtete lächelnd ihren atemberaubenden Verlobungsring.

»Ich erinnere mich noch gut an meinen ersten Eindruck von Zev. Er wirkte so rastlos, so als würde er etwas suchen«, sagte Pepper. »Eigentlich logisch, schließlich ist er ein Schatzsucher. Aber inzwischen hat er eine ganz andere Ausstrahlung.«

»Weil er endlich kapiert hat, was meine Familie schon immer wusste«, sagte Jillian. »Er hat nach Carly gesucht. Es war ihm nur nicht klar.« Sie hob den Kopf. Ihre Cousine Victoria, Clays Schwester, winkte sie zu sich. »Bin gleich wieder da.«

Amber hatte nie nach der großen Liebe gesucht, nur ein Leben lang davon geträumt. Sie hatte sich eine Zukunft ausgemalt, auf die sie fast nicht zu hoffen gewagt hatte. Und jetzt wurden all ihre Träume Wirklichkeit. Ja, sie standen in Form von Dash greifbar hier im Saal. Sie schaute hinüber zu ihrer großen Liebe, zu dem Mann, der sich gerade mit ihrem Vater und den anderen Männern unterhielt. In der Anzughose mit der passenden Weste sah Dash einfach umwerfend aus.

Unter dem eleganten weißen Hemd zeichneten sich seine muskulösen Arme ab. Ganz gleich, was er trug, er war immer atemberaubend. Aber am allerbesten gefiel er ihr natürlich, wenn er gar nichts anhatte. Bei der Erinnerung an die sexy Dusche vor ein paar Stunden wurden ihre Wangen heiß. Heute Nachmittag hatten sie ein wenig in ihrem aktuellen Buchclubroman geschmökert und prompt einige prickelnde Szenen nachgespielt. Allerdings in verbesserter Form.

Als hätte Dash ihre Gedanken gespürt, schaute er zu ihr herüber. Ein spitzbübisches Grinsen glitt über sein schönes Gesicht und in ihrem Magen flogen wieder einmal die Schmetterlinge auf, die sich dort seit ihrer ersten Begegnung eingenistet hatten.

Würde sie sich je daran gewöhnen, so verliebt zu sein? So ganz und gar glücklich?

Jillian kam zurück und packte Amber und Trixie an den Armen. »Ihr werdet nicht glauben, was gerade passiert ist!«

»Einer von den heißen Whiskeys hat dich um ein Date gebeten?«, vermutete Trixie.

Carlys Freunde aus Colorado waren zur Hochzeit angereist, darunter natürlich auch die Whiskeys, eine Biker-Familie. Sie betrieben eine Ranch mit Therapiepferden und hatten Carly durch schwere Zeiten geholfen. Einige ziemlich gut aussehende Geschwister gehörten auch dazu.

»Ha! Schön wär's. Sable tanzt gerade herrlich schmutzig mit Dare Whiskey. Und, holla, der Mann kann sich bewegen«, stellte Jillian fest. »Wenn Victoria mir nicht vor einer Minute etwas wirklich Tolles erzählt hätte, würde ich jetzt definitiv einen Trip nach Colorado planen.«

»*Die* Victoria von Blanc Space Entertainment?«, fragte Pepper.

»Ja. Sie hat mich damals mit Johnny Butthead zusammen-gebracht.« Jillian verzog das Gesicht. »Ich meine, mit Johnny Bad. Meinen heimlichen Spitznamen für ihn muss ich mir dringend abgewöhnen, bevor ich mich im Frühling in New York *mit ihm treffe*!« Sie stieß einen aufgeregten Jauchzer aus. »Es gibt neue Termine für seine Tour. Und ratet mal, wer seine Garderobe entwirft?«

Amber und Trixie tauschten einen zweifelnden Blick.

»Gratuliere«, sagte Pepper. »Aber hat er dich denn nicht neulich erst hängenlassen?«

»Ja. Und sie war stinksauer auf ihn«, bestätigte Trixie.

»Das bin ich immer noch«, erklärte Jillian eindeutig zu glücklich. »Aber seine Klamotten werde ich trotzdem entwerfen. Eine bessere Werbung für mein Geschäft kann ich mir gar nicht vorstellen. Und bevor ich mich in das Projekt stürze, habe ich noch ein bisschen Zeit, ihr wisst schon wen zu verkuppeln.« Sie deutete mit dem Kinn auf Jax, der sich ein paar Schritte entfernt mit Nick unterhielt. »Zwischen Jax und einer potenziellen Kundin hat es wohl ordentlich geknistert. Jedenfalls ist er seitdem ganz schön von der Rolle.«

»Vorsicht, Jilly«, warnte Trixie. »Ihr seid zwar Zwillinge, aber was sein Liebesleben angeht, ist er doch immer sehr verschlossen. Möglicherweise hat er gar keine Lust auf Unter-stützung.«

Jillian grinste. »Lass mich nur machen. Und anschließend kümmere ich mich um Johnny Bad.«

»Schön, dass aus eurer Geschäftsverbindung nun doch noch was wird. Gratuliere«, sagte Amber. »Ich hoffe, diesmal klappt es.«

Jillian zog eine sorgsam gezupfte Braue hoch und wirkte all ihrer Zierlichkeit zum Trotz sehr entschlossen. »Das wird schon.

Mit dem guten Johnny werde ich Klartext reden. Und wenn ich mit ihm fertig bin, lässt er mich ganz sicher nie wieder hängen.«

»Wenn du in diesem Ton mit mir sprechen würdest, wäre ich für alle Zeiten handzahm«, sagte Pepper. »Gratuliere.«

»Ich habe ihn ja bei der Gala in New York kennengelernt, und auf mich wirkte er ziemlich arrogant«, gab Amber zu bedenken. »So leicht wie Pepper ist er sicher nicht zu beeindrucken. Er könnte sich als harte Nuss erweisen.«

»Ich bitte dich. Du hast mich in Aktion gesehen. Ihn zurechtzustutzen, wird mir in etwa so schwerfallen, wie einem Kind seinen Lutscher wegzunehmen.« Jillian zog die Nase kraus. »Moment mal. Das kann manchmal ganz schön schwierig sein, oder? Okay, es wird sein wie …«

»Feuerwerk«, schlug Pepper vor.

»Genau. Und ich bin die mit den Streichhölzern.«

Die Band spielte jetzt »Single Ladies« und Jillian tanzte auf der Stelle. »Ich muss dringend ein bisschen Dampf ablassen. Los, wir stürmen die Tanzfläche.«

Amber sah, wie Dash auf sie zusteuerte. »Ich glaube, mein Tanzpartner ist gerade auf dem Weg zu mir.«

»Der Mann sieht aus wie ein Tiger auf der Pirsch. Ich bin so was von neidisch«, raunte Jillian und ging mit den anderen voraus.

Als Dash vor Amber stand, sagten seine dunklen Augen: *Ich liebe dich* und *Ich will dich*. Amber war sicher, dass ihre dasselbe sagten. Dass sie vom Spielfeldrand aus zuschaute, wie das Leben an ihr vorbeizog, schien inzwischen Ewigkeiten her. Sie genoss es, von allen weiblichen Singles beneidet zu werden. Ihr Traumprinz war die Erfüllung all ihrer Wünsche und mehr.

»Entschuldigen Sie, meine Schöne. Heißen Sie vielleicht Amber?«

»Oh ja, allerdings, Sie haben Glück. Hier sind Sie richtig.« Sie spielte sein Spiel nur zu gerne mit.

»Ihr Name steht in jeder Zeile meiner Tanzkarte. Glauben Sie, Sie bringen mich auf Ihrer noch irgendwo unter?«

»Ich weiß nicht. Meine Karte ist schon ziemlich voll«, scherzte sie.

»Verdammt.« Er wölbte die Brust vor, rollte seine Ärmel hoch und zeigte ihr seine kräftigen Unterarme. »Vielleicht kann ich Sie ja damit überzeugen.« Er beugte sie über seinen Arm, nahm ihr mit einem süßen, langsamen Kuss den Atem und verwandelte ihre Knie in Pudding. Dann richtete er sie wieder auf, hielt sie mit seinen starken Armen auf den wackeligen Beinen und warf ihr ein selbstbewusstes Grinsen zu. »Und? Wie sieht es aus?«

»Ich glaube, wenn es noch mehr solche Küsse gibt, finde ich womöglich eine Lücke für Sie.«

»Das ließe sich einrichten.« Er führte sie zur Tanzfläche und wirbelte sie herum. Sie tanzten zu den letzten Takten des Liedes. Als Nächstes spielte die Band »Rewrite the Stars«. Er zog sie an sich, wiegte sich mit ihr zur Musik und sang ihr leise den Text ins Ohr. Das machte er so gefühlvoll, dass ihr Tränen in die Augen stiegen.

»Das Lied hast *du* dir für uns gewünscht, nicht wahr?« Sie war ziemlich sicher, dass es nichts gab, was er nicht für sie tun würde. »Und schon wieder fühle ich mich wie eine Ballkönigin.«

»Du bist nicht nur ab und zu mal die Königin auf irgendeinem Ball, mein Herz. Du wirst die Königin unseres ganzen wunderbaren gemeinsamen Lebens.« Er wirbelte sie herum und zog sie wieder eng an sich. »Schnall dich an, mein schönes wildes Ding. Wir fangen gerade erst an.«

unsichtbare Grenze. Es ist eine emotionale Achterbahnfahrt, bei der Jax und Jordan sich ihren härtesten Herausforderern stellen müssen – ihren Herzen.

Bestellen Sie *Und dann kam die Liebe* bei Ihrem Online-Buchhändler.

Boston den Rücken gekehrt, nachdem sein Partner im Dienst getötet wurde. In dem kleinen Ferienort Wellfleet hofft er auf ein sichereres Leben mit seinem vierzehnjährigen Sohn Evan. Als er während einer nächtlichen Streife Bella kennenlernt, wird ihm bewusst, dass er plötzlich gefunden hat, was er sich nie zu erträumen erlaubte – und von dem er nie wusste, dass es ihm fehlt.

Nachdem er sich vierzehn Jahre lang nur auf seinen Sohn konzentriert hat, kann Caden der starken Anziehungskraft der schönen Bella nicht widerstehen, und Bella ist der Intensität ihrer aufkeimenden Liebe ebenso machtlos ausgeliefert. Aber der Neuanfang gestaltet sich schwieriger, als sie beide es sich ausgemalt haben, und dann gerät Evan an die falschen Freunde. Cadens Loyalität wird auf eine harte Probe gestellt. Wird er alles aufgeben, um seinen Sohn zu beschützen – sogar Bella?

Bestellen Sie *Träume in Seaside* bei Ihrem Online-Buchhändler.

Gefahr bringt, steht seine Loyalität auf dem Prüfstand und er muss die schwerste aller Entscheidungen treffen.

Bestellen Sie *Tru Blue – Im Herzen stark* bei Ihrem Online-Buchhändler.

Neu bei »Love in Bloom – Herzen im Aufbruch«?

Falls dies Ihr erstes Buch aus der Reihe »Love in Bloom – Herzen im Aufbruch« ist, warten noch jede Menge Geschichten über unsere sexy, selbstbewussten und loyalen Heldinnen und Helden auf Sie. *Die Bradens & Montgomerys (Pleasant Hill – Oak Falls)* ist nur eine der Serien aus meiner großen Sammlung von Liebesromanen mit Tiefgang, Humor und Happy-End-Garantie. In allen Büchern finden Sie eine abgeschlossene Geschichte, die auch für sich allein gelesen werden kann. Figuren aus den einzelnen Serien und Büchern der weitverzweigten »Love in Bloom – Herzen im Aufbruch«-Familien tauchen aber immer wieder auch in den anderen Bänden auf. So verpassen Sie nie eine Verlobung, eine Hochzeit oder eine Geburt. Wenn Sie mögen, lernen Sie doch auch die anderen Serien der Reihe kennen, zum Beispiel das allererste Buch: *Schwestern im Aufbruch*.

Zur vollständigen Reihe »Love in Bloom –
Herzen im Aufbruch«:
www.MelissaFoster.com/Herzen-im-Aufbruch

Zum Download von Serienchecklisten, Familienstammbäumen
und Erscheinungstermine:
www.MelissaFoster.com/Reader-Goodies

Danksagung

Ambers und Dashs Geschichte aufzuschreiben, hat mir riesige Freude gemacht. Ich wollte damit auch das Thema Epilepsie in den Blickpunkt rücken. Den vielen Menschen, die ihre Erfahrungen mit dieser Krankheit mit mir geteilt und meine zahllosen Fragen beantwortet haben, bin ich zutiefst dankbar. Tonya Hubbard, Ashley Wilcox Taylor, Terren Hoeksema, Patricia Eberhart, Kelly Ryan Gunther und viele andere haben mir mit ihrem Wissen sehr geholfen. Wie immer habe ich mir ein paar künstlerische Freiheiten erlaubt, etwaige Fehler oder Ungenauigkeiten gehen also auf meine Kappe.

Meine Fans, von denen ich viele regelmäßig auf meiner Fanseite bei Facebook treffe, sind mir eine tägliche Inspiration. Falls Sie noch nicht dabei sind, fühlen Sie sich herzlich eingeladen. Wir unterhalten uns dort angeregt über unsere Lieblingshelden und -heldinnen. Und wer weiß, vielleicht bringen Sie mich sogar auf die Idee für eine Geschichte oder eine Figur und landen in einem meiner Bücher, so wie es einigen meiner Fans schon passiert ist.
www.Facebook.com/groups/MelissaFosterFans

Um immer auf dem Laufenden darüber zu sein, was in der Welt unserer fiktiven Traummänner passiert, folgen Sie meiner Autorenseite:
www.Facebook.com/MelissaFosterAuthor

Und um keine Neuerscheinung und keine Aktion zu verpassen, abonnieren Sie meinen Newsletter:
www.MelissaFoster.com/Newsletter_German

Und vergessen Sie nicht, sich die besonderen Goodies für meine Fans zu sichern. Familienstammbäume, Erscheinungstermine, Serienchecklisten und vieles mehr (teils auf Deutsch, meist auf Englisch) finden Sie unter:
www.MelissaFoster.com/Reader-Goodies

Wie immer bin ich meinem wunderbaren Redaktionsteam Kristen Weber, Penina Lopez, Elaini Caruso, Juliette Hill, Lynn Mullan, Justinn Harrison sowie Usch Pilz, Stephanie Schottenhamel und Judith Zimmer zu großem Dank verpflichtet. Unendlich dankbar bin ich meinem Sohn Jake, der im vergangenen Covid-Jahr lange Diskussionen über meine Bücher und Figuren ertragen hat, und meinen drei anderen Söhnen, Noah, Zach und Jess, die aus der Ferne zugehört haben. Ihr Jungs seid mein Herz, meine Freude und meine Welt. Ich liebe euch über alles.

Die Bradens (Peaceful Harbor)

Geheilte Herzen
Voller Einsatz für die Liebe
Liebe gegen den Strom
Vereinte Herzen
Melodie der Liebe
Sieg für die Liebe
Endlich Liebe – ein Braden-Flirt

Die Remingtons

Spiel der Herzen
Im Dschungel der Liebe
Herzen in Flammen
Herzen im Schnee
Liebe zwischen den Zeilen
Von der Liebe berührt

Die Bradens & Montgomerys (Pleasant Hill – Oak Falls)

Von der Liebe umarmt
Alles für die Liebe
Pfade der Liebe
Wilde Herzen
Schenk mir dein Herz
Der Liebe auf der Spur
Verrückt nach Liebe
Liebe süß und sündig
Und dann kam die Liebe
Eine unerwartete Liebe

Die Whiskeys: Dark Knights aus Peaceful Harbor

Tru Blue – Im Herzen stark
Truly, Madly, Whiskey – Für immer und ganz
Driving Whiskey Wild – Herz über Kopf
Wicked Whiskey Love – Ganz und gar Liebe
Mad About Moon – Verrückt nach dir
Taming My Whiskey – Im Herzen wild
The Gritty Truth – Kein Blick zurück
In For A Penny – Süßes Glück
Running on Diesel – Harte Zeiten für die Liebe

Seaside Summers

Träume in Seaside
Herzen in Seaside
Hoffnung in Seaside
Geheimnisse in Seaside
Nächte in Seaside
Herzklopfen in Seaside
Sehnsucht in Seaside
Geflüster in Seaside
Sternenhimmel über Seaside

Die Ryders

Von der Liebe bestimmt
Von der Liebe erobert
Von der Liebe verführt
Von der Liebe gerettet
Von der Liebe gefunden

Entdecken Sie Melissa Fosters Bücher auch auf:
www.MelissaFoster.com/Herzen-im-Aufbruch